U0907554

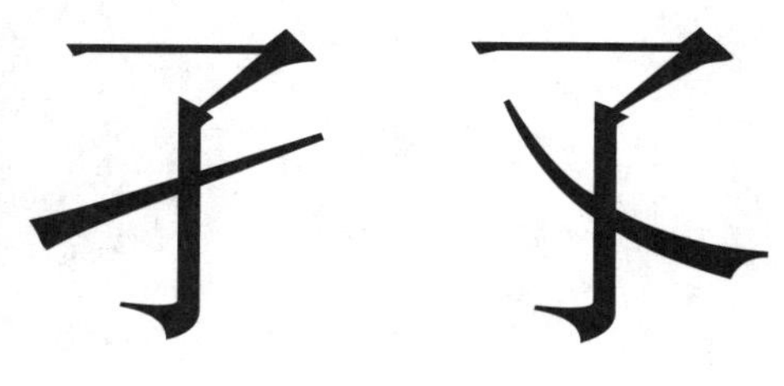

镇　上　人　城　里　生　存　文　本

一泓＿著

湖南文艺出版社

图书在版编目（CIP）数据

孑孓：镇上人城里生存文本 / 一泓著. -- 长沙：湖南文艺出版社，2023.1
ISBN 978-7-5726-0860-5

Ⅰ. ①孑… Ⅱ. ①一… Ⅲ. ①长篇小说－中国－当代 Ⅳ. ① I247.5

中国版本图书馆 CIP 数据核字（2022）第 170256 号

孑孓：镇上人城里生存文本

JIEJUE: ZHENSHANG REN CHENGLI SHENGCUN WENBEN

一 泓 著

出 版 人　陈新文
责任编辑　苏日娜
责任校对　艾 宁　胡伟英
封面设计　谢 翔
内文排版　钟灿霞

出版发行　湖南文艺出版社
（长沙市雨花区东二环一段 508 号　邮编：410014）
网　　址　http://www.hnwy.net
印　　刷　湖南省众鑫印务有限公司
经　　销　新华书店
开　　本　710 mm×1000 mm　1/16
印　　张　25
字　　数　350 千字
版　　次　2023 年 1 月第 1 版
印　　次　2023 年 1 月第 1 次印刷
书　　号　ISBN 978-7-5726-0860-5
定　　价　68.00 元

版权所有，未经准许，不得转载、摘编或复制孑孓，念如“杰绝”，俗称跟头虫。

动物界，节肢动物门，昆虫纲。

蚊子的幼虫，身体细长，较之头部和腹部，胸部更为宽大。

身体一屈一伸，在水中上下垂直游动。

呼吸空气。

长大后嗜血。

目录

Contents

一　不可说　001
二　自白　005
三　工作日志　015
四　出回龙镇　029
五　涉及鸡的言论及小故事　041
六　《电视专题片》一条
《报纸消息》一则
《会议纪要》一篇
《广播剧：花鼓戏》两段　053
七　出租屋小词典　069
八　小镇青年谈话录　085
九　我写给我自己的检讨书　097
十　红花坡当事人　103
十一　论文：论身份的不重要性　127
十二　第二人称：七天　143
十三　春节　169
十四　死亡样本：婴儿　189
十五　非虚构写作：《誓词》或以下据真实故事改编　201
十六　我的说明书　225

十七　一种色彩　231
十八　另一种色彩　251
十九　死亡样本：保安小江　261
二十　疼痛笔记本（摘录）　267
二十一　第一人称：写信给你　295
二十二　一份未完成的《反电视宣言》　321
二十三　被忽视的文体和被忽视的“我”
（《今日食谱》和《垃圾清单》）　335
二十四　又一个死亡样本：不在现场　345
二十五　第三人称：他（她）们　351
二十六　第三人称：它们（以鸡和猪为主的非人类谢幕）　381

一 不可说

须菩提，一合相①者，即是不可说，但凡夫之人贪著其事。

——《金刚般若波罗蜜经》之《一合理相分第三十》

夫子说，我可以爱你，只要你不和我说话。

处长说，有没有一种药能够治愈我的秘密？

女人说，你把我藏起来。我喜欢凋萎的样子。

畅畅说，用劲吹啊！把它吹爆炸啊！

王尔德说，不要惧怕过去。假如人们说过去的事无可挽回，你别信。

艺术家说，只要出名，我可以让自己成为一个丑闻。

屠夫说，你这只猪，叫死哩！

木匠说，反正我不打女人。

法师说，随其心净，则佛土净[②]。功德随喜。

福楼拜说，对资产阶级的憎恨是智慧的开端！

吃酒！明爸爸说。

…………

人们总是喜欢说话。不知不觉，在滔滔不绝于耳的唠叨声中，倾听成了一种美德。现在，设想一个现场。你参与。假设你正在参与一场盛大的典礼。颁奖，盛宴，大会，审判，游行，聚众，和一本书相见恨晚，与爱人在苍穹注目下默默无言，也可以只是自己面对自己，把手置于腋下取暖，催促自己早点睡觉进入梦想之境。我总是这样假设自己。时代进步了，越来越多的典礼需要躬身其中。迟早有一天，我会将5月24日变成一个城市的狂欢日！那是我初恋女友的生日。

动物们也喜欢说话。

鸡说，咯咯咯。

猪说，啰啰，啰啰啰啰，啰。

老鼠说，吱吱吱吱。

斑鸠说，咯咯哒，咯咯哒。

杜鹃说，布谷布谷。

…………

全球已知现存约 150 万种动物。其中，脊椎动物约 5 万种。准确地按照生物学分类标准，人，应该如此定义：

动物界，脊索动物门，哺乳动物纲，灵长目，人科，人属，智人种。

动物界自然都说话。只是说的不是人话。

动物的语言，人们不理解。动物们从不阐释。

我们彼此互为旁观者、倾听者。偶尔，互为倾诉者。

人们见过的佛，从不曾开口说话。

须菩提言：

> 如我解佛所说义，无有定法名阿耨多罗三藐三菩提，亦无有定法如来可说。何以故？如来所说法皆不可取、不可说，非法，非非法。所以者何？一切圣贤，皆以无为法而有差别。[3]

据《大般涅槃经》卷二十一，佛曰：

> 不生生不可说，生生亦不可说，生不生亦不可说，不生不生亦不可说，生亦不可说，不生亦不可说。

【注】

① 一合相，意思是统一的形象，世界本是虚幻的现象，真实的本质是统一的合相。如来用语言说出的一合相，就不是真正的一合相。上文为：……世尊，如来所说三千大千世界，即非世界，是名世界。何以故？若世界实有者，即是一合相。如来说一合相，即非一合相，是名一合相。——据北京燕山出版社中国传统文化读本 2009 年 1 月版《金刚经》。

② 引自《维摩诘经》。

③ 引自《金刚般若波罗蜜经》之《无得无说分第七》。

二 自白

我但愿能用满含挚爱的双目使往昔的某些化石充满生机……

任何一本书都是自白，而写回忆的书籍——这更是一种不愿以虚构人物的影子来掩盖自己的自白。①

——伊利亚·爱伦堡

现在，我在这里。离开那里之后，一直在。这里，是单数，唯一；那里，是复数，诸多。整体上说，我一点也不喜欢这里。或者说，我一点也不喜欢整体上的这里。

笛卡尔的身心二元论给了我们这样的知识观：

在那里，有一个固定的客体世界；在这里，有一颗心灵。[2]

笛卡尔遗漏了这里和那里之外的第三个去处：哪里。

我想离开这里，我不知道去哪里。

为了来到这里，我曾竭尽全力信誓旦旦。为了离开这里，我一直假装对这里绝对忠诚。

这里，是时间。夏日黄昏来临前。格林尼治时间几点了？我用每小时五公里的速度在时间中步行。从容的逃跑者。

阿尔伯特·爱因斯坦的设想是：如果某个物体的运行速度超过了光速，就可以逆时间而行，回到过去。他是要我和太阳赛跑？按照他的理论，我此时一路向西，从东八区起跑，八小时后，我到达格林尼治之时，我仍然活在现在。甚至将是未来——如果我的速度比光速快。如果是这样，会有些混乱。我将再也无法准确地区分这里、那里和哪里了。

三个犹太人极大地改变了现代文明。爱因斯坦、弗洛伊德、马克思。一个搞科学，一个搞性学，一个搞哲学。一个比一个牛。三者之间的关系貌似在时间、空间和彼此之间。

此时，我很缓慢。匀速的慢。以每三秒钟咀嚼一下口胶的速度写字。

——人们写这些书籍都是为了制造不幸。托马斯·伯恩哈德说。[③]

达多和我散步的时候，每次都要频频回头凝望我，满目鄙夷。

——老爷，您要不要快一点点？

——事缓则圆，达先生。

我习惯了彬彬有礼地说话。

达多是条狗。

我教育我喂养过的每一条狗：散步的时候要从容、得体、舒缓，且不以治病为目的。

大多数时候，我独自一人。等待，另外一个人。从单数变成复数，从一递增至二，从孤独进入愉悦，从贫穷进入富贵，从草根变成显达。我们看电视，饮酒，寻找色彩斑斓的食物。终极最好是狂欢。往往以落空结束。

在城市等待乡愁，在田野等待钢铁，是愚蠢的。是以赛亚·伯林体系的浪漫。

——嗨。昨晚睡得好吗？

我擦了擦斜挂在嘴角的黏液。她意外深长地对我浅浅地微笑。

——哦。我伸长鼻尖闻了闻她。飞鸟翅翼的味道。

她的丰硕遮挡了黎明的光明。她用她白皙的腰发光。面部一些淡红的朝霞，是一天中最初的迷惘。

一天，就这样开始了。

大家纷纷出动。

此时，距离黄昏那么遥远。

你知道吗？我在等你。等了很久了。我从来没有丧失过信心。我知道那一切终会呈现。我痴迷于等待。

怎么还不到黄昏？急也没有用。有些事情等天黑了我们慢慢讲。白天，干点什么呢？

我去参加一个老板的葬礼。然后，直到下午我才回到床上——将自己躺成了一张纸片的形状。我是一个病人。食道炎，非萎缩性胃炎，乙状结肠炎，心肌炎，前列腺炎；牙结石，胆囊结石，肾结石，尿道结石，膀胱结石；在未经酒精刺激状态下的语言功能障碍；面部肌肉瘫痪导致的笑容功能彻底丧失症候；颈椎病，胸椎病，腰椎病，骶髂关节病；盲目的乐观主义者；贪恋黄昏的人……

我距离罹患癌症还需要更多时日的盲目乐观。

傍晚的余光乍泄般垂死散落。一对老爷子老太太正用一把塑料舀水勺从一个装乳白胶的塑料桶里面一勺一勺地将散发出可以将苍蝇都熏得不知所措的人类和动物粪便和尿液混合成的液体——经过至少七天以上发酵而成的肥料，虔诚地洒在他栽种在屋顶的丝瓜、苦瓜、辣椒、茄子、蕹菜以及别的什么一切可以种植他都一网打尽栽种了的有机蔬菜的根部。他的八十多岁的老腰弯成了黄昏的样子。抬起头，是一道即将消逝的天际之弧。

——知道你过得不好，我就放心了。你说。

——我和辣椒一样，我的根需要施肥了。然后，你就不回我信息了。

我向右侧翻了一个身。纸片卷成了一个长条形的半圆筒形。我的左手顺便搭在了一个忠诚陪伴了二十年的正方形靠枕上。柔软的触感，像妈妈的乳房，令我满怀柔情。

我依然不能忘记你。还有，你。你们。

我最近老是参加葬礼。目睹穿着黑色西装制服的司炉女工面对焚尸炉逼仄的不锈钢门洞毕恭毕敬行三鞠躬礼。

——一鞠躬。再鞠躬。三鞠躬。

——你有没有发现，人们从来不说“二鞠躬”？我问他。

——再鞠躬，是古语，老话。老班子都这么说。现代人只在和死人说话的时候，会不由自主地冒出几个旧词。我告诉他。

——传统，幸好活得仍然坚韧不拔。我心里想。

活着活着，就到了时不时要参加葬礼的年纪了。我这一辈子和各式各样的葬礼有着各式各样的瓜葛，除了不能参加自己的葬礼——没有人可以——我也就没什么遗憾了。

——你有没有拟好你自己葬礼的邀请函？请几个有头有脸的人物提升典礼的规格，再请所有的亲朋好友聚在一起流眼泪，然后你一个人在烈火中涅槃（其实是化为灰烬），大家围着圆桌喝酒吃饭，他们一起商量如何好好活下去。

——加博尔耸了耸他那消瘦的双肩回答道：我能说什么？你们谈到了衰老和死亡，可有的时候，人还没有老，死亡就提前来了。[④]

——我们等会儿去吃土鸡。他悄悄对我说。

老板心肌梗死猝死。第二天一早，被发现时，老板被人描述成为像一块被水浸泡得膨胀的大浴巾胡乱耷拉在白色的浴缸里里外外。水凉凉的。葬礼上人头攒动，密密麻麻。黑色的人头，白色的胸花，蓝色的忧郁，红色的情感。礼宾部的西洋乐队演奏了很多华章。我记得李叔同的《送别》被演奏得有点干涩。鼓点节奏总是差半拍。上午十点半之后的阳光有一些洒在老板的寿被上。我的老板被抹上了口红。

天空中，这里的麻雀成群结伴地飞。

回龙镇粮管站的麻雀从来不成群结伴。它们排山倒海、堆云堆雪般地飞。秋收的季节，它们一堆一堆地簇拥，飞成低空中一片片的麻黄色云朵，飞翔出一浪接一浪的阵风。

风，用它的睫毛，
抚平时光的皱纹。[⑤]

那里，是我丢胞衣的地方。我离开那里感觉过去几千年了。

回龙镇的葬礼也不一样。

那里“死”了人，叫“老”了人。那里人“老”了不涂口红，脸上盖块白布——人“老”了就不见人了。那里的老人不涂口红，活人也不唱什么“长亭外，古道边，芳草碧连天”……那里放肆打鼓、吹号、炸鞭炮。

我下次邀请明爸爸专门讲讲回龙镇人“老”了之后的规矩。明爸爸是我的师傅，他“老”了快二十年了，他“老”了之后只有我请得动。我请他抽烟，请他吃酒，把酒洒在向着西边的墙角，他就会跟我讲回龙镇老班子的事。我到时和他做一次现场对谈，请好多好多人坐在下面举手提问题，谈论人“老”了以后如何做道场、办八道酒、唱夜歌子，把场合闹得热火朝天。反正现在流行这个东西，明爸爸本来也喜欢扯闲谈。（不过，只能是晚上，只能关起灯。要知道，“老”了之后的人再回来是不能有亮光的。）

我四岁那年跟着明爸爸送葬打鼓，吹号。

叮——哐——哧。叮——哐——哧。叮哐——哧哐——哐哧……

嘀嘀嗒——嘀嘀嗒——嘀嘀嘀嗒嘀嗒嗒嗒……

我们一起把“老”了人的场合闹得锣鼓喧天鞭炮齐鸣吆喝喧天。

——崽伢子啊，攒起劲打鼓哩，老人家爱热闹哩。明爸爸左手举起黄铜打的西洋号，右手顺势五指张开成一个大巴掌“啪”一声罩住嘴巴和鼻子，然后，五指并拢向左旋转一个大圈圈，用劲一转一捏一声“嗯哼”一甩手，那就既擦了嘴巴又擤了鼻涕。他咧开掉了门牙的嘴巴对我慈祥地笑了，那是一个热热闹闹的笑。

我就这样躺着。我说过我是个病人。我可以听见我的腰椎因为疼痛而发出的敲击声。那种煤炭工人遭遇瓦斯爆炸被困黑暗地底深处绝望地用石块敲击岩石一样的渴望之声。我从床上换到了地板上继续躺着。准确地说，我匍匐着。我可以听见十一楼的女人坐在马桶上卖力地排泄发出的鼻息声，嗯嗯啊啊。她每次都会冲两次水。她的裤子时常发出金属碎片的撞击声。我听见风，听见钢筋摇摆，听见血管里面的空气，听见痛的节奏。

愿世间再无腰疼。愿菩萨保佑，善男子善女人皆不腰疼。南无大慈大悲观世音菩萨。南无阿弥陀佛。南无药师佛菩萨。南无十方诸佛菩萨。

我扭头望向窗外。一只白头鹳雀在我家门口的矮小叶紫檀上做了一个精致的窝，下了四个小巧的蛋。一只在距离地面只有一米高的地方筑巢的鸟根本就是一只傻鸟。它还太嫩，太纯，有时候甚至太幼稚。它还不知道这个世界上有太多专门掏鸟蛋的人。不谙世事的鸟做了个不顾后果的窝。它把鲁莽当作了勇敢。这只傻鸟。我深深地祝福了那只鸟和那四个蛋。

余晖即将褪尽，我陷入迷思。我总是在黄昏中不知所措。对于黄昏的准确把握，人类永远不如一只猫头鹰。

如果白天对应一只鸡，那么，夜晚是一只猫头鹰。不是说白天下蛋，夜晚捕鼠。是说，白天创造，夜晚思考。

——密纳法的猫头鹰总是在黄昏中振翅起飞。黑格尔说。

中国人却视这种动物为灾难鸟。

东方和西方在动物问题上分歧了几千年，没什么大不了的。

比如猪，分歧最大，甚至是个死结。动物界最大的受害者，猪当仁不让。弄得好像有一些战争真的就是猪亲自参与挑拨发动起来的似的。然而，人类却从来没有诞生过一场被他们争论了这么长时间的爱。

三宝是回龙镇的屠夫。他杀了一辈子猪。他儿子后来也杀猪。尽管他的儿子左脚有六根脚指头。他们都宣称自己最了解猪。

分歧是什么？彼此不服啰。回龙镇一句土话说，我老子怕你吗？

值得庆幸，在鸡的问题上全世界各人种基本没有什么异议，大家都心怀善意和友好。

——事实上一直到今天，在我见过的所有事物里，鸡依然是最像天使的。……你知道吗？我从来没见过不好的鸡。[6]

这样事关一只鸡的高度评语我承诺以后将罗列出一个清单。

除此之外，还有少数人宣称他们懂动物。

1951 年，罹患喉癌弥留之际的维特根斯坦最后一次捧起了《黑骏马——一匹马的自传》。也有人说他患了前列腺癌，这在苏珊·桑塔格的疾病研究体系中属于羞于启齿一类。他的《哲学研究》除了鸭形兔、鹅、奶牛、狮子等动物粉墨登场，还有一条虚伪的狗。

亚历山大城的一头大象喜欢上了一个卖花姑娘，先向她献上水果示爱，然后把鼻子伸进她的上衣，去“拨弄她的奶头”，写随笔的蒙田写道。他最著名的一句话当然是：

——我跟猫玩的时候，焉知它不是也在跟我玩？

一个同时代的作家巴特勒写了两句打油诗评论他和那只名垂青史的猫：

——逗猫玩的蒙田抱怨 / 它只是把他看成一个大蠢蛋呢……[7]

其他一些著名的动物包括洛伦兹的寒鸦和灰雁，尼采的孔雀、蛇、猴子，普鲁塔克的喜鹊以及皮浪的猪，等等。

我是谁？我正在从事着一个总是令我自责的职业。而且一干竟然二十年了。我告诉别人，世间唯快乐可追，余则一无是处。我知道，我在撒谎。谎言一旦开了个头，便会无休无止自圆其说了。所以，我习惯了满口逻辑自悖的说教：快乐就好！遵从内心即可！女儿是上辈子的情人！

快乐的快乐在于，几乎总是可以不负任何责任。

我也许更需要一场灵魂深处的忏悔，而不是构建得缜密起伏的故事。人和人不一定组成故事。也许是人群。还也许是人渣的群。我不会讲故事。我的头儿说，新闻需要讲故事。

——明爸爸，你给我讲个故事吧？！你故事讲得极好哩。小时候，我生病的时候，你总是给我讲故事的。你故事讲得真的极好哩。

余晖逝尽，世间一片漆黑。人们纷纷开始打开电视机看电视。

——你快看电视啰，新闻里好多故事哩。明爸爸说。

枕头温柔得如同一堆精致的小乳房。

我从床上起来。我关掉了电视机。我想离开这里，我不知道去哪里。

你别问我我是谁。我，只是个意外。

而你，是你的你。

而你们，是意外之外。

而它们，与你我无关。

“世界是自己的，与他人无关。”

这话你信吗？

【注】

① 引自《人·岁月·生活——爱伦堡回忆录》（插图合订全本·上卷），爱伦堡著，海南出版社 2008 年 2 月版。

② 引自《笛卡尔的骨头——信仰与理性冲突简史》，萧拉瑟著，上海三联书店 2012 年 9 月版。

③ 引自《历代大师》，托马斯·伯恩哈德著，生活·读书·新知三联书店 2006 年 11 月版。

④ 引自《背对世界》之《银婚》，海登莱希著，湖南文艺出版社 2017 年 1 月版。

⑤ 引自《时光的皱纹》，阿多尼斯著，译林出版社 2017 年 10 月版。

⑥ 引自《贩卖过去的人》，阿瓜卢萨著，湖南文艺出版社 2015 年 10 月版。

⑦ 摘编自《触摸生活——蒙田写作随笔的日子》，弗兰普顿著，商务印书馆 2016 年 1 月版。

三　工作日志

我们仍是一群动物，偶尔仰望天上的繁星，却仍植根于大地，未能免俗。

我们是谁？我们为什么而工作？

——阿兰·德波顿《工作颂歌》

时间

千禧年始

地点

城市电视台

今日皇历

星宿：……金匮星宿当值。财神正南，喜神正南，福神西北，生门正西。

建除十二神：成日。

宜忌：诸事皆成，百无禁忌。

今日大事

回龙镇人了了哥荣升电视台正处长并正式到任部门一把手一个多月之后终于准备正式接见我。具体时间待定，反正就是今天了。今天是个好日子。

今日记录

8：30—9：00

我伸出右手，将手掌放在门禁处的掌纹识别仪上验明正身。嘀嘀嘀嘀，红灯急促报警。我换成左手第二次验证我自己是我自己。嘀嘀嘀嘀，红灯急促报警。保安穿着黑色的执勤服装，臂章上写着“特勤”两个字。今天的这个保安腹部大幅度隆起，表情像一本《道德品质》教材。我换了一台掌纹仪，第三次验证我自己真的是我自己。我的真诚和真实感动了这台机器。绿灯响起来。我被允许了。

一走进这栋大楼，把手掌摊开在掌纹识别仪的那一刹那（第一个刹那）开始就有一种神圣的强烈的仪式感——一种当下人人都热衷的感觉。可能属于佛教六根“眼、耳、鼻、舌、身、意”最后一根“意”的范畴。滚动的 LED 电子显示屏一早就开始勤奋而喜悦地报告电视台各栏目令人振奋的收视率。收视率 2.6？什么意思？理论上说，这意味着这个国家昨天有 3600 多万人观看了这个电视台的节目。那还了得？！真是了不得。

下不得地哩。这个城市的方言这么表达了不得这个意思。

——光辉耀眼的全球电视文艺已经开启了一场伟大的人类生活仪式大革命！电视文艺一定、必定和终将为延续繁荣人类文明永远闪耀光辉。

一个电视界的知名人士刚刚在一次重要的理论研讨会上发出了振聋发聩的呐喊。革命，是词语界本身最具备革命性的词语。只要在革命，未来就有希望。幸好在革命，未来唾手可得。

总之，今天是个好日子。总之，今天我有了个好心情。

关于“好心情”，黑格尔说：

——真正的幽默没有无穷的好心情是不可想象的。

昆德拉补充说：

——只是从无穷的好心情的高度你才能观察到你脚下人类的永久的愚蠢，从而发笑。[①]

我微笑着走进去。保安们表情都有些木讷，还不习惯发笑。我理解为安保这个职业本身不适合随意使用笑容这个人类的天赋表情。

办公室的大门紧闭，还不到上班时间。世界上办公室的门一般不习惯提前敞开。我站在门旁边。我的整个身体歪歪斜斜地靠着门框。我解开塑料袋大口大口吃鲜肉大包子。吃一口肉包子，喝一口豆浆；再吃一口肉包子，再喝一口豆浆。这个城市的肉包子很惊艳。味道好极了。猪肉丸子一样的包子馅在化成汤汁一样的猪油中浮浮沉沉，飘飘荡荡，如同晨间四处里飘飘荡荡、碰碰撞撞的人们一样。肉包子陪伴着奔波的人们，在早晨的时间里浮浮沉沉，飘飘荡荡。

早上好呀，肉包子。

一个卖包子的公众号今天又发了一篇关于早餐的推文，里面出现了二十多次对外婆的思念。外婆是餐饮界的动情法宝。他们最后动情地写道：离家后，最念的依然是你。外婆的味道，包子的味道。

一不小心有一些猪油滴到了我的手上和我的手机上。我没有纸巾，情急之下将手掌往墙壁上猛地蹭了几蹭。我老是这样子，我会不会把自己蹭成勇猛无敌的正牌中年油腻男？

9:00过后

——悠着点，您哪。小心呛着。用钥匙开门的那个女人对我说。

我举着油光锃亮的手机跟随着女人溜进了办公室。

不知不觉我已经在这个城市二十年了。现在，我工作在一间有很多女人的办公室。

我的工作看起来像是看别人工作。其实，就是看对面办公桌那些个女人工作。其实，对面那些个女人大多数时间也不工作。她们炒股，聊QQ，打电话，约饭局，撒一些三十多岁、四十多岁以及接近五十多岁女人的娇，用高跟鞋的不锈钢鞋跟将整栋楼踩踏得咚咚乱响。

萨达姆·侯赛因到底还是被绞死了。这是那一天的哀伤。他死之前说了些什么？

——这只是一个假设，一切都无法挽回，伊拉克人民再也不会给我这个机会。永别了……[②]

——你今天的豹纹短裙很国际！

我给其中一个女人发了QQ信息。我其实是想说——很非洲。毕竟，非洲还没有彻底从歧视中走出来。我便用了国际这个说法。她很开心。毕竟，只要涉及国际范畴，垃圾也会洋气许多。她按惯例一如既往地撒娇。在静默的办公室和汹涌的QQ聊天世界之间撒娇。后来是微博世界，再后来是微信世界。撒娇，总是令静默的办公室刹那（第二个刹那）之间便有了汹涌澎湃的氛围。

听，海哭的声音。唱。

她腰肢款款地从我身边滑走。我想起克里奥佩特拉委身安东尼时，执政官先生都可以叫女王阿姨了。克阿姨在安东尼广阔的胸肌上缠绵悱恻之时，看上去像彻底遗忘了另一位执政官恺撒先生曾经熠熠闪耀光芒的大秃头一样。

女人总是多变。唉，快乐就好。反正有个电视台天天这么说。

我其实很久没有具体工作了。人们大约总是误以为你供职的单位会责无旁贷地提供一份你心满意足的工作任由你自由发挥。错。人们也总是误以为电视台的人都是在拍电视、上镜头、搞娱乐、办晚会、做节目。大错特错。事实是，更多的人都只是在从事着与电视没有半毛钱关系的工作：财务、人事、扫地、司机、端茶、倒水、保安、物业、广告、营销等等。

谢天谢地，新来的老板施舍了我一张办公桌。这是我在这个电视台工作二十年来第一次拥有一张属于自己的办公桌。拥有一张办公桌的工作就像拥有一张结婚证的婚姻令人心里踏实。二十年，经历过四个老板，周期性五年一个，唯有这个老板给了我一张办公桌。这个老板就是了了处长。

新办公桌黑胡桃色木纹贴皮，网线、电话线、电源线拧成一把穿透桌面的圆孔向地面的方向散落，花儿般盛开。人造淡蓝色天鹅绒高靠背摇椅适合制造工间的梦想，随时来个小憩吧。好日子终于伴随着千禧年一起降临：雅致人生，仰望星空，繁星闪烁，诗和远方。哦，还有高跟鞋，高高的跟高高的鞋。

——今天的豹纹让人如此野性，并不需要人来探望我的悲喜。（也可以唱，用《今夜的寂寞让我如此美丽》的曲调。）

——有水吗？姐姐。好渴。

——自己烧！

——我不晓得烧，姐姐帮忙烧吧。

她站起身来，走向窗边开窗，往电热水壶里灌水。水声清澈，豹纹摇动，摇得我摇摇欲坠。

——你身上的酒气可以熏得死蚊子！

——你不开心？

——我从一走进这栋大楼，把手掌放在掌纹识别仪起就不开心。像签了卖身契一样。

——今天是月初吧？

没有人搭理我。我讨厌月初。

如厕时间

从 9 点至 12 点，整个上午合计嘘了三次。

日本人的一项研究表明，适度吸烟可以有效地舒缓人类的副交感神经，从而达到舒缓情绪的目的。我时不时躲到厕所门口不足两平方米的区域猛烈地吸烟。上厕所的人川流不息。一万个人争先恐后进厕所出厕所，一万双高跟鞋叮叮当当。月初的厕所门口，真不是个适合偷闲的好去处。我至少点了五千次头。日本人的另一项研究却表明，人们其实并不太愿意在厕所门口和别人点头、微笑、打招呼说“Hello！”。这里说的人们往往是在身份和职务上更高一层级别的人士。他们不愿意在如厕时，尤其是嘘嘘的时候被下属问候“Hello！”，是因为那一刹那（第三个刹那）他们的优越感会荡然无存。可是，除了这个伟大之所，我别无去处。

我刚刚被一个著名的脊柱外科退休老专家确诊为严重的颈椎病和腰椎病。

——鉴于你这种颈椎腰椎严重失稳的状态，而你又不愿意主动接受手术治疗，我只能建议你出门必须戴上颈围和腰围，以防折断，至少要避免低头和弯腰。

——点头可以吗？

——如果你还想看见明天早上的太阳，你最好尽量控制。老教授梳着一个大背头，每次坐诊前都悉心地给头发抹上发蜡或者喷上摩丝之类的产品。我颤巍巍地坐在他身旁，一抬头从他油光锃亮的银黑色发丝上照见了自己惨淡和凄迷的来日。

——弯腰也不可以吗？

——好自为之吧，下一个。他是湖南衡阳人，王船山先生的老乡。

既不能点头，也不能弯腰，还只是一个最底层的小喽啰，本来就不苟言笑，再失去点头哈腰的基本技能，这要我以后的日子怎么在这个等级森严的机构里面博取领导们的莞尔一笑？一想到这里，我的心里充满了绝望之情。再也没有了早晨打卡时的好心情。我又点燃了一根烟。

我很想你。我给你发了信息。

12:00过后

一棵巨大的香樟树下。一张有些烂了的木圆桌。一瓶茅台酒。一只黑色老母鸡的双翅被交叉缠绕在一起。一把捞刀河牌菜刀。一个大海碗里面盛了半碗清水。清水里面加了一些盐。一些围观鸡的人。两条黄狗和一只花猫参与围观。

鸡有些绝望。被绑缚翅膀的一切飞禽，挣扎都是徒劳的。几秒钟后，它的喉咙被割断。鲜血流进加了盐的水里。它随后被胡乱地拔掉了毛，胡乱地被剁成了很多肉块。然后，放进高压锅。

一点点盐，一点点味精，一点点鸡精，一点点料酒，一点点生姜，以及，一点点期望。

吃鸡吧！半个小时后，大家说。

午休时间

那瓶茅台一下子喝光了。土鸡飞快地成了一堆鸡骨头——土狗们的丰盛午餐。花猫眯缝着眼睛，一副懒洋洋的样子。猫对鸡骨头从来不感兴趣。我有些困了。我们去路边店洗个脚睡个午觉。正午的阳光照在按摩店的玻璃推拉门上，也照在我红彤彤的脸蛋上。阳光猛烈，万物无处遁形。店铺早早开启的灯光在万丈艳阳之中顽强地放射诱人的粉红光芒。

尽管无数的少女一致宣称自己对粉红的钟爱可以至死不休，可是，我从来都深信不疑：男人们对粉红的痴迷才是千真万确的爱。只是男人们从来不挂在嘴上说出来罢了。否则，为什么所有的洗脚推拿店都要用粉红色的灯光装扮铺面招揽顾客？这个问题困扰我好多年了。反正，迄今也没有答案。按摩店看起来怕是会将粉红灯光世世代代亮下去了。男人和女人，大家各自爱着各自的粉红。所幸，从来都相安无事，从来没起过任何冲突。总之，还好，世界上所有的洗脚按摩推拿店都是粉红粉红的，这可能是这个世界上并不多见而且无人质疑的真相之一。

穿过门厅沿着一道弯曲狭窄的木楼梯进到了二楼一间没有窗户的小房间。二米宽的大席梦思丢在房间地上正中央。荧光灯管散发出的粉红颜色铺天盖地罩头而来。你足可以如同一堆烂泥横陈之上，撑手撑脚把俗世之躯撑得四面八方。

——把电视关了！我对女技师说。她看上去有些不情不愿、依依不舍却又无可奈何、不得不遵从客人意见的样子。她从电视里的韩剧《特色男人特色女人》抽身出来。她用涂满了银色眼影的眼睑对着我眨眼睛。她的肚脐眼圆圆的深深的白白的肉肉的，起起伏伏地在我的眼前晃来晃去。这，是，个，诱人的，小圆点。

——肚脐的时尚开创了新的千禧年。昆德拉说。③

她把手搁在我的肚脐眼区域。从精神世界回到了现实之中。她二十出头的眼神扫过我的全身，揣摩我。她把声音调到静音。

——这样不开声音可以吗？

——把灯都关了，刺眼。

她另外一只手摸索着把床头最后一盏小小的粉红色壁灯关掉。

粉红，消失了！粉红，消失了？

也不尽然！如果，回忆真的是粉红色，粉红就永远不会真心消失。

此时，电视晃动，色彩斑斓。美丽人生。

——为什么不喜欢看电视呢？哥。电视那么有味！

——关了电视，嘴巴才会张开哦。妹。

——你像个读书人。她一直在揣摩我。

——读书人有两个肚脐眼吗？

她笑了。很美的牙齿。女人的武器。

——你真幽默，我喜欢幽默的人，我男朋友就一点都不幽默。

我被点了一个赞。那一刹那（第四个刹那）她应该是想起了她那个送快递的男朋友。她说她男朋友一点都不好玩，三棍子打不出一个闷屁。下班了就只知道睡觉。或者喝酒。喝完酒和她睡觉。和她睡完觉接着喝酒。她说她知道他很累，也知道他很爱她，赚的钱都交给她保管。她说他们再干两年她要给他生孩子。

我不喜欢幽默这个说法。我们大多数人大多数时候都只是致力于“搞笑”。电视里面说，搞笑他们是认真的。瞧他们那副认真的样子，真的搞笑。

——给幽默下定义和对幽默作分析，是欠缺幽默感的人的消遣。本奇利说。

有一阵子，我们都不说话。她偶尔盯着被静音了的电视发呆或者傻笑。

沉默，是无语的对话。

——彼此沉默的时候，其实正有天使飞过。

贾樟柯引用法国人的这句名言发在微博上，很多人接着引用了他的微博。结果弄得这句话就好像是他说的一样。挺幽默的。

她专心按摩，手法不错，甚至专业。双手紧压冲门穴，揉捏，指尖发力，静压十到十五秒，然后松开双手，迅速揉搓股二头肌，上下三个来回。我感觉一股暖流直冲我的小腹，接着热浪冲进了我的全身。中极、大赫、归来、气冲、急脉、会阳、阴廉……这些散布和围绕在男人命门区域的所有气穴全部如春天的花儿一样绽开怒放。

你是个小天使吗？我笑了起来。

…………

丁丁高兴极了。他上了飞机，摸摸这儿，摸摸那儿，想开飞机。忽然飞机唱起歌来：

丁丁真聪明，会做纸飞机。丁丁你快来，来开真飞机。

…………

——你笑什么？

——我做了一个梦。梦见一个叫丁丁的小男孩开上了真飞机。

——呃。这是真的吗？她问我。

——你是问飞机是真的吗？我反问她。

这时候，做完了全套指法，时间还早，我同意她打开声音看了会电视。我问她，你妈妈喜欢看电视吗？问完我就后悔了。我知道我问了一个愚蠢的问题。世界上哪里有不喜欢看电视的妈妈？走的时候我告诉她其实我妈妈也喜欢看电视，七十多的人了每天看韩剧看得神魂颠倒的。

问题是，凭什么说回忆一定是粉红色的？

换个句式：回忆可以不是粉红色的吗？

又换个句式：你说回忆是粉红色的你把你的回忆拿出来我瞧瞧！

又换个句式：我如果说我的回忆是绿色的你信吗？如果你不信，你凭什么不信？

又换个句式：粉红重点在于“粉”还是在于“红”？

又换个句式：你想过反驳一下“粉红色的回忆”这个说法吗？

15∶00后

回到电视台，像是立即回到了一个声嘶力竭的新世界。

这么多年以来，但凡有各种的新明星老明星出现，电视台门口就会立即早早地挤满了这些新明星老明星的粉丝从早到晚声嘶力竭翘首以盼死去活来。黄牛党穿行其中询问每一个过路人：“要不要票？”或者：“有没有票？”

狂热，这里是指疯狂的热恋。

疯狂是一种相对的状态。相对于电视台正在掀起的一股创立全球最大影视娱乐文化输出基地的基础建设风潮，铺天盖地无休无止时时刻刻都矗立路边手举不干胶荧光棒透光彩喷绘布电子屏布娃娃香水百合绣球花高呼明星明星我爱你的粉丝们的狂热便只能算是一种纯真年代的深情之爱。

——千年万年，我爱你；风里雨里，我等你。途经粉丝路，这句口号最动情。世界深情如斯，万物静默入迷。粉丝们总有那么多的爱。他们怎么拥有那么多的爱？我偶尔也会燃起某种爱他们的情愫。我承认，其实我也爱明星。我和他们的差别在于：

我矢志不渝深爱着一个早已被当下遗忘的过气女明星。管她叫什么名字呢？！她的淡出毁灭了我对一切女性明星的兴趣。

机器才是真正疯狂之所。挖掘机太疯狂了。从早晨到达办公室开始到现在一直轰轰隆隆地怪叫。

你还要我等待多久？了了处长办公室门口还有一些逡巡徘徊探头探脑着等待见缝插针溜进去的人。要不要像银行办理业务那样设置一个取号机器，省得那些职位高一级别的职员横冲直撞。

我和处长从穿开裆裤开始就一起在回龙镇的麻石板街上奔跑着长大。一起到乡里，一起到县城，一起考上大学，一起分配到了这个城市。按照回龙镇的说法，我和他是共裤连裆的关系。

他比我魁梧、高大。有一张风云变幻、波谲云诡的脸。他也有一些地方比我小，比如眼睛、嘴巴、肱二头肌、海绵体，以及心眼。得知新来的一把手竟然是他，我有一种买彩票中奖的狂喜。鸡啊狗啊一辈子不就是等待主人升天那一刻？

——嘘！处长举起了左手无名指放在唇边，说了八个字：心照不宣，切莫声张。他学着城里人的样子让这个动作的演出效果达到了诡异的程度。我们在回龙镇时一般直接用手指顶到对方鼻子尖上面说：你给我老子听清楚了。

——就是假装我们不太熟的意思？那一下子我有一种睡觉做梦正要

将一块让我垂涎三尺的红烧肉或者鸡大腿塞进嘴巴里面，肉到了嘴唇边猛地被我娘一巴掌拍在屁股上喊醒，要我起床背政治考试问答题一样的感觉。

我叼着烟在老板办公室门口转了半个多小时。西边的太阳快要落山了。风水轮流转，终于到了我。老板办公室的门好像装了一个笑脸启动器。跨进大门，笑容绽放。迈出门槛，脸肌坏死。他朝我努了努嘴，我心领神会关门。我掐灭还剩大半截的“软白沙”，抽出一根老板桌上的“和天下”点燃，剩下的大半包塞进了自己的口袋。我刚把腿跷起来搁在茶几上就被老板大声呵斥放了下来。

茶几上摆着一份过期的《南方都市报》。报上说：

> 超女是社会主义精神文明事业上绽放的一朵奇葩。它的绽开具有革命性的意义。历史将证明这一点。一些所谓的专家抱残守缺，凡是人民群众喜爱的嗤之以鼻，凡是符合历史进步潮流的心怀叵测，时间也将会证明这种人的下场。④

这份报纸本身也是报业界的一朵大奇葩。后来，报纸就越来越罕见了。我们一辈子不都是在为一个迟早要消失的行业卖命？总有一天电视也会越来越罕见的。

了了处长哥的新办公室富丽堂皇，关键是书香四溢。一套崭新的《普希金全集》摆在书案最醒目的位置。

——假如生活欺骗了你，不要悲伤……

我还是时常觉得生活也会欺骗欺骗我，不然为何我迄今为止仍然总是身无分文一贫如洗？普先生那么富贵有钱，托尔斯泰在他的面前竟然都最多算个土财主。

——注意影响。等会儿还有人来谈工作。长话短说。我给你安排个与猪相关的任务，你抓紧去落实完成。

——喳。我又点上了一根桌上的极品芙蓉王。

——今年过年早，要提前准备年货。你跑一趟回龙镇，杀两头猪，收些土鸡蛋，土鸡土鸭土鹅各种土菜。现在食品安全问题闹得凶，土特产又成了抢手货。今年春节正好用得上。不过这个事情要绝对保密，守口如瓶，既然现在我们是一个部门了，交给你去办我也放心。

——猪，我年前就提前请三宝喂了几头，坚决没用饲料，都是红薯野菜喂的，你只要回镇上落实好具体的时间，到时喊他屋里崽现场杀了趁热一车拖回来。他也老了，杀不动猪了。

——杀猪这个事，我懂。了了哥。

——镇口那棵老桂花树听说去年被火烧死了，你记得去看一看，顺便拍几张照片回来。也不晓得怎么回事，老是梦见那棵树哩。

说完他从办公桌底下摸出一条“和天下”，用报纸包好，再用牛皮纸文件袋装好，缠好封口的棉线，隔空扔给我。我已经很多年不曾有机会在白天仔细端详他的脸。那一刹那（第五个刹那），我觉得看到了中年泛滥的模样。

据佛教教理，物质只延续 17 个刹那。注解者认为一刹那比闪电所需时间的百万分之一还要短。每一坏灭刹那结束后，立刻引发下一生起刹那。⑤

今天，我一口气写了：五个刹那。

【注】

① 引自《庆祝无意义》，昆德拉著，译文出版社 2014 年版。

② 引自网络版萨达姆临终演说词。

③ 来源同①。

④ 引自南方网和《南方都市报》之戴新伟《评“超级女声”》。

⑤ 据那烂陀长老的《觉悟之路》：……物质是由不断变化的能量和性质构成。根据佛教，物质只延续 17 个刹那。注解者高兴地说一刹那比闪电所需时间的百万分之一还要短。……每一坏灭刹那结束后，立刻引发下一生起刹那。在此恒常变化的生命之流中，每一短暂的意识消失后，即把其一切能量（即把

所有深深烙印下来的感觉）全部传送给它的后来者。每一新生意识由其前者的潜在能量和另外新增加的内容组成。因此，意识迁流不息，不受阻挠。后一刹那既不与前一刹那完全相同，因为它的构成部分不尽相同，也不是截然不同，因为同属一生命流。没有两个完全相同的有情，但在他们的生命过程中具有共同性。——山东人民出版社 2007 年 6 月版。

四 出回龙镇

岁月远去……
这就仿佛在火车里……
端端我们远去，
而岁月留驻，像风景在这旅行的车窗后，
阳光澄清或寒生雾气。

——里尔克

1

明爸爸坐在灶角弯里。他左边肩膀倚着墙，右手拿火钳时不时漫不经心地捣几下灶火灰。柴火烧通透过后一闪一闪一明一暗灰灰的红红的，把我身上烤得暖暖的。海爸爸陪着我们坐在旁边打瞌睡。我们三个都暖烘烘的。整个春天都被烤得热烘烘了。四月八，冻死鸭——是说春天来得再久，总逃不过这一场冷。火里支起的铁箍架上放着瓦当罐（又叫铜官罐，嘴小肚大，单耳），罐子里焖着五花肉，满水、细火、慢煨，从睡午觉起来焖到现在天边都快擦黑了。天色向晚，海爸爸起身伸个懒腰去熬猪潲。红薯叶装在楠盘里，散发出一阵阵的青草香。栏里两头猪到点就攀比着喉咙码足了力气声嘶力竭地叫。

——叫死咧，畜生哎。潲在锅里了哩。

海爸爸是明爸爸的堂客。

——还要好久可以放面煮哩？明爸爸。我靠着他的腿一身烤得滚烫，睡一觉醒来后肚子饿得咕咕叫。他寻出袖子上一片稍微干净点的位置帮我擦了擦嘴角的馋涎，自己随后擤了一把鼻涕。他擤鼻涕声音洪亮，空旷的灶屋回声荡漾，好像春天打了一个雷。我说的面条其实不是面条。面条金贵得很，要到粮管站找主任批条子才买得到哩。回龙镇人一年难得吃到几回面，逢年过节、红白喜事、三节两生才有的一回面条吃。明爸爸一年四季吹号打鼓送葬送老人，八道场合吃得多，厨房里面煮筒子面剩下的碎面渣子他舍不得丢掉，每回裹在荷包里面带回家。海爸爸把裹包带回的面条渣子收拣好，先是用黄草纸包得紧邦邦，外层又加了层塑料薄膜纸，一段时间之后集拢起来的就可以煮一大瓦罐肉丝面了。

——吃面全靠汤，喝汤全靠烫，一烫顶三鲜哩。快了快了，马上就放面进去了。莫急哦，心急吃不到热豆腐哩，伢子呀。

明爸爸早年跑江湖，他自己说还加入过国军在湖北打过鬼子。他说话的时候颈躬上的大喉结像弹子球一样乒乒乓乓上上下下蹦蹦跳跳地蹦。他咽口水的声音也洪亮。我学着他的样子用了好大的劲吞了一口馋涎。我还没有喉结。

时间过得慢悠悠，煮面也煮得慢悠悠。他把面条碎末子小心翼翼地慢慢倒进了瓦罐里。随后，他用手指重重地弹了几弹黄草纸，确保没有一根漏网之“面”，这才放心将纸揉成一个团丢进灶火中。一阵青烟过后，火焰盛开，灶屋立时通明透亮金碧辉煌。几分钟之后，揭开瓦罐盖，灶屋里瞬时四处弥漫起肉香汤香面条香了。

——老婆子来吃面哩。明爸爸扯起喉咙吆喝着。

——伢子啊，这条街是一条强盗街哩。你要攒劲读书，离开这个鬼地方哩，考学堂到外面去看世界哩，你明爸爸可是见过外边的大世界的哩，外边的世界好大好大哩。明爸爸每回吃饱了肚子总是一边用旧报纸卷喇叭筒吃纸烟一边这样对我说。

2

回龙镇的位置在我闭眼冥思时是一个格式化的永恒固定画面。

清晨，面对太阳，身后群山妖娆波澜起伏。左边一条蓝色的河流忧郁缓行。右边一条麻石街一路向西蜿蜒。镇上四季分明时序规整，春天开杜鹃，夏天荷花，秋天苦楝满树，冬天枝枯叶败。无论季节，偶或抬头你总会在马路旁的樟树苦楝树法国梧桐树的尖端发现一只被主人郑重裹着红布倒挂在枝干上的死猫。[①]前方，甚至无须抬头即是连绵起伏的曲线，那种像是可以清晰感觉心脏跃动轨迹般的起伏的曲线。一条铺满了粗粒河沙的机耕路拦腰压过麻石街兀自向远方延伸。机耕路弯弯扭扭向远方弯成了数也数不清的弯。河像一把弓，一把反过来的弓绕镇而过；麻石街有如一支箭，也反过来顶着弯弯的弓。回龙镇，麻石街，一切有违假设，山、水、人、街依赖着，对抗着，弯曲着，延伸着。往时间的方向。

河，是汨罗江。是的，回龙镇门口流经的那条河正是汨罗江。公元前 278 年，屈夫子之死造就出的一条声名斐然的河。远方青黛绵延，近处桑田沧桑，河的这边回龙镇商贾云动，河的那边沙洲无际，低矮的桑葚林每年春夏之交奉献硕果。河那边的平江人花三分钱坐上摆渡的木船就可以到镇上的麻石街逛上大半天。中午在上街头的国营饮食店买两个热腾腾的白糖包子，临走了再到十字路口下街头来一碗甜酒冲鸡蛋，那日子甜得咧可以甜进囫心冲里肚脐眼里去哩。

——平江佬，真好笑，吃包子，背上烫起了泡。背黄色帆布书包的细伢子蹦蹦跳跳踩着麻石板放学经过包子铺，看到平江人就一边放肆唱一边放肆跑。

那是镇上人的小笑话，说过河来赶集的平江人急着吃刚出笼的糖包子，头一仰起，嘴一张起，生怕包子里的糖水馅浪费哪怕是一点点，撕开包子就往嘴巴里面倒。只可惜心急吃不到热豆腐，糖水顺着嘴巴颈躬往后流一直流到了后背心。那刚出笼的糖包子白糖馅早就化成了滚烫滚烫的白糖水，温度怕有九十、百把度，流到背心上当然会要烫起泡。

——平江佬会打人咧。你们这帮鬼崽子，乱喊乱叫，哪天总会打起一脑壳的坨啰。饮食店隔壁算八字打卦看相抽彩头，卖酸萝卜、酸桃子、酸泡菜坛子的苗摸子笑嘻嘻地打吆喝。[②]

——人家都是细伢子细妹子，好耍哩，哪里那么多的气要生哩。生多了气，莫把我老子气拐了场哩。

平江人不认生也不生气倒是大方得很哩。要是哪一天运气好赶巧碰到了县里的花鼓剧团来镇上唱戏，就算是夜里渡船停摆打刨泅游回对岸，那也是要先过把戏瘾，管它什么回去不回去。

（汨罗江边。屈大夫头戴切云高冠，腰挂陆离长剑，骑在一匹瘦骨嶙峋的白马上踽踽而行……）

【唱】汨罗江水清又清，可以洗我的缨；汨罗江水浊又浊，可以洗我的脚……思美人兮走八荒，我的大王啊，大王……早已知此乃秦军设下的圈套，只可惜大王不听我忠言，至如今家破国已亡，哎呀！我的忠心，老天可以做得证啊。

（屈夫子两腿盘坐独一人，清风明月竹筒冷，情不自禁始吟哦。）

【白】思美人兮，揽涕而伫眙。想念我那远方的美人啊。

粮管站的畅畅两姊妹也来看花鼓戏，了了哥连忙对着她大声唱：思美人兮思美人，哎呀，我的美人啊。

畅畅瞬间羞得涨红了脸，那脸蛋瓜子红得与智峰山的映山红有得一比哩。

——你是个流氓哩，你是个痞子哩。畅畅骂起人来也像那糖包子一样，沁甜沁甜的。

3

一直以来，回龙镇的入镇口就有一棵古老的桂花树。桂花树紧挨着土坯垒成的榨油作坊，每一年的农历八月准时芬芳。树有碗口那么粗了，那是一种代表着岁月风霜的历久弥新的粗壮。不是参天笔直的那种影像般美丽的形状，树干歪歪斜斜，在每一个不同的日子里都顽强地无所谓地寻找阳光。桂花金黄时，花香铺天盖地席卷而来，即使是榨油作坊里面庚师傅炸出的新鲜菜籽油香也只能在金桂飘香时节黯然隐忍，菜油香在金灿灿的桂花世界里没有溢出的空间。人们，那么贪婪，赶紧深呼吸，一口一口一口，深深地深深地呼吸不久就会消逝的奇异暗香。庚师傅干脆停下了忙活，就坐在作坊的木门槛上卷喇叭筒抽纸烟。剃头师傅国平干脆将他剃头专用的竹躺椅搬到了大树下，磨剃刀的那张磨刀布随意地挂在树的一根枝丫上，在八月里迎风摇摆。五保户四爹爹拄着拐杖有点摇晃，他牙齿掉光了，可是鼻子好得很。擤了一把鼻涕后，他拿着拐棍敲了敲桂花树，说，国师傅啊，等下给我修个面，这棵树可是越活越健咧。

——是的咧，你老倌也越活越健哩。

桂花树每一年，都开，开在晒谷坪边的榨油作坊旁，一边盛开，一边幽香。

马上要过中秋节了，屠夫三宝正准备在桂花树下杀一只过节猪。

4

"六岁那年，我无药可救地喜欢上了畅畅。她在一个夏天过后便四处囤满了粮食的仓库里长大。她熟悉老鼠、麻雀、青蛙、蚯蚓，还有红色的美人蕉。她像老鼠一样黝黑，像青蛙一样扁平，像蚯蚓一样蜿蜒，况且，她还像麻雀一样在回龙镇的麻石板街道上蹦蹦跳跳。美人蕉盛开了，你伸出两个指尖，轻掐花尾，猛嘬蕊端，有一股清甜的汁液洪流般泄入口腔，淹没你，毁灭你对人生的一切怀疑。我幻想着畅畅也拥有美人蕉的甘冽。我在齿缝中暗自欢欣独享她的口感。一个人的快乐。畅畅，黝黑的畅畅；畅畅，扁平的畅畅；畅畅，潜藏在芭蕉叶中孕育清甜的畅畅。"

这是时隔三十多年之后我和了了躲在城市的一间酒吧里，我们一边喝轩尼诗加冰他一边在手机上记下的与畅畅有关的记忆。我们都有过历经漫长的岁月脑海里突然闪现某张旧时的脸蛋的经历。李亚萍，也曾经在我酒醉后的睡梦里出现过一次。她从镇卫生院的侧门出来，手里捧着一个搪瓷洗脸盆。瓷盆周边印了红色的双喜字和两对站在梅花上的花喜鹊。她妈妈要她把这一脸盆的东西交给我转给我妈妈然后剁成肉丸子煮汤吃。她妈妈是妇产科的医生。我接过温热的洗脸盆，一块无数次消毒过后变得发黄的粗白布将盆内之物捂盖得严严实实。李亚萍对着我笑。她是回龙镇最白的小姑娘。我靠近她，她的丹凤眼比注射器还刺人。她的头发散发出浓稠的消毒水混合酒精的气味。她站在我面前，她皮肤白得让我高烧不退似的迷离。

我其实只是要说畅畅。可是，畅畅其实与我毫无关系。穷其一生过去、现在和未来都和我毫无关系。畅畅是了了的畅畅。

那时候的汨罗江清澈得可以看见水底。洁净的河流和无邪的心灵一直都很罕见。透过水面，你可以看见黄沙、嫩仔鱼、水草和倏忽一闪窜走了的水律蛇。我们有时喜欢趁午休时间跑到上游耍水，打刨泅。水深刚刚及膝，烈阳当空，波光粼粼，我们一丝不挂纵身湍急的水流中。仰面举目，天空瓦蓝，云白风淡；俯身睁眼，清水见底，黄沙细细。

畅畅蹲在河堤畔边的苦楝树下，在树荫遮蔽下她黑黝黝地笑。她毛茸茸的脸随着透过树叶的阳光斑驳陆离，我们在飞溅的浪花中。

畅畅就是在那棵苦楝树下的红薯地成为了了的人。那天太阳很毒，河水被晒得滚烫。既然我现在谈论一条河流，我们谈论河流时我们谈论了什么呢？你可能马上想到了芦苇？没有芦苇荡漾的河流就像没有根的树？没有康德的古典哲学？没有在出锅前放一瓢猪油的炒白菜一般寡淡且索然无味？可是，没有芦苇！要记住，芦苇在我们这个国家的社会地位是随着婚纱摄影的普及才获得认可的。芦苇这种植物被婚纱影楼奉为圭臬视若摄影宝物还要等待很多年。芦苇，在国际上成名要早得多，随着笛卡尔那一缕思维依附于一片芦苇之后。这有点扯远了。反正，那就是一大块红薯地。红薯叶绿得油光锃亮，马上要到收获红薯的季节了。也没有蛙声。青蛙只在夜里叫。晌午的青蛙都躲在荷叶深处纳凉。有蝉鸣。知了在正午时分叫得最凶。一万多只各式各样的知了悬挂在苦楝树上见证着了了和畅畅的浓情蜜意。

了了并没有告诉我这一切。他从小就会藏话。这些都是李亚萍告诉我的。李亚萍说，畅畅趴在她的腿上哭了一个下午，把她的百褶裙都哭皱了。

——你是不知道，眼泪水流得都可以拧得水出来。李亚萍笑起来牙齿像油画。春天来了的时候，李亚萍最美。她穿着那一条绿灯芯绒裤子在漫山红遍的杜鹃花中跑。山坡上层林尽染，她白皙粉嫩的样子在自然的柔光中闪闪发亮。

我记得李亚萍告诉我这些事之前，了了曾经郑重其事但又得意扬扬地问过我知不知道青蛙和知了的区别。

——青蛙是猥琐的，它们仰视一切。而，知了的牛在于它俯视。了了说。

我当时不明白他的用意。我对动物不感兴趣，除了吃猪肉和吃鸡肉。又过了好久，他突然对我说，畅畅的舌头像一条打刨泅的水律蛇。似乎印证了李亚萍告诉我的是事实。

——了妹子哎，吃饭哒哩。了妹子崽哎，肿颈哒哩！他兴致勃勃谈论蛇的时候他娘站在田畔上扯起喉咙呼唤他的声音突然若隐若现响起来。他一个鲤鱼打挺起身，赶紧往回跑。

——快走，我娘老子喊我回去吃饭哩。

回龙镇将伢子喊作妹子，将妹子喊作伢子，我甚至一度认为是巫楚文化中的开放精神在普通生活中的具体实践。或许，屈大夫对楚怀王的爱可以解释这种现象。如果需要深度的理论溯源，课题研究主持人当然柏拉图最佳。而，将吃饭叫作“肿颈”，无疑是一种修辞。你试着去观察人们吃饭时的脖子，便晓得了。

5

现在我要谈论离开了。

上午九点过后，大卡车终于来了。绿色，圆头，货厢带雨棚，车头驾驶室顶部的铁皮风雨罩像加长的帽檐威风凛凛伸出挡风玻璃。司机是买畅畅她爸爸的面子答应把我顺路带到县城。司机爬上驾驶室，一甩手将我的木箱子扔到风雨罩上。我打了一个嗝。油豆腐炒肉加豆豉辣椒蒸淡干鱼混合味道的嗝。回龙镇人出远门要吃正餐，这是老规矩。从驾驶室往下看过去，我娘矮小了很多。她肯定和我一样依依不舍，眼睛酸酸的，随时会流眼泪。她不怎么直视我。我也不和她对视。

我要离开你了。以及你们。风吹来李亚萍身上的酒精味。她的白色肌肤为我的未来铺开一条圣洁之路。

卡车刚刚开出街口，驾驶室就爬进来两个散发出青春牌洗发露和蜂花牌护发素气息的女人。她们把我夹在青春洗发露和蜂花护发素气息之间。司机旁边那个女人是青春气味的。你知道什么叫作调情吗？车开到一个叫红花乡的地方，蜂花牌和青春牌换了个位置。继续调情。旅程于是充满了情调。

成群的鸭子在江边。我说过没有芦苇。我们在黄色的公路上曲折蜿蜒。远处的山荡漾着。公路班的何班长在马路左边，他老婆在马路右边，他们两公婆每人率领两个人扫马路。那种细小的竹制长柄大扫把。他们将散落在马路两边的沙石子有条不紊地扫回路中央。打扫过的机耕路像一尾梳理过的没有尽头的长羽毛。每一次扫把划过的痕迹都排列有序大小一致规规整整，以“人”字的形状向前冲。解放牌卡车飞驰而过，何班长没有停。他应该是习惯了粗鲁狂野的飞驰。他顺着风吐了一口唾沫。汽车扬起灰尘像装上了一个大尾巴。那片美丽整洁的大羽毛就这样顷刻之间破碎了！怎能不遗憾？女人们有时把手搭在我的肩上，我把双手紧紧拽住驾驶台的一根铁栏杆。相对而言，我更偏好汽油味。车行砂石路，风扬百丈尘。解放牌大卡车像一个拖着尾巴的大彗星。风吹着，尘扬着，鸭子嘎嘎叫着，回龙镇不到几分钟就消逝了。

——我们不能当彗星，划过天空迅速坠落。我们要当一颗恒星，永远照亮天空。我想起了了以前和我说过。从小他就比我豪情。2 的 N 次方豪情是不是等于或大于多情？

一个多小时后，汽车进城了。

我们在铁道口等火车过道闸。道闸这个词是司机说的。我第一次听说。我那时还没有理解朱自清说的“月台”到底是个什么台。红白相间的铁杆子将铁轨两旁隔离开来。我被两条大腿隔离开来。那天我们等的不是火车。我们等待一场死亡的鉴定。在回龙镇，明爸爸带着我见过无数的死亡。当年那都是老人寿终正寝的死，属于红白喜事里的白喜事。今天这场死，完全不一样，最特别。

好多人，大家都围着看热闹。穿白色衣服的公安干部在维持秩序。铁轨，枕木，路沿石，叹息，惊恐，呕吐，庆幸，一辆飞驰而过的绿皮火车将一个抢着过道闸的人撞到了天空中。哐当哐当。那是我见过的最零碎的死亡。我双手紧紧拽住司机的手。此时此刻，我感觉到了他存在的价值。那个人支离破碎，瞬间炸裂，像阳春三月的桃花，一场暴雨，顷刻之间点点飞红四处溅落化成泥。或者，你喜欢焰火吗？你的身体在空中盛开，绽放成稍纵即逝的鲜红。哐当哐当。哐当哐当。那是视觉的，彩色的，听觉上是节制的、有规律的、有节奏的，一场大型立体主义的毁灭。一辆高速行驶的列车的声音无论何时都可以将任何一个人死亡的哀鸣掩盖得悄无声息。

——上帝拿走了他的一切，作为回报，赠予他一种极美的死亡方式。

现在，我把罗伯特·瓦尔泽的这句诗送给他（她）。有时候，我们谈论死，就是谈论着一场离开。我确认我离开了回龙镇，却离不开死。

看热闹的人越来越多。

那一年，还发生了一些别的事。我的语文老师在身体上爱上了我的体育老师。她总是喜欢黄昏时露出肚脐和大腿在煤渣跑道上一圈一圈飞奔。许多人都爱那个时刻的她。大家捧着饭盆子蹲在煤渣跑道旁边，用仰视角欣赏美丽的双腿交叉划出县城中学黄昏中最美丽的痕迹。我的语文老师出类拔萃。

又过了几年。我离开县城。

我要到外省念大学，明爸爸送我到火车站。运煤的火车霸道地拉响汽笛风驰电掣。我听见火车碾压过铁轨的哐当声，内心狂热，血脉偾张。我猜测着远方。从没有人看见过远方。看得见的都是眼前之处。我想，一旦我踏上火车，回龙镇就离我越来越远了。回龙镇远成了遥远的远方。我依依不舍，手里抱着我娘一大清早煮好的茶叶蛋。我脚上穿着一双崭新的回力牌运动鞋。我去踩踏远方。我感觉到了一种温热的体表温度和许多酸涩的内心迷惘。

——火车是我见过的最长的车。车开出一个小时后，我才对了了说了第一句话。

——岁月远去……这就仿佛在火车里……里尔克说。

火车开得很慢。火车幸好开得慢，后来火车开快了就把很多东西丢掉了，再也追不上了。每隔几十分钟火车会停下来上客下客。列车员站在站台上吹哨子，催促旅客同志们赶紧上下车，列车马上就要开车了。

——这都是些小地方，比回龙镇大不到哪里去。火车的终点站才是真正的大世界。他说。

我想起明爸爸总是说，你要离开这里。你只要离开这里。可是，明爸爸，离开让人如此心酸，我们还要这么执着于离开干什么呢？

——端端我们远去，而岁月留驻，像风景在这旅行的车窗后，阳光澄清或寒生雾气。里尔克又说。

现在，我坐火车离开。火车带着我飞奔。绿皮火车哐当哐当在时光中穿梭，我安静地蜷缩在火车铁皮腔体内，我像个吃奶的婴儿般好奇地察看窗外。全世界流动起来，往我来的方向倒流。我在向前。向着未来。未来最美好的是，存在一种甚至是一些可能，比如，笑话从前的苦难并如释重负。

我想我一定要再坐火车回来，一个人一个座位，而不是狗一样地蜷缩。从窗边遥望，天空很久都无声无息。醉鬼一样安静。我想沿着铁轨一步一步蹦蹦跳跳在枕木上。灰色的路沿石拥挤不堪，紧紧依偎，保持傲慢互不搭理互相倾轧。

——你知道在地狱里魔鬼是怎样折磨灵魂的吗？

——不知道。

——他让它们期待着。[③]

【注】

① 回龙镇旧俗是家猫死亡后，由主人包裹上红布，趁天黑时静悄悄地找一棵大树将猫的遗骸挂在树上（最早的时候要求必须选择柳树，随着时移世易对树的品种不再有严苛的要求）。这可能是由于猫在农村生活中的重要地位（主要指捕鼠而非玩乐）获得了人们对它的敬重。又或许，这种方式的动物葬礼属于“天葬”范畴。至少可以肯定这是一种古老葬礼，或许有人可以从巫楚文化传统历史中找到源头。

② 摸子，是回龙镇人对盲人的专有称谓。这里的人们不直接将盲人称为瞎子，是出于对盲人的尊重，至少是回避轻蔑和戏谑。回龙镇有句古训说，人到八十八，不笑别人跛脚瞎。

③ 引自荣格《尤利西斯：一段独白》。

五 涉及鸡的言论及小故事

只有拿破仑才会对鸡肉有这样的激情，他让厨师们整天忙活个不停。这是怎样一个厨房啊！到处都是被拔光了毛的鸡。

——珍妮特·温特森

如果一点五只母鸡在一点五天的时间内下了一点五只蛋，那么五只母鸡在六天时间内会下多少个蛋？据说少年笛卡尔冥思苦想了仅仅两天便得出了答案。这让他的老师欣喜若狂。鸡，在数学世界里是个抢手货，你怎么也不可能不碰到拿着鸡作为题目为难你的数学题。回避鸡，数学残缺不全。笛卡尔终身未婚。57 岁就死了。

2018 年中国一所小学三年级的奥数题令孩子们绞尽了脑汁：黑母鸡下 1 个蛋歇 2 天，白母鸡下 1 个蛋歇 1 天，两只鸡共下 10 个蛋，最少需要多少天?

公鸡 2 只 5 钱，母鸡 2 只 3 钱，小鸡 6 只 1 钱，50 钱怎么买 100 只鸡？要求，公鸡最少，母鸡要多，小鸡最多。这道电视剧《芈月传》里的数学题男主角黄歇其实答错了。反正电视剧没人当真，错就错了。正确答案为公鸡 8 只，母鸡 11 只，小鸡 81 只。

讲个鸡的故事吧。

老板爱鸡，世人皆知。某次率众下乡送温暖，一路舟车，奔波疲惫，不知不觉已是中午。众等饥肠辘辘，苦不堪言。忽见路边突现一新开张食肆，名号“大姐土鸡店” 。老板细目圆睁，紧急叫停，未待车稳率先箭步冲出飞入店内，边行边口中高呼：来只土鸡，来只土鸡。这一声声呐喊慌乱了店中坐堂女子。只见那妇女红衣绿裙，眉粗臀肥。虽不是那倾国倾城美妇人，却也白皙丰硕，非楚楚却动得了人。

那妇女迎将上去，一把拽住老板急急忙忙往堂屋边厢房走去。老板仍然满口土鸡土鸡不止。也真真是苦了众等下乡大随小从。妇女也是见过风浪的老麻雀，不动声不动色，一把关了厢房门，将老板摁在席梦思床铺边，对着老板耳边细细说道：

老板老板你莫急。土鸡店里多的是，您老人家觉得我怎么样呢？

你是不是更关心这个老板是哪个老板？了了讲给我听的时候，我正是这么想的。浸淫娱乐时代时间一久，八卦精神不知不觉成了和胆固醇一样的物质在动脉中日夜徜徉。他悄悄告诉我这个老板就是他以前的老板。他很八卦地提醒我切莫声张。

从此之后，每次吃鸡，他总要提到这个关于老板的故事。

——吃鸡吧！这家饭店的土鸡绝对正宗。他慈爱地夹了一只鸡大腿放在我的碗中。

也就是说，世界上存在一种不正宗的土鸡？这是一个涉及动物基因遗传、家禽喂养的工业化流程带来的禽类肌肉蛋白纤维发生显性异变以至于细胞结构遭受破坏转而产生裂变最终导致口感差异的问题。其实也就是说，鸡没了鸡味，肉没了肉味。用胡萝卜喂鸡，蛋心发红；用玉米喂养，蛋黄更黄。但，今天不用管蛋的事。要不试一试用鸡肉喂鸡，猪肉养猪，鸡肉便更有鸡味，猪肉也更有猪味？

——你喂火鸡要是尽用栗子面，火鸡肉的味道就像栗子。吃猪就像猪。可是咸水鱼的味道怎么倒不咸呢？那是怎么一回事呢？[①]

流水线终归不是个好东西。

我们经常吃鸡。我们总是吃鸡。竟然还百吃不厌。我们端着巨大的饭碗，一点点剁辣椒，一点点油渣子，一大口一大口吃鸡肉，众目睽睽。橙黄色的鸡汤代表了这只鸡高贵的出身。既没有加入瓶装的口口香化学增香增色剂，也没有复制粘贴网络心灵鸡汤金句，只是简单地熬制。一个随行的河南人将鸡汤喝得吧唧吧唧响。侧逆光的作用力，将他的倒影照射在汤碗里，他的彰显自己艺术家身份的扎成一个道士形状的发型有如一只叫鸡公的鸡冠。

一只黑白花猫和一条土狗在我们和鸡之间穿梭。时光流动。岁月如歌。

许许多多年以前，我们大学毕业来到了这个地方。一条巨大的河流穿过整个城市。河的好处在于，提供海的可能。河，本身即是可能。我们一起抬头仰望天空，却不是星星闪烁的季节。偶然，飞鸟掠过。我们是鸟眼中的偶然。我们和鸟，都在河水之中形成倒影。我们总是在一个河水流淌的地方遇见。遇见彼此、未来、不安、偶然和必然，或者姗姗来迟但终将到来的逃离感。回龙镇此时在那里，在远方。

你有没有见过一条不蜿蜒的河流？最好不要妄议城市，太多的路径供人出入，以致形成的热闹迹象总是令人迷失其中。

——人在城市里面生活，就像被迫适应池塘的动植物一样，一边被反光表面所包围，一边艰难地生活在其中。②

我们坐在河边喝啤酒。卖臭豆腐的问我们要不要来几块，我们来了几块。擦皮鞋的问我们要不要擦皮鞋，我们明明都穿着运动鞋。擦皮鞋的说，运动鞋也可以擦。我说，我怕脱了鞋会熏得你脑壳晕。擦皮鞋的说，我在农村喂过好多猪，还怕这个？我们脱下鞋给她擦，我们一起吃臭豆腐。风吹来许多掺杂了人的气息但却比人远远复杂的味道，我们喝了许多简单的啤酒。

良辰美景，世间万态，风从往昔一路劲吹过来，杂糅着未来、理想、信念和啤酒的味道。美妙的新世界。还有你。

——鞋子擦好了，老板。擦皮鞋的女人说。

城市魅力四射，无论如何，一生中总有机会被人称为“老板”。我掏出一张五块的钞票给了她。我说不要找了。

她伸出沾满鞋油的手用大拇指和无名指接过钞票迅速塞进了肉色短筒丝袜包裹的脚踝处。那里零散票子层层密密，将她的踝关节包裹得富贵逼人。白皙的肌肤闪耀出金灿灿的光。西门庆弯腰捡起丝手绢，顺手摸了一把潘金莲的踝关节。阿喀琉斯便没有这么幸运。

在我看来，鸡一直是奢侈品。至少，我死去的那个老板也这么认为。在鸡的问题上，我们达成了这辈子唯一的也是最重要的共识。

那个故事。他思考了很久。一只鸡和一个哲理？就像一把雨伞和一台缝纫机之间构建起的那场革命性的但是坦诚的充满文艺味道的对话？

他把回龙镇活蹦乱跳的土鸡一只只装在绿色尼龙网丝袋里。然后，他四处寻找老板的家。有一只鸡，屁眼里还夹着半截马上要生出来的蛋，温热暖手，他连忙拎起老鸡婆的爪子倒过来一把将蛋塞了回去（这在理论上不成立，但他后来坚决认定他确实将鸡蛋塞回了鸡屁股。此细节已然无从考证）。我感觉到场面很混乱——粗暴的他和不克制的鸡。

有时，会配一些新鲜的蔬菜，苦瓜茄子辣椒黄瓜空心菜；有时，是一堆刚从汨罗江用渔船的拖网围捕上来的鱼，白生生的肉刁子鱼，黑里透黄的小鳜鱼；有时是一桶泥鳅或一桶鳝鱼……

他从左边口袋里摸出一根软白沙丢给门卫老头，给他点火。老头笑眯眯地把头凑到他的胸前，烟迅速燃了起来。老头抽烟，发出“嗦嗦嗦”的响声。烟气中缭绕着一些幽门螺杆菌的气息。鸡屎味和胃气混杂在一起。他每次都故意把火机低低地举到胸前，让老头低头接火。往来次数多了，用不着他开口，老头会神秘地给他一个明确的暗示，比如，右手的食指用劲往老板家的方向一指，然后再点两点，不用说家里有人。

要记得，不要得罪世界上任何一个看门人。天堂之门，地狱之门，人间之门，每一张门的外面都坐着一个看门人。

他用手摸了摸右边口袋里的另外一包烟，黄色的芙蓉王，硬邦邦的外壳。他隔着口袋拍了拍烟盒。那是要孝敬给老板抽的。千万不能搞错了。粮仓里的老鼠吃稻米，厕所里的老鼠有屎吃，这是天上写好了的。

老板的老婆爱死了回龙镇的这些鸡。老板的老婆也爱死了这个送土鸡的年轻人。

一个爱吃土鸡的老板，一个同样爱吃土鸡的老板老婆，一个确保老板家冰箱土鸡绵延不绝的年轻小伙子，一个稳定的三角形支撑。你在一座陌生的城市无依无靠无亲无故，你使用一些土鸡就获取了一个贵人对你的刮目相看鼎力支持大力提携。天啊，歌颂这些伟大的鸡吧！为它们祈福吧！

他洒了一杯茅台酒在地上，祝福他的老板一路好走。

那个故事对于他而言，是一把钥匙，一个灯塔，一本人生指南。

——你最应该敬回龙镇的土鸡一杯酒。当你在这个城市一筹莫展的时候，它们拯救了你。

——或者，要感谢肯德基。肯德基的鸡改变了人们对鸡的整体好印象。土鸡于是才伺机成了奢侈品。

——年轻人依然狂热钟爱肯德基，这无法改变。

——他们只是还没有成熟到肯定土鸡价值的年龄而已。别着急。

——土鸡在城市里的地位从来没有今天这么崇高。

——来，吃酒。

——来，吃鸡吧。

他先走了。每次他都先走。留下我、狗、猫和一堆鸡骨头。他和他一身的奢侈品一起装进车厢。

——死，真是无趣。他说。

其实，我外婆早就意识到了鸡是奢侈品。我外婆经常说，鸡好金贵哩。金贵就是奢侈的意思，比奢侈还要奢侈。我小的时候，外婆连年喂鸡。回龙镇的所有外婆都喜欢喂鸡。我外婆喂的鸡总在过年的时候拿到麻石街上卖掉兑票子。那些口袋里摸得出票子的人喜欢我外婆的鸡。丰硕。肥实。真实。我外婆是个老实人，不像有些外婆卖鸡前拼了老命往鸡嘴巴里面捅沙子。我外婆卖了鸡拿了票子就欢天喜地到供销社称盐打酱油，到十字街找三宝屠夫割肉而且一定还要买一挂两百响的红鞭子大年初一开财门。

我问我外婆你喂的鸡为什么不自己吃？我外婆说她不欢喜吃鸡。我爱吃青菜，外婆说，鸡也是一条命哩，吃多了有“过”哩。外婆总是这么说。你知道有过是什么意思吗？过，回龙镇的土话，就是罪过罪孽的意思。

我不相信世界上有不爱吃鸡的外婆。她说这些话的时候，我看见她没一颗牙齿的嘴巴在飞快地蠕动，像晒谷坪旁边的那张石磨，精细地碾压和打磨一些幻想中的味觉，并且产生了具体的快慰。

我端起酒杯喝了一杯酒。我看见我外婆正在喂鸡。她手背上爬满了蚯蚓般的青筋。她抓起一大把谷糠碎米朝天一撒。她嘴里念着“咯咯，咯咯咯咯咯，咯……”，我看见鸡奔向了我外婆。我外婆是鸡心中的红太阳。外婆咧着没有牙齿的嘴“咯咯咯咯”笑哩。

我又喝了一杯。

——只有拿破仑才会对鸡肉有这样的激情，他让厨师们整天忙活个不停。这是怎样一个厨房啊！到处都是被拔光了毛的鸡。③

拿破仑皇帝如此钟爱鸡。他像爱约瑟芬皇后一样爱鸡。

这是我在一本书中读到的。书本之中从来不缺乏琳琅满目的爱。你凝视着它，时间再长，它绝不眨眼。

两只土狗干起了鸡骨头。狗对骨头的偏好导致了它们被诱引被驯化。相当于有缝的鸡蛋之于苍蝇。那只猫无精打采。世界上没有精神抖擞的猫。

我们被动物们包围萦绕着。黄狗。花猫。麻雀。被炖熟了的鸡。远方天空飞翔而过的鸟。

——给我一对翅膀，我也可以鸟瞰天空。

——动物本身不被作为主体主角直接表现在油画中是过去西方艺术史的一个残缺。

河南人喝了酒之后想和我一起聊当代艺术。

——要让一切动物走上画布，让它们参与到现状和当下的讨论中来。中国人在这方面至少比洋人超前一个世纪。

——你知道吗？有一次一个某省的美协副主席到我书房喝酒扯淡。喝多了定要即兴挥毫泼墨。他三笔两笔便画了一只狗。我其实并不知道他画的是狗。宣纸上整个就是一个肥大的屁股，一只小小的卷尾摇在一边。他说他画的是一只狗。我问他，为什么要从这个角度表现一只狗？他喝了酒之后嗓门尖细尖细，他对着我大声质问，你难道不知道世界上的狗都是双性恋吗？这是常识。常识！你懂吗？

河南人开始辱骂这个城市所有的艺术家。他真会骂人。我羡慕极了。他一边骂人一边一根接一根地从我的烟盒里拿烟抽。

——嗯，中华还是味道正。他咽口水的时候我的视线停留在他的脖子上，仔细寻觅着男人本该具备的喉结。我最终只得收回了我的期盼，将失望和迷茫留在那个区域。

我再给你讲几个鸡的故事。如何？

在雅典学园念了多年哲学后，希腊青年终于回了家。老父亲欢天喜地杀鸡做菜为儿子接风洗尘。他很关心儿子几年来到底学了什么，问儿子到底什么是哲学。至于什么是哲学，这个问题说复杂很复杂说简单也很简单，儿子说。比如这只被您炖熟了的鸡，在您的眼里只是一只鸡，然而，在哲学家眼里却是两只鸡呢。儿子解释。

——您知道吗？在哲学看来，世界上其实存在两种鸡。一只叫具体的鸡，另外一只叫抽象的鸡。

——这就是哲学？这就是你这么多年学到的知识？大字不识的老父亲有点生气了。他一把端起桌上那盆鸡抱在自己怀里对儿子说，既然这样，你吃你那只抽象的鸡，我吃这只具体的鸡吧。

可是，据柏拉图《裴多篇》记载，苏格拉底临终前念念不忘的是一只具体的公鸡。他说：“等药力到达心脏，我的生命就终结了。”当他感到腹股沟也变冷时，他露出脸（因为之前他蒙住了自己的脸）对我们说——这是他的临终遗言：“克里托，我还欠阿斯克勒庇俄斯一只公鸡，你能记得帮我把这债还了吗？”“我一定记得还这笔债。”克里托说。④

事实上，绝大多数人一辈子怎么活也无法像某些鸡那样声名显著。下面这些也与鸡相关。

★一日，贵妃浴出，对镜匀面，裙腰褪，微露一乳，帝以指扪弄……曰：“软温新剥鸡头肉。”……禄山曰：“润滑初来塞上酥。”（宋·刘斧《青琐高议·骊山记》）

问题是，杨贵妃洗完澡出来，安禄山怎么会在旁边呢？大胆。后来，鸡头肉就被用来借指乳房了。

★过时的凤凰不如鸡。宁为鸡头，不作凤尾。

★莎士比亚说：不如意的婚姻好比是座地狱，一辈子鸡争鹅斗，不得安生；相反的，选到一个称心如意的配偶，就能百年谐和，幸福无穷。英国十六世纪的鸡主要是和鹅打架。鸭子去哪儿了？

★全球目前有超过250亿只鸡，遍布世界各地。家鸡是有史以来最常见的鸟类。野生鸡的自然寿命是7—12年。驯化后的肉鸡不过在出生后几周就到了最佳食肉的年纪，于是一命归西。既然三个月就可以卖钱，何必还要白白浪费让鸡赖活好几年？⑤

★以下引自布考斯基《脏老头手记》。

——我得赶紧找个女人□□，要不然脑子要坏掉了。

——都太贵了。算了吧。

——我知道。但是不能算了。我都开始发梦了。做梦□小鸡。

——小鸡？管用吗？

——在梦里管用。

★第欧根尼将一只鸡的毛拔得精光，带到了柏拉图的课堂上。他把这只无毛鸡往讲台上一扔说，老师，既然你说人就是有两只脚而且不长羽毛的动物，那么，你看好了，这就是你说的人。后来，柏拉图将人重新定义为：没有羽毛的两足直立动物。

★为了研究冷冻与防腐，培根在冰冻天气往鸡肚子里面塞雪。时间太久感染风寒，不久之后不治身亡。一个伟大的思想家就这样因为鸡，丢掉了性命。

★那一年，我们一行人在夜晚的沙滩上一边烤鸡一边看世界杯阿根廷血战英格兰。天空中繁星闪烁，沙滩上火光冲天。我写了个朋友圈作纪念。

海边的两只小鸡

我们一堆人/在海边/围着一堆篝火

天上的星星和湿沙下的螃蟹陪我们/我们/陪/篝火中的两只鸡

一只鸡在篝火里/我们看不见它/一只鸡在篝火上/我们看见它/油光锃亮

火中央的那只鸡和火苗上的那只鸡彼此问候/围着火中央的那只鸡和火苗上的那只鸡/的/我们/也彼此问候

鸡和鸡的问候/通过滴落的油和渗透的香气

我们的问候/通过/啤酒二锅头和脚底渐渐潮湿的细沙

后来/我们吃鸡/吃鸡的翅膀/大腿和胸脯/也吃鸡的屁股/后来/鸡成了一堆骨

夜深了/有人问/海的那一边/那些鸡/睡了吗?

我信口雌黄惯了，不说鸡了。喋喋不休一只鸡，多么无趣。况且，鸡并没有请我当它们的代言人。

不过，我不得不承认，我也给我的第一任老板送过鸡。绿色的尼龙网丝袋。回龙镇正宗土鸡。带翅膀的小天使。一颗渴望被关注的心。老板娘亲切地接过小鸡迅速地放进卫生间洗衣机和墙壁的空当，又迅速地给我端来一杯叶芽根根矗立的当年新毛尖。她的眼神炙烤得我感激涕零。老板亲切地询问我关于未来的打算。他递给了我一根芙蓉王。我颤巍巍地接过烟，内心有种被接见的狂热。

我边走边幻想着。电视台家属院树林荫翳，月光洒在我的身上斑斑驳驳。我拐了好多好多弯，站在老板门口深呼吸了好多好多口气。不争气的嗓子总是在关键时刻干痒。我的初恋女友曾经问我到底什么是快感。我当时告诉她，痒，是快感的具体表现。现在看来，嗓子痒不能算。

——你是哪个?

小保姆隔着门板查我的户口。我站在距离入户门大约一米远的位置对着猫眼点头哈腰微笑。鸡在我的手中扑棱扑棱跳。我的心脏扑通扑通跳。

——老板不在家。

——你难道不知道老板不吃带翅膀的肉好多年了吗?

她的声音二十多岁，口气比二十多几十岁，有专家味道。她没有给我开门。她也是一个看门人。我沿着月光踏上来时的林荫道。世界上有太多的门你穷其一生也敲不开。我一边走路一边想象保姆长得什么样。她美吗?猜测一个不曾谋面的妙龄少女的模样就像一次充满了撩拨韵味的探险，甚至潜藏着突如其来的快感。一个未知的女人（或者一个未知的时代）。

问题是：你转山转水转经轮，你转不过要面对老板的宿命。回龙镇的老话说，人上一百，形形色色。我怎么就偏偏碰到了一个不吃带翅膀食物的老板呢?我被老板这个特殊癖好弄得有点心碎的感觉。然而，这里是城市，鸟多了什么林子都有，如果总是要在意别人的看法，鬼才知道每天要心碎多少回呢!

你知道吗?小保姆曾守着那个时代的门哩。明爸爸。

【注】

① 引自《尤利西斯》，乔伊斯著，人民文学出版社 1994 年 12 月版。

② 引自《单读 19》。

③ 引自《激情》，珍妮特·温特森著，新星出版社 2011 年 7 月版。

④ 摘编自《哲学的故事》，威尔·杜兰特著，新星出版社 2013 年 4 月版。

⑤ 引自《人类简史》，赫拉利著，中信出版社 2014 年 11 月版。

六

《电视专题片》一条
《报纸消息》一则
《会议纪要》一篇
《广播剧：花鼓戏》两段

时间，供我们垂钓的河。我从中汲水，却同时发现了河底的淤沙，意识到它是如何清浅。它涓细的脉流漫过，但留下了永恒。

——梭罗

很多人坐在一间椭圆形的会议室。主持人甫一开始即宣布了一条铁的纪律：会议内容重大、机密。不可外宣。不许拍照。不许录影。二十点整，关灯，黑场。黑压压的人群在黑色的光影中安静下来。一条反腐倡廉成果汇报及警示电视专题片开始放送。屏幕上一块黑色的铸铁被投入巨型熔炉，火光冲天。投影仪开始播放电视专题片。突然，屏幕上出现了一张在场所有人曾经极其熟悉、相当仰慕和敬畏的脸。大家的老板原来也在今晚的专题片中。人群中开始出现无法控制的耳语、叹息以及其他声响。光线昏暗，人脸无法被识别表情。

电视专题片

字幕

小某某。原城市文化传播有限公司董事长。

画外音

小某某，曾经风云一时的传媒界少壮派人物，如今也倒在了贪腐的脚下。

全景长镜头

他对着镜头嘤嘤啼哭。他被勒令停下来站立。两名特警挟持他的胳膊。警车停在距离不到两米远处，厢型囚车的对开式后门早已开启。他对着镜头泪流满面。他试着抬高双臂擦脸。手铐和特警令他无法如愿。大约八到十秒的亮相后，他被架上车。一道不锈钢栅栏将车载囚室和驾驶室隔成两个区域。他号啕大哭。眼泪和鼻涕一起流在脸上。他又试着抬高双臂擦脸。他被挟持着坐下来。另一名特警在车外将门关紧，扣死锁扣，跑步从副驾驶处上车。警车开动，拉响警笛一路远去。

画外音

我们在看守所采访了如今身陷囹圄的某某某。

画面

他一直忏悔。（至少他的表情看上去像是悔恨的样子。谁都不知道此时此刻的他在悔什么恨什么。）说了不到三句话，他开始哭脸。从流泪到哇哇大哭十分迅疾。他坐在囚椅内，没有戴手铐。他一边哭脸一边用手擦眼泪擤鼻涕，然后，他用衣服袖子擦手。

同期声

人真的不能贪。都是一个贪字害的啊……

（他的哭声达到了最大。黑场。）

许多年前，我去报到上班。那天礼拜一，部门开周前会。

——年轻人，刚踏入社会，就是要多出去闯荡，你就当一个业务员吧。我人生的第一位老板正式给我分配了工作。

我看着眼前这位老板。羞涩地。敬畏地。紧张地。怯懦地。噢，我的主人。我想。掌握着我远大前程的人。我不敢直视，用余光旁观。他的身形整体上实在是很小。我在内心迅速给他取了个代号“小老板”。我装作仰视的样子，他面无表情。他的头发油光锃亮、服服帖帖，高光在头顶聚集随后落了下来。他嘴角有些歪斜。不对称是一种永恒的传统美。我渴望这个人的不对称可以滋生出一些对我的无端的赏识，那将是人生第一次走狗屎运。无端即不对称。我明明知道，我是在想入非非。自从昨晚我和我的几只土鸡被拒之门外，我就知道我的梦想应该是无声无息地破碎了。（此时，我甚至对了了充满了羡慕嫉妒恨。他偏偏碰到了一位对土鸡饱含了热爱的好老板。可是，这是命中注定的事。俗话说得好，命背不能怪社会。认吧。）他说话的时候，眼神游离。他的余光中，充满了睥睨和轻蔑。三十出头便走红的老板习惯了目空一切。这个掌握我命运的小老板。他的手与他的身体极不协调，出奇地大。另一种不对称。我看不出他到底是不是在笑。宛如冬天早晨的镜子，布满了雾气，你对着镜子笑却看不清另外那个你。你伸出手擦拭镜面，手湿湿的，镜子很快又模糊了。他也许惯于把笑含在嘴里，顺着舌尖让愉悦蜿蜒流淌进咽喉。一直向下流。他不但不对称而且不确切。他有好多好多的牙。人的牙齿数量是一个宏大的不确切。他的脸就像初习书法者写的毛笔字，结字紊乱，起笔粗糙，蜂腰鼠尾，挤作一团。

我拿起丢在坐凳上的报纸铺在膝盖上听我的老板训话。读报是个好习惯，真真假假，虚虚实实，你不出声，它保持沉默。只是，报纸太健忘了，昨天才说鱼翅营养丰富，今天又自我否认说鱼翅含磷太高伤肾。

那天的《参考消息》有这样一条路透社的新闻：

报纸消息

德国外长将纳粹与苏联红军相提并论 听众发出嘘声并要他滚开[①]

【据路透社消息】在今天举行的一座纳粹集中营获得解放的仪式上，德国外长金克尔提到后来苏联红军也使用了这个集中营，他遭到了出席仪式的人们的责难。

——这是一个崭新的时代。电视行业迎来了人类史无前例的美妙好时机。只要人类不灭绝、文明不被摧毁、外星人不降临地球，只要这个世界还有家，那么，已经成功占领千家万户客厅、卧室墙上的那台电视机，就必将是唯一永恒最有力量掌控人们生活以至灵魂的一部机器。小老板在会上描绘了电视业未来的宏图。

（消息说）尽管8000人的人群发出嘘声并呼喊着要他滚开，金克尔仍然把他的讲话继续了下去。

——我最近总是听到大家议论何时我们也可以买汽车、住别墅。汽车算什么？代步工具而已。别墅算什么？居家建筑罢了。再也没有一个事业像今天的电视事业那样可以迅速带领我们步入最现代文明的高贵生活。大家好好干，到时我们公司奖汽车奖别墅，甚至是发汽车发别墅。

1926 年，英国人贝尔德发明了电视。1936 年，英国广播公司正式从伦敦播送电视节目。1941 年，贝尔德又成功地传送了彩色图像。老板说这话的时候，电视的年龄大于五十岁小于七十二岁约等于六十足岁。人类退休颐养天年的大好时光。

（消息援引金克尔的那段话说）我们铭记1945年4月23日的那次解放，可是，当时，萨克森豪森并未被关闭，有更多的犯人被送到这里，发生了新的苦难，我们不能忘记这一点。

哪里有什么苦难？在苦难尚未降临至你自己的头上之时，苦难便不成其为苦难。人们深谙此道且一直热衷抱团取暖，休戚与共。

——最美的树长在我们身上，不是通常看到的大树，是十字架。薇依说。

哪里都不缺乏苦难！它一直隐身在太阳黑洞之中，随着光跌落下来，结成西伯利亚寒冷的冻冰。草原上牛羊成群，万马齐喑，身上恰到好处长满了抵御寒冷的毛。你是不是早就学会了时时刻刻抚慰那颗惯于不安的心？

——我们进入了一个以电视业为龙头的娱乐时代。快乐，制造快乐，是我们全体电视人的历史职责和担当。我们就是要把我们的电视节目卖出去，让人们在屏幕前度过幸福漫长完美的一生。小老板激情四射地说。

（消息描述说）德国观众除了发出嘘声并呼喊着金克尔滚下去，他们并没有向主席台扔哪怕一个臭鸡蛋，也没有一个民众脱掉鞋子砸他。

这是一种隐忍？即使康德不将“理性”和“克制”重重置于史诗级的维度反复唠叨，黑森林地区的所有人种大啖牛羊肉之前一定会记得将动物鲜血引出来洒在地上。迄今为止，伍迪·艾伦假想的无厘头之作《纯粹无聊批判》仍然没有找到出版商。

——当一个人有责任或有机会，针对某些话题去发表超过了他对该话题的了解时，他就开始扯淡。法兰克福说。②

——如果所有带翅膀的肉都不吃，还有什么值得吃呢？我发短信给了了。

——你傻呀！天上飞的不吃。那不是还有地上爬的，水里游的吗？好吃的实在太多太多了啊！

讨论鸡的问题，真的真的很无趣。一个上午就这样打发了。

——多数人整个上午都在如砍柴般勤力，他们沉浸于工作——崇高而得体的谎言，他们埋头在一件件小小的忙碌中——那里面集合着一个沉默不语、端正体面的道理：我们生存的全部史诗说到底可以概括为一场勤奋努力的无声戏剧。一天便这样流逝，平静，如常。每人都忙于自己的奔走……维亚尔这样议论工作问题。③

我于是成了一个业务员，到处拉广告。

陌生的城市里，一开始谁都是孤家寡人。我还体会不到苦难，我只是一个从回龙镇来到城市的小镇人。我一无所有。梦想如果算的话，我便并非一无所有。我深知我要做的第一件事仅仅只是千方百计地让我的小老板喜欢我。

——世界是你们的，世界也是我们的，但是，归根结底，世界是老板们的。了了哥曾经雄心壮志地说。

不巧的是，我偏偏碰上了一个无论如何也不喜欢我的老板。我千方百计地让老板喜欢我。然而，我的老板不顾一切地不喜欢我。小保姆把守着那个时代的门，回龙镇的老母鸡敲不开。

小老板毫无理由地越来越不喜欢我。没有理由。一切伟大的爱意和一切突如其来的厌弃都无需恰如其分的由头。

电视台广告业务员到底是干吗的？

你喜欢听相声吗？

——香菜、辣青椒、沟葱、嫩芹菜、扁豆、茄子、黄瓜、架冬瓜，卖大海茄、卖萝卜、胡萝卜、扁萝卜、嫩芽的香椿、蒜儿来、好韭菜。

这是卖菜的。

——小小的纸啊，四四方方，东汉蔡伦造纸张，南京用它包绸缎，北京用它包文章，此纸落在我的手，张张包的都是十三香，夏天热，冬天凉，冬夏离不了那十三香，亲朋好友来聚会，挽挽袖子啊下厨房，煎炒烹炸味道美，鸡鸭鱼肉那喷喷香，赛过王母蟠桃宴，胜过老君仙丹香，八洞的神仙来拜访，才知道用了我的十三香。④

这是卖十三香的。

电视台广告业务员准确地说是卖时间的人。每五秒钟电视广告播出时间按不同价格卖。弄得好像时间真的可以折叠一样，他们把广告时间打成一个一个的包卖出去。和我一样明码标价贩卖时间的同行随便掐指一捏，大有人在：

1. 家政公司：保洁 35 元 / 小时，保育员每月结算，30 天一个周期。2. 木工、水电工、油漆工、泥工每日平均市价约 300 元人民币。铺贴大理石花岗岩等石材坚决只按照平方计算工价（因为这些材料只有有钱人才用得起）。

3. 脊柱经络调理师每四十五分钟 100 至 300 元不等。

4. 街边足浴按摩店 50 元一小时；来自川府之国的全国著名连锁品牌每四十五分钟 90 元，采耳另计，其余服务请直接与女技师协商问询……

——时间，供我们垂钓的河。

——我从中汲水，却同时发现了河底的淤沙，意识到它是如何清浅。它涓细的脉流漫过，但留下了永恒。梭罗说。

有时候我约你，你总是没有时间。你的时间哪里去了？卖了吗？卖不卖啊？

——给时间一点时间。

——你这点时间都没有，那时间还有什么用？[⑤]

我尚且分不清这个城市的东南西北。那时，我还不知道进入一个行业就是开始反对一个行业的开始。每天，我一大早赶到办公室打卡报到。早晨的景致在蒙胧睡眼中若隐若现。门卫抱着收音机坐在门房打瞌睡哈欠喧天听花鼓戏。

广播剧：花鼓戏[⑥]

【旁白】汨罗江边。一个老渔夫头戴斗笠，身披蓑衣，腋下夹着钓鱼竿，双手捧着酒葫芦，醉醺醺地一边喝酒一边唱。

【唱】日出西边月东升，白昼无光黑沉沉。乾坤颠倒天地下，黄钟不响瓦钵鸣……

【唱白】三闾大夫啊，请，请，请！

【旁白】渔夫说罢将酒葫芦朝屈原的嘴巴里面灌。

…………

他张着满嘴的黑牙冲我笑了一个六十多岁的人的笑。他青春不再，容颜已老，贼心不死，色胆包天，习惯了白日做梦。我也冲他笑了一个二十岁出头的人的笑。接下来一整天，我需要穿梭在每一间办公室里对每一个人卖力微笑。很快，你会发现，微笑并不是等价交换的流通工具，换不回同样的微笑。笑着笑着，就累了。

——你又迟到了。小老板说。办公室主任要做好严格的考勤，按每迟到一次扣罚五十元人民币执行。

——伟大的头颅总是需要更多的睡眠。康德说。

我什么都来不及说。我赶到会场时气喘如牛。

彼时，老板正在发表看起来十分重要的讲话。他停顿了下来，横眉冷对。老板们总是可以将傲慢这种技能应用得灵活自如、得心应手。我故意装作十分忐忑的样子。大约不过就是，头低一点，背故意佝偻一点，两只手掌交叉着摩挲摩挲，然后，屏住呼吸让自己的脸部充满鲜血那样的绯红，貌似就是害羞的表情。谁愿意在一周的第一天上午全体成员都需要集中开一个大会这么隆重而热烈的时刻迟到？我只是一不小心昨晚喝多了一点起床晚了一点动作缓慢了一点。

人们有时候喜欢“慢”有时候批判“慢”，如果沉溺于铺天盖地的忠告与箴言，你迟早会迷失自己。你有时候催促我快一点，有时候命令我慢一点，我最终坚持用我自己的节奏。你总是说挺好的，你是真的快乐吗？时间的美好之处在于，时间在时间之中和时间相处，总是不急不慢。

头天晚上我喝多了。城里的夜晚更具宽容品质，可以暂时忘却整个白天纠缠不休如影随形的傲慢。我端着酒杯坐在酒吧的吧台很快就把自己喝成了豪情万丈的样子。我的豪迈与魔鬼同步，在夜里爬过被遗忘关闭的窗棂，来到世间。我和我自己吃酒，我们两个人相互温暖，清脆的玻璃叩击玻璃之声落在泥土和泥土之间。很快，我就会燃烧起来。看得见火红的青春、彩色的来日，还有用富丽堂皇的形容词编织的时间颂歌。我、我自己和魔鬼，我们三个都深知良宵易逝。我们抓紧时间，赶在黎明前捕捉在白日中不得不收藏起来的真实性灵之光。

一个漂亮女人趴在我身边的吧台上吃了好多酒。墨西哥烈酒特基拉。圆口烈酒杯，杯垫盖在杯口上，大拇指和小手指扣住杯身，其余三指压紧杯垫，“啪”的一声重重往吧台上一击。白色泡沫如同希腊经济一样汹涌升起。她伸出左手，啄了一口手背虎口上早就搁置好的一些白色碎盐颗粒，甩掉杯垫，端起酒杯仰起头一杯酒一饮而尽。她的脖子洁白细长，而且还长着一对深邃诱人的长锁骨。我们干杯。我们喝了一杯一杯又一杯。茫茫人海中，我们都如此需要安慰。

她锁骨很深。夜也很深。我们一起坠入深渊。

——没有经历过深夜的狂醉、乱语、谩骂和痛苦，不足以语人生。尼采说。

我醉了的时候有时像个烂柿子，有时像一架升降机。那天的我恰恰如同烂柿子。她在电视深夜推销药酒铁腰板老人健力鞋和三个月增长三厘米的广告叫卖声中安然入睡，伴以鼾声。我敬佩她的随遇而安。我在她深邃的锁骨起伏中深情地入睡。

早上醒来，我头疼欲裂。

晨光中的她慵懒垮塌，像巨大的西餐盘中盛满了红樱桃、白奶酪、炭烤烟培根。我饿。我想吃红烧肉。我觉得那天早上的我是一架崭新的升降机。她是一场盛宴。哈罗德·品特有一个戏剧《送菜升降机》。品特戏剧我更喜欢《归于尘土》这一出。电视开了一整夜，我讨厌电视。

我们站在东风路 11 路公交车站的铁站牌圆柱下挥手告别。阳光照在我疲倦的脸上，我郑重其事地复又露出了怯懦、卑微、谄媚的神情。

所有的迟到，都要面对部门几十双各自心怀鬼胎的眼睛从头至尾的审视。过于密集的审视，终极都会形成一场审判。人类热衷于色彩缤纷的审判。喊口号。举起拳头。声嘶力竭。然后，我在暴戾、嘲弄、鄙夷和幸灾乐祸的小型审判中找寻到一双清纯和善意的眼睛。

我见过她一次。那天，我正在阅读一本叫作《害羞的屁股》⑦的书。她摇摆着她丰硕的身体举着电话在经过我身边时对着电话那头的客户撒娇。她撒了一个漫长的娇。她笑起来很美，就像一朵花。书，那么安静。她，那么热烈。她一把拽过我的书。

——竟然还有写那个地方的书?

我注意到，她叛逆地长着一个欧洲人的屁股，耸入云霄。胸也耸入云霄。

耸入云霄的身体干广告业务具备天然的优势。她竟然同时兼具正前方和正后方两个不同方向的高耸。我当时就断定她大有前途。我夺回了《害羞的屁股》。

她叫小米。我们握了一次很正规的手。她的手的手感十分软糯，让人想起刚刚出笼的包子。完全没有社交礼仪班培训出来的女人握手方式那种四指并拢硬生生伸出来僵尸般任人触碰不作任何回应随即抽回去的为了表达孤傲摆布出来的圣女似的身体性冷感。小米的手热得我灵魂发烫。我渴望自己变成一只鸟，穿过枝叶，在她的丛林和山川中饮水、栖息。

现在，我在她焦虑的注目中迟到，认真记会议记录，在老板面前摆出一副虔敬的教徒之貌。

会议纪要

会议名称

每月一次的例会

会议时间

每月固定的第一周的礼拜一

会议地点

一间会议室

参加人员

几个老总和这几个老总的下属们

（赵钱孙李依不依随你。我本想键入“赵钱孙李”四个字，键盘的联想功能在第二条即出现前面的组合。王朔早就嫉妒过输入法的联想功能如此强大，弄得他都赶不上趟了。反正每次会议总有很多老总。一生中要参加那么多会议，你怎么可能记得住那么多老总哪个是哪个总？旁人便更加可以忽略。）

会议主持

一个老总

会议主题

上月总结，本月部署

会议内容

A总说：会议现在开始。大家鼓掌欢迎B总对上个月进行总结。

（四月，是个残酷的季节。艾略特说的。人间四月芳菲尽，山寺桃花始盛开。白居易写的。女同志们纷纷迫不及待地换上了长丝袜高跟鞋！小米：紫色！）

（A总的普通话带有浓重的邵阳隆回口音，几不可辨。B总也是塑普，即塑料普通话，可听懂。）

B总说：阳春三月好，大家工作整体是不错的！创收任务基本完成……

（声音激昂。到底是学中文出身，他总是喜欢吟诗。）

B总接着说：老同志发挥了重要的带头作用，成功收取了五百万旧账，要奖励……

（几个老同志不同程度地挪动了自己的屁股，包括男老同志，也包括女老同志。面容开始呈现可以察觉的淡淡喜悦。）

B总重点说：做业务工作要像打仗一样讲究战略和战术。战略上藐视它，战术上重视它。一切以进钱为中心。搞得到钱的是好猫，搞不到钱的就是一只失败的猫……

（人在激动的时候容易通过口腔分泌大量的唾液。唾液在脱离有效控制范围的时候可能会带来一系列的后果，比如四处飞溅，传播病菌。此时，有一些激动的唾液飞沫溅到了附近同志的脸上和身上。涵养好的A总竟然就是没有用手去擦脸。小米大约一分钟后偷偷地用纸巾迅速擦了一把鼻尖。她看见我看见了她擦鼻子的小动作，对我噘了一下嘴。）

B总强调说：我今天的这个位置是集团老板和组织上对我的充分信任。把我放在经营第一线这么重要的岗位上，就是将一副千斤重担托付给我。现在，我将它们托付给大家……

（你交给我，我交给你。你中有我，我中有你。B总也有自己的老板。）

B总还说：……

B总又说：……

B总接着说：……

（时间此时是将近正午十二点。肚子有些泉水响叮咚的感觉。不确定是要排泄宿便还是需要立即补充养分。咕咕叫得有些混乱。估计会议快结束了。大家脸上一致都有些疲倦感。但是，有些人一直面带微笑，颔首挺胸将近三个小时，这可能是业务员同志们腰肌劳损的罪魁祸首之一。）

B总最后总结说：奋斗吧。汽车会有的，不就是一个代步工具吗？房子会有的，经营业绩上了台阶，我们自己盖别墅。奖金会有的，我们推行的奖勤罚懒、业绩考核就是要让勤奋的人数钱数得手抽筋，而让另外一部分懒惰的人懂得广告事业不是大锅饭，懒惰就让你一无所获。

（B总似乎瞟了瞟我。我不确定。会后还有几个同事也说感觉到B总说这句话时，也瞟了瞟他们。）

A总接下来分别问了问C总、D总、E总、F总：各位副老总还有补充吗？

C总、D总、E总、F总异口同声说：没有。没有。没有。没有。坚决执行B总的指示。

A总于是鼓励大家在B总的集中领导下努力工作，力争四月再创业绩新高，A总最后站起来说：大家再次鼓掌感谢B总精彩的讲话。散会。

（十二点十五分。会议结束。看来只能直接点个盒饭当午餐了。我发了个信息给小米，一起吃盒饭吧？她回信说，OK。严格地说，她今天穿的是一双紫色菱形网格长筒连裤袜。如果是在路边，低头的时候，恰好一些网纹晃动，人很快就会有一种蜕变成一尾鱼的冲动，有那种心甘情愿深陷网中的渴望。）

下班时间到了，我关门关灯关电视。我怎么才能把自己也关掉？ 我怎么都不可能把时间关掉。

我真是相当不争气，我拉不到广告业务。拉不到业务，我就没有提成。没有提成我就只有底薪。底薪每个月四百块，不到一个礼拜就灰飞烟灭。一个口袋里面布挨着布的穷光蛋。我眼看着就要沉沦。

——沉，索性沉到底吧！不入地狱，哪见佛性，人生原是一个复杂的迷宫。郁达夫说。⑧

我开始吃酒。我用吃酒填满时间之河。时间于是变成了液体，它们流进我的芜杂之躯，堆积起来，越来越高。然后，我就吃高了。偶尔，熏风拂面，液体倒流，我似乎看见了我从回龙镇来时的路。是时间在倒流吗？怎么可以做到这样的？

为了来到这里，我曾竭尽全力信誓旦旦。

时间，在吃酒的时间里慢慢凝固，堆成了沉沦的皱褶。我慢慢地滋生出了向上的幻觉。这是真的，吃酒可以令一切沉沦的人滋生向上的幻觉。白天太热闹了，此时的路边如此寂静。最后一班公交车早已丁当哐啷开进了终点。我坐在门卫室外的马路牙子边，又用牙齿咬开一瓶啤酒。门卫老头子也吃酒。吃三块五一瓶的邵夫子。一边吃一边抱着他的短波收音机。

广播剧：花鼓戏

【白】渔夫硬生生地将酒葫芦塞进屈原手里。他捧起葫芦闻到了浓郁的酒香，酒果然是好酒，忽然又忙不迭地将葫芦塞回去了。心里念叨，不行，当今天下，醉人太多。我岂能也醉醉醺醺、醺醺醉醉同流合污？

——足下，醉了。

——醉了的好。醉了的好啊。

【渔夫起唱】酒、酒、酒，一醉解千愁。劝大夫世事沧桑要看破，跳出红尘是非窝。来来来，来学我，喝它一个稀里糊涂闭着眼睛过。

门卫室对面的温州发廊半拉着卷闸门，老板娘的肚脐眼时不时逡巡穿梭。她的肚脐眼，是那个夜晚最后的时尚。老板娘不等于老板他娘。她对得起老这个字。年纪很老裤腰老低腿老长人还老好。

——这么晚了，来，我给你采个耳吧？城里人把挖耳屎叫作采耳。

她深情而专注的目光倾泻在我的耳朵上。我偶尔睁眼看得见她脸上的爱怜。她把挖出来的耳屎摆在枕头一角向我展示她的成果和我的藏污纳垢能力。我被她弄得不自主哼哼唧唧。我差点要呻吟成一个依靠抄袭成名的诗人。

你痒吗？很痒吗？很痒就是很舒服。

老板娘的手白如凝脂细若青葱。我有时想叫她妈妈。

宿舍门口那堆煤渣子，仍在散发着刺鼻的二氧化硫气味。有时钻进来令人窒息。街头，偶尔有几个人也像煤灰一样飘来飘去。黑色中看不见尘埃。不知道从哪里来不知道到哪里去。街灯恍惚，漆黑之夜。唯有时间一物，与我互相依偎，有时卿卿我我，有时潦草相待。彼此彼此。

老板娘偶尔轻轻唱歌：

今夜的寂寞让我如此美丽，并不需要人来探望我的委屈……

【注】

① 引自《参考消息》。

② 引自《论扯淡》，哈里·法兰克福著，译林出版社 2008 年 1 月版。

③ 引自《议程》，埃里克·维亚尔著，中信出版社 2019 年 5 月版。

④ 整理自中国相声传统贯口。

⑤ 引自温特森小说《时间之间》，北京联合出版社 2016 年 5 月版。

⑥ 全文本引用的《花鼓戏：屈原》部分全部摘录自《自古流传是汨罗——屈原在汨罗的岁月》，甘征文著，湖南人民出版社 2010 年 10 月版。

⑦ 《害羞的屁股》，让·吕克·亨尼希著，新星出版社 2011 年 9 月出版。这是一部全面讲述人类害羞历史的专著，强调人类每个器官都是干净的，都是平等的。

⑧ 引自《郁达夫自传》，江苏文艺出版社，2012 年 1 月版。

七 出租屋小词典

缘于悲哀我学会放弃：词语破碎之处无物存在。

——格奥尔格《词语》

破碎

有时候有一种强烈的破碎感。二十年前，我就破碎了。不是举起一根尖针刺向气球，是心碎的感觉。譬如兴致勃勃跋涉爬上峰顶，举目四望一片烟云缭绕，你用再大的力抬头向前看，什么都看不见。闭上眼，那个狰狞的小老板冷漠的神情却迅疾占据了一切的思维。我是什么？

1. 一个意外；

2. 一个事故；

3. 一个酝酿中的逃离者……

这是城里。

我在“与一个假想搏斗……”。[①]

嬲之不置

niao，第三声。

我不是一个“嬲之不置”的人。意思是我不是一个纠缠不休的人。嵇康《与山巨源绝交书》说，足下若嬲之不置，不过欲为官得人，以益时用耳。意思是，您纠缠住我不放，不过是想为朝廷物色人，使他为世所用罢了。回龙镇有句土话说，人有三莫嬲，小莫嬲，老莫嬲，叫花子莫嬲，也是这个嬲字。

冷漠，很容易习惯。日日时时刻刻要面对的任何情感，用不了多久，就会习以为常。不爱，也是一种习惯。小老板处心积虑的忽视，令我陷入了对“忽视”的沉思。如果你是一个总是容易遭受刻意忽略的人，那仅仅只是因为你的身上存在一种你不自知的无法遮挡的光芒。这种不自觉的却被人一眼识破的光芒刺疼了他们的眼睛。你的强大如此令人不安。如果你是一个精神病人，你一定是一个闪闪发光的精神病人。试一试站在人群中放眼四望，总有几张光芒四射闪闪发光的脸与众不同。这种耀眼十分罕见，但是无处不在。

嬲之不置，忽视忽视。

榴梿

我决定离开。远离这个老板。

> 离开像湖面的雾。
> 你们像想象里的你们。
> 而我像我。[②]

走之前，我表达了对老板的谢意。回龙镇人最讲究“识礼”。我买了两个熟透了的榴梿送给他。榴梿很贵。彼时还未流行到进入文艺女青年必爱果品的清单范畴。我轻抚它们长满了疙疙瘩瘩的身体，殚精竭虑地敲开了老板家的房门。小保姆热情地接待了我。她伸出红色指甲油斑驳陆离的双手接过硕大无比的两个大榴梿转身放进了厨房。老板不在家。晚上待在家里的一般都不是大老板。在我还未离开前，老板家里已经弥漫开了这种热带水果的奇异气息。我内心充满了老板记住这种极具识别性气味的期冀。

入鲍鱼之肆，久而不闻其臭……

他肯定会很快习惯那种味道。

理性之物

1492 年，哥伦布终于获得了西班牙女王的资助，开始航行寻找东方的黄金之国——印度。女王纠结了很久，到底要不要赞助这个囊括了小偷、杀人犯、无业游民的探险团队？后来，她想通了一个道理，一头牛身上拔掉几根毛根本不会影响牛肉的鲜美，何况，万一体壮如牛的哥伦布找到了印度呢？

世界有时恰恰就是因为女人“转念一想”就翻天覆地了。

> “当蛇将苹果递给夏娃时……它碰巧还向她耳语了几句……说了些圣经上没有提到的事情……”夏娃转念一想，为何一定要告诉亚当？从此，女人知道了“一些谁都不知道的事情，包括上帝”。[③]

我要说的不是女人，而是“猪”和“马”。我被我的老板漠视得像一条被渔民晒在海边恰恰却又忘记收回家的小鱼干时，正好在马桶上读到了哥伦布。

与他们一起在波谲云诡的大海上征服地球的除了人，还有一些猪和一些马。猪强大的繁殖能力、鲜美的味道给这帮强盗提供了足够的营养。而马，毋庸置疑，它们四条飞翔的腿是最好的征战工具。

问题是，他们带到美洲的猪和马不到两百年的时间由于极端的繁殖能力，加之无人照管，它们竟然重新从驯化的家养物种变成了野生状态。要知道，动物们一旦脱离人类管束，在生育繁殖这个严肃问题上可是顾不上道德的。美洲，这个没有猪和马的大陆，几百年后四处都是野猪和野马。

一望无际的美洲平原和亘古悠远的亚马孙河流域，野马奔腾，野猪撒欢。

遗憾的是，欧洲殖民者带来了天花，这种病毒夺去了将近九成土著人的性命。美洲，也回馈了欧洲——梅毒。

有很多著名人士正是死于梅毒。请百度，不一一赘述。

我在等待下一份工作之余，一边看书，一边总是在深夜等待小米。于是在某一个夜晚，一不小心她就同意了让我暂时寄居到她租住的小屋。

时代越进步，我对旧日时光的遗忘速度就越快。反正，我就像驯化的欧洲猪欧洲马后来被遗忘成了野生的美洲猪美洲马一样，彻底生活在了野生的状态，放浪形骸、漫无目的、自给自足、自生自灭，没有人念及我的名字，无人抚摸我的脸。我爬进被子，在昨天和前天的汗水气味之间，在我的和她的肌肤余味之间。城市，无论何时一直在轰鸣，快要进入千禧年的时代，钢筋、水泥和塔吊机是最耀眼的明星。凌晨一点，窗外，繁华。我躺在床单上面看窗外。

——我们拼命划桨，奋力与波浪抗争，最终却被冲回了往昔。

——于是，我们继续奋力向前，逆水行舟，被不断地向后推，被推入了过去。

我如同一只守候水手归来的破船，在海边的浅湾，随风荡漾。我的木桨，我的舵盘，静候着小米操控。我的锈迹斑斑的铁锚沉入水底的泥淖，与贝壳、蜉蝣和水蛭一起嬉戏。

她租住的小屋没有床。一张斑驳的单人席梦思随意铺在青灰色的水泥地中央。迄今为止，短短时间之内，我使用了三次“斑驳”。视觉上，是当代非著名艺术家装修工作室时为了既省钱又彰显个性惯用的那种冷酷色系。在冬夜，皮屑脱落，银光闪烁，如同被时间侵蚀的老墙，皲裂，剥落，掉在地上和时间中。

在冷酷中，滋生对生活的热烈之情。这是理性的人格力量。一本书这么说。我完全缺少时间和小米细说理性。你怎么还不回来?

关于理性，可能只有一只历史上著名的猪做过简洁的诠释。

这只猪曾经陪伴着公元前的古希腊哲学家皮浪一起远航。船只遭遇了大风暴。所有人都惊慌失措，害怕惊涛骇浪摧毁脆弱的木船。唯独一名乘客安之若素，泰然处之。它就是那只猪。

十几个世纪之后，蒙田仍然对这只猪念念不忘。

——我们还敢说拥有理性的好处是为了缓解我们的苦难吗?有了理性我们有时的状态还不如一只猪！蒙田说。

蒙田的话让我想起回龙镇那些被三宝杀死的猪。这样我就思考出了一个答案。所有即将被三宝杀死的猪，都是理性的猪。它们一旦被他抓在手中就开始惨绝人寰地尖叫，并不是因为害怕死亡。它们不懂得什么是死亡，它们便不可能为了死亡的原因惨叫。它们根本不可能像胆怯的人类一样害怕被屠刀刺入喉咙。它们叫，仅仅是因为它们被三宝粗鲁的撕扯、拖拉、拽动弄得耳朵疼。所以，它们嚎叫。它们疼痛得撕心裂肺啊。史实证明，它们的祖先从来就不害怕死亡。它们是理性之物。

杀猪

又要过节了，屠夫三宝正准备在桂花树下杀一只过节猪。

三宝扯着猪的耳朵那一刹那，猪就开始惨叫。动物表达凄惨就是嚎叫，那么惨，那么烈，那叫声填满了所有的天空。这种叫声同时也是哨声，是回龙镇人的集结号。令猪想不到的是，它的被杀即将成为一个理由，街坊四邻少年人一起欢聚的理由。继而，造就了一种欢愉的“场”。如果按照康德的道德论，猪的这种不带有任何目的性的惨叫带给人类欢愉的行为应该可以被认定为真正的有道德的行为。人们在同一时刻听见了猪的叫声。大家纷纷奔向晒谷坪，奔向桂花树。了了当时已经坐在了饭桌边，桌上摆了一盘水煮红苋菜，一盆青辣椒炒油渣，还有一小碟他妈妈自己做的霉豆腐（红曲腐乳）。当时，我蹲在家门口的苦楝树下对着一队忙碌觅食的蚂蚁发呆。了了匆匆忙忙夹了一大把苋菜盖在饭上，又夹了几筷子油渣子藏在饭底，口里抿了一小口腐乳，端起饭碗就往晒谷场方向一路小跑。我们几乎同时赶到。

三宝已经在一块破损残缺得只剩了一半的旧砂轮改造的磨刀石上将他那把有一尺来长的杀猪刀磨得雪白闪亮，几同银镜。杀猪刀举过头顶时，可以看见刀尖上映照的落日和一抹晃荡的夕阳余晖。是红色的光。这一抹艳丽的淡红随着三宝左手猛地深深刺进猪的喉咙，湮没在了那条畜生贪吃的食道深处。他整个身子几乎横跨在猪的肥头大脸上，一手进刀，一手死死揪紧一只猪耳朵。刀插进喉咙后，三宝接着一个大力旋转刀把，他牙关咬紧，双眼血红，鬓角青筋突出，脸上像爬满了无数条大雨过后被冲洗出地面的蚯蚓。他杀猪从来不需要人打下手，凭他一米八以上的个头，近两百斤的体重和每天在家举石锁如同泥丸的臂力可以对付世界上任何一条猪。他天生就是来人世间杀猪的。遇见他是猪的不幸。随后，他身体微微前倾，顺势轻轻一抽，钢刀软软滑落，像从来不曾使用过，一道鲜红的血液喷薄而出，瀑布般流进早已摆好在屠案下方的木盆里。时间过得很轻巧，从进刀到拔出最多不过五秒，此前嚣张地霸占了天空的嚎叫便迅速变成了间歇性的哼哼和唧唧。接下来，一切清零，世间阒寂，万物无声。

那道大红色的血流从半人高的屠案到接猪血的木脸盆之间画出了一道血写的弧线，散发着腥腥的咸咸的气味，迅疾将了了晚餐的一切鲜香淹没，十分彻底。天边的霞红越来越淡，猪血的猩红越来越浓。世界此时的味道，只是咸。

——闭嘴了，就死了。猪临死前的叫声很聒噪，叫得人心惶惶。

死亡就是闭嘴。还是闭嘴就是死亡？这相当于我思考的第一个人生道理。

我和了了两个回龙镇的少年人，无数次一起看三宝杀猪，看成了好朋友。

三宝开始用开水淋烫四脚朝天躺在椭圆形大木腰盆里的死猪，用铁刮子刮猪毛。他小心翼翼地用尖刀将四个猪蹄切开一个小口，用一根很长很长比猪还长的铁棍子伸进他刚刚切开的口子里面，一下一下将猪皮和猪肉捅松。他一个人把拔光了毛的猪抱到屠案上，对着猪蹄吹气。猪被他吹成一只猪气球，鼓鼓囊囊。每吹完一只猪蹄，他就用一根丝线将猪皮上的切口紧紧捆扎。他细致得比女人还女人。他吹气的时候，腮帮子鼓得像两个小气球。他的脸和猪血一样红。

一旦进入开膛剖肚阶段，气味就开始变得好闻起来了。一股浓烈的猪油香气渐渐弥散，猪，现在是猪肉了。了了小心挑出饭碗最底下藏起来的一块油渣放在鼻尖闻了闻——也是浓厚的猪油香。然后，他一仰头把油渣丢进嘴巴里嘎嘣嘎嘣嚼起来。我在一旁咽口水。

许多年前，可以吃到猪油渣是一种荣耀。

——你知道侯赛因不哩？

我不知道他怎么要突然从一条猪谈到一只猴子。

——约旦的。

现在怎么又扯起了蛋？

——不是吃的鸡蛋哩，约旦是一个国家。这个国家的人不吃猪肉哩。他舔了舔筷子上粘住的一粒白米饭说。

想起肉，我忙不迭地又咽了一口吐沫。但是，我对他的话从将信将疑到彻底信奉简直只经过短短的不到一条猪被杀死的时间跨度。因为，了了说猪在外国一些国家好比就是弹棉花的赵摸子木阁楼上供奉的神仙"黄爹爹"一样。

——有些外国人看到猪还要磕头的哩。

他严肃的表情和近似于神圣的口吻迅速地传递给了我一种庄严感。谈起神，我心悦诚服了。

说起赵摸子，记得有一回他把我带到他黑咕隆咚的木阁楼上要我对着墙上的一块红布磕头作揖。我磕了三个响头又作了三个揖。赵摸子合拢大拇指和中指在一个瓶子里沾了点水洒在我的头发上，顺势摸了一把我的额头，说，崽啊，黄爹爹会保佑你"健"的哩！你要听神的话哩。赵摸子是个和蔼可亲的盲人，他有着异常灵敏的耳朵，每次与我相隔十来米的距离就亲密煞人地喊我的名字。有时，不在神的现场时，他蹲下来斜着脑袋侧着脸逗弄我的小鸡鸡。他可能逗弄过回龙镇所有的小鸡鸡。

"健"其实就是健康，回龙镇人不说健康只说一个"健"字。黄爹爹是回龙镇最大的神，大家有解决不了的问题就找黄爹爹去打一卦，问个前程。三病两疼，生男生女，算卦测字，喊魂赶鬼，反正事无巨细黄爹爹基本都管得起。

——天都抹黑了，你们两个鬼崽子还不回去读书哩，会被打屁股的咧。

坐在桂花树脚下的四爹爹撑着拐棍站起身，他一边欢喜地接过三宝送给他的一碗“锄头血”，一边对着我们打吆喝。（锄头血是开膛剖肚后猪头里面残存的瘀血，不值钱，镇上人不屑一吃，说是煮成汤嚼起来就像烂棉花，渣口。四爹爹偏偏欢喜这一口，三宝每回杀猪正好顺便做个好人，四爹爹也领他一份情。）手捧锄头血，四爹爹欢喜得不得了，口里骂我们鬼崽子，脸上却笑得像朵花。他一边摇晃着往回走，一边唱起了回龙镇的山歌子：

正月里来哩是新年 状元打马哩去修桥 斜（念xiá）啰咿 要修桥来你心莫愁

二月里来哩百花开 南京的石匠哩有高才 斜啰咿 写封书信哩请他来

…………

八月里来哩是中秋 桥上哩装饰般般有 斜啰咿 那个逗人的狮子哩滚绣球[4]

…………

使用

——天啊！天啊！天啊！你竟然又一个人在床上待了一天。小米回来后像猪一样发出了尖声尖气的叫唤。

她的叫声在黄昏之中沉浮荡漾，千回百转，叫出了我的饥饿感。

最怕黄昏到，又是昏黄时。

我丢掉了书。书卷曲皱褶地摔在水泥地板上。书本掉在地上的重重一击并没有把知识抖搂出来。地板的颜色铁青。那是一堆被我在黄昏之中抛弃的知识。我和知识同病相怜，都有被无情抛弃的履历。

还好，我有了小米。我请她使用我。我饥饿得肚子哗哗响。

她对我已经了如指掌。她使用我的时候技法娴熟。

那是一个需要致谢的黄昏。

她用她的方式营养我枯萎的身体和灵魂。一丝不苟。用全部的悉心打理我的残败，让我体会生命的复苏。过程精致、体贴、舒缓，偶尔文雅。调式温婉、贤惠。我们一起奋力躲避着庸俗的暴烈和浅显的激情。很慢很慢很慢，比教堂的钟声还慢。这样就漫长了。这样就古老了。我们讨厌短暂。唯有舒缓的节律和坎坷才是真实的过程。追求杀戮的刀光剑影、迅雷不及掩耳。她有着强壮的肱二头肌。她促使我开始思考并重新审美小乳房的魅力。我越来越平静。眼睑轻柔地耷拉，将全世界关闭。拒绝喧嚣，我将心打开。

我总是闻到她指尖浓郁的塑料麻将牌味道。她是一个优秀的广告业务员，她娴熟地陪所有的客户打麻将，唱歌，跳舞，吃饭，喝酒……她每一个夜里孜孜不倦地使用我。

我喜欢被她使用。她喜欢被我喜欢。

噢，蜜糖
你不来嗅嗅我吗
来嗅嗅我吧⑤

那天下午，我还读到了这样几句诗。可能是四十年代流行于英国的一首犹太人写的歌词。犹太人并非毕生都在迁徙和奔忙，他们懂得情趣。然后，我和小米到楼下的米粉店吃原汤肉丝米粉。那是一段甜蜜的米粉生活。我整日整夜地读书，整日整夜地被小米使用，整日整夜在口袋里揣着最多十块钱在这个城市寻找最好吃的肉丝米粉。

吃之前，仔细地嗅一嗅，一点点剁辣椒，一点点大蒜末，一点点醋。如果恰好碰到小米打麻将手气好赢了钱，可以奢侈地加两个煎荷包蛋，外加两碟凉菜——香菜根、醋泡萝卜皮，一份热卤四合一。日子就这样美好得无与伦比，无以复加，无法无天，无可奉告。

——不许吃大蒜！小米有时呵斥我。

大蒜有时令女人心生厌倦。

乖

大蒜，总归是一种令人痴迷其中的食物。越来越多的食物被上升到拯救人类命运的高度。比如，西红柿之于男性的前列腺；黑木耳之于永远无法治愈的白癜风；一种中国人称为白花蛇舌草的植物之于绝大多数癌症。所幸，风信子这种花型鲁莽、结构粗壮、擎天一柱的雄性植物被老天最早安排在欧美原生，若换成在李时珍时代被引进中原，自然早就是中药铺子名医良方上的壮阳补肾的宝贝儿了。

我们还是说动物吧。植物那么无辜，辩驳（强词夺理）都不会。

小米父母家的哈巴狗一口气生了六只小哈巴狗。“狗”丁兴旺。她也欢天喜地，不时亲自照料，视如己出。我想象着他们家不到五十平方米的社区小屋每到晚上可以召开一场小型母狗演唱会。

仅仅依赖嗅觉，你永远无法分辨狗和养狗的女人。那段时间，她全身狗气袭人。

——你怎么可以不喜欢狗狗的味道?

——我不是不喜欢狗的味道，我是不喜欢长期不洗澡的狗的味道。

我见识过那只狗妈妈。我一开始就怀疑那只母狗血统的纯正性。比如头上那一小撮黄色的杂毛，很容易让有狗类常识的人迅速联想到土狗子（中华田园犬）的基因。我提起过这个问题。她生气。

中华田园犬遭受了太多的不公正评判。我希望国家日益强盛，中华狗迟早一统天下名扬四海。日本人的秋田犬、柴犬不过只是中华狗的杂种后代。或者，和女人聊天时，试着谈谈猫猫狗狗，她们会以为在谈论爱这个伟大的主题。

——爱是他们拥有的最伟大的东西。保罗谈起广大劳苦大众芸芸众生时总结说。

——你就是一个彻头彻尾的怀疑主义者。我们家两只京巴狗从来就相亲相爱、形影不离、朝夕相伴、绝无二心。

她一口气说出那么多成语令我目瞪口呆。她没有使用“蝇营狗苟”这个词。这个高中没毕业就闯荡江湖的女人，竟然准确地使用“怀疑主义者”这个词语对我进行囊括。

——走多了夜路总会碰到鬼的。我回了她一句回龙镇的人生哲理。

她生的气越来越大了。将浴室的木门摔得差点散了架。她去洗澡。我估计到她将使用海飞丝洗头，舒肤佳洗身子。在舒肤佳恰恰用完了的时候，她便用海飞丝洗除了头发以外的全部体毛。她是个喜欢身体上泡泡晶莹剔透的小女人。她是我的泡泡。

嘭，她洗完澡之后摔门而出。她有时彻夜不归，在麻将桌上熬过漫长的黑夜。

我一般听之任之。天要下雨娘要嫁人，老子的思想。那天，我飞奔了出去。在下面一层的楼梯拐弯的地方抓住了她的胳膊，连拖带拽地将她拖回了房间。我拽她的手法有些下意识地模仿屠夫三宝。所以，小米尖叫得厉害。

我没有任何恶意。我只是被太多的肉丝米粉营养得活力四射。动物的味道。还有她摔门时空气中流动的海飞丝气息。植物的气息。

——听话。

——别说话。

我将她顶在木门的背后。我顶她。我从她的背后顶她。我希望顶穿她。这样，我就可以穿过她，透过她，去外面。

她恳求我不要弄乱了她的头发。她花在整理发型上的时间太多了。一场保持发型整洁有序的热烈之爱，值得珍惜，我没有理由将它扰乱。何况，日子已经很乱了。

我知道，她现在经常陪我的那个小老板在这个城市最奢华的五星级酒店打麻将。我希望，她走后，留给我疲倦、困乏，那样适合杜绝胡思乱想。

怀疑主义者已经被误解了两千多年。怀疑主义者美好的品德不是“怀疑”。恰恰相反，怀疑主义者具有前无古人的探究精神。他们在一切问题上仅仅只是“搁置判断”，即所谓的“悬而不决”。

——对于任何事情，我们都不能肯定。斐洛说。

——我们不肯定，我们也不否定。我们只是自由地探究，彻底抛弃教条主义。怀疑主义者说。

一种精神上的宁静，是古代怀疑主义者追求的终极目标。

——请保持沉默。斐洛接着说。

——别说话！我气喘吁吁地呵斥小米。

她乖乖的，很听话。

乖，是逃跑的路径。逃跑的策略是，再乖一点。

理想

我只是寻求一个迷人的过程。不知结局的生活让人如此着迷，坚守，向前爬行。向远方看很没有意思，回过头来看也没有意思，此时此刻此人此地就很好了。此时疲软也好，坚硬也好，都是有意思的事情。

我不是太想在过于年轻的时候就彻底丧失理想。在一个理想破灭的时候，我们可以生发另一个理想。在离开一个老板之后，我可以探究另一个可能赏识我的老板。祖国万里江山如画，漫山遍野是老板。

理想是一个外来词。

我在旧货市场一堆被废弃的杂志里面读到过一篇文章。《社会科学报》2010年12月30日《关于王元化两度反思的“知识者理想”》。文中说“理想”语源为英文的“ideal”，经由日本语“理想”而进入中国。同时涵盖两类意思:一类是“理想”，这是褒义;一类是“观念的、唯心的”，这是贬义。我只是挺庆幸不是经由韩国语进入中国，否则又要申请世界遗产了。林子大了，什么坏鸟都有。

我从来不诅咒生活。不停地诅咒需要消耗太多的体力。我习惯慵懒。

我不知不觉习惯了在批评声中认真而又开心地生活。对批评熟视无睹需要一种豁达和旷远的内心。其实批评也好，赞扬也好，都只是强加于人的词语。

我以为放飞我的身体就可以放飞我的灵魂。我过上了有点放浪形骸的生活。

离开

我没有看错小米。她果然大有前途。她很快得到了矮老板的赏识。我意识到了我离开那间水泥出租屋的时间近在眼前。时间是一面镜子，不但可见，亦可自见。

> 离开像湖面的雾……
> 有时是空气。
> 有时又是深渊。
> 或深渊里的
> 一丝投影。⑥

——嗨，和你说个事呗。天亮时分她回到被窝。她又打了一个通宵的麻将，满身塑料味道。我听到了楼下有人大声叫卖豆腐脑。还有河南口音的小贩子拿着喇叭叫卖馒头。河南人总是把馒头称作“漫头”（第四声）。卖豆腐脑的总是挑着担子，扁担两头一边一个桶。卖馒头的总是推着自行车，尾座上扛着个大泡沫箱。我，总是要面对不知所措的黎明。

小时候我娘总是经常在黎明中才从大米厂通宵加班打米回到被窝中。大米散发出乳汁的馨香。我翻了个身，把口水擦在她塑料气味的乳房上。晨曦映照着豆腐、馒头、稻米、妈妈的乳房以及圣洁的一天中洁白的万物。

——我要离开这里了。你休息了这么久，也该找个工作了。她的手很凉，在我身体最滚烫的地方摩擦取暖。这是我残存的价值。

——老板派我去主管南方区域业务。

——你们不只是天天打麻将吧？

我突然想抽打她。她的臀部像一道漂亮的抛物线，从腰开始升起，至大腿缓缓降落。

——一个人所有的部位都强壮而傲慢，唯臀部例外，她注定害羞。⑦

——其实，小老板这个人……

我没有听清此后她说的任何话。我记得小老板有一次吃了一碗小米辽参、一碗鱼翅浓汤、一碗虫草炖水鸭，喝了半斤三十年茅台之后，突然还是觉得饿，想吃青辣椒炒茄子片。下了班的厨师长立即亲自掌勺。他吃了一口怒火中烧，一把将茄子甩到了地毯上，破口大骂——炒茄子要放猪油，放猪油记住了没有？我的小老板我要祝福他。

或许，打个麻将，互相放个炮，和个牌，这就是生活的精髓。何况，她还有六条嗷嗷待哺的京巴串串犬。我想起昨夜入睡前看到的一个小花絮。

那个赞扬过猪最理性的古老哲学家皮浪，有一次被狗咬了一口，鲜血横流，他害怕极了。不过，随后，他就为自己的害怕感到歉疚。

——作为人，很难避免被狗咬的。皮浪说。

——你以后叫我姐姐吧。她此前一直对自己的年龄讳莫如深。

那个早晨，我们最后一次紧紧相拥。无论如何，我们曾经拥抱取暖，虽然，总是不能拥抱得那么紧。

——哎，我还身陷牢笼？……完全被困书堆……出逃吧，进入辽阔的大地……浮士德博士时常怨声载道。

皮浪没有赫拉克利特死得那么惨，他只是被狗咬了一口。

——即使美也必得死亡。席勒说。

——我进入世界，去见识他。赫尔德说。

【注】

① 引自德国当代诗人杨·瓦格纳的《青蛙》，上句为：他与酒搏斗。《我歌唱的理由》，中信出版社 2018 年 6 月版。

② 引自诗人横作品。

③ 改写自罗马尼亚诗人布拉加诗作《夏娃》。

④ 根据汨罗市长乐镇民间传统山歌《十二月修桥》整理。

⑤ 引自《去你的，生活——与卢西安·弗洛伊德共进早餐》，格雷格著，新星出版社 2015 年 5 月版。

⑥ 同注②，引自同一首诗，分次引用。

⑦ 引自《害羞的屁股》，让·吕克·亨尼希著。

八 小镇青年谈话录

光辉的奥德修斯，阿开奥斯人的殊荣，快过来，把船停住，倾听我们的歌唱。须知任何人把乌黑的船只从这里驶过，都要听一听我们唱出的美妙歌声，欣赏了我们的歌声离去，会变得更博闻。

——《奥德赛》

——会打麻将吗?

——不会。

——赶紧学。这是一生中你可能与一个老板之间的距离拉近到不足一米的最佳机会。

——总有人一边抠鼻屎一边抠脚一边摸麻将牌，好邋遢哩。

——三打哈总会吧?

——逢打必赢。

——要学会输哩，兄弟。老板白天给你发工资晚上约你打个牌还要给你发奖金，你以为你是功德箱?你背后又没坐个佛菩萨。你是属赑屃的哦?

——你要我作弊?

——人生的首要责任是尽量虚伪……

——第二呢?

——目前无人知道。[①]

——学会送礼了吗?逢年过节，三节两生。

——哪“三节”，哪“两生”?

他侧身过去搂紧身边的女人喝了个交杯酒。他抚摸的动作看上去很卖力。

——死保姆门都不给我开。

——你拎那么一大堆东西谁敢给你开门，老板家又不开超市!邻居看见怎么办？

——房卡在我身上了，老板。

——你会笑吗？

——呵呵。

——我是指那种习惯性的笑。走进办公室的那一刻，脸上立即堆满笑。无论何时何地，与老板对视的一瞬间，即刻回应那种永恒的笑，包括他骂你是一只猪的时候，也要确保是那种持久而又真诚的笑。他说他要说一个笑话，你会哈哈大笑。每次一开会，他开口讲话，你就虔诚地钦敬地微微点头，面带微笑。大约笑容是嘴角扬起一厘米以上。见到每一个同事，你都要保持笑脸。很简单，盯着别人的鼻子似笑非笑，让他们觉得你在看着他们的眼睛笑。

他端起杯子碰了一个杯。

——你说的都是皮笑肉不笑哩。

——你会哭吗？

——你知道，我经常哭。

——我是指随心所欲地哭。不是那种见到死人不能自控的哭，是那种喜极而泣，讶异，激动，臣服，钦佩，动情，感恩，反正就是面对老板想哭就能哭。最关键是需要眼泪就有眼泪。

——实在哭不出来呢？

——揉！用劲地揉眼睛，揉得眼球红通通的，人们就会误以为你真的哭了。

——你准时上下班吗？

——基本上。

——老板准时上下班吗？

——你见过准时上下班的老板吗？

——无论如何，让老板见到过你的上班才是你最卓有成效的上班。日子久了，他会产生错觉，以为总是可以见到你。

——至少有一个成功经验，总是在老板离开办公室的时候故意让他见到你。

——你什么时候学会了坑蒙拐骗?

——坑蒙拐骗?你错了。是“坑蒙拐骗偷”，必要时还要学会“偷”!这个下次谈。

——我先去房间了，老板。

——我随后就到。

我去洗手间。洗手间主要不是用来洗手，虽然最后还是要洗手，也洗了一把脸。我希望洗干净自己。我顺便洗了一洗心灵。镜子里面的我，哭了。我是个爱哭的人。我喜欢眼角发酸，泪水顺着两颊往下滑落的凉爽感。湿湿的，像你。

KTV 包厢是个诞生故事的地方。我讲个故事吧?

有一次，我夹着一本《奥德赛》进了包厢。这是真的。非虚构类故事。

谁让他们叫我去唱歌的时候，我正好坐在一间卖老白茶的茶叶店读这本书。当时，我根本不喜欢这本书。换个说法，其实是这本书根本不喜欢我。很多书，你不喜欢读，只是因为你还没具备阅读它的资格。我仅仅是因为看到村上春树的一句话说，如果你致力于成为一个写作者，无论如何要试着硬着头皮读完《荷马史诗》。博尔赫斯、勃罗姆也这样说。

我匆匆赶到了一间庞大无比的卡拉 OK 厅。随后，一个穿得少得不能再少的小姑娘坐到了我身旁。幸好她还穿了一点点衣服。女人总是要穿点什么的，否则便没什么可以脱了。这话不记得是哪个美国作家喝醉了说的话。很多有钱人最喜欢给他的女人们买古驰香奈儿巴宝莉，然后兴趣盎然地亲手将它们脱掉。哎呀，我跑题了。我一直不太会讲故事。

她紧紧地贴坐在我的右边。我是个左撇子，不习惯一切右边的存在物。她看见了我左手的书，惊讶得满脸奇形怪状。

——头一回见到抱着一本书来我们这里的客人呢。

她的脸像一块撕开了背胶马上要贴上我皮肤的麝香风湿止痛膏。她问我看的什么书。我说一本故事书。她说她也喜欢看故事书，问我讲的是什么故事。我说一个男人的老婆被别人抢跑了，他立志把她重新抢回来的故事。她说这种男人真 man。我同意她的粗略判断。接下来她同时抱怨了她总是碰不到真男人，都是些下半身动物。她带着愤愤不平的心情动情地唱了一回《舞女》，眼里噙着闪闪泪光。我说这本书里写外国唱歌最好听的是一群上半身像人下半身像鸟的女人。我念了一段给她听：

> ……她们迷惑所有来到她们那里的过往行人。要是有人冒昧地靠近她们，聆听塞壬们的优美歌声，他便永远不可能返回家园，欣悦妻子和年幼的孩儿们：塞壬们会用嘹亮的歌声把他迷惑，她们坐在绿茵间，周围是腐烂的尸体，大堆的骨骸，还有风干萎缩的人皮。②

塞壬？嗯。唱歌最好听的女人。一半是人一半是鸟，那不就是妖怪？对，妖怪。

她说她胆小，深更半夜了莫再说妖啊魔啊鬼这些的，晚上回去会做噩梦。

她连续干了三杯兑了苏打水的轩尼诗壮了壮胆。她忍不住打开书随手翻了几翻，最终还是选择将手放在我的手里。可能习惯了芸芸众生千姿百态的手不太喜欢纸张的冷漠。她后来突然问我，电视里面演的好多外国人快死的时候都要紧紧抱着一本书，是为什么？我想了半天回答她说，他们坚信，他们的上帝住在那本书里面。

我又跑题了，毕竟上帝是个外国人。我真是不会讲故事。

我们的中华文明比他们的安静多了。从来不拿美丽的妖怪吓唬人，我们的神话传说里总是美丽的妻子每日每夜无休无止地矗立风中雨中翘首以盼，独守空床洁身自好等待老公回家，直到等成了一块望夫石。放眼望去，祖国壮丽山河四处都是望夫石。

回到包厢后，了了哥义正词严地和她谈了谈人生、理想和人最终为了什么而活着的问题，爱怜地抚摸着她的手说，女孩子还是要找个稳定可靠的正经工作才有未来。他们互换了电话号码之后她便走了。包厢终于只剩下我和他两个人。调亮灯光，关小音量，没有第三者的时候，我们把平日里收藏起来的旧情翻出来，摆在茶几上，兑进酒里。茶几越发凌乱不堪，我们继续喝酒。现在轮到他和我谈人生、理想和人最终为了什么而活着的问题。

It is my turn.

很长时间没有联系了。你有没有觉得你总是最缺少和最亲近的人发个信息的时间？问候和土鸡，一起在城市化进程中裂变为稀罕之物。我很少联系了了。我这么说其实很虚伪。实情是随着时日的流逝，我和他就像一座被河流穿堂而过的城市，分成此岸彼岸。我们站在各自的岸边，遥望，凝视，不交集，不交流。他混得越来越风生水起。如果我不找他，他不可能找我。他很快得到了提拔，升迁，当了领导，手里头开始掌管了一些人、一些钱。他肚子越来越大，脸上的笑容越来越不轻易使用，嘴巴里面副词、助词和感叹词，就是“嗯、啊、哎、哦”之类。

他成了他们电视台的大红人。

比如一粒沙要经溪水入江入湖入河归于大海，要在河沙和河沙之间偶然钻进一只蚌壳恰恰张开的缝隙，要随后历经百年千年万年荡涤孕育，最终成为一颗珍珠。除了漫长，只有偶然。偶然性光顾了了了处长，必然性一直陪伴着我。

大海没有时间与沙子交谈，它永远忙于制造波浪。

——你知道吗？他们竟然连写会议纪要的机会都不肯交给一个学了四年文秘的大学生哩！

还没说完这句话，我就开始号啕大哭。

——我以前告诉过你让你给你们老板送东西，你到底送过没？

——我们老板不喜欢鸡啊。他不但不喜欢吃鸡，而且不喜欢世界上一切带羽毛的动物。

很久以前的一个晚上，我坐在路边的夜宵摊一边喝酒一边想象自己一塌糊涂的未来，直到恐慌得脸上流满了绝望伤心失落的眼泪。他匆匆丢下麻将牌赶来苦口婆心地对我传授成功之道。他尝试着想把他给领导送鸡从而获得领导器重的过程，作为一条成功学上的案例无私地奉献给我。他希望可以助我一臂之力，从此扭转低落的局面。

——你为何不试一试给你们老板送点土特产之类，比如我们回龙镇的鸡？城里人可是永远好这一口的！

——你不要哭了啰。你怎么总是哭？他很烦我哭。

一开始，一个闯荡城市的镇上人，将一切自己的未来和希望全部寄托、拜托给了那些土鸡。乐此不疲，累试不爽，进而体会到一些自认为的巨大的人生成功，再进而告诉我这就是希望——一种包含了可能会飞黄腾达的希望。设若不谨遵且践行此等小镇人逻辑的价值观，就只能承受随之而来的必然败北与失望？！

怎么可以要一只鸡承载如此苦难的人生重负？前几天，有一个人晚上送了一只农村带上来的活鸡给我。它在厕所拉了很多屎。我无法忍受四处弥漫的鸡屎气，下定决心当晚杀死它。我打电话给曾经给我疏通过下水道的附近老乡请他帮忙杀鸡。他委托另外一个人来帮我。他交代我给那个人两包烟抽抽聊表感谢之意就可以了。我买了两包芙蓉王给那个杀鸡的人。转念一想，我是不是也应该给老乡两包烟呢？吃水不忘挖井人不是？我又买了两包烟。四包烟一共花了我一百块钱。第二天，我吃鸡肉的时候算了算账，按市场价每斤猪肉十元人民币换算，当天我相当于吃掉了十斤肉。

——兄弟啊，老板不喜欢鸡，你不知道送他喜欢的东西啊？

——我只晓得三担牛屎六箢箕。要是哪天人们都只喜欢钱了，我到哪里去弄那么多钱博取他们的欢心哩？

——反正我也只晓得世界上没有不吃腥的猫。吃酒吃酒。

他显然有点不太愿意继续这个话题，一副欲言又止的样子。逢人便说三分话，不可全抛一片心。我突然想起回龙镇的一句老话。我感觉他越来越无限近似于城里人。我们镇上出来的人习惯了简单。非此即彼。

人生一世草生一秋，吃饭穿衣困觉，升官发财死堂客。要死卵朝天，不死就过年。

——蛇戴上眼镜它就成了眼镜蛇？在没有发明眼镜之前，眼镜蛇怎么称呼？相声里说。

——背上没有几根筋，在电视台这种地方真不好混。老板怎么就是不喜欢我呢？

——你要牛听你的使唤，你先要套住牛鼻子哩。

——他们忽视我，视我如不存在，我成了个可以忽略不计的人。

——尊严是垃圾，首先要学会把它彻底扔掉。

——就像电视剧里的台词说的那样：熟了的稻穗都垂着头；想捡到脚下的金子，要先弯腰；在没有获得成功前，请不要谈论尊严。

他的手机一直有源源不断的信息进来。有时是来电，他总是瞟一眼号码即挂断。

——无论如何，还是尽量学会适应社会吧，兄弟。

谈到这个问题时他正式地引述了马克思主义关于如何正确对待改造社会与适应社会的社会观并详尽阐述了二者之间的辩证关系。气氛变得庄严起来。不多见地和我几次论及人生大问题，现在回想起来，都恰恰发生在 KTV 包厢。或许只是巧合。偶然性。唱唱歌，聊聊人生，这样的人生恰恰首先就是美好的人生。

那时湖南卫视还没有推出《超级男声》《超级女声》这样的真人秀音乐节目。这样，就意味着：

1. 全国人民在唱歌问题上还处于混沌蒙昧的不自知状态：他们竟然都不知道原来他们每个人都可以、都是、都将是、都已经是唱歌明星。

2. KTV 包厢还仅仅只是浅薄地停留在被不安分的人们谈谈人生理想事业爱情和无爱之情的无聊之所。

3. KTV 包厢繁荣成人们陶冶情操丰富业余生活之处，走进艺术殿堂之路仍然在等待之中。

4. 麦霸，作为词语或者作为人的标签，尚未诞生。

你为什么总是要约我去KTV包厢谈人生？在浪漫中，在霓虹闪动中，在酒中，在歌词中，在手之舞足之蹈中。我们置身其中。

——什么事情都好似由于群众犯了一桩巨大的谬误，而这个群众却是大家都参加着的。[3]

为什么莫洛阿的眼里人生大问题只有五个？婚姻、友谊、政治机构和经济机构、父母和子女、幸福，一共就是这五个。五个还不够吗？中国的风水倒是只有金水木火土“五”行。五是个吉祥数。

——我还有个应酬，要走了。其实，你还是要明确你自己到底要什么，兄弟。他摸了摸已经干得差不多了的头发，对着门口的穿衣镜仔细整了整理了理，走了。

我到底要什么？

你到底要什么？

你，到底要什么？

你到底，要什么？

你到底要，什么？

——你不知道，我崇拜的是体面，是内心的洁净，可是这样的品质实在很难找到呀。[4]

应该有一种力量在驱使我，我隐隐觉得。至少是一种不自知不自觉的力量。迷怔？一种状态。我至少意识不到自我。我在用别人的标准设想在这个城市的生存路径。我好像打算活在他们的世界里。我怎么从来没想过我自己需要什么？

城市的生活千篇一律。上班下班，对着所有的头儿千篇一律地媚笑。习惯失望，习惯委屈，习惯谄媚，习惯被忽视，习惯被忽略，习惯被打击，习惯习惯习惯。打掉牙齿和血吞。抽空幻想未来的某个时刻功成名就，换上大班桌，访客们蚂蚁搬家一样排成一队队。自由得想笑就笑。

果真如其所愿，静静地上班，静静地下班，静静地老，静静地病，静静地不说话，静静地退休，静静地去死。最后，他们恩赐一个签署了单位名称的花圈，上面文明地写上“一路走好”。大人千古？这四个字已经废弃了。

千禧年来到前，你怎么还没有意识到一个崭新的时代已经在开启？

林中有两条分岔的道路，我选择人迹罕至的那一条，所有的区别由此开始。⑤

包厢此时此刻安静极了。一间没有窗的房子。日子坠落下去。人坠落下去。月亮爬上来。

——来。

——你来。

——？

——睡了吗？

——嗨！

——……

——可以告诉我李亚萍的号码吗？畅畅。

打开电话通讯录，给所有可能和不可能的人发信息。明明知道已经是深到了深渊的夜晚，无人搭理。我总是热衷于这种漫无目的的手部动作。你在夜里深情呼唤，你永远得不到回声，你终于发现无人理会的时候最适合停下来爱自己。

——有病吧，你。

还是有一个人回了。

明爸爸要是有手机多好。他肯定会第一时间回复我：伢子，有什么事哩？

——你知道吗，这么多年了，他们竟然连写会议纪要的机会都不肯交给一个大学毕业生哩！明爸爸。

马上就要到七月半了，今年，今年，今年一定要给他烧一台最新版的苹果和一台最新版的华为到他那边去。

我们在贝克特的作品中能读到——

他不再哭了……世界上的眼泪自有其固定的量。某个地方有人哭起来，另一个地方就必然有人停住了哭。笑也一样。

如此，我们就不要去说我们时代的坏话了，它并不比以往的时代更糟糕。（沉默）我们也不要去说我们时代的好话了。

让我们别说了。

的确，人口是增加了。[⑥]

【注】

① 王尔德语。

② 引自四册本《奥德赛》第十二卷，王焕生译，上海人民出版社2014年7月版。

③ 引自《人生五大问题》，莫洛阿著，生活·读书·新知三联书店1986年12月版。

④ 耶利内克语。

⑤ 引自弗罗斯特诗歌《未选择的路》。

⑥ 引自贝克特《等待戈多》第一幕。

九　我写给我自己的检讨书

不是忏悔录。

忏悔是个舶来品，我们讲究的是“吾日三省吾身”，老老实实做人，认认真真“检查、核对、搜检、整理、研讨”，自己面对自己，自我批评，自我更新。

忏悔不一样，非要找个对象倾诉，喃喃自语，管你愿不愿意听，我自说自话。

中国的文化无需忏悔，放下屠刀立地成佛，从此时此刻开始时间刚刚好，一切都还来得及。

检讨开始。

检讨书

令我自己都讨厌了的我自己：

现在，我必须好好检讨自己到城里来之后所犯过的严重的错误，并责令自己立即整改，彻底悔过，重新做人，力争在城里混出个人样好风风光光地回到回龙镇。为家人争光，为镇上人争光，也为自己争口气。

首先，我承认昨晚在卡拉OK包厢，了了哥哥的一席话严正地指出了我犯的一个最严重的错误就是——咬文嚼字。咬文嚼字彻底摧毁了你！你知道吗？他当时的原话是这样说的。现在回想起来，他是对的。

二十世纪八十年代末期，我读高中时曾经骂一个写激情诗的同学“蠢蠢欲动”。以至于十多年之后他还从县城追凶一样跑到回龙镇，找我理论要与我讨个说法。理由是，从那之后，他生活在了铺天盖地的嘲讽和被鄙视之中。“人生在世多栽花少种刺”这个回龙镇的老理儿竟然被我的四个字彻底毁灭。我深深地检讨，并向那个同学致以诚挚的歉意。

九十年代末期，我曾经喝了酒后问一个秃顶的上级知不知道“皮之不存，毛将焉附”是什么意思。这个后果不堪设想。自己种下的苦果自己吃，打落牙齿和血吞吧。

而在我步入社会一开始，我甚至于对我的第一个老板（就是我此前说过的那个小老板）犯过三次致命的、换成我自己也不可能饶恕他人的错误。

第一，老板生病住院的时候，我没有像一般同事那样在他的枕头底下塞进去一个信封，我竟然在路边的小书店顺手买了一套盗版的三卷本《始皇大帝》送给他。他怎么可能不认为我是落井下石趁他神经衰弱之时影射他。这是隐喻。

第二，老板好心好意唯一一次带我去接待一个贵重的客户，晚上唱卡拉OK时，我竟然霸着话筒不放手。他唱歌时我竟然还忍不住总要插几句嘴。这是僭越。

第三，我唯一一次记会议纪要的机会，竟然舞文弄墨而且在草稿纸上写满了戏谑和调侃之语。结果被同年分配来的大学生偷偷打了小报告。这是反讽。

肆无忌惮地使用文学修辞对待生活与工作是无畏的无知，是无知的无畏。这是我犯的第二大不可逆转的错误。

我当然罪大恶极，从此被打入冷宫我当然是自作自受。我活该。

同样的错误在我的生活中也比比皆是，简直羞于启齿不值一提。比如，二十一世纪初期，我曾经也是在喝多了之后给一个刚刚认识三天彼此颇有好感的女人发短信说“带着你肥硕的乳房一起来找我，我想你们两个了”。她当即破口大骂我人性卑劣流氓成性。

人生的首要目的是活下来，其次才是活下去。处长无数次和我说起的这个道理我总是理解不够透彻。我不具备在城里生存的基本领悟力，这与我个人的基本素养和缺乏钻研、疏于自我管理、常年安于庸常懒惰的个人坏习性息息相关。大学毕业刚刚到城市的那一年，在江边，他告诫过我：今天以前，你生活在榻榻米之上，无论你如何摔倒，你可以自己爬起来继续摔跤，没有人笑话你也没有人贬损你；但是，从今天开始，这是社会，有些摔倒再也不被允许和原谅了，不能犯的错误坚决不能犯了。可惜，我全当作了耳旁风。一切悔之晚矣。这是社会。他说的这四个字现在我的耳边振聋发聩。

我为我自己犯下的一切过错在此严正检讨。

现在我的状况很严峻。

迄今为止，所有我爱过的和爱过我的女人都离开了。

迄今为止，所有过去称兄道弟的男性朋友也都离我而去。他们说我是个吹毛求疵的人。我总是要求他们进门前要敲门，来我家前要问我同意不同意。好麻烦！这哪里还是兄弟？兄弟玩得好，什么都可以斢。太不义道了。他们说。可能也有我是处女座的缘故。目前的风尚是一些人相信风水，一些人迷恋星象，一言不合说走就走。人们都喜欢到处走走。

一切都像一个深渊，陷进去了，便再也回不到往昔了。深渊到底有多深？

问题是，我目前必须要面对一个最为严峻的问题，我可能生病了。我绝大多数时候说不出一句话。

大约就是最近，我罹患上了一种羞于启齿的毛病。大体上应该属于语言中枢系统的神经性功能障碍导致的言寡。现在的症状是，如果不借助酒精的刺激，我简直就是一个哑巴。我经历了一个漫长的过程：小时候被控制说话（大人说话细伢子听，细伢子插嘴耳巴子钉），被教育少说话（言多必失、驷不及舌等），被辱骂乱说话（狗嘴里吐不出象牙），到最终发现基本丧失了语言的欲望、积极性甚至能力。有一天，一个回龙镇老人痛骂我简直就是一个畜生，一头猪见到主人都会哼哼，而我每次见到难得来一回城里的他竟然都不开口称呼他老人家。你是个哑巴吗？他恶狠狠地骂了我。我觉得我应该是生病了。我决定去看医生。为了去看医生，头天晚上，我将自己的病症打印了好多页纸以免届时语塞尴尬。

——哎呀，先生，你是来看病还是来给我上阅读理解课呀？

耳鼻喉科的医生带着检查镜对着我的喉咙探照了几秒钟后对我说。他的样子很像一个挖煤的矿工。他后来建议我去找精神科医生。天啊？难道我疯了？

我们坐在马车上
祖父对我说
切记总要
和每个遇见的人说话……

回家后我读到一首毕肖普的诗这样写。名字叫《风度》。我羞愧极了。

我深知我还有许许多多的毛病。比如，使用左手敬酒；正规场合不穿皮鞋衬衣；写作时过于依赖转折词语尽管、然而、但是、可是等等，以至于过早地丧失对形容词的热情，也过早地导致我的文章失去了光华；从不穿袜子；对局部的迷恋导致了在爱情世界中丧失了对整体上的审美；大口大口喝红酒……

检讨书写到此时已经很晚了。无论如何活到老学到老，知错就改总归还是好孩子。我决定从今天起，从现在起，吾日三省吾身，找出自己的一切毛病，像电脑软件一样随时更新自己，做一个更新的城里人。

由此，我也会鞭策自己敦促自己监督自己从此开始写一份永远没有句号的自我检讨书。

（不断更新中……）

十 红花坡当事人

我们将深陷在种种误解之中，直到所有的狂热和兴奋都消耗在没有必要的努力和徒劳的追逐中。

——布鲁诺·舒尔茨

生活总归需要方向。

向上，抑或，向下？这是哲学问题。

向左，抑或，向右？这是政治问题。

向前，抑或，向后？这是战争问题。

向何方？去哪儿？

我知道：我不知道！这是现实问题。

——必须幻想。列宁说。

——必须行动。歌德说。

我搬到了一个叫作红花坡的地方。我喜欢这个充满了寓意的名字。名字的由来无从考据。毋庸置疑，人们总是无端喜爱一切红花，具体的以及抽象的，漫天遍野，层林尽染，山花烂漫时，普天同庆。谁又不喜欢红花呢？骑马要骑千里马，戴花要戴大红花呢。一个地名、一条城市街道与一朵红花之间最终发生关联，组成了一个符号、一个标志，或者一处生命之所。我从一开始就充满了好奇，甚至一直期望找到这种命名的依据。至少，甫一开始，我对这个呈二十五度角向上延伸了四五百米之后，随之无规律任意曲折蜿蜒向前向城市深处渗透的城市街巷里弄简直一见钟情。

除了一见钟情，难道还有其他形式的爱？这是不是《罗马假日》的台词？

红花坡确实就是一道长长的坡。从百度地图上看，这个拐了一道道弯的长坡只不过形似雨后被冲洗出泥的一条小蚯蚓不经意地落在两条南北向的城市主干道之间，痉挛扭曲，随意弃置地表。随后，人类蜂拥至此。我，目前，恰恰深陷其中。

大致情形是，你从一条马路蜿蜒上坡至另外一条马路蜿蜒下坡，确保某种漫不经心的步态慢慢游走其中，你约略需要三十分钟。来到这里后，我迅速爱上了这种漫无目的的街头巷尾穿行之举。大多数时候，我步履凌乱忽左忽右眼神迷离游手好闲吊儿郎当。偶尔，我不经意流露出一副沉浸思考的样子假装貌似与众不同。总体上，我的状态只是大腹便便，脑满肠肥，思维空洞，一介草民。人们和我一样使用各种速率穿行其中。电瓶车、人力三轮车、小轿车、自行车和巨型的垃圾车也穿行其中。我们都穿行在生命的时光之中，日复一日、年复一年。时不时，人们深陷碰撞和停滞。上下班高峰期，坐在街边路沿石上，不出一根烟的工夫，你总是可以看上一出由于街边乱停乱放导致的汽车顶牛好戏。三句话不对头，迎面相向的车互不相让，大家各自鸣笛按喇叭，等待对方首先退让。红花坡瞬间成了一个停顿之坡瘫痪之坡。汽车喇叭一起轰鸣是一幅壮观的场景。我保持了回龙镇人从小爱看热闹的特性。往往会在那个时候内心油然升腾激烈的情愫，心脏怦怦乱跳血流突兀偾张，可惜无人引领举手呼喊口号。要知道，回龙镇街上哪怕死了一只青蛙，也会围上一堆人看个半天热闹哩。不过，用不了几分钟这种热烈就会很快归于平静，人不让我我让人，大家全是坡上过路人，车终归还是要开进马路上去。

这种情况坐在刀哥的车上便不会发生。刀哥是我在红花坡结识的朋友。刀哥是红花坡的老大，一个铃子一摇，红花坡兄弟可以来几十个。刀哥碰到这种情况一般只需要摇下车窗玻璃将他的大光头慢悠悠伸出大半边，连续按三声有点节奏感的喇叭。对方一般就能察言观色得出一些些张狂、愤怒和高调，立即自觉往后倒了。何况，在红花坡行走多了的人无人不晓得他的汽车中藏着一把大砍刀。

刀哥是红花坡原住民。我是红花坡外来人，相当于巴黎人说的“外省青年”。城市到处拆拆拆，红花坡原住民越来越少了。留下来的越来越少的原住民每天掰着指头算日子，何时可以拆到他们家。一辈子，只要老房子一拆迁，票子房子车子一夜之间全配齐，还是要祖上多积阴德才会旺后人呢。你看看，只隔一条街，距离不过四五米，人家屋里就是因为当南边那条大马路，八百年前就拆了个干干净净，住到了街口小区的大高楼里呢。唉，人背不能怪社会，命苦莫要怨政府呢。

我就是住在街口小区新高楼里的外来人。我们这些人和红花坡人存在着某种不可言说却又莫名其妙的距离感。这是城市的个性。法国人固执地认为除了法国人，世界上都是野蛮人；法国的巴黎人固执地认为除了巴黎人，法国人都是乡下人。反正，太阳王的凡尔赛宫最惊艳的小园子全盘照搬了中国的苏州园林样式。法国人装作不知道。法国人有时拿傲慢当浪漫。人们惯于拿傲慢当浪漫。

目前，我，生活在一条这样的街道，每日跋涉其间，日日好日。

我只是红花坡的一个旁观者。我沉湎于这种琐碎的呈现。我觉得红花坡像极了回龙镇，我有一种宾至如归的感觉。红花坡天性中附带全世界所有街道必不可少的所有特质，现在我强烈感受到的是——絮叨。嗯，絮叨。一种文学惯用的伎俩。此地，天然自带，与生俱来。这是红花坡的气质。

红花坡真是个好地方。

坡上的街道两边重复排列着琳琅满目的各色店铺。日子需要什么店铺，什么店铺便存在。应有尽有，琳琅满目，不胜枚举。重要的是重复排列。红花坡反反复复重复排列着各种过日子所需的店铺类型。饭店、超市、理发店、水果店、炒货店、桔色成人、五金店、肉店、联通店、电信店……提供一切一切生活需要的店。

看起来每一家店铺都足够于平淡和平静之中延续生意。满世界欣欣向荣兴旺发达的景致。或者，你对声音敏感，你会立即觉察到红花坡是一条唱歌的街道。因为你总是可以从这些简单的重复中时时听到音乐性，跳跃重复，反复跳跃，如同爵士乐的副歌顿音和切分音不厌其烦哼唱。

红花坡不厌其烦，反反复复。

一种音乐惯用的伎俩。红花坡具备这种基因。此地，时刻奏响这类复调。

现在开始，我生活在红花坡。我在这里探究和逢迎一个新世界。

目的？

除了谋生，目的尚不明了。

——人类应该有所为，有所成。费希特说。

白天，我将自己打扮成严肃的样子。开会的时候，大家都扮成严肃的样子。害怕一旦不严肃就会遭到诘责。我厌倦人为的严肃，所以，我时时刻刻渴望尽早回到红花坡。红花坡不需要严肃。

晚上，在红花坡，我用任意一种方式存在。既不渴望得到重视，也不在乎会被忽视。不是迁就。在社会的最底层没有迁就，是一种自然的随性。在社交的泥沼之中，忘形地沆瀣一气。这里的一切都在淡淡的漠视中自如地僵化。平常，平淡，平静，平和。

——一切都是被允许的。卡拉马佐夫说。

鄙视、嘲笑、愚弄、讽刺、关爱、细腻、粗糙、算计、蛊惑、媚俗、猥琐、病恹、阳光、玩世不恭、愤世嫉俗、搔首弄姿、挤眉弄眼、远大理想、灰蒙蒙、油渍渍、臭烘烘、香喷喷……

一切都可能遭受嘲笑，但，只要不在乎别人的看法，没人会强迫你趋同。

我很快就通过刀哥认识了一圈红花坡的朋友。超市老板娘、发廊的洗头妹、炸油条的安徽人、开摩的的大胖子、开黑脑壳车的下岗工人，以及一大圈被称作老板的老板们。有超市老板、卖二手车的老板、饭店老板、开各种公司的老板、什么公司都不开偏偏就是有钱的老板。当然，我同时也认识了很多很多的老板娘。我迅速觉得生活变得有了娱乐的氛围。就像电视台致力于宣扬的那样，我在红花坡如此接近生活的真谛——娱乐着快乐生活。

深夜，红花坡的人都睡了之后，有时，我便像个孤魂野鬼一样坐在街边喝酒、吃肉、骂娘。那时，小区晚班保安小江总是忠诚地陪伴着我，直到我困倦。

但是，总体来说：

——我的精神独往独来，不与人们同行。①

刀哥

我就是在独往独来中认识了刀哥。

我和刀哥成为朋友从哲学的角度看属于偶然，而按照刀哥本人的说法则可以定义为——走多了夜路碰到了鬼。算是偶遇。民间不谈哲学，也很少有人研究偶然性和必然性的关系。对于“偶然性”和“必然性”，如果去除“偶然”和“必然”，人们便兴趣盎然了。

我喜欢坐在深夜的街边喝酒。我喜欢呼吸这个城市只有在深夜才开始略微干净的气味。这个城市的标志性气味：烧烤铁炉子的木炭味、失眠女人在街头搔首弄姿的风情味、躲避白天的喧嚣却总在深夜自己制造喧嚣的男人们的市井味。这个城市一到了晚上街头就被蚁群般的烧烤摊和吃烧烤的人们占据。我想你肯定也注意到了，每条街道每个街边每道巷口，最无法回避的就是千篇一律的烧烤摊。人们张狂饕餮，吃医学上认为会致癌的烤牛肉、烤羊肉、烤蹄筋、烤鲫鱼、烤茄子、烤黄瓜……一切可能拿来烤着吃的食物，都被拿来烤。烤得香喷喷、油渍渍，有时黑乎乎。这个城市简直就是一座烧烤城。生活在一座烧烤之城中，我无力抗拒。垃圾食品？你有没有觉得我们都在成为垃圾的漫漫人生路上跌跌撞撞？

——我并不在乎这个世界怎么样。我一心只想弄明白究竟该如何生活在其中。假如你果真弄懂了如何在这个世界上生活，你说不定也就能由此而得知这个世界到底是怎么回事了。②

还记得海明威老师第一本大作里面的感慨吗？

街边长椅，枝形吊灯，蓝色妖姬，鲸骨裙蕾丝边，丁字裤，爵士乐，和一条狗掏心窝子，与一朵花相看垂泪，你们这些垮掉的一代。《太阳照常升起》最大的贡献之一当然是思泰因小姐奉上的那句作为题铭的咒语，也是献给那个时代的定义：

你们统统都是迷惘的一代！

——知不知道鸡是上帝在哪一天创造的？

——“啊，”比尔一边说，一边吸吮着鸡腿，“我们怎么会知道？我们问也不该问。我们只是来去匆匆的过客……”③

要不要种很多的植物，半夜明明没有喝醉却坐在街边的长椅上和猫说话？

作为这个城市的“外省青年”，我只能坐在几块钱一张的塑料方凳上。如果想要换个舒适的姿势，那么，必须委屈自己的屁股，将二十厘米见方的方凳座位腾挪出一小块角落，这样才能将一只脚抬起放在凳子上。这样，委屈的屁股便只能一半悬空了。当然，也有很多用塑料做的圈椅。如果不在意由于常年使用却不清洁导致的满椅子满椅子的油渍，你会相对舒服多了。这个城市的街边，不需要长椅。

我就是坐着这样被油渍涂抹得邋里邋遢的圈椅吃烧烤时认识刀哥的。

那晚凌晨三点，我还坐在红花坡的街边吃烧烤。刀哥坐在我身后那桌。我一个人。他一帮人。我第一次听到刀哥最喜欢的口头禅。

——我师傅讲得好，命来铁如金，运去金似铁。今天手气好，进账一个A。刀哥喝着酒，吃着烤鱼，喷着口水说。

一个A，就是一万。

刀哥路子宽，生意做的行业多，什么赚钱搞什么。具体是些什么他并不和我多谈起，我便也识趣不乱问。

——兄弟们，记得我刀哥的规矩，凡是我身边的小弟一律不准沾一个“毒”字。否则立即赶出队伍。“毒”这个东西毁灭理想！我有我的理想咧！我的理想是……刀哥醉醺醺地搂着他一个兄弟的肩膀说。

我没有听清楚理想的内容是什么。我惊诧于竟然在凌晨三点的红花坡街边拾掇到了“理想”两个字。我不由自主拎着酒瓶走向刀哥，问好，打招呼，敬酒，聊天。只是他不再对我谈起“理想”二字。理想这个东西只能偶尔拿出来瞻仰。切不可像男人炫耀自己的器官那样长长短短。理想是一个很长很长很长的东西。

——兄弟，走一个。我说。

——在红花坡，随便什么事，随便什么时候，兄弟，你摇个铃子！刀哥拍着胸脯说。

我们于是成了朋友。

作家

我对红花坡所有人宣称我是个作家。他们一开始嗤之以鼻。

——作家应该是出口成章，你看看你，一出口就骂娘。买卖二手车的老板说。这个老板四十多岁，头发稀稀落落。巨大的头颅每天都在期盼世界上所有的车辆报废、出交通事故或者突发性自燃。

——作家有两种。一种高于生活，一种低于生活。但都源于生活。

大家表示不懂。

——换一个说法，向上思考，向下生活。

？

——形而上，和，形而下呢？

？？

——我来帮你解释，刀哥说，用网络上的话说就是，理想很丰满，现实很骨感。一边拜佛，一边杀人。端起碗吃肉，放下筷子骂娘。

哦。哦。哦。

小学没毕业的刀哥有些鄙视作家。

——你写过什么书？

——我是网络作家。

——混网络的不都是叫“写手”吗？

——我加入了作协。加入了作协就是作家。

——我也看书。网络上那些玄幻、穿越、魔术之类的我和我老婆都追着看。

我目前尚未碰到过声称自己不看书的人，在所有得知我是个“作家”后的人之中。

——你还是当你的红花坡老大吧，老大。你讲的应该是“魔幻”，不是“魔术”。这些人中有些写着写着连载自己都会忘记有些角色早就被他们写死过几回了，结果又活了一个礼拜。

——他们真能写，有时更新快得我都来不及读。

——现在一些有名的大作家许多都只写一小篇一小篇的东西，有时甚至只写一句话两句话。这才是真正伟大的作家，知道吗？！谁还写那些长东西？

——你写一篇文章多少钱？

——没钱。

——你老家是湖南望城的吧？

——什么意思？

——新时代的活雷锋啊。

超市老板娘

一个夏天的午后，我一个人坐在红花坡兴盛超市的街边超过了三小时。我装作等待什么的样子，其实百无聊赖，漫无目的。

——我倒是挺想号召大家没有目的深深地投入一回。洪晃说。④

超市老板娘有一茬没一茬和我搭腔。

——你怎么不出去谈爱？

——我等爱自己过来。

老板娘用她巨大的中年乳房支撑着索然无味的黯淡时光。我试图不讨厌并尽量讨喜于她。三个小时之内，我买了一包烟、一包槟榔、一袋紫苏梅子姜和一包味精。每一次掏钱购物，她都朝我笑，然后，弯腰取货。每一次，我先是看见笑，然后，就看见了她波澜壮阔地蹲下去站起来。我很满足。我觉得平淡、平庸和平坦是扼杀青年人凌云壮志的屠刀。我观察了她很久。她的笑很讲究。她一般不笑，但她笑起来不一般。她选择性笑，个性鲜明地只对自己印象好的顾客笑。她的脑部沟回可能存在某种专门控制笑的专享区域，严格按照数学方程式的运算原理决定何时笑何时不笑。大多数时候，我觉得她也只能是不得不笑，想笑就笑对她而言是奢侈品。她坚决不对在一个固定时间每天都要来买一种两块钱一包的红双喜香烟的建筑工地民工笑。她那个时候会公然地夸张地对着他捂上鼻子，也下意识地向上提拉V字形的T恤领口。她应该是一个对气味极其敏感的女人，个性鲜明。狗有着比人类发达的嗅觉系统，动物们总是通过嗅觉寻找恰当的配偶。

——娘的脚，一身汗臭气，眼睛直勾勾可以吃得人进，还故意在接烟的时候将手往我身上蹭。她对我抱怨说。

喊堂客回家的人

快到六点钟的时候，我饥肠辘辘。我隔着马路呼喊对面街边炒盒饭的陈眼镜给我炒份蛋炒饭。老陈如果不是站在白铁皮推车旁手拿铁锅炒盒饭，他比绝大多数网络上著名的公知还要像知识分子。平头，儒雅，浅笑，羞涩，整洁，带着象征知识的黑框眼镜。他有一个脸蛋古典、身形错落、皮肤白皙紧致的美老婆。她在锅边低眉细语，温良恭俭。他炒的蛋炒饭难吃得让人对食品绝望。我一次次地吃。希望都没有，哪里来的绝望？他老婆有时围着不锈钢推车一边洗碗一边唱几句“胡大姐我的妻啊，刘海哥哎我的夫啰”。

——堂客啊！回来啰。

我吃蛋炒饭的时候，红花坡响起了一个声情并茂的呼唤声。

——堂客哎！回来啰。

间隔十来秒，声音重复一次。每一天，这个声音响起，时钟肯定指向六点。这是一个六十出头的老头。他每天六点整准时出门。他要寻找他的老婆。他总在黄昏时焦虑，总在焦虑中思念自己的老婆。他开始从红花坡的这头走到红花坡的那头。他呼唤老婆的声音充满了柔情、缱绻、温婉、蜜意。他身材矮小，步履坚毅，喊老婆的时候伸出左手遮住嘴唇。

他也许本该是个物理学家，懂得声音传播的原理。他或许只是时运不济。

> 密纳发的猫头鹰总是在黄昏到来时起飞。
>
> 智慧女神肩头站立着一只总在黄昏时分起飞的猫头鹰。密纳发(Minerva)是她的罗马名字，她的希腊名字其实就是雅典娜。

黑格尔说的话没几个人听得懂。事实上，培根也说过同样的话。

我悄悄地跟踪他。他住在红花坡一栋老式住宅楼的一楼。他从出发寻找老婆到回到家中一般需要三十分钟左右。他心无旁骛，旁若无人，情思切切，深情款款。三十分钟过后，他回到家中。他老婆端坐家中，正在静候他的归来。

他老婆从来没有离开过他一步。他只是需要在每一个黄昏出门寻找。

他这种情况在精神医学上应该有一个对应的名称。我不得而知。我不忍心称他疯子。

——那就是一个神经病！超市老板娘说。

——他脑壳有问题。老陈说。

——他短路。小江说。

——他是个疯子。刀哥说。

——他可能是一个秘密的行为艺术家。一个艺术家猜测。

——艺术家和精神病患者的差别微乎其微！弗洛伊德说。

他只是在每一天的黄昏时喊几句堂客回家，这可以被允许。

黄昏

黄昏，一天中最像终结者的扮演者。一副容易伤感的样子，楚楚动人。

天色向晚，已近黄昏。最是怕黄昏，偏偏又昏黄。

——黄昏是我一天中视力最差的时候，一眼望去满街都是美女。廖一梅说。

——欲望和厌倦是人生的两大支柱，交替出现支撑着我们的人生。

她还这么说过。

——独坐黄昏谁是伴？紫薇花对紫薇郎。

白居易三千八百多首诗中绝大多数写的是黄昏之后至黎明之前的那些事儿。

此时，我表露出依依不舍。只能明天继续等待，今天游戏结束。Game over.

——梧桐更兼细雨，到黄昏，点点滴滴。这次第，怎一个愁字了得！

还没有一个现代女文青能忧伤过易安女士，老公要时时陪在她身边该多好。为人夫务必多尽男道多陪人妇。他们不是说，陪伴是最长情的告白吗？

——哭损双眸断尽肠，怕黄昏后到昏黄。

你怕什么怕呀？你们家住在济南那么豪华的院子里仆从成群。

我端着蛋炒饭内心对这个情绪稳定而又坚毅的疯子充满了崇敬。我谨遵所有出了名的电视节目主持人的训诫，心怀感恩，谢谢您赐予我执着的力量和诸多光辉的品德：坚守、坚持、坚信、坚定、坚毅、坚强、坚不可摧、穷且益坚。执着，是黄昏中罕见的高尚情操。人们只在早晨使用执着这个东西。红花坡的人们总在朝阳中一边吃米粉、吃肉包、吃油条，一边下定决心要执着。

此时，车水马龙，杂沓鼎沸，步履骤动，来来往往，又见排风扇油烟升起。一万个铁皮箱子制成的烧烤笼子开始占据和吞噬红花坡的旮旯角落。烟火人间，美景四季。

一轮三伏天之月爬上了此城的天空。

我不怕黄昏，我任凭黄昏又到。

我时常在夜里，在街边，与红花坡诸君痛饮。

左疯子

我对疯子有天生的好感。

人类特立独行，标新立异的极致可能就是疯子。是人性的珠穆朗玛。

是对庸常的超越。

真正的疯子从来不承认自己是个疯子。

——我和疯子的唯一区别在于我不是个疯子。达利说。

回龙镇有个著名的疯子。大家都叫他左疯子。他疯成了回龙镇的一道风景和不可或缺。

左疯子如同潮水一样每年一次席卷而来。时长一般维持在一个月左右。回龙镇是他生命中的一记顿音。

每一次出现，他都一如既往地衣冠楚楚。那种四个口袋的卡其蓝布中山装。表口袋里插着银光闪闪的英雄牌钢笔。一副有学问的样子。回龙镇人尊敬学问。

——这一次左疯子像是真的不疯了。每一次他初来乍到，镇子上的人都惊叹。

——这么标致的男人家为何偏偏是个疯子哩？每一次镇子上的人都纷纷叹息。

所以，左疯子来到回龙镇，卷来的除了风景还有叹息。他被叹息湮没着。

首先，他唠唠叨叨，嘻嘻哈哈，支支吾吾，吞吞吐吐……

接着，他痴痴迷迷，摇摇摆摆，鬼鬼祟祟，战战兢兢，迷迷糊糊……

随之，他喃喃自语，窃窃私语，喋喋不休，郁郁寡欢……

后来，他骂骂咧咧，打打闹闹，浑浑噩噩，踉踉跄跄……

——疯了！他又疯了，这一次发疯的时间又短了好多哩。人们不得不发出最后的叹息。镇上人知道左疯子又要离开了。

我躲在汽车站铁门背后偷偷看他。我觉得他似乎也在看我。我只是觉得而已，也许只是我自己自作多情罢了。他犀利的眼神风驰电掣横扫过我，惊魂不定，那是种坚毅的余光，不带有任何停留和驻足，一闪而过，淡定，充满了忽视。我此后再也没有见过他那种不做任何停歇的目光。崇高到不留恋的目光。强大到漠视的目光。温柔到犀利的目光。我以我不足一米的身高仰视他，双手紧紧抓住铁门的钢筋栏杆，手心感觉着锈渍的温度。我被那一记眼神烧灼得寒意凛然。我记得他眼神总归是炯炯的。那是结论。我好奇他的眼神要去哪儿？他终于停下了。他蹲下来。在铁门旁边红砖砌的公共厕所门口蹲下来了。变得柔情，眼神充满了蜜意。兔有三窟人有三急，天地四方皆是他撒欢的田野。一大堆稻穗般金黄的有机物呼之欲出。他的作品。他亲手捧起了那堆灿烂的金黄之物。舔舐着，咀嚼着，随心所欲地笑着。他的笑像稻浪中摇曳的涟漪，一层层，一圈圈。他牙齿很白。

干洗店老板娘

我从来不认为我是个疯子。这可能是个不可逆转的人生事故。我疯狂地喝酒。不知疲倦。

许多动物只知有“饿”，无论“饱胀”。面对食物，动物无休无止，根本停不下来。一些家养的狗和观赏鱼，死得很冤。它们是被主人投喂过多的食物而撑死。漫漫黄泉路，一路您走好。

我偏爱一种有秩序的孤独。我喝过的酒瓶整齐地摆在超市的墙角，从高到低，从红酒到啤酒到白酒。

干洗店紧挨着超市。老板娘黝黑得晶莹剔透，光芒四射。她的出现摧毁了我对皮肤颜色的狭隘审美。丝般光滑，柔黑透亮，触手可及，禁止抚摸。我第一次见到她就含情脉脉地盯着她的单眼皮想象她是个单身女子。于是我在喝多了的时候酒壮英雄胆给她发了许多色胆包天的短信。

——饮酒，逗弄如郁金香般美丽的姑娘，比伪君子，比口是心非的人好得多。伽亚膜说。

没过多久，我发现一个长着精致小鸡鸡的小娃娃缠绕在她的乳房上怯懦地叫她妈妈。黑色的妈妈浑圆细长的指尖在干洗店的工作台上摆弄一件件洁净的衣裳。黑色的黑妈妈。她对我微笑，展开一排整洁的白牙，红唇环绕，波光潋滟。

我凝视她。

——美酒，郁金香，玫瑰，请凝视我的美人。[5]

我们相互凝视。

卖肉的

——老板，明天会到一批新鲜的活乳鸽，要不要给你留几只？菜店卖活禽的老板打来了电话。我钟爱乳鸽这种食物。两千多年前的犹太人，如果实在太穷买不起牛羊，至少会杀几只乳鸽献给上帝。耶路撒冷的圣殿前血光冲天。

——那就留几只吧。

他讨了个伟岸雄壮的老婆，他娇小玲珑，每天不知疲倦杀鱼、杀鸡、杀鸭。杀杀杀杀杀。

来了个新保安

我住的小区大门保安亭来了个值晚班的新保安。他五十多岁的手里总是搂着个五十多岁的老女人。天天如此，温故而知新。他的腿脚不太敏感，时常躲在保安岗亭狭小的铁皮笼子中颤抖。左腿还是右腿？我不确切。他的那条好腿上最近就这么时常坐着一个老妇人。他一边值夜班一边逗弄。他们恩恩爱爱。他是个眼神灵泛眼眨眉毛动的人，绝不放过并无一遗漏地仔细盘问每一个进出小区的漂亮女司机。他的问题很哲学：

你是谁？你从哪里来？你到哪里去？

陀思妥耶夫斯基

——美总在肉欲之中。[⑥]

陀思妥耶夫斯基一边赌博一边欠账一边写伟大的作品一边还债。他迷恋酒精。没有不爱喝酒的俄罗斯人。

红花坡老板们

我觉得我总体说来只是红花坡街边的一声叹息，气若游丝。幸好不知不觉又是夜里。我喜欢夜。

夜里的红花坡佳人零乱，款款曲曲。夜里，倦鸟归巢。夜里，佳人出动。夜里一到，红花坡迅即四处盛开了虚无之花，艳情绽放将白天的空洞深深掩埋。

夜里，九点到十二点，老板聚集时间到。我还不曾从江边擦皮鞋的妇女那一声“老板”的称呼里梦中惊醒，陶然自乐之时，时代迅猛驰骋，倏忽间演变成了老板之天下，人群中老板们摩肩接踵密密麻麻。

我继续坐在超市的街边，像一个夜巡的守灵人，等候夜归的老板们。好多的老板。大家都是老板。老板们习惯了在夜里打着千姿百态的饱嗝回到红花坡。

大家互相以“老板”相称。三百六十行，行行出老板。我在红花坡认识了所有行业的老板。大老板，小老板，男老板，女老板。我彻底浸淫在了老板的世界，我觉得自己也成了老板，我心安理得地接受了我在红花坡“老板”的新称谓。这个称谓含金量相当低。

——老板，今晚来一场“口味田鸡”杯跑得快如何？

——搞起。

那天紫气东来，我赢了一千块。刀哥说的命来铁如金，命去金如铁，是亘古不变的真理。

——打牌没有别的巧，全靠眼睛两边瞟。超市老板说。

红花坡夜归的老板们将我们这些打牌的老板团团围住。卖轮胎的、卖消防器材的、卖二手车的、卖二手房的、卖手机卡的，卖这个的卖那个的反正都是老板。

我也称呼保安队长小江为江老板。江老板来超市买酒，喜形于色。那天是彩票开奖时间。他坚持不懈地买。奖坚持不懈地不中到他头上。即使是中了，也就几十百把块。每周二、四、六开奖。那天我送了他一瓶邵阳大曲外加一包软白沙。他说，只要他中了奖他就请我吃烧烤。这话他说了一万遍。我希望他中一次。人生天天在博，总要偶然一回中起。

——什么狗屁老板？都是只晓得三块五毛七的小老板。三块五毛八他就搞不清了。

说这话的是一个叫俊哥的中年人。他每天晚上骑着一部七零八落的破旧电单车穿过红花坡。他总是散发着排山倒海的酒气，脸上排列着步调参差不齐的种种神情。他也是一个老板。

——卖东西赚银子的都不算老板。俊老板说。

——这个年代，卖面子就可以赚钱才是真老板。他把电单车紧靠路边的一棵大樟树停稳。那是一堆拼凑的破旧钢铁，在昏暗的路灯下依偎着一棵大树。

——那是个酒疯子，神经有些毛病。超市老板娘告诫我。

又是一个疯子？

——听说红花坡来了个作家，原来就是你？我认识很多作家，我请你喝酒。俊老板说。

他从斜挎着的一个军用户外背包中摸出一瓶外形长得像茅台一样的酒和我说话。我第一次亲历了一次时长两小时而我根本无法插入一句闲言碎语的对话。史诗般滔滔。我大约记得他说他是个军人，他的头盖骨曾在一次执行任务时被利器砸出许多深渊般的洞，他腰椎曾像一根新鲜树枝一样被折成两段。我似乎听见了咚咚咚一样的战鼓声和咔嚓咔嚓一样的破碎声。我觉得他的身上至少有两种品质引起了我的关注：

史诗般的细碎和疯子般的客观。

——说话而又不引人注目，不容易！一直在人前讲话，而又不被人听在耳朵里，这需要精湛的技艺！⑦

——我前世应该属猫，我有九条命。俊哥说。

一个破碎的人。

——你是一个特立独行的人。你不是三块五毛七的老板。他给我下了断言。

我其时并不知道我自己是一个什么人。这个问题一般需要一辈子去寻找那个并不见得会有答案的答案。

住小区里面的人

有时候，超市老板趁着老婆洗澡的间隙话痨般和我分享他送货上门的发现。

——五栋住着个老女人。门口总摆着一大摞高跟鞋。是金色的。全部都是金色的。鞋跟有筷子那么长。

——一栋有个老头恶心死了。老男人竟然长着个女人样的水蛇腰。

——是的，我见过他。是小江的朋友。他喜欢摸男人的屁股。我说。

那是一个全身上下散发出阴柔之气的老年男性。他喜欢到红花坡一家街边音乐茶座唱五块钱一通宵的歌。有时，他混迹在广场舞大妈的团队中腰肢款款。他经常在物业办公室爱怜地抚摸小江的屁股劝他不要喝那么多酒。

——喝那么多酒干吗呀。来，我教你跳支舞，慢四。你看看你，才四十岁哩。

小江于是歪着嘴笑。任由他摆弄。一边被摆弄一边端起桌上的搪瓷缸子小酌一口邵阳大曲。

我从来不觉得我有任何资格可以嘲笑他对屁股的热情。我曾经热烈地赞美过人类的屁股比脸蛋更率真。

——八栋有个三十多岁的女人，长得那个漂亮哦。她竟然没结婚，还养了三只狗，而且都是大狗，大公狗。

我一般认为最终决定此生只爱大公狗的女人定是历经了男性诸般种种的摧残折磨才索性有了绝望之举。要彻底睇穿了男性的本质，却又要念念不忘地痴迷于雄性伟岸健硕的力量，大公狗是一个好选择。

——有多大？有人对这个话题兴趣盎然。他问狗有多大。

他也是个老板。他给一个大老板跑腿打工鞍前马后，离开老板他就是大老板。他有点老，头顶的毛发凋零得惨淡稀疏。他抱着年轻的老婆为他生下的不足周岁的孩子每天在街边哼唱摇篮曲。

——他是炫耀。铁树开花。这都不晓得是他第几个老婆了。唉，一个端茶倒水迎来接往的司机，以为跟着大老板混就把自己当老板搞。超市老板咬着我的耳朵恨恨地说。

我朝他微笑。他像是还不曾从老年得子的喜悦中惊醒过来。他像个摇篮晃荡着，专注于手里的婴儿。他是在身体力行为老龄化社会提前到来做自己的贡献。后继有人才是永恒的希望。我猜他应该常年养狗。他抱着婴儿的姿势就像抱着一条狗。左手托着婴儿的屁股，右手横过来拦着婴儿的两只手。婴儿在他练过健美的胸脯中隔着他粗壮的手臂东张西望。他养过狗的。我几乎断定。动物热衷于人类的抚弄。

——那三条狗到底有多大？他又问了一遍。他腰间爱马仕皮带上别着的奔驰车钥匙随着他的疑问一起晃荡。婴儿张大了嘴，寻找妈妈的乳房。

老板娘出浴了。愉快的谈话暂停。她挺立着波澜壮阔的身体矗立在夜幕降临的街旁，晃荡着湿漉漉的短发。她弯着腰，低着头，双手一起合作挥舞着一条干毛巾，云卷云舒的动作打理油光铿亮的头发。老板们散开来，只剩下老板娘以她中年人的身体少女般舞动。

捡垃圾的人

——帅哥，地上的空罐子你要不？拾荒的老头问我。

我不知不觉喝完了四罐啤酒。

——拿走吧。

——手上的呢？

——你等会儿。我仰起头将第五罐剩下的一半一口喝光，用手捏瘪扔到了他手中的蛇皮袋里。

——发财发财。老头念念有词地继续前进。

老头有四个儿子，四套房子。他不爱他的儿子，自从到了城里，他钟爱废品。小区一共有十二栋住宅楼，其中有六栋的废品专属于他，任何外人不得靠近，哪怕是一个空矿泉水瓶，或者一个花炮纸盒。否则，他会叫上他的四个儿子一起将别人打得姹紫嫣红，五劳七伤。他儿子个个是老板。

——老子铃子一摇，随便来百把号人。敢惹我？自从他儿子在物业办公室反复这么说过后，他儿子就成了小区的老大，他儿子的爸爸，也就是他，就成了小区老大的爸爸。

他还是只喜欢废品。我认为他可能只是喜欢拾荒这个过程。他曾经将我摆在门口的一整箱百威啤酒搬到楼梯间一瓶一瓶地打开。然后，一瓶一瓶地将里面的啤酒洒在楼道上，将空啤酒瓶当作废品捡了回去。一个礼拜之后，楼道内依然散发着馥郁的麦芽香。

如果使用当代艺术多如牛毛的理论分析这个事件，那么，这次行为充分体现了当代艺术的一个典型属性：同时性。在阶段性的时间距离内，通过空间的转移，一次简单的行为迅速地将商品成功转换为废品。从一种价值递进或者倒退成另外一种价值。这个老头的这次行为本身具有艺术价值。是一次“行为”。

从艺术的角度看待诸多的人和事，疯癫即为合理。

——所有杰作都出自精神病患者之手。普鲁斯特说。

——你们必须给我一个说法。我对物业说。

——兄弟，事情发生了，你看着办。他儿子说。

他粗壮的手臂上文着一个巨大的“忍”字。老远就对着我丢过来一根蓝蒂子芙蓉王。他身边站着物业公司老总。我摸出一包被牛仔裤口袋挤压得皱皱巴巴的软白沙。我们三个人围成一圈，烟雾缭绕，像极了一场生死攸关的谈判。

——你站在这里搞什么鬼？他父亲拎着一袋琳琅满目的废品昂首挺胸向我们走了过来，老远就凶他儿子。我给他开了一根烟。对他微笑。

——哦，那些酒瓶子是你屋里的啊。那就误会了。他对我说。

——这个老板是好人，屋里好多东西都给了我。他对他儿子说。

——既然这样，那就是一场误会，兄弟。这样，你放心，以后有什么事，你摇我铃子，多了不说，几十百把个人随喊随到。他儿子对我说。

我们接下来深入交流了一下关于这个社会上的一些打打杀杀的事情便各自归了家。我觉得那一夜的晤见有些开罗会议的风范：都解决了一些与生活息息相关的问题，都解决了作为人的未来的问题。大家各自心满意足。

——当我给卑贱物一种崇高的意义，给寻常物一副神秘的模样，给已知物以未知物的庄重，给有限物一种无限的表象，我就将它们浪漫化了。诺瓦利斯说。

俊哥

俊哥坐在一棵球形的桂花树下面等我结伴散步。这个城市的所有桂花树都被修剪成了一个个巨大的皮球形状。他们称之为精细化管理下的新城市。俊哥依偎着树干的样子像童话世界的某帧画面。

电视里面总是说，散步是最好的健身运动。散步就成了一种潮流。这个时代潮流更新得飞快。一个潮流的开始就是另外一个潮流的结束。生生死死的轮回。晚饭后，人们蜂拥而出，极尽驰骤纵送之乐。

我认为这只是表象。我趋向于认为人们散步各自心怀目的。且不说卢梭式的遐想、康德式的哲思、叔本华式的狂傲，更谈不上刘伶式的荷锸待毙。反正我所在的小区人们散步大多是为了治病。颈椎病、腰椎病、糖尿病、心脏病，散步包治百病。比如，痔疮。

俊哥希望散步可以治愈他的痔疮。他最近脱肛惨烈。鲜血总是将马桶溅染出风采。

——你要一边散步一边提肛抬臀收腹憋气。我说。

——散完步去弄点白酒也许有用。他说。

——为什么不是酒精？

——我是说喝，不是说擦。

说起酒他就吞咽口水。吞咽与提肛抬臀的物理作用力恰恰相反。凭我对他的了解，向下的作用力更强大。我们都无法抗拒酒精的魅力。

我注意到总有一个巨大的肥臀在夜里九点过后沿着同样的路线在小区黝黑的林荫道上自如地晃荡。她的双手划桨一样两边优美摆动。她有一个恢宏的臀部。她像一个巨大的鸭梨在我的前面钟摆一样地晃动。谢天谢地，她有一对肥硕的比目鱼肌，足以支撑起她自身的庞大。她风一样从我和俊哥之间穿插过去。有一些喘息的声音一起穿过。她应该是一个怀揣希望与信念之人。那么急切的步履应该是欲将密布在全身四处的脂肪晃荡摇落下来，一并随意洒落于小区之林荫道上。有浓重的汗水气味和一些四十多岁女性的复杂气味。

几条大狗偶尔也穿过我们。狗也散步。狗不是为了散步而散步。狗为了排泄而散步。物业办公室的日光灯管显得暗淡。江队长每个礼拜二准时休息。那个喜欢爱怜他屁股的老男人每个星期二的夜晚都有些失落。他把腿搁在办公桌上盯着一张卖二手房的宣传单发呆。办公桌上摆了一瓶三蛇祛风保健酒。他准备送给江队长。

——小江啊，我把一瓶极好的药酒放在物业办公室了，明天上班记得拿哦。以后还是要少喝酒，也该养养生了。

用一种酒替代另外一种酒是一种戒除酒瘾的通常手段。相当于人类戒毒历史上使用一种新型毒品替代另外一种旧式毒品。

——他再这么喝酒会死掉的。俊哥说。

——你再这么喝酒也会死掉的。我说。

——我不会，我是猫变的。他会，他已经全身松垮下来了。他说。

散步

1850 年。巴黎街头。卢森堡公园。钱拉·德·奈瓦尔用一根蓝色带子牵着他的宠物散步。宠物是一只小龙虾。很多人知道这个行为，但很少人知道那只被他拖着乱跑的畜生有个名字叫“提鲍尔特”。

作为象征主义和超现实主义诗人，奈瓦尔先生解释说：

——它不会乱叫。它，懂得，深处的秘密。

补记

唯独一件事，我从不在红花坡进行，那就是理发。如果可能，许多人一辈子尽量可能只找一个固定的理发师，这种现象既特殊也普遍。

一栋与三栋之间修筑了一座灯光篮球场。水泥地坪。篮球打在地上，弹回手中，水泥地板便震动得闷声作响，是会把心脏的节奏打乱的那种强行闯入式的冲击波。总有人夜深人静的时候在球场拍篮球。偶尔，狗吠。有时，老人咳嗽的声音清晰可辨。

一个特立独行的大老板：肚腹长得比皮球更圆滑的老板远远看上去任何人都会第一时间认定该人绝对是个纯正的大老板。几经求证，果不其然。他有数不清的奔驰车、宝马车，和数不清的小区内部全额付款的车位。他家的所有车辆一律只停在马路沿途或树荫草坪。车位一律对外出租。他心脏上有数不清的日本产支架。财富一直在增长，支架的数目一并增长。他有过很多任老婆，当下这个形影不离的女人尽管在法律上属于第三方责任人所有，但情感上对他死心塌地。他害怕睡着了的时候睡着睡着睡死了。身边还是有个伴好。

我烦透了俊哥的唠叨。

准确地说，我不能准确地叫出陪我喝酒的任何一个老板的名字。据观察，这个群体的老板们大多还有一个掌控他们的老板。生活的偶然性再次证明了偶然性的魅力：如果恰好你有一个某领域（消防、商业、教育、医疗、建筑、环保、交通……）的亲戚（哥哥、姐姐、姐夫、舅舅、七大姑八大姨……），你便不小心成了这个城市的这个领域的一个老板，而再也不用在镇上乡里喂猪种田栽橘子树。有个老板的姐夫是白蚁防治站的负责人，他便再也不靠在农村摸鳝鱼捉脚鱼为生，开了间生物防治一切病虫害（苍蝇、老鼠、白蚁、蟑螂等全人类的卫生公敌）有限公司。他有钱得很，刚刚换了台新车，路虎。

每隔几年总要闹出个流感猪瘟之类。昨天超市老板悄悄对我说，兄弟，赶紧多买些盐。明天我们超市的盐就要涨价了。出来混终归还是要有几个朋友才好。

我有时候觉得现在的我变成了一只青蛙，蹲守路沿，八卦人生，聒噪街边。

【注】

① 引自《浪漫主义的根源》，以赛亚·伯林著，译林出版社 2011 年 1 月版。

②③ 引自海明威《太阳照常升起》，人民文学出版社《企鹅经典》系列，2012 年 5 月版。

④ 洪晃语。

⑤ 引自索莱尔斯《情色之花》。

⑥⑦ 引自昆德拉著《庆祝无意义》，上海译文出版社 2014 年 7 月版。

十一 论文：论身份的不重要性

在我们的时代，如果一个年轻人毫无各方面的天赋，他可能会梦想写作。

——奥登《染匠之手》

导论

相当于写在前面的话。

越来越多的年轻人意识到了写好论文是时代迫切需要。就在刚刚，我的朋友圈又有至少三个人发表了无限接近于论文标题风格的新信息。其中一个漂亮的未婚大龄小姐姐写的是《论仪式感在爱情中的崇高性》。她有时会论一条裙子，有时是一块牛排，有时她论帅，反正挺多论的。每个标题下她都会配上自己精心美过图的照片。她无暇或者也许是不屑于发表内容。她经常晒与自己有关的一切美图，她坚信自信的女人都美丽。

蒙田先生论过很多人类伟大的精神，他从不采用现在学术论文的标准样式，也不采用只取标题并配图片但是内容让别人去猜想的新潮样式。

培根先生和蒙田一样。

我采用标准答辩格式，与时俱进是一种必须采取的精神。

（以下为目录页，但包含有必要阅读的信息。读书不看目录是大多数读书人的人生损失。）

目　录

第一部分　一些关于身份的理论

一、无需作答的问卷（仅仅提出问题）

二、身份的名词解释（不仅仅是东方观）

三、身份和职业的区别（关系）示例

第二部分　一个案例

（以讲故事的方式和自我现身说法寻求论证的创新方法）

一、我曾经的职业

二、我曾经的身份

三、我是如何取得作家的身份并心安理得以此身份行走红花坡的

四、我现在身份的准确界定

第三部分　本论文衍生的一个伟大梦想暨我雄心勃勃的写作计划

第四部分　又一个案例

（一则关于一个影视明星的新闻说她正在思考“以什么身份向世界告别”，这句话引起了关于身份的热烈思考、讨论和人们——主要是指这个明星的粉丝们——对于身份问题的深度探究，从而使得“身份”这个本来只是被绑定成“身份证”才使用得最多的词语那三天连续上了热搜的排行榜。这也使得本论文不得不额外增加这个专门的章节进行举例论证，否则便会犯下不与时俱进的低级错误，也同时会使得本论文的观点不是最新颖的而得不到最广泛的关注。其最直接的后果是本文将是陈旧的、不具备传播价值的。谈论身份问题的明星们总是被人尊崇为更有责任感的人。）

第五部分　本文衍生的又一个新章节暨那些关于身份不得不说却无法论证的新问题

第六部分　结论及我的身份观

附录：参考书目暨一份书单

（以下为正文页）

第一部分　一些关于身份的理论

一、无需作答的问卷（仅仅提出问题）

你曾借助什么身份历经过往？

你正凭借何种身份参与现在？

你将使用哪个身份与世告别？

二、身份的名词解释（不仅仅是东方观）

Ⅰ《现代汉语词典》对“身份”的定义：①指自身所处的地位；②指表现出某种身份的姿态；③指受人尊重的地位。也作身分。

Ⅱ ①指人的出身、地位和资格；②特指受人尊敬的地位。——百度释义。

Ⅲ 德波顿对身份的界定包括了多重含义，主要有：①个人在社会中的位置，源出于拉丁语 statum，意思是站立，即地位；②狭义上指个人在团体中法定或职业的地位，广义上指个人在他人眼中的价值和重要性；③自 1776 年起，西方渐渐把经济成就同身份联系起来……

他的最后一条界定是：

上层身份在许多人眼中是世间所能取得的最美妙的利益（虽然很少有人公开承认这一点）。

综上，绝大多数的界定和释义，最大程度的共识归结于一个约等式：

身份≈地位

三、身份和职业的区别（关系）示例

Ⅰ 普遍认为身份和职业主要在于专业技术等级、行政级别高低，经济收入差别等。如下：

专业指职业，专家则是身份。比如：写作者是职业，作家是身份；

普通员工是职业，员工领导是身份。比如：广告业务员是职业，广告部主任是身份；

小商贩是职业，大卖家是身份。比如，卖米粉糖油粑粑的是职业，某宝老板是身份；

Ⅱ 当下对于身份界定出现了几个特殊案例，尤其以文化艺术界的认同标准变异为甚。如下：

1. 著名相声演员是职业，非著名相声演员是身份；这归结于郭德纲的崛起和传统老一辈的淡出与低迷。

2. 特殊情况下歌唱家、表演艺术家、老艺术家、已退休前著名主持人是职业；演员、歌手、主持人，是身份。衡量的标准以出场费、收视率、出镜率、点击量等硬指标为准。

3. 依照汉语的用语习惯和约定俗成的认同准则，任何职业后附加一个后缀“家”字，则这个职业瞬间便会获得一种高贵的身份，如设计家、评论家、艺术家等等。由于抄袭、炒作、媚外等诸多业界丑闻的频繁曝光，一些艺术家的恶疾导致了“艺术家”这个称谓很大程度上丧失了人们原本的认同和尊重。

Ⅲ 一个基于媚俗的崇洋媚外者而长期以来挥之不去的身份观：美国身份证是身份，中国身份证是身份证。可喜可贺普天同庆的是这个观点基本已经被彻底颠覆。

第二部分　一个案例

（以讲故事的方式和自我现身说法寻求论证的创新方法）

一、我曾经的职业

处长帮我找的新工作毫无新意。我命中注定与广告业务员有缘。我命中注定与老板无缘。这是一家大型广告公司，对正式员工和外聘员工采取两种政策对待。

——我们这里实行无底薪业务提成制度。老板见面的时候对我说。

——也就是说，拉到了广告业务就有工资，否则自生自灭。老板强调。

这是个伟大的创举。无底薪！有提成！！！只要你愿意，你可以从事世界上一切的、包罗万象的、但凡是与推销、业务、运营、赞助或买卖关联的所有业务。

无懈可击的是，理论上有典可依、有据可查、有史可鉴。大师兄、二师兄和沙师弟实行的就是“无底薪且不提成并自带十八般武艺降妖除魔捉鬼打怪还倒贴一日三餐供养”为唐僧师父全天候服务。他们有理想。想见佛得安乐！我为了什么？汨罗江上的鸬鹚峭立船头为渔民捕鱼捉虾，它给你上上下下三五次你要是不往它嘴里丢几条小鱼小虾，你看它会不会罢工？！好歹，鸟儿们都混到了一口吃食。

——但是，我们“有底线”。如果三个月不进账，自动除名。老板义正词严地说。

他长着一双犀利的三角眼。衬衫紧紧扎在金利来裤腰带中。他很矮小。又是一个小老板。他亲切地对我说，你要主动出击出去寻找业务。

他将三角眼拼命往上拥挤，想要弥补身高的缺陷。我只能随窗口之风偶尔捕捉他瞬时游来的余光。

我觉得他应该是一个有原则的老板。

他的原则是将“我出钱，你出力”这条经济学基本雇佣原则轻而易举地颠覆成“我不出钱，你给我卖力”原则。

他有一张相当长的脸，颠覆着他矮小的身材。我十分诧异他脸部的平面化程度。一张毫无立体感之脸！如果放在追求审美的宋代，根本无法当官。他做到了。这应该是一个伟大的人物。

我就那样子迅速痴迷于他。

颠覆、倒行、不可理喻、厚颜无耻诸般劣质并不鲜见。鲜见的是，这些劣质施展之时岸岸然旁若无人，怡怡然天经地义。个中原委让我怎能不痴迷？我决定见识一下这个老板。

老子曰：天地不仁，以万物为刍狗。

我只是一个社会聘用的业务员，但正式员工的工资、奖金、福利一应俱全。

我给他取了个外号叫“一毛不拔大师”。每次开会的时候，我觉得他全身每一个器官都在翻白眼。颐指气使。横眉冷对。

——这是犯法！开完会去吃米粉的时候，一个刚刚大学毕业的女业务员愤愤不平，说，他们违反了《劳动法》。

——关键是你可以不在这里干啊。他们最终会解释为这只是一个不平等条约。

我那天吃的是酱汁粉外加一个煎鸡蛋。双面煎。这是中西文化差别在一个鸡蛋身上的具体表现。老外整体上喜欢单面煎。

——他们又说干满了三年之后如果表现优秀可以转为正式员工，那时候五险一金工资奖金就都有了，我还不是朝着未来看。

女业务员胃口甚好，据说有一种女人最擅长化悲痛为食欲。这种情绪导致的能量转换直接后果是促成了各种类型减肥产业蒸蒸日上如日中天，进而在 GDP 高速飞跃的经济腾飞史上悄无声息地做出了默默无闻但是显而易见的具体贡献。也是化学史上的一大奇迹，直接证明了化学元素可以作用于经济领域为人类社会注入无形和有形的一切新动力。同时，论证了一个著名的流行观点——化学是你，化学是我——无懈可击地正确。然而，遗憾的是，我对她的相貌即算是过去了多年也毫无印象。大概的样子可能就像一只老鼠，嘴巴尖尖的，手臂上长满了黑黑的绒毛。这属于物理范畴。

——酒瓶上的标签既不能醉人也不能解渴。

瓦莱里老师的这句告诫应该可以提醒她，至少指出了诱惑性。

——硬是一只一毛不拔的铁公鸡呢！万一三年后他不给我们转正怎么办呢？大家都立即想到了这一点。

他们显然是在诋毁“一毛不拔”这个伟大的词语。

——世界上真正的“一毛不拔大师”是杨朱子呢。

——拔一毛而利天下，不为也。杨朱子说。

——悉天下奉一身不取也。人人不损一毫，人人不利天下，天下治矣。杨老师接着说。

什么意思呢？他的意思是说，砍下你的脑袋后给你整个国家，你愿意吗？你当然不会干！既然这样，拔一毛而利天下，就不过是一个圈套和陷阱。所以要“一毛不拔”。

——他要维护的是“私权利”，他说的是不能损害人们的一丝一毫利益，人们也不能损害和觊觎一丝一毫的公家利益。易中天老师解释说。

——原来是这么个“一毛不拔”。

——这甚至是世界历史上的第一份人权宣言。易老师又解释说。

然后，就有了“一毛不拔”这个成语，杨朱子就成了“一毛不拔大师”。

——我看我们公司也是个陷阱，看来要考虑考虑后路呢。既要马儿跑，又要马儿不吃草，那是一只傻马呢。全国人民早就学会用脚指头思考问题了。

我甚至于有些怀念我以前的那个小老板了。我决定随遇而安。

——恭顺满足了古典主义者卑劣的心。（语出一首题为《论傲慢》的诗歌，由撒旦派的匿名成员创作。）

但我确实需要钱，买五块钱一包的软白沙烟抽，买八块钱一瓶的邵阳大曲酒喝，买十块钱一份的盒饭吃。

幸好我没有养成吃水果的坏习惯。我也很庆幸高中开始就戒除了穿内裤的矫情毛病。我掌握了一条牛仔裤从新穿到旧、从旧穿到破、从长穿到短的裁缝技能。我的身体不再发育，我不需要太多的衣服应付器官尺寸的变形导致尺码不符必须更换服饰的尴尬。自从网络电子书蓬勃发展，我就和大家一样装作憎恶传统纸质书，尽管我唯一的爱好是手捧书本、黄卷青灯。

二、我曾经的身份

我哪里有什么身份可言？处长提醒我该考虑考虑用什么身份在浩瀚的城市像一个锥子一样插进去，立足，然后安身立命。至于，立言立行立德，那是后话。

那晚，处长在 KTV 最后和我谈了谈关于我的未来的问题。除了帮我找到一份新工作，他还给我提供了一个新思路。

——你可能具有当个作家的潜力。你那么会哭，你那么容易动情。不如你从现在开始对外宣称自己是个作家。

——如果仅仅只是因为会哭，我首先应该去当一个电视台主持人啊。他们最容易掉眼泪了。

——你的牙齿太黑，视觉冲击力太恶劣，是电视收视率的克星。处长嘲笑我。

——他们那么多人不也是去口腔医院洗牙洗出来的白吗？要相信现代科技的力量。

——你还是安心当个作家吧。加入作协，你就可以对外声称你是个作家了。

——你该先找个身份生活下来。或许你有了作家这个身份，很多企业就会找你做广告了。身份！他强调。

我从来不曾严肃思虑“身份”这个词语。我一直觉得我是光阴中的一个幸存者、一次突发性冲动原罪之后的偶然物、一记紧锁的黑眉毛、一颗被猪惨遭杀害之前嚎叫吵醒的受精卵、一件无所谓吊牌的旧衣裳。

——人一辈子就是在给自己印一张名片，看你在名字后面标注怎样的头衔。处长说，即使是做一件有吊牌的劣质淘宝风衣，也不要当一件没有商标的裘皮大氅。

我被处长说得立即充满了信心。我是一个和老年女性一样容易被简单剧情感动的人。我不想做一个默默无闻的广告业务员。

——可能。也是。毕竟我已经有十多年撰写会议纪要的经历了，我写过的会议纪要大约都有赫尔岑的《往事与随想》那么厚了。

——你为什么不说是《金瓶梅》？

——我们不要谈论非主流的东西。一个时代有一个时代的主流。十六世纪这本书就是非主流，历经四百年之后它依然是非主流。我们也不要总是从文学的角度谈论文学。《白蛇传》自从成为相声包袱后，变得越来越有名气了。

——倒是有几个作家总是热衷时不时使用以下这个“踅”字，你一下子就会联想到西门庆在转身了。

——我现在对用作家的身份拉广告充满了期望。

——问题的关键就是要加入作协。加入了作协才算得上名正言顺的作家，你就算是真正拥有了作家的身份。拥有了作家的身份，你就可以对外宣称自己是个作家。怎么样？有兴趣没？我帮你运作运作。

——从来没有发表过作品也没有关系吗？

——你自己，就是作品。

我情不自禁地捏了捏鼻头。我是油性皮肤。我觉得“寒冷”和“伏特加”成就了俄罗斯文学。

三、我是如何取得作家的身份并心安理得以此身份行走红花坡的

随后不久，处长带着我请了一个秃头的领导搓了一顿饭，洗了一回脚，唱了一晚有很多人参与的歌。我算是赶上了好时机，这个城市正准备从兢兢业业痴迷网络写作的写手中选拔一批佼佼者参加专门的网络作协。我真是走了狗屎运。我拼命地敬酒，拼命地喝酒，直到当场把自己喝翻对着洗手池翻江倒海。依稀记得我吐得排山倒海的时候有个女人在我屁股后面也尽情地对着抽水马桶稀里哗啦。她的坦诚让我心生感激。她是如此恣肆狂放。宽容和大度正是我这种小镇之人缺失的高尚道德情操。我想起了《军港的夜》和《泉水叮当响》。激情的歌曲让我奔腾豪放，对未来复燃了希望的火苗。我觉得开放的社会正是哺育优秀作家的好时机。谢谢以太网、互联网、中国电信、中国联通、Wi-Fi，谢谢光纤。

我们很多人，很多高山仰止的男人，很多垂涎三尺的女人，我们真

的喝了很多很多酒。时间很久很久，但是，我感觉光阴似箭。

不久之后，我参加了一个重大的会议。

我们这个城市的作家协会批准了将近20名像我这样的“网虫”加入作协新成立的网络分会。这是作协对ID的关怀、鼓励、支持和爱！最重要的是爱。

ID，英文identity document的缩写，对应精准的汉语词汇为——身份证。

这个会议具有划时代的意义。隆重庆祝作协之门第一次正式对有志于文学创作的网络青年敞开。我碰到了去采访的几个电视台的记者。他们拿着摄像机对着我拍了半天。我知道，拿着摄像机对着一个人拍半天，有时候只是一个骗局。有时候也许机器里面根本就没有放录像带。即算是拍摄进去了，一条不超过一分钟的短消息根本容不下那么多的信息量。所以，我根本没在意，便无所顾忌地对着摄像机打了一个有浓郁烧烤味的哈欠。还好，我没流哈喇子。

如果我不打哈欠，至少存在上电视的可能性。现在这个哈欠将这种可能性变成了彻底的不可能。我回到红花坡后吹牛皮说电视台采访了我。他们都露出了敬佩的眼神。红花坡人对电视总是信任且崇敬。这是人们的习惯。

就是这样，我开始以一个网络作家身份从事广告业务员的坡上新生活。

没有一个明确的身份是一件令人尴尬的事情。我从此不再尴尬。

我白天去一家广告公司上班，晚上混迹于坡上的每一个角落，深夜便在网络世界勤奋地创作，对家事国事天下事样样事情发表我的意见和看法。

——你可以不工作，但你必须看起来像是一个有工作的人。处长说。

这是处长对我的唯一忠告，他应该是怕我内心膨胀飘飘然吊儿郎当。我努力遵守。

现在，我白日谋求生活，夜晚纵情生活，深夜思考生活。总之，我过上了充实的生活。本质上说，我成了生活的亲历者、旁观者和思索者。

从此，我与生活息息相关。

四、我现在身份的准确界定

作家型业务员，或者，业务员型作家。我一下子从无身份的人变成了双重身份的人，简直太突然了。

第三部分　本论文衍生的一个伟大梦想暨我雄心勃勃的写作计划

随后，我给自己取了一个响当当的网络专用笔名叫作“红花坡话事人”。我当时野心勃勃，决意在网络写作世界干出一番事业高潮。我决定站在国际主义的高度对一切大事发表自己的看法。我觉得我是一个有国际主义情怀的回龙镇人。我既不简单地同情也不简单地痛恨，我是公允和正义的喉舌之音。日本发生福岛核电站泄漏事件后，我立即写了一个一千多字的帖子——《日本人是不需要同情和安慰的民族》。我觉得我可以利用高涨的民族主义激情获得最大限度的关注和共鸣。讲白了就是点击量啦。更主要的是，我为自己以后的创作列举了一系列涵盖文学、经济、政治、社会、生活方方面面的题材主题。我即将推出的系列包括：

1.《论木匠的“文学性”》。为什么基督教的耶稣偏偏恰好生在一个木匠的马厩之中？而非铁匠、泥瓦匠、皮革匠或者其他什么匠？莎士比亚至少写过三个以上的木匠。

2.《论很多父亲和很多母亲为什么没有感情却坚持一辈子不离婚》。以我的父亲和母亲为例。

3.《论鼻炎的精神性和牙疼的肉体性以及这两种病与精神病之间的必然联系》。过敏性鼻炎最令人担忧的后果是由于常年的鼻塞最终导致抑郁症。牙疼不是病痛起来真要命。这两种貌似不起眼的小疾病由于都是作用于脑神经周围，从而对人类的精神和神经元有着直接破坏，可是它们从来未曾被归于一类进行横向的科学的并列交叉研究。这是现代医学的一个盲区。经由我国民间散落基层的中医发掘之后，反复向国际医学联合会提出科研项目，立项研究结果仍然被无知的外国人拒之千里之外。现在是时候随着国力的增强展开这个专项研究总结了。据一个江湖医生一次酒后悄悄对我说的，过敏性鼻炎很多时候只需要拔掉一颗门牙即可痊愈，可惜人们太在意门牙拔掉之后有碍面容且影响发音的准确性，到现在为止仍然没有一个人愿意尝试。他对人们的浅薄表示强烈的鄙视。这个时代靠脸吃饭是很浅薄的人生观。他说。

4.《论麻油的不必要性》。一切菜品在出锅时一旦淋上麻油，这个菜便仅仅只剩麻油的香气了。人们对此置若罔闻。使用一种明显过度的香气覆盖一切原本本真的香气是大厨的败笔。

5.《论逻辑学成为基础学科的不必要性》。试想人人开口闭口罗格斯，浪费宝贵的时间去辩论、争吵，那将是多么可怕的事情啊！

6.《论腋毛的委屈》。医学界从来不赞成剃腋毛，也不赞成剃鼻毛。据说，全球女性剃腋毛运动始于美国刀片制造商斯沃德公司的一次产品营销。1915 年一位身穿无袖衫的妇女露出了光洁的腋窝，鬼才知道，我们的审美观怎么会这么轻而易举就被这家刀片商颠覆了。可是，汤唯在《色・戒》中被李安特意安排露出了浓黑密密匝匝的此处之毛。这花了汤女士八个月时间。你觉得性感吗？反正李导觉得。

7.《论美食节目一切大厨制作一切炒菜总是要同时放一点点姜一点点蒜一点点葱其实是完全不必要的浪费甚至是错误的操作》。姜、葱、蒜三种配料按照数理排列组合一共有七种：只放姜、只放蒜、只放葱、放姜和蒜、放姜和葱、放葱和蒜、三种都放，以及什么都不放。为何不都试一试？回龙镇有一条处理食材的基本原则：鱼不蒜，肉不姜。按照这个原则做出来的菜也很好吃。

…………

现实依然很骨感，结果很是苍白。我的每一篇博文的点击量最高没有超过一千次！唯一那篇达到九百多次点击的《日本人是不需要同情和安慰的民族》其实是我那晚喝醉了酒之后自己疯狂发泄点击鼠标的结果。

陀思妥耶夫斯基迄今仍然没有打开中国市场，无数人谈论卡夫卡，没几个人真正读完《城堡》。令人安慰的是，每个诗人的新诗集总有一首关于他和他的小瓢虫。

——兄弟啊，这年代，要赚钱啊。刀哥说。

——我的理想是：养家、糊口、生孩子，努力把他培养成一个不是中国人的中国人。很多人说。

——大炮毁灭了封建社会，墨水正在毁灭现代社会。拿破仑说。

第四部分　又一个案例

本部分的设立基于目录页中（　）内的解释。内容并无展开必要。毕竟每天没日没夜那么多电影电视网络明星那么多新闻，以任何一个正常人的有生之年都无法穷尽那些无穷无尽的八卦新闻。

但是，这则新闻可能隐藏的台词却直接启迪了本文作者产生了一些关于身份问题的诸多疑问。不无遗憾的是，这些疑问本文都无法解释，而且每一个问题都存在着单独开启新论文专门论述的内涵和外延。

简而言之，看到这条新闻，你想到了什么呢？在接下来的第五部分中将尝试举例罗列。

第五部分　本文衍生的又一个新章节暨那些关于身份不得不说却无法论证的新问题

潜台词一：这是一个已经取得了影视界明星身份之人基于对现有身份不满意之后面对公众宣布她对下一个身份的选择，它包含了至少以下几层意思：

我是个明星→明星是一个身份→明星是一个我不喜欢的身份→我要

而且我可以改变这个身份→我设想中的身份是某某某→我正在同时以此身份经营余生，所以你们等着瞧吧。

潜台词二：有一些人拥有了可以自主选择多种身份的实力（财富？地位？声誉？名望？其他？一般来说最为具体的指数主要是指资金存款的数额）。他们已经在考虑死后的事情了。

问一：假设你是一个有身份的人：你是什么身份呢？你喜欢现在的身份吗？如果不喜欢，你有足够的实力获得你想要的身份吗？你希望的身份是什么呢？

问二：如果你现在没有任何身份，未来也不可能有身份，你该如何面对与世界告别这个问题呢？乐观的和悲观的？

问三：你知道你会何时与世界告别吗？一个没有身份的人该如何与世界告别呢？一定要用某个身份与世界告别吗？你想过你死了以后的事情吗？如果想过，是什么呢？如果没想过，现在你会想吗？

问四：一定要想死后的事吗？

第六部分　结论及我的身份观

结论：身份证和身份其实并没有什么关系。身份证并不标注身份，这是身份证的致命缺陷。也是令人尴尬的却无法补救的现实。当然，蚂蚁上树并没有蚂蚁，老婆饼里也没老婆。

一个忠告：当你有幸成为一名作家时，承受匿名和承受出名一样难。写作有风险，下笔需谨慎。

一个疑问：动物界（非人类）的身份论如何界定？或许可以通过阅读洛伦兹作品，得到一部分答案。

（以下为附录页。但同时也包含了一些可阅读的信息。相当于一个《书单》——现在流行的一种文本——否则手头有钱不知道买些什么书真的很尴尬。）

附录：参考书目暨一份书单

——《现代汉语词典》
——《身份的焦虑》
——《易中天中华史》
——《道德经》
——《讲故事的人》
——《明星》
——《人类思维中最致命的错误》
——《发达资本主义时代的抒情诗人》
——《触摸生活——蒙田写作随笔的日子》
——《恶的科学：论共情与残酷行为的起源》
——《酉阳杂俎》
——《中华人民共和国劳动法》
——《卡拉马佐夫兄弟》
——《文明人类的八大罪孽》
…………

十二　第二人称：七天

耶和华对挪亚说，你和你的全家都要进入方舟，因为在这世代中，我见你在我面前是义人。凡洁净的畜类，你要带七公七母；不洁净的畜类，你要带一公一母；空中的飞鸟也要带七公七母，可以留种，活在全地上。因为再过七天，我要降雨在地上四十昼夜，把我所造的各种活物都从地上除灭。

——《圣经》

假设是在冬天。假设是城市。假设是你。假设假设天堂的样子。

——我设想天堂大概就是这样的：毫无疑问，那是一个青蛙的天堂，瘴气、泡沫、睡莲和不流动的水，坐在一片没有人烦扰的睡莲叶子上呱呱叫上一整天……

亨利·米勒昨晚又喝醉了。这是巴黎，这是生活。

——这是沼泽地里的现实，他们就是除了呱呱叫之外无事可做的青蛙，他们叫得越厉害，生活就越显得真实。[①]

不假设现实。假设不了。

这个城市大多数时候摆出一副沉思的样子。特别是在冬天，除了沉思，还令人昏聩和慵懒。人们惯于躲在屋子里面沉思，使用这个城市的一贯伎俩拖延时日。城市那么慵懒，雾霾已经连续笼罩了人们将近月余。白天不白，黑夜不黑，世界一片深灰，从早到晚。

假设一只乌龟。假设颓废。

人们对着这只乌龟顶礼膜拜。试一试像那只乌龟一样将头颅缩进坚硬的龟甲，四肢也缩进去，自己保护自己，自己给自己温暖，在龟缩中静静等候春天和阳光。

要勇敢，试着穿上肥大的劣质棉睡衣外加睡裤，试着将不可砥砺的苍老扔进蹲坑冲进下水道，试着把身体蜷曲在硬板沙发上，然后，关掉电视，捧上一本十九世纪的老古董小说。那天早晨是毛姆的《月亮和六便士》。十九世纪，人类历史上最灿烂的一个时代，文学也星光灿烂。

有时候盯着桌上昨晚吃剩下的两个小肉包发一个时间很长的呆。那是好心的邻居送来的礼物。肉包子旁边摆着《胡适文存》第一卷，就是那本刊载了《文学改良刍议》的书。想想其实也不错，这代人都已经可以公开阅读他的书了。包子在胡适的身旁历经一个漫长而寒冷的冬夜，早就已经全身僵硬如铁。龟缩在巨型红色棉睡衣里面的身体加上电烤炉的烘焙，请一定要相信身体最终会开始慢慢发热。不要迷信春天，每一丝温热和暖意之中都睡着一个思维的春姑娘。

那是冬天，但我确信 ，由于毛姆，高更再也不会死了。 塔希提，是一个艺术家的永生之地。岛上的暖阳斜照着毛茸茸的胸膛，丰腴的土著小姨娘拎着铁皮奶桶晃晃悠悠，汗水滴落在枯黄的麦草之上。风从海上吹来，画笔响动。

但是，这个城市，很冷。冬天正在毁灭一切念想。抽烟，再抽一支烟，抽一包烟也无济于事。烟雾缭绕，没有一丝缝隙，确保任何遐思无法穿透。

你敲门。在灵魂快要僵死时分。帽子、围巾、手套、耳罩、口罩、青春痘、粉刺和迫不及待一起堆满全世界。门外的世界。与世隔绝的世界。咚，咚咚，咚咚咚，咚咚咚咚咚……

首先把脸放出门外。其次，后来，最终，只把脸放出门外。欢迎光临。红色的棉睡衣照耀得脸红粉绯绯。脱掉一双长及膝关节的软牛皮马靴需要耐心和相对漫长的时间。翘起的臀部占据了门框之间的绝大多数空间。凉飕飕的风，忙乱挤进来。

以一个蜷曲在沙发之中的姿势冷静地旁观一个女人艰难地脱掉复杂的靴子是一段绵长的岁月。需要静候很久很久的时日，甚至耗费相当的体力。守候时，试着坐起来，点燃一根烟，不要管手指头的那些颤抖。

靴子终于脱掉了。你笑。在不整齐的牙齿配合下尽量笑得灿烂。某种显而易见的憔悴的灿烂。你坐下去的沙发垫即刻呈现出一只巨型鸭梨的形状。你有一个欧洲人的屁股。

——最近上火，羞于见人。你说。

那么问题来了。第一，女人难道有什么时候不上火？第二，并不存在事实上真正羞于见人的人。

最好把袜子也脱掉。那种十块钱可以买一打的短筒化纤肉色玻璃丝袜。那种劣质。那种暗淡的色彩。那种巨大的不协调。快！快一起脱掉！那些即将浇灭美好幻想的事物，请你们通通脱掉。

——Can I help you?

这种袜子大约于二十世纪八十年代末期开始流行。目前仍一定程度普遍存在于中老年妇女群体之中。你说对了，阿瑟·米勒在《推销员之死》里售卖过这种丝袜。那是全世界丝袜的祖宗。

——必须承认，中老年以上妇女的生活用品有时候确实缺乏想象力。

——这是歧视。

据说香榭丽舍大街上的女人出门前个个恨不得将腿上的每一根汗毛用篦子篦整齐。当然，这是据不可靠来源消息。

你站着脱袜子。你脱袜子的时间红酒倒好了。炉子里加入柴火后，瞬间把炉膛烧得红旺旺了。脚很白，是冬天开的花。

现在，你可以光着脚尽情地走进冬天。你踩踏时光吧。尽量别回避，总会有急促的呼吸不可避免跌落脚趾间，划过那些白皙的肌肤。不是咚、咚、咚的，是呼、吸、呼、吸、呼、吸的。

现在，开始撒娇。撒一个冬天的娇。在这里撒娇。在那里撒娇。

——那里，那么小，有什么好喜欢的？

——可是它们精致、害羞、典雅、白皙、挺拔、立体、二元、粉红、古拙、直白、冲和、富贵、灿烂、娇柔、绽放、青涩、邻家、静默、娴熟、多肉、多汁、回甘、清亮、耀眼、朴实、力量、空灵、张扬、温润、忠诚、伶俐……

至少还有一万个赞扬的词足以粉碎你的娇羞。在赞扬中，在词语里，你挺起了胸膛。

——你喜欢李宇春吗？她那么精致！

——你喜欢王菲吗？她那么幽微！

——你喜欢奥黛丽·赫本吗？她那么弱柳扶风！

——哦，还有秀兰·邓波儿。即使长大后，她还是那么小巧。

——奥黛丽·赫本，没人不喜欢她的裙子。可是邓波儿是个孩子呀。

——对了，就是孩子，永恒的、小巧的孩子。

——现在的电影院已不再是我的乐园：秀兰·邓波儿的风骚浇灭了我最后的一点儿兴趣。②马尔克斯说。

——嗨，为你写一首诗吧。名字叫作《从现在开始，我要歌颂小乳房》。

——携带两个小乳房是何等的幸运/朝着某人，朝着陌生人……里尔克说。

——这两个无邪的小乳房，它们抵抗着生活的风？他接着说。

那个冬天就这样顷刻之间看上去有了些生气。

圣诞节了。圣诞节与中国人本来没有半毛钱关系。但是，现在，圣诞节看上去与中国人像是有着根本摆脱不了的关系。你去哪里了？你留下一间一个人的书房。留下散落房间四处的寂寥。

——你们要敏感，你们要恋爱，你们才能拥有幸福。高更说。

说这话时的高更已经遁世到了塔希提。高更又借用爱伦坡的话说：

没有缺陷都是不完整的美。

今天就是缺陷。你就是缺陷。下午是上午的缺陷延长部分。

你突然闯入一个寒冬。你把时间弄乱了。

了了老是说，和谁过不是过呀？

——乱世男女，离合本乃寻常之事。郁达夫说。

那么，就按照高更之言，静候黄昏，诺阿诺阿。③

1. 如此幸福的一天，是米沃什的口吻。

2. 如此幸福的一天，雾一早就散开了，蜂鸟停在忍冬花上……④

3. 如此幸福的一天，这是米沃什的诗。

“如此幸福的一天！”再重复四次，像下面这样将日子一天天排版：

4. 如此幸福的一天……

5. 如此幸福的一天……

6. 如此幸福的一天……

7. 如此幸福的一天……

七天很快就过去了。一共七天。

——嗨，跟你说个事。

——好像这个月该来的没来。

到第七日，上帝造物的工已经完毕，就在第七日歇了他一切的工，安息了。上帝赐福给第七日，定为圣日，因为在这日上帝歇了他一切创造的工，就安息了。

创造天地的来历，在耶和华上帝造天地的日子，乃是这样。

该来的没来，意思是说不该来的来了。每一个人都不该来此世间！按照康德的理论。人们并没有征求人们的意见询问他们愿不愿意来到人间。人是人们擅作主张的遗作。

此时，我是不是应该停下来思考？从宽泛的生理学理论找出人类从一颗精子钻进一颗卵泡结合成一颗受精卵那一刻也存在着时间上的不确切性甚至从紊乱的角度去膜拜“七天”制造一个人这个充满了神秘感的事件。至少，七天，快是快了点。谁说不是呢？然而，快感不正是因为“快”才受到热捧的？

——恭喜你。来的都是客。

你瞄准黑色铁皮垃圾桶张开的大口，将捏在大拇指和食指中的一根白色塑料小棒棒扔了过去。声音清脆。两种不同物理属性的材料在某种程度的力量撞击之下单单发出金属的声音。以至高无上的生命的名义叮当作响。有两道红色的印记留在塑料棒上，仿佛神签发的一张人间通行证。然后，你把手搁置在腹部，用充满了爱意的样子注目窗外。想什么呢？你触摸到了一颗受精卵悸动而不安的心吗？你伸出刚刚使用过的重复的那两根食指和拇指轻轻拈起一颗红色的小葡萄。吃葡萄的女人吃葡萄。你应该意识到了一些什么，比如，你是与生俱来的葡萄藤，你挂满了丰硕的小葡萄给养寒冬里的荒漠之躯。

你的舌头是一条在冬天也不睡觉的百节蛇。你钻进我的冠状动脉谨遵一条蛇的法则扭动爬行。

——恭喜你，了了，你要当伯伯了。

——哦。了了说。

——明爸爸，恭喜你老人家，你要当爹爹了咧。

——恭喜恭喜哩。

上帝花七天时间创造了天地万物，据说，他还想花七天时间创造幸福……这只是一个段子。

——应该带你去见见妈妈了。

——为什么你们这一代人总是急于带着男人去见妈妈?

——你总是带人去见妈妈吗？要不要妈妈的乳房把你们哺乳到你们自己成为妈妈的那一天再断奶?

——好的，妈妈。

原本，你可以试一试只在失恋的那天去见妈妈。吃妈妈做的红烧肉、剁辣椒炒土鸡，然后，告诉妈妈，面对妈妈慈祥的皱纹甜言蜜语，信誓旦旦告诉她你将找个男人给她当乘龙快婿，让她当姥姥、太姥姥、祖姥姥、曾祖姥姥。妈妈是最美的词语。然后，你只需要说：

——好的，妈妈。

——你反对人流吗?

——即算是这个城市所有的电视台一天二十四小时轮番滚动播出妇产科医院“无痛人流轻轻松松三分钟”的广告，也要坚决反对堕胎。

电视开了一通宵，电视不叫苦叫累是电视唯一值得人传承的崇高精神。电脑也开着，这令人沮丧。一个新鲜的日子，应该是从启动电脑电源那一个指尖动作开始。可是，昨天就已经将今天的电源打开，这只会预示着毫无生气的一天。

在仪式感业已化成精神内力进入神经元左右一代人交感神经作用从而决定基本情愫的时代，用指尖点开电脑，划过手机屏幕，开机！一天中最神圣的仪式，不可缺失。只能先关掉电脑，接着，重新开启电源。这样，日子似乎才又重新像是新的一样了。

抽烟。从你的夹缝中抽身。抽空匆忙瞟一眼窗外。已经连续厮混七天了。连续和一个女人厮混七天，没日没夜地厮混，如同厮混了一辈子。七天是一个周期，阴阳两界都以七天作为一个周期。

洗澡。淋浴，坐浴，盆浴。推荐使用圆柱状长条形棍棍那样的不锈钢花洒。妙不可言的感觉。没有道理，仅仅只是客户体验。不信你试试。建议，带着想象力并充满感情地与你的沐浴设备共处。通过它，水，换成另外的姿态落到你的身上，不只是淋湿，还有浇灌、喂养、补给、逗弄甚至娱乐你。

福楼拜唯一的爱好就是不断地洗澡，一个人在家里洗澡，洗完澡后坐下来写包法利和他的夫人。洗澡令人容易忘却。沐浴液的泡泡迅速将前一秒的娇羞、缠绵、喊叫、上下、前后、翻滚，统统冲刷干净流向下水道，流向这个城市的暗沟，流向一道钢铁的闸门，流向河流，经过漂白粉的净化和一万次的沉淀变成人们杯子中的饮用水。

有些遗憾，疲惫比污垢顽固得多，洗澡解决不了。

即使再疲惫，周一总是个上班的好日子。

——叫一个人享受早上6点30分被闹钟叫醒，跳下床，穿衣，吃饭，拉屎，撒尿，刷牙洗脸，还得顶着交通压力去给别人挣钱，同时还得感激人家给你这样的机会，你当他缺心眼啊？查尔斯·布考斯基说。

将疲惫的手掌放在不知疲惫的掌纹打卡机上接受验明正身。恭喜你！你又被允许了。了了处长从远处走来，站岗的保安对着他敬礼，三米开外就打开了特别通道。巴宝莉花格衬衫、爱马仕腰带、杰尼亚棕色皮鞋，回龙镇出品镇上人。他的胸大肌率先通过了门岗。他用眼神的一瞟而过表示他的认可。

阳光透过玻璃窗打在绿萝低垂的叶子上。空气中有漫天飞舞的尘埃。你出门前冲泡的速溶咖啡加黄油吐司的味道一路颠簸过后产生了强烈的化学反应。

办公室空无一人。恰好适合肆无忌惮地打嗝。有身份的人周一上午都将在形形色色的办公室度过。桌上的LV大坤包歪歪斜斜。无人的空间，好处在于人也可以歪歪斜斜。处长抽空进来了一趟。

——这张清单你收好。他递过来一张白条子说。

哦，礼拜一。嗯，你在等着。一年多来的一个惯例。按惯例礼拜一中午一点你总在某个地方等待。现在看来，惯例即将打破。必须彻底打破，玻璃杯跌落大理石破碎发出的那种声音。

天注定这一次只能是为了告别的聚会。

酒店房间的门虚掩着，敞开一条缝隙等待。你穿过那条缝隙钻进来。一年多了，你总在礼拜一的中午准时出现，每次总是穿过同一间酒店不同的房间虚掩着的门钻进来。你只在礼拜一钻进来，你将礼拜一钻成了一条通往隐秘花园的隧洞。从此，大家各自互为缝隙。融合也好，进入也好，交织也好。有缝隙，便有光。你躺着，热烈地发光。你扣碗状的酥胸流光溢彩。

——生活不容易，你知道的。人们总是在缝隙中寻找。寻找爱和机遇。

——生活就是一道逼仄的缝隙，时常将前行中的人紧紧卡在中央，动弹不得。

——如果快乐过，如果拥有过，如果彼此到对方的心里来过，还有比这个更重要的吗?

——如果努力，人生这道细小的缝隙无论如何都会被钻成一张门的。即算是一道窄门。

——我们总是匆匆地来……

你安静极了。安静地倾听喃喃呓语，在细语啁啁的世界中偶尔酣畅淋漓、莺歌燕舞。

我告诉你我必须要结婚了。我使用了“我”这个字。毕竟，我知道你有我。存在于某个秘不可宣的角落。每周将“他”呼唤出来。

——你带来了那么多的快乐。过了今天，全世界所有的礼拜一就再也没有期盼和等待了。人生的七分之一就再没有等待了。你说。

——我知道这一天总归会到来，但我总希望是下周的那个礼拜一。你说。

——我们总是渴望幸福提早敲门，而希望悲摧迟一些时候再到来。你将冰冷的指尖放在唇齿之间摩挲。

——幸福？幸福是什么？你也许是在问你自己。

——幸福不是一种理想，幸福是舌尖微热的水。荷尔德林说。

——人们并不渴望幸福，只有英国人那样。尼采说。

——你有些残忍！你说。

接下来，用一生的时间去怀念。接下来，用一生的时间去忘记！

——我希望永远不忘掉！

——你难道相信一个人会花一生的时间去惦记一段从一开始就说好了以后分手的爱情？

——生活之风天天吹过，而不把它吹灭？纪德说。

谈一段不以结婚为目的的爱情，过一辈子不以死亡为目的的人生，这可不可以列入人类理想大清单？

你翻身下床，随后又翻身上床。你样子像极了一匹马。但现在，我是你的马，你斜跨着我的姿势像极了一条驭风奔跑的汉子。

——恭喜我吧！终于摆脱那个魔鬼了。你举起一本“离婚证”。这是一种令人情绪复杂的常见文本。几家欢乐几家愁。

现在，你转过身去。从背后看，你像极了一匹马。用臀部征服世界，最早是罗马人的事。

——真不错，这一次他终于像个男人一样爽快了一把。

你走了。你留下一张纸。纸上说你有了。

我弯腰捡起你留下的纸，了了哥交给我的那张白纸条幽灵般飘落，上面写的是：

猪两条。

鸡蛋一千。母鸡三十只。洋鸭三十只（水鸭不要！）。

腊肉一百斤，腊鱼一百斤……

腊月二十四前到位。

这是个与白纸条息息相关的日子。一张接一张的。

你说，你会处理掉的。你把我处理掉，好吗?

生活还得继续。

唯一值得去等待的就是一个小生命。现在，唯一必须做的却是干掉另外一个小生命。

接下来，你会去解决一个不合时宜的小生命。

接下来，耐心守候另一个被允许来临的小生命。

接下来，当务之急是需要到回龙镇解决一些猪一些鸡一些鸭的生命。

你们要努力进窄门，因为引到死亡，那门是宽的，路是大的，进去的人也多。引到永生，那门是窄的，路是小的，找着的人也少。

那些无声的杀戮仿佛是人类的狂欢。

约翰·伯格也写诗。

每一天更红

这个月里，没有人去世
…………
我们睡在粮仓
我们有些自杀的念头
而这在十一月最正常不过。
告诉我是什么在流血
…………

世界的双手
被利益截断
血流在
杀戮的街道。⑤

七天以后，你开始热衷于睡觉。你怎么如此痴迷于睡觉？睡觉的时候，窗外，时不时有火车嘶叫几声哐当哐当地经过。

南方的冬天是一个毁灭爱情的季节，一切都在枯萎，万物静默如谜，你一副枯萎的样子。此时此刻，青蛙忙于休眠。小蝌蚪，还不到寻找妈妈的时候。

一个作家，不应该让爱情发生在冬天，尤其是南方的冬天，那么湿，那么冷，室内室外、床上床下彻底冷，外加丑陋、干燥、冰霜、雾霾。一个作家，应该歌颂夏天的女人，描写夏天的故事。

夏天，是简约的。三流作家全都选择描写这个季节的爱情。至少省事。至少可以省去那些冗长的文字，一切在不需要形容词，也不需要状语以及定语的句式中就能水到渠成。

夏天，目前尚且遥远。最佳选择是选择龟缩，在一间房子里面与漫长的冬天战斗。

——我们几乎所有的问题都在于我们不善于在房间独处。帕斯卡尔说。

——不对！没有经历过深夜的狂醉、乱语、谩骂和痛苦，不足以语人生！躺在精神病院的尼采说。（全文本第二次引用）

这是第几瓶红酒了？红酒很红是一句废话。电烤火炉有时红有时不红完全取决于供电的状态。它们有一个好听的名字：小太阳。它们把你的脸炙烤得红通通的。

浴霸需要开启一段时间才适合洗澡。总是要洗一洗澡。浴室的门半开半掩，水雾弥漫、氤氲缭绕，丝丝袅袅。

你洗澡的样子，令我渴望小太阳，烤并烤干你。这是一种良好的愿望。你像个孩子，把手伸进鼻孔内里挖掘，旋转着。有时偷偷舔一舔。和全人类的滋味一模一样，怪怪的乖乖的。主要是咸味恰到好处，便是最美味。

接下来谈谈睡眠？比如质量。这涉及多巴胺、血清素、红细胞生成素、缺氧诱导因子等一些问题。有些复杂了。睡吧？好的。睡。

睡眠好就好在最接近死亡，接近不确切，接近不知道，接近下一个清醒时分。

这时，你摊开双手，狭长的手指平铺开来，在干燥的焦虑的时间上面，你延展开来。我思考着你的面积。我认为，和你在一起，最大的失败就是，制造不出恰到好处的孤独感。毕竟，你长得那么热闹，比如一场盛典，无法躲避。你每洗一次澡便枯萎一次。

这时，你的电话响了起来。那个每天十一点过后准时响起的电话。你举着电话将手半遮半掩受话器破口大骂一个总是深夜给你打电话来的男人的样子充满了激情与正义感。你如此令人担忧，由于辱骂而至的高潮该如何与之和平相处是迄今无人开发的领域。你令人担忧。

咖啡色的地板上散落着点点皮屑。那是人枯萎的物证。长时间的谩骂，累不累呢？

——你还喝？

——你要感谢酒精！在你没有出现之前，它就是你。

——喝酒是一条出路。死亡是另一条出路。威廉斯说。⑥

——我总是活得很生猛，大肆海喝、暴饮暴食或无食物果腹；连续昏睡一整天或好几天都没法合眼；工作太艰辛、工时也太长或彻头彻尾邋邋遢遢地很慵懒地待着。我举、扛、拉、拽、切剁、攀爬和做爱，以愉快的心情从事着这些体力劳动，然后我又以宿醉来犒劳自己，买醉不过是自怨自艾的自我惩罚。斯坦贝克说。⑦

——古来圣贤皆寂寞，唯有饮者留其名。李白说。

——对于我来说，喝酒是一种自杀，它有机会让你回归生活，第二天重新开始。杀死现在的你，而后重生。布考斯基说。

——你好酒的理由呢？

——我好（第四声）好（第三声）酒。

然后，你打开电视，睡觉。

你总是陷入深深的
枯燥的睡眠。[⑧]

到了见见你父亲你母亲的时间了。

地点：一家医院的一间病房。属于突发事件一类。脑卒中。

与一个别人的父亲人生中第一次谋面，如果发生在医院，首先应该称为——探视。其次，于那个被探视的他而言可以称为——审视。他躺在白色的床单被套枕头铺盖中间，深度接近于白色的脸看上去嶙峋而立体。他不得不采取仰视的角度审视一个陌生男人。他用劲睁大小眼睛。为了不被迫不得已的俯视破坏亲切感，探视病人尽量将腰弯下去。无论如何，这都是会使事物失真的视角。

——你是干什么工作的？

——他是作家。你抢先说。

——作家好啊。他那么瘦弱。

——就是穷一点，写文章赚不到钱。

——你写过什么作品没有？

——目前正在写一个东西，叫作《论木匠和文学的关系》。

——听起来像是论说文？

——不，是小说。

——网上说写电视剧很赚钱，可以试试。

——要那么多钱干吗？你说。

接下来，到了病人需要上厕所的时间了。他对你说今天你来吧。这句话乍一听起来令人糊涂。身为一个旁观者最好谨言慎行。你戴上白色橡胶手套的手指显得更加修长。被窝掀开后大家一起帮忙将他的身子侧翻至最适合人工排便的姿势。这是一具严重萎缩的身体，身上长满了褥疮。忽略那些血水和黄脓。也不要用手捂住鼻孔。生活之风吹过来的时候也会有吹过去的时候。他萎缩的形状令人很容易想到一只隔夜的气球，由于漏气显得虚弱。你将手指用劲伸进了屁股中央，大家都很用劲。一个五十多岁的男保姆站在你的身后，冷静地旁观这个艰辛的过程。这一切他很熟悉。可以冷静地旁观这个悲惨世界的人除了哲学家，至少还有刽子手。

在所有人看来，今天的时间过得最为缓慢。结束后，他回复了平躺的姿势，长舒了一口气。他还剩下眼神没有萎缩。此时，闪着强劲的光芒审判这个世界。

你躲在楼梯间呕吐的时间很长。

——他二十多岁外出打工从脚手架上掉到地上就成了现在这个模样。高位截瘫。那一年，我四岁。

——我从八岁开始给他打理身体……

此时，除了将手握在手心里，什么都不能做。也许可以将自身挺成一棵大树，任凭依靠。

到了你母亲出现的时间了。她坐在他的床边唉声叹气。声音有如一线游丝。满头枯萎的黄色头发，满脸精明的笑容，满身与小镇妇女不相对应的装扮。她抚摸他那只由于脑卒中突然失去知觉的手。她低头查看他长了褥疮的屁股，用一根棉签轻轻清理。临走前，她低下头轻轻地吻了吻她的夫君你的父亲，像电视剧里面演的桥段那样将吻放在他没有一根头发的额头上，黄色头发耷拉下来，在病房空调的暖气吹拂下轻轻抚弄他的脸庞。有几滴泪珠滴落在他的枕边。电视到底还是教会了很多人用肢体语言表达情感诉求。一种仪式感的感觉。

——好好休养，明天再来看你。

她披上人造貂毛围脖的呢绒大氅，走出了病房。

——年关了，生意上好多事，女儿就交给你了。她的背影看上去比正面更有识别性。

——既然到了医院，不如去做个产检吧。

——要还是不要？医生问。

——当然要啊！

医生开出一堆检验单。

你也许有在另外一家医院接受另一个医生同样的询问吧？

——要还是不要？医生问你。

——哦，想想还是打掉算了。你噙满了眼泪说。

抱歉！接下来的时间都是医院时间。探视和审视的时间。仰视和俯视的时间。呕吐和排泄的时间。

第二天。穿过医院那道悠远冰冷的过道，往左拐，第二间病房。安全抵达。棕色皮靴的鞋跟足有十厘米高，即算是走在防静电消音的地板胶上依然顽强地发出沉闷的叩击声。你的背影需要仰视。空气中满是福尔马林、抗生素和葡萄糖的气息。

——嗨，今天好些了吗？

——嗯，差不多吧。

他用他唯一还没有萎缩的眼球和一切探视者旁观者互致问候。他偶尔叹气。

——马上要过春节了。无论如何要回家去过年的。说起过年，他是有些光芒的，打足了气。

时间被为他喂饭喂水喂水果喂药，擦脸擦背擦腿擦脚擦屁股占据得满满当当。他柔软得像一团发酵的面团，在女儿的怀里安静地变形。

最后一件事，你仔细戴上乳白色的橡胶手套，大家帮他侧翻好身子，你举起右手伸出食指的背影对一个站在你身后的旁观者而言像极了一头即将冲向迎面军团的马匹。一匹烈马。随后，呕吐需要花去很长的时间。时间变幻莫测，有时长有时短，最终还是会到达离开医院的时间。

第三天，医院……

第四天，医院……

第五天，医院……

时间重复起来让人觉得时间是一潭死水。水落在水上，时间覆盖着时间。

——木匠，你晚上过来一趟。我打电话给木匠。木匠是回龙镇的木匠，在这个城市做家装。

——终于要添细人子哩，恭喜哩。

——今天我们要搞点酒，木匠。你吃洋酒还是邵阳大？

——我不吃洋酒。他们都不相信我在你这里吃过世界上最好的酒。我跟他们说威士忌、XO、路易十三、波尔多，还有那个船酒，他们都说我吹牛皮。

——不是船酒，是龙船酒，有小龙船、大龙船。中国有八亿农民，既不要嘲笑他们，也不要听任他们。

——你这句话的意思，和有一天睡觉前看你订的《小说月报》里面的一句话，意思差不多哩。

——什么话？

——莫急，我想想，吃了酒，脑壳转得慢了点。莫急莫急莫急啊……哦，那句话说，人在人上要看得起别人，人在人下要看得起自己。真有道理！而且，我现在到处跟与我一起做事的人讲，他们都觉得我说的有道理。

——木匠啊，理是这么个理。有些话哩，你还是要脑壳多转几个弯想想话里面是不是还有别的话哩。比如说："人在人上要看得起别人，人在人下要看得起自己。"这句话，在我看来有个最大的毛病就是上半句"人在人上要看得起别人"是要求混得好的人对别个好，下半句"人在人下要看得起自己"是告诫你自己对自己要好，整个反正就是不说到你自己要怎么对别人也好一点，所以哩任何人听着都舒服哩。这句话说得好自私哩。你这么喜欢这句话还说明几个别的意思哩。首先，你内心深处认定了自己在城市做木工是在人之下的哩。然后，你告诉了我还是有很多人看不起你的哩。当然，你还希望那些所谓人上人能对你好一点，万一他们对你不好，你就安慰自己管他娘的，自己对自己好一点吧！是不是哩？ 最终结果是，人家怎么对待你不会由于这句话发生一点改变哩，对你好的还是好，对你不好的还是不好哩。反正人哩，自信一点、善良一点。为人莫做亏心事不怕半夜鬼敲门哩，还是我们回龙镇老班子说的话最靠得住哩。

——有道理哩，讲得好哩。我就从来没想到过还有这么多深层次的意思，还是你们读书人看问题看得深些哩。吃酒吃酒。

——今天喊你过来，还有一个事，明年开春第一件事你就随什么事都莫接，直接过我这边来把楼顶建起一个小小的菜园子花园子。要添细人子了，到时有个地方耍哩。

——你放心，我晓得哩，过完十五我就上来，一开春，第一件大事首先来把花园做起，有细人子，好哩。

——你去睡觉吧。你说话嘴巴子打垛了哩。几句现话放肆讲哩。

——这个姑娘是从外国回来的啊？听说艾滋病也是外国来的呢！

——你吃的辣椒还是外国回来的哩。睡觉睡觉。

木匠起身歪歪斜斜往卧室走，嘴巴里唠唠叨叨。

——才认得几天啊？就坨肚了啊？就要结婚啊？快哩。也好哩也好哩。

终于到了拜访亲戚的时间了。

你怎么有那么多的亲戚？！黑压压的一大片，将一米多见方的餐桌围得水泄不通。局面一开始就变得十分混乱。只需要确保男女主人公和那位至高无上的母亲可以坐下来之后，大家迅速各自找到了各自用餐的位置，里三层外三层，十分立体地围绕。围绕着一个从城里带回镇上的陌生男人。同时，在需要用餐的时候首先是围绕着一桌子菜。围绕着一只炖熟了的洋鸭子，围绕着一只巨大的猪蹄髈，围绕着一大堆油炸的禾花鱼，围绕着许许多多个土鸡蛋和一些大白菜、胡萝卜、白萝卜，以及一小碟腐乳、一小碟老干妈风味豆豉。

气氛是一种极力营造出来的静谧祥和。每个人都极力假装着温文尔雅，笑容满面，淡看浅笑，语调谦谦君子，语气和风煦煦。

大家都保持着极致的微笑。其乐也融融，其乐也泄泄。

在咀嚼一只巨大的猪蹄髈时，其实不需要微笑。最好别微笑。那时，需要舌舞唇齿之间，气吞万里云月。微笑可以灭绝饕餮的快感。

所有的女性都穿一种长及膝盖的鼓鼓囊囊的羽绒服，色彩斑斓，大红的、大紫的、大绿的，都闪着亮光，和油渍渍的金晃晃的猪油鸡油鸭油交相呼应闪闪发光，刺眼得让人头昏眼花，房室颤抖。

吃饱喝足之后，大家统一剔牙，统一向天空喷吐牙缝中的食物残渣，统一咕咚咕咚喝水，有几个亲戚喝小镇的芝麻豆子姜盐茶。芝麻豆子姜盐茶也是个会在牙缝留下残渣的食品，然后，那几个亲戚又继续统一剔牙，统一向天空喷吐牙缝中的食物残渣……生命之美本来就在于翻来覆去，轮回，谁说不是呢？

接下来，该嘲笑了。嘲笑是一种具有思考特性的笑容。你本来微笑，可是你一思考，微笑就变成嘲笑了。

她们嘲笑城市里的王八，那些被避孕药、死鱼死虾臭动物尸体弄大的王八，城里人当作宝贝呢！啧啧啧。

她们嘲笑城里人吃打了蜡的大米，喝掺兑了漂白粉的自来水，人造鸡蛋，苏丹红咸鸭蛋，三聚氰胺奶粉，膨化剂油条，塑化剂白酒，轮胎果冻……气氛热烈，用词科学标准化。

——你们这样应该就是城里人追求的那种真正的幸福感吧？

——都是电视上说的。他们说。

那个母亲黄色的发丝被电烤炉的高温炙烤得快要幻化出光晕，庄严、神圣。

在她的带领下，这个小镇上的人家至少拥有一万只鸡、五千头猪、一个占地五十亩的养殖场，过着幸福的生活……自从有了这些之后，他们习惯了嘲笑。但也学会了尊重、忠诚这些美好的道德准则，虽然只是对唯一的一个人，这个女人。

——人家第一次来，你们扯那么远。现在最重要的事情是，大家，再努力一段时间，就分红过年了。

圣奥古斯都皇帝当上执政官的那一天，抓着一大把一大把的金币撒向欢呼的人群。人群中发出一阵阵欢呼。万岁，万岁，万岁。

果戈理是一个实实在在的反动分子，以赛亚·柏林在《柏林谈话录》中这样写道：

> 他拥护家族制、地主制、农奴制和教会组织。他知道农奴的苦难，但不愿意解放他们。

在《致果戈理的信》中，别林斯基痛切地质问他："你，一个伟大的艺术家，怎么能捍卫这样可恶的制度？"果戈理是新封建主义分子。别林斯基的这封信是整个19世纪俄国自由主义社会解放运动的《圣经》，是这个运动的崇高的宣言。

——家不是讲理的地方，家是讲爱的地方。那个母亲眨巴着细小的眼睛意味深长地说。这是我对你们唯一的忠告。桌上摆了几本被翻得书角卷曲发黄并沾满了污渍的杂志。《读者》《文萃》《妇女之友》一类。没有《故事会》，说《故事会》是全国广大人民群众的枕边或厕边的必备经典，是一个谣言。

一个吃饱了撑着了（不是"吃饱了撑着"的意思，这是贬义）的亲戚，靠着墙壁一下下将背撞上去，每小节四分之一拍的节奏。没有顿音，没有休止符。撞得墙壁一下下闷响。

——撞墙，是最好的餐后运动。那个亲戚说。

——是的，好多城里人吃完饭放下碗筷就跑到公园里、小区里，找一块有树的绿地，每一个人背靠着一棵大树一下下撞。那些七老八十的老头老太太都说这样可以把疼痛的腰背重新撞健康。一个亲戚说。

——现在的人怎么有那么多的颈椎病、腰椎病？有人问。

——很多都是麻将害的。有人抢着回答。

——中央电视台最近有个节目好像叫作《中国脊梁》，几好看。有人插嘴。

——其实，应该叫脊柱，而不是脊梁。脊梁是指动物，梁是横的。

动物和人的本质区别是，脊梁变成了脊柱，椎体从倒着的横向变成了直立着的柱体。

——到底是中央电视台有水平，要是按照你的意思把这个电视节目叫作《中国脊柱》，那好难听，像是去医院找脊柱外科看病样的。有人说。

——你可不可以停一下？老是这么在我面前撞来撞去，晃来晃去，眼睛都被你搞花了。有人有意见了。

——很多人就是像你这样撞成了半身不遂哩，小心点。

——你是怕被我把眼睛晃花了，等会儿打麻将分不清楚东南西北风吧？

在笑声中，这次见面显得跋山涉水充满了艰难险阻。

人们沉溺于嘲笑之中时，请保持微笑。大家就这样在嘲笑和微笑之间，一边嘲笑，一边微笑。冬天了，嘲笑会使人更加寒冷。不如找个借口一个人出去走走。

就这样一个人走在一个镇上的街头。

新当代小镇属于科学范畴，如同物理、化学、几何、微积分，有规律可循。

一间联通营业厅、一间电信营业厅、一个电单车店、一间网吧、一家万物应有尽有的生活超市、一间门脸上贴着红色不干胶“洗头洗面按摩”字样的温州发廊、一个可以满足人类完成暴富理想的福利彩票店，加上总是可以在街尾找到的隐隐约约闪着粉红色电灯的“休闲卡拉OK”店、一些米粉店、一些麻将室、一些电子游戏室、一些杂货铺就足以构成一个崭新的当代式小镇。

当然，还有一个规律，每一个镇上当地人规律性地对突兀出现的异乡人、陌生人，那种指指点点，新奇狐疑猜测的目光。

——嗨，你是养殖场那家的客吧？

买槟榔的时候，佝偻着背的杂货铺老板从柜台下面转出来笑眯眯地问。

——这种芝麻味道的槟榔好吃，他们家来了客就买这种槟榔待客。

——本来不喜欢吃槟榔，今天嘴巴里面淡得出鸟来，想买一包压压。

温州发廊推拉玻璃门只开了一道缝，四个女人围着烤火炉打麻将，经过时只有正对着门缝的那个女人慵懒地抬起眼睑瞟了一瞟。

冬天，是柔软的季节，也是温州发廊惨淡的季节。

镇政府很雄壮。坐落在中国电信雄壮的铁塔下端。一对雄壮的石狮子守卫着它庄严的大门。确切地说应该是，一只雄壮的公狮子和一只温驯的母狮子组成的派对尽职尽责地看卫着庄严的大门，在寒冷的冬天也不疲惫不辞辛劳。

就这么漫无目的地走着。穿越一条弯弯曲曲的柏油马路从镇子这头走到镇子那头。小镇很小，街头到街尾步行总共只需五分钟。

从回龙镇到这个小镇，这仅仅只是一次从一个小镇到另外一个小镇的人生之旅。途中，经停城市。现在，经停于你。

就这样来来回回走了许多个来回。每次途经发廊，面对门缝的那个女人都会抬起眼睑瞟一眼。这种瞟像一把冬天里的火。

据说，此时此刻那些小镇亲戚正抓紧时间见缝插针在另一种嘲笑声中发表各自对这个闯入他们生活的陌生男人的意见。对于以后需要长期打交道的人，第一次见面后，你要留下足够多的时间和空间让他们背后议论。

为什么总是要嘲笑地笑？嘲笑，除了宣泄之外不具备任何功能。

从回龙镇走出来的青年人不可能惧怕另外任何一个中国式镇上人的嘲笑。小镇女人无论怎样嘲笑城市人，但是，总是不会主动地将鞋跟上的黄泥巴擦干净。她们对视力范围不可见的事物根本不在意。

嘲笑，对于坚强的人而言，最多是一种可以被忽略的修辞。

嘲笑，类似于自我抚慰，是一个人的战争，可以被忽略。

我不相信，那些以前在不断嘲笑我们的人，现在，他们还在笑！！！

——虽然我们都嘲笑追逐影子的人，但生活中绝大多数人却都在追逐影子。华兹华斯说。

——我们嘲笑别人的缺陷，却不知道这些缺陷也在我们内心嘲笑着我们自己。托马斯·布朗说。

——一个人什么样，他的上帝也是什么样；因而上帝常常成为人们嘲笑的对象。歌德说。

冬天了，那么寒冷的冬天里，适合烤火，将脚横七竖八地搁在电烤炉的火桶上面，在棉花被子下面胡乱地交织着取暖。赶紧回到室内。回到有热气的地方。冬天有冬天的故事。

冬天的故事

冬天
就是需要围炉烤火
很多双手伸出来。
有时需要一床小棉被盖起来
很多双脚
遮遮掩掩的
在火的上面
被褥的里面。
一些陌生的脚和脚产生的碰触感
很快就会写出一个故事。
冬天
就是会有故事发生在那个火被里面的季节。
只是很可惜
这是过去时光里的冬天了。
要不
我邀请你来烤火吧。
盖着被子
我们很多人烤火
写冬天的故事。

九点钟过后，打麻将的去打麻将。想出门的借口出门。想睡觉的洗脸洗脚洗屁屁。叽叽喳喳的亲戚们鸟兽状散去。有些家庭九点过后，就吆喝着洗洗睡。那个母亲将长满了灰指甲的脚泡在蓝色塑料桶里浸泡得通红通红。桶子旁边摆了一只铁壳子开水瓶，随时准备给洗脚水添水升温。她脸上有幸福的模样，嘴里偶尔发出轻灵的呻吟。

开瓶红酒吧？开瓶红酒。橡木塞拔出瓶口发出清灵的脆响。有时，吃几粒炒熟了的黄豆。嘎嘣嘎嘣嘎嘣。

某间房子的某个角落也许有某个老人在抽烟，一根接一根抽烟。老人老了，却能看得见黑暗中潜藏的生机。

——明爸爸，你吃烟吗？你老人家吃一根烟啰！

——你别在意他们的喜欢或不喜欢。大家各自心怀鬼胎，每个人的鼠肚鸡肠子里面都放着把小算盘。

——你有没有觉得，很多人更欢喜当一只寄生虫？

——在动物界，可以成为一只得到攀附的寄生虫，是动物们的追求。

——我担心总有一天这个家庭的血会被吸干。

——我知道你不喜欢他们，他们总是用一种奇怪的眼神和口气对待任何一个外人。

——他们也不喜欢我。你说镇上人是什么时候开始习惯了嘲笑城里人的？关键是一边嘲笑一边还要挤得头破血流往城里混。

——你这也是嘲笑。他们不喜欢我喜欢的任何人。

——人们往往习惯用一种嘲笑对付另一种嘲笑。

在冬天，在夜晚，春天，藏在每个人的心里。

春天喜欢穿一条曳地长裙，等待万物生长的枝叶，等待绿色的力量，撩拨，撕裂，膨胀，然后，盛开。

嘲笑是一种卑微的情绪。任何情绪都阻挡不了中国人对春节的狂热。嘲笑阻挡不了人们穿着沾满了黄泥巴的高跟鞋迈向春节的步伐。

十一点过后，偶尔有礼花弹冲天的爆炸声，炸醒刚刚入睡的人们。

冬天里的人们，喜欢躲在被窝里“嘎嘣嘎嘣嘎嘣”，吃黄豆，一粒一粒一粒又一粒。

真的马上就要过年了。

【注】

① 引自《北回归线》，亨利·米勒著，中国人民大学出版社 2004 年 1 月版。

② 引自马尔克斯《苦妓回忆录》。

③ 摘录编辑自《诺阿诺阿——塔希提手记》，高更著，上海译文出版社 2011 年 9 月版。

④ 引自米沃什诗歌《礼物》。

⑤ 引自《讲故事的人》，约翰·伯格编著，广西师范大学出版社 2015 年 9 月版。

⑥ 引自《热铁皮屋顶上的猫》。

⑦ 引自《愤怒的葡萄》。

⑧ 引自斯特兰德诗歌《镜中人》。

十三　春节

这座城市，最终，唱着歌让自己入睡。

——斯特兰德

1

我们经常过节。我们习惯了节日滔滔不绝。我们渴望将每一个其貌不扬的日子过成一个烟花盛放的节庆。仅仅只需要一个若无其事的理由。理由是理由的理由。在理由中，藏着另一个理由。

我们过节吧？好的。

我们过春节吧？太好了。

洁白的春节，鲜红的春节，快乐的春节。我们打麻将、吃大鱼大肉，我们走亲访友走在枯草丛生的田畔上。我当然是以一个小镇青年的视角。从镇上走出来的城市青年最终一切视角都落实在镇上人的标准。

了了的春节不一样。身为处长的他春节是疲惫的、应酬的、酒精的、油腻的……

回龙镇的鸡鸭鱼肉到达城市的当天，了了处长就开始忙碌起来了。亲自开一台越野车奔波。越野车塞满了回龙镇的土特产，五粮液、茅台、芙蓉王、和天下、蓝带马爹利、轩尼诗 XO、拉菲正牌、拉菲副牌。土特产在群星璀璨中一枝独秀，格外金贵。这个城市的人们开始郑重其事地思考并讨论“生活质量”这个古典哲学忽视的巨大问题。问题最终指向三大物质——空气、水和食物。

——二十一世纪什么最贵？

——人才！

这是过了气的电影桥段。

——二十一世纪什么最贵？

——是水、空气和食物。了了哥说。

那辆庞大的越野车穿梭在“吏户礼兵刑工”各大衙门之间。在深灰色朦胧的夜和夜之间。在车和车搅拌成黏液的半流动状态之中。耳边，还会有回龙镇农机站第一台大型拖拉机跳跃着开进乡政府水泥坪的声音回响吗？突突突的那种声音。

——那些从未觉得有何稀罕、有何怀念的物之音与物之色，随着岁月的流逝，不觉之间就一件一件消失了……[①]

明年开春后马上有一次考察提拔的机会，这个春节得抓住机会联络感情！这是另外一个“节”。“节点”之“节”。

九五——甘节，吉，往有尚。意思是，要乐于节度，吉利之卦象，出行有赏嘞。

节，《易经》第六十卦，坎上兑下。

逢年过节，讲究的是人情世故礼尚往来。反正是吃吃喝喝送来送去的事情。当了处长后，人家送的比要送人的多。谁送了没有数，要送谁门清，尤其是谁没送记得死。

拎得清是很多人终生不具备的基本素养。西门庆先生具备这个优秀品质。

翻开一套崇祯版足本《金瓶梅》。第二册，第四十九回，《请巡按屈体求荣　遇胡僧现身施药》。黄色粘贴记号纸标记。说的是西门庆先生宴请蔡御史、宋御史。

当日西门庆这席酒，也费勾千两金银。……

（明朝计量老秤一斤为十六两，相当于花费六十二点五斤银子，按当前最新银价将近十九万元人民币。）

宋御史道：年兄还坐坐，学生还欲到察院中处分些公事。

（官大一级压死人，饭不吃完就拍屁股走人，看来是个官场遗风。）

西门庆早令手下，把两张桌席，连金银器，已都装在食盒内，共有二十抬，叫下人夫伺候。宋御史的一张大桌席、两坛酒、两牵羊、两对金丝花、两匹缎红、一副金台盘、两把银执壶、十个银酒杯、两个银折盂、一双牙箸。蔡御史的也是一般的。都递上揭帖。

（古人分餐，一人一张桌台，吃不完的主人一并装好食盒打包带走。光盘行动早已有之。）

宋御史再三辞道：这个，我学生怎么敢领？因看着蔡御史。

蔡御史道：年兄贵治所临，自然之道。我学生岂敢当之。

西门庆道：些须微仪，不过侑觞而已，何为见外！

比及二官推让之次，而桌席已抬送出门矣。

宋御史不得已，方令左右收了揭帖，向西门庆致谢，说道：今日初来识荆，既扰盛席，又承厚贶，何以克当？徐容图报不忘也。

……举手上轿而去。

——你看上去很疲惫，了了。

——没办法。人在江湖飘，哪有不喝高？

——嗯。世界上最大的法是《没办“法”》。

——脚步为亲，二十年前招待所那个看门老头教的人生宝典，老板执行得一丝不苟。

——你的爱，恋得如何了？

——和谁过不是过呢？我总觉得经历过苦难的女人更懂得珍惜。

——还有另一种可能哩，兄弟。经历了太多的苦难，也许便更懂得冷淡和无情哩。

他的脸耷拉下来，像要下一场明朝的雪。

2

接下来，下雪。一直下。纷纷飞飞扬扬。偶尔，插入春天、惊雷、黑死病、故事和小丑。偶尔，恰恰在下雪的时节邂逅一个节日。比如，春节。

春节那一天，从一早开始我就忙碌地从一张饭桌边奔向另一张饭桌。比如，一场战争。

那个虚弱的病人终于赶在春节前一天躺着被护送回到了镇子上。一边打点滴，一边在高速公路上飞奔。回家的力量胜过拜尔阿司匹林，可以溶解血栓。说飞奔在高速路上是魔幻的说法。是心情飞奔。从春节前一天开始，高速路就挤满了蚂蚁搬家似的要回家的人和车。蜗牛般蠕动。路边时常有人不得不站着或者蹲下来自我救急。人免不得三急的。白色的液体搁浅在白色的雪地上，像一粒盐跌进了一堆盐。狗在一旁撒欢，抬起一条后腿撒尿。狗撒尿具备野心。所到之处，尿两三滴，以为这样就可以占领地球。狗浅薄。人有更为庞大、复杂、纤细的内分泌系统。人深刻。面包车内暖烘烘，停顿太久了或多或少让坐着和躺着的人都偶尔有一些悲凉掠过。天灰蒙蒙的，雪花夹杂着雨。

冻结的水在变黑，
死亡更干净，悲伤更咸，
大地更诚实更令人敬畏。②

他躺在可移动式病床上，透过车窗看好久不见的外面世界。只能看见一些树的最尖端枯萎了，落叶了，天空无边无际的朦胧。一个小时的车程，天空只有一个模样。牢牢系在护栏上的导流袋色彩金黄，随着面包车起伏。人生随着尿袋摇摇晃晃。那是整个车厢中唯一的艳色，可惜，他无法看见那一抹靓丽的明黄。

他看见了一大桌精心准备的过年菜。他的眼球一直健全，灵动。这次中风之后，他只剩下左手可以随心所欲。右手变得怎么都不听使唤。

每隔几分钟，他举起左手。啪！一记重击，他用左手打那只麻木的右手一下。他希望这样的击打可以唤醒麻木。

高位截瘫后，至少还有两只手灵活自如。现在，只剩下一只了。很不巧，这次瘫痪的偏偏是那只灵活的右手。

啪！又是一记重击，左手狠狠地打在右手上。要是拳头和巴掌可以唤醒躯体，至少便不怎么需要宗教了吧？但是，他还是希望这样的击打可以唤醒麻木。

我佛慈悲，但愿至少他还有一颗完整的灵魂吧。

一开始，他拒绝别人给他喂饭。他试图用那只麻木的右手握住调羹。他成功了。他接着试图举起已被握紧的调羹，颤巍巍地极力抬起，靠近嘴唇。在距离嘴唇将近十厘米的地方，调羹掉了下来。他失败了。

不锈钢调羹落在瓷砖地板上蹦蹦跳跳了几下才安静下来。每一片金属都是天生的打击乐器，与陶瓷撞在一起发出的声音清脆、尖锐、穿透力强。

人们纷纷劝慰他急不得的急不得的。

啪，啪啪。他懊恼地伸出左手重重地打了右手三下。清脆的掌击声划过年夜饭飘扬。

——过年了，喝杯酒吧。他说。

——不行。你怎么能喝酒？

——过年了。就喝一杯。大家都喝一杯。

——一杯也不行。今天大家都不喝酒。

他总是一个人偷偷喝酒。一直以来，他和所有人玩猫捉老鼠游戏一样在家里所有的地方藏酒，抓住一切机会偷偷地一个人喝酒。后来大家便都不当着他的面喝酒。

试图彻底理解别人的痛苦只是徒劳。

也不要试图同情。

虽然同情是最能体现社会感的一种情感表达方式。比同情本身更为常见的或许是习惯性地滥施同情。滥施同情的人表面上看起来似乎具有很强烈的社会感。比如，有些人之所以拼命挤进灾难现场，为的是能上报纸、出名，而实际上他们并没有为受害者做任何事情。这些为了同情而同情的人，实际上是借此来显示自己比那些可怜而贫穷的施舍对象更为优越。这是阿德勒的观点。

——朋友的不幸总能给我们带来满足感。深谙人性的拉罗什富科说。③

或许只有一个病人才能真正理解另外一个和他患有同样疾病的病人。就像患有肺痨的雪莱和同样患有肺痨的济慈，才会在语词戏谑中互相安慰，在一封1820年7月27日的信中说他获悉济慈“你还是带着那副肺痨病人的病容……”。④

但，可以试图给他一杯酒。

终于有人竭尽全力突破封锁试图给他一杯酒。

——要不就喝一杯吧？喝杯度数不高的红酒。红红火火。

——那就喝杯红酒吧。

于是，立即倒红酒！红酒瓶口刚离开杯沿，那只正常的左手风驰电掣般抓住了酒杯细长的高脚，一饮而尽。手，遒劲，稳健。酒，瞬间不见了影踪，像从来不曾有过酒。

——再来一杯。好事成双。只喝两杯。他说。

——我保证。他将酒杯高高地举起，说。

——让我们想象一个全身肢体都能思想的躯体吧。帕斯卡尔说。⑤

3

晚餐，坐到了另外一张餐桌上。又是一大桌子菜。

这是一种文明。东方文明是长期在战胜“饥饿”过程中发展的文明种类。战胜“饥饿”，是因为长期“饥饿”。由于长期的“饥饿”状态，人们学会了长期深邃地思考。人总是越饥饿便越勤于思考。后来，不饥饿了，也不思考了，就开始用吃替代。早期的罗马人不一样，从一开始他们就是简单粗暴不假思索地掠夺。除了掠夺资源，一并掠夺其他民族思考的成果，所以迄今为止，意大利人懒于思考。意大利从来没有最伟大的哲学家。克罗齐不算。维柯算半个。

夜晚的天空依然下雪。雪花飘飘，算是老天对那一年最后的慰藉。

上帝说，夜晚也要有光。天空于是下雪，大地一片光明。

关于那个春节的那餐年夜饭，关于你，我记得些什么？

一只羽毛沾满了雪水飘进窗内的倦鸟？其实，我本想说一只偶然停歇在忍冬花枝的知更鸟。我曾长期误以为人们都对花草和飞鸟兴趣盎然。忍冬花是什么花？换个说法吧，金银花。原来如此。知更鸟是什么鸟？这种鸟不是被一个黑人杀死了？

愿你克服偏见，愿你一往无前。

欢声笑语之中，你昂首挺胸抬臀。被抬起的臀部在人群中含苞待放。像D. H. 劳伦斯引用阿拉伯人爱说的话那样，那个部位像沙丘一样柔软。是在这个部位，生命犹存，希望犹存。你要记得保持安静。你要时常将手掌放在肚脐之上。你要安抚你肚中的那个小精灵。你看看窗外，那些飘零的风雪中，夹竹桃开着粉红色、奶白色的花。你们很少有人知道，花儿总是迎着风顶着雨盛开。

我们说说夹竹桃吧？有一年，我在高速公路入口转角处偶然瞥见了满坡满岭的粉红色花海，我一下之间蒙了，不知身处严冬还是初春。我迷失了。我是真的迷失了。值得庆幸的是，我扭头看见了你。你将手轻轻地放在肚脐上，你的掌心说着话。我看着你。随后夹竹桃被甩在了身后，无影无踪了。

你的手机一直响个不停。很多人的手机响个不停。我除外。

——至少收到一千条拜年信息了。这年代倒省事。一条信息一次性群发一下子搞定。

——还好，总还是有些人记得我。那些餐厅、饭店、洗脚城、卡拉OK厅的业务经理总是记得“每逢佳节倍思亲”。我说。

——就没有几个小姐姐记得你?

——逢年过节，画胡子死绝，真的是永恒的真理。

4

七点，吃年饭。（此处放鞭炮一挂）。

八点，看《春节联欢晚会》。大家都渴望今年的小品相声可以令人发笑，结果总是叹息不好笑。

十二点，和中央电视台那几个主持人一起倒数十个数，十、九、八、七、六、五、四、三、二、一……过年啰，过年啰，放鞭炮啰，新年到啰。（此处放鞭炮很多很多，附带烟花焰火，时长半小时。）

十二点半，老年人睡觉，中年人沉思，青年人狂欢，少年人依依不舍。

年，于是过完了。

这是这个城市现在的春节。

求求你们，切记一点：不要再在相声小品里出现“饺子”两个字了。全体南方人都被这两个字弄得不知道怎么笑了。

——有什么意思哟?现在这年!明爸爸在“老”走之前总是在春节这一天叹气。

5

回龙镇的年才叫年哩。回龙镇的年过起来那才叫一个带劲哩!

回龙镇的年，从大年三十新年钟声敲响的那一秒钟开始沸腾。

——街上的人早就挤密压密，压密挤密了哩，了了，还不快走。看故事会去哩。我扯起喉咙跑到乡政府门口喊。

回龙镇不晓得何时起就有了春节期间玩故事的老传统。一条石板街，上街头、下街头两个故事会。大年三十开始比故事，一直闹到正月十五元宵节。踩高跷、扎故事，大闹春节玩故事，比输赢。

热闹热闹，热热闹闹，越闹越热闹。回龙镇人就爱个热闹哩。

故事会的掌事房里，老人家运筹帷幄。麻石街上，家家户户烧起了红炭火。回龙镇的人都说，三十晚上的火，元宵夜里的灯哩。我和了了一边口袋里装满了瓜子花生糖粒子，一边口袋里装满了舍不得放完的小鞭炮。

——不晓得今年的故事会是上街头搞得赢还是下街头搞得赢哩？

——不晓得今年又要出个么子新花招哩？

十二点一过，麻石街上早就人头攒动了，像北方人那锅煮开了的水饺，冒着热气，沸腾着哩。

——哎哟喂，今年子鞭子放了个把小时了，怎么还冇得一点动静啰？急死个人哩。

——急么子急啰，我哩上街头故事会去年子就扮起了装，专门等你们下街头来挑战哩。我哩是稳坐钓鱼台，等你们咬钩子哩。

——那是的，你们上街头就是奸诈哩，年年子等我们下街头放头炮，阴计烂肚哩。

——诸葛亮当年还唱空城计哩，搭帮你老人家看了咯多年故事会，连冇学到点下手。比故事你怕是比打架哦，要比脑壳子灵泛哩。

——我哩懒得跟你港（讲）。你这个人蒙鼓吊筋扯不清哩。

——心急吃不到热豆腐哩，你哩下街头人就是经不起耍哩。

——其实，上街头和下街头两个故事会去年子就碰了头，今年是个好年份，要热热闹闹耍一场哩。你哩哈莫急。马上就要出故事哩。

——那是的。世界上的事哈被你一个人搞清哒哩。我哩哈是眯子眼，只听得你一个人空口打哇哇。

——你怕是好笑哩。你就是三百斤的野猪，一把寡嘴。我屋里叔子是故事会掌事人，我不晓得未必你晓得？

——我还懒得眙起你哩。我反正只晓得碰到秀才讲书，碰到屠夫就讲猪。

——哈莫吵，哈莫吵，你哩听啰，锣鼓敲起来哒哩，今年子又是下街头先出故事哒哩。

这时，只见街头走来一老翁，原来正是姜太公。他身背鱼篓子，手提竹竿子，脸上白胡子，一身青衣子，走起路来晃晃子，脸上的神情笑笑子……

——这是么子意思哩？下街头就是窄皮细眼，就搞一个七老八十的老倌子，连不热闹哩。

——聪明齐颈，要人提醒哩。你哩的脑壳进了水哩。这叫作《姜太公钓鱼——愿者上钩》。我哩下街头给你哩下战书哩。

只要战书一下，那一年的故事会就正式比起来了。

上街头立即应战。今年他们搞了个新花样。十二个少女，十二副高跷，十二个女将头戴双翎凤毛，身披绣花战袍，背插威武旗，手舞打马鞭，踩得一条街心旌动摇，踩得一街人神魂颠倒哩。

——这叫作《十二寡妇征西》。个个哈是杨门女将的厉害角色。我们上街头笑你们下街头的男子汉“白天游四方，夜里补裤裆”，人哈死绝哒咧。

——你只管放心，女人跳起脚，屙不出三尺高的尿，好戏马上在后头。

下街头的故事会掌事房里面，炭火烧得红旺旺哩，桌上的瓜子花生香干子红薯片子香喷喷哩，搪瓷缸子里面的烧谷酒倒在炭火上面可以烧得起火苗子哩。巴掌大的房间里面坐的全部都是今年故事会的“智囊团”哩。我和了了一帮细伢子踮起脚趴在窗户旁边看得心里那个痒哩。

——这些人才是回龙镇的厉害角色哩。了了嚼着花生对我说。

——么子时候我们也参加故事会踩高跷哩？

——你怕是个个人哈有资格出故事哦，你先把你那副一米一的细高跷踩得可以连打十个掰掰再开口啰。（打掰掰，指踩着高跷单足跳，难度大着哩。）

下街头故事会高人多着哩。头一回合挨了骂，赶紧摆起擂台打过上街头去。这招怎么应？你出十二个寡妇笑我娘屋里冇得人？我出一个《十三棍僧救唐王》。

——这口气未必你哩咽得下？九队，你们村上的后生伢子赶紧凑拢十三个，立即个个刮个光滴油（光脑壳）。会长端起谷酒吃了一大口，嘴巴子都冇抹就下了迎战命令。

街上战鼓擂，十三个光头。十三面威风锣鼓，十三根齐眉短棒，外加十三个赤膊汉，冲向了上街头。

——冷不冷哦。落起个雪落起个雨，打个赤膊子。

——不冷咧。个个哈是后生伢子，一海碗谷酒灌下去，怕么子冷哩。

——东风吹，战鼓擂，如今的社会谁怕谁。你哩那十二个姑娘家今年怕莫是再冇脸见人哒哩。被我们十三棍僧全军收服哒哩。

——十三棍僧了不起哩？有句俗话喊，和尚的卵是空大的。告诉你，据我哩最新打探到的军情，马上就要杀你们个片甲不留，卵蛋精光哩。

原来上街头被下街头这么一气，干脆来了个《十八罗汉斗悟空》。意思是你一只无法无天的小猕猴，我们十八罗汉要打得你片甲不留哩。

这《十八罗汉斗悟空》说的是孙悟空无法无天，大闹天宫，玉帝十万神兵不敌孙猴子，二郎神奈他不何，太上老君火炉烧他不死，反助这猴子炼成一双火眼金睛，无奈之下如来佛遣十八罗汉与之酷斗，最后将悟空一举擒获。

——这就叫齐天大圣孙悟空，跳不出我如来佛的手掌心哩。

上街头的人这回笑开了心。

几轮故事比下来，汨罗江上的天空不知不觉就现出了鱼肚白哩。

——今天这个回合怕莫是上街头赢定了，天都光了哩。要困觉了哩。

那个过年夜，故事就是这样一台台上演哩。住在麻石街边的居民们都敞开了房门，故事一经过要放鞭炮哩。故事经过自家门口，放五百响鞭炮一挂。不管上街头还是下街头的故事，都放鞭炮。

故事一台台经过回龙镇的麻石街，鞭炮炸红了一条街哩。锣鼓敲开了大年初一的天哩。

四爹爹岁数大了，昨天夜里风大雪大不敢上街，一大早硬是起了个大早床端起竹椅子就坐到了街基上打山歌哩：

高山做屋门朝东
问郎你有几弟兄
母亲生了我三兄弟
大哥有亲　二哥有亲
只有满爷我打单身
前世未杀阎王崽
这世未杀判官孙
为何要我一世打单身……⑥

6

十二点一过，处长的手机越发忙个不停。多年不回镇上过春节，今年下定决心躲起来好好休养几天，结果电话接个不歇气，比在城里还繁忙。

——老板啊，新年快乐啊，今年我会继续努力啊，继续在您的关爱下成长啊，您永远是我的旗帜啊！

新年第一个电话要打给最重要的人。谁是处长最重要的人？当然是他的老板。

也有人见缝插针地打进了他的电话。处长也是有些人最重要的人。

——处长啊，新年快乐啊，今年我会继续努力啊，继续在您的关爱下成长啊，您永远是我的旗帜啊！

刹那间，旗帜飘飘，正是饮酒好时候。

十二点过后，大年初一了，大家举杯痛饮吧。我们一起推杯换盏，觥筹交错。

人们渴望在酒杯中寻找崭新的人生。

我有些醉了。滔滔不绝。

我醉了，我就唱歌：

娘啊娘，儿死后，你要把我埋在那打谷场，让儿的脑袋朝着酒缸，四处飘着那谷酒的香……

——大过年的，唱些这个死啊死的，多不吉利，赶紧闭嘴。

处长现在也是我最重要的人。我从城里往镇上给他打电话。快两点的时候终于通了。

——处长啊，老板啊，了了啊，兄弟啊，新年快乐啊，今年我会继续努力啊，继续在你老人家的关爱下成长啊，你老人家永远是我的旗帜啊！

——想想今年该搞些什么路吧！兄弟之间就莫客气哩。

“搞路”，是这个城市对“目标”“事业”“理想”的统称。

——了了啊，我不想“搞什么大路”哩，我是一个没有理想的人哩。不对，其实我也有理想哩。比如说，我明年的理想就是做一只合格的寄生虫。你一来到我们部门当老大，我就坚定了我的理想。我的理想就是当一只吸附在你身上的寄生虫。你就让我做你身边的一只寄生虫吧。我只是寄生，我不吸你的血哩。我只要活下去。何况，你的身边已经有了那么多的寄生虫。再多我一只又不碍事，是不哩？其实，做一只寄生虫又有什么不好呢？生物界如果没有寄生虫，所有的秩序和链条将被毁灭。一只优秀的寄生虫总是可以恰到好处地平衡生物链条。这是科学哩。你还记得吗，处长，小时候，我们每一年春天，就要吃那种花花绿绿的宝塔糖，想要杀死肠子里面的蛔虫。蛔虫有时候屙不出夹在屁眼中间晃晃荡荡的，吓得我作死地喊我娘快拿把火钳将它们扯出来哩。你说我们小时候肚子里面怎么总是有那么多杀不干净的蛔虫哩？你说，人好蠢哩竟然想彻底杀死蛔虫。人最蠢的搞法就是想彻底消灭他们不喜欢的东西。

你说是不是？

——来，处长，我就隔着电话敬你老人家三杯酒。我今年就全要搭帮你了哩。你晓得的，我要求不高的，我只求谋生哩。寄生也是一种谋生，是不？现在，你是我的老板哩。我只是想搭帮你过平平安安的日子哩。

——你放心哩，我能帮上的一定帮忙哩。你还是要尽快成长起来，成熟起来，酒莫吃多了，话都讲不清了哩。

——你莫跟我打官腔啰，好不？我不需要成长，我就想过几天好日子，我觉得自己就是灶屋脚下的一泡灰，连尘埃都算不上哩。我喜欢微小。微小是我的理想哩。来啰来啰，我再敬你老人家最后一杯酒。

——最微小的、最轻柔的、最轻飘的，以及蜥蜴的蠕动、一声气息、一种轻拂、一个瞬间——总之，微小产生至幸。别吭声！尼采说。

——白的没了？再开瓶红的！

7

有一种植物叫作菟丝。一种伟大且极不寻常之物。即算是根断了，也可以缠绕在一根小小的豆株上继续生长。植物界某些特殊种属的宿命即是缠绕大树。植物界的寄生虫。

风，吹着；雨，下着；我和大树并排站着；但，不靠着！这样的广告词描述的是一棵树的理想。如果，你天生就是一根藤、一株菟丝草，你的理想就是去攀附、去缠绕。否则便是死。这只是一个简单的生物学法则。人类消灭不了攀附，消灭不了菟丝。

——菟丝附蓬麻，引蔓故不长。杜甫说。另一个现象是，藤本植物的世界里，也有粗壮和微小之分。越是粗壮的藤本植物越是需要缠绕一棵粗壮的大树。一棵粗壮的大树是不可能被一棵藤缠死的，相反，这种缠绕可以制造出大自然的惊艳和美景。

如果你爱我，请让我做一棵攀缘的凌霄花，借你的高枝缠绕，活着，但不炫耀……

8

凌晨四点，漫天雪花飞舞。黑夜的雪是黑色的。“方求白时嫌雪黑。”仍然有零零星星的鞭炮在炸。城市中很多不安的灵魂。一年的第一天一般不发表预言。

我上床睡觉。没有洗澡。新年的第一天不可以洗澡，回龙镇的老人说。也不可以倒垃圾。洗澡会把魂魄洗跑洗丢掉。失的魂丧的魄很难得寻回来了。倒垃圾会将一年的财运倒出门。一年三百六十五天，这个垃圾唯有在大年初一这一天拥有至高无上的尊贵地位。它们被心怀对金钱财富顶礼膜拜之吾国吾民神圣而又崇敬地供奉在黑暗的角落之处不敢轻举妄动。女人，在新年的第一天的床铺上发出了新年的第一声鼾声。无论多美丽的女人总有一天也会打鼾，甚至，磨牙。或者，在早晨醒来的时候，不经意地放一个嘹亮的响屁。不只是呻吟枕蓐。我深刻地记得，当时，我打了一个酒气熏天、有腊肉味道的嗝。

门铃响了起来。反正睡不着，客从何处来?

小区的晚班保安小江队长咧开满嘴的黑牙站在门口，静静地笑。头顶的发丝上雪花点点。

——拜年拜年啊，老总。我看到你屋里灯是亮的，就上来了。他脸上堆满了笑。

江队长是小区保安。他只坐晚班。整晚整晚地坐通宵班。整晚整晚一边骑着装了红色警示灯的电单车在一栋楼和另外一栋楼之间巡视，一边摸出口袋里的小瓶装歪把子郎酒啜饮一口。酒的牌子不固定，二锅头、邵阳大、三两三、江小白，换着花样喝。劲酒、椰岛鹿龟这些药酒倒是坚决不喝的。

——一点糖精水味道，那算个什么鬼酒？

其余时间，江队长只做两件事：睡觉、打麻将。哦，差点遗漏了他还有一个梦，一个以每周两次的频率定时生发的梦：每个礼拜的周四和周六两天，他都会买彩票。他时时刻刻梦想着有一天老天开眼菩萨保佑上帝显灵祖坟开裂紫气东来太阳从西边出来他可以中个几十几百几千万。

——彩票如果不是他们仍旧活着的唯一理由，最起码也是主要的理由。奥威尔说。⑦

来的都是客。我们回龙镇人最讲究——识礼。

——进来进来快进来。进来吃杯酒。

我特意开了一瓶法国波尔多产区的梅洛干红。用一次性塑料杯子倒满两杯。茶七饭八酒满盅，酒一定要满。他端起杯子一口干掉了一大半。

——这个红酒应该有蛮好。没有我平时吃过的那种酸酸子味。

他穿的尼龙丝袜倒是有一股酸酸子味。酸味，在温暖的电烤火炉旁蒸腾。酸，在化学上是指在水溶液中电离时产生的阳离子都是氢离子的化合物，可分为有机酸和无机酸两种。酸碱质子理论认为：能释放出质子的物质总称为酸。

——去年买彩票手气下不得地吧？我问他。

——唉，我那不是好耍搞一搞。屋里妹子要读书，堂客，你晓得，成了别人的堂客。我一个下岗职工，每个月千把块钱工资。钱到手里从没焐热过，就都是别人的呢。输多赢少，就是图个好耍。

小江年龄比我大。小江是小区的酒神。说话间酒瓶子见了底，我再开一瓶。

如果，你无所谓人家嫌不嫌弃，你就当一个酒鬼，活在自己的世界。

如果，你希望被原谅，你就当一个酒鬼。没有人深究一个酒鬼的言行。

——这个你收着。老规矩，给你拜年，谢谢你去年一年又帮忙对我家的看护。

我摸出一个红包，躲在桌子底下抽出六百块，红包里还剩四百块。

我把红包给了小江。

他二话不说迅速地接过红包，忙不迭地往裤子口袋里面塞。随后笑眯眯地两只手端起酒杯连说了五六个“谢谢”，站起身仰起头一口干掉了一满杯。整个过程行云流水，除了站起的样子有些东倒西歪。这时，一切词语，从他的舌根部位发出后都变得含混不清。

——瑞雪兆——丰丰丰年。老板，你是个好人，整个小区我就认你是个好人。我们一世的兄弟，兄弟你不管有什么事，你就一个电话摇个铃子，我姓江的不立即赶到，我就是地上爬的。

回龙镇人也喜欢赌咒发誓。早年，了了刚进入社会时也喜欢用这种口吻说话：兄弟，你放心，随便你惹了什么麻烦事，你告诉我，兄弟我一个电话全帮你搞定。别的不敢保证，一台车、两三个人，外加一杆枪没有任何问题！我后来问他，你到处夸海口，一个电话，任何事情你都搞定，你也不怕惹麻烦，你搞得定吗？

了了那天吃了点酒一脸坏笑对我说，一个电话，我保证立马过来一台车、两三个人、一条枪，十分钟赶到。你以为我说我自己哦？我又不是神仙，我说的是 110 出警，有困难找警察哦。

马上就是黎明了。城市熟睡着，也打鼾。我勾着他的肩膀送他回保安室。他连声打着哈欠。那种发了酵的能释放出质子的哈欠。雪依然纷纷扬扬。脚踩在雪地上吱吱作响。雪，悄无声息落在雪上。世间并无任何一个女人的肌肤像雪一样白，尽管她们忠爱雪白这个说法。世间此时雪白雪白，你喜欢白吗？

——现在我们老家农村过年也不如从前有味了。除了走亲访友、拜年吃酒，就是打麻将、打扑克、打跑胡子。小江的细眼睛细得像行将消失一样，边走边唠叨。

——你想老家了吧？！其实我们就是两个乡里人，小江。你是的，我也是的。我们都是的。

——想啊。坐在堂屋里，烧盆大炭火，想吃酒就吃酒，想困觉就困觉。要不是为了女儿，哪个愿意为了这点钱受城里人的气？有时，他们还骂我们保安是条看门的狗咧。他娘的。

他走到八栋楼下两棵杨梅树之间，停了下来，撒尿。热气腾腾地将白色的地面尿出一个黑窟窿一些黑窟窿一串串的黑窟窿。他黑色的牙齿在雪地里反白光。

——你以为，他们不是乡里人？住在我们这个小区的人百分之八十都是从农村到城市工作、做生意，或者随着子女来养老的。

小江常年说这样的话。他不喜欢这个小区任何一条狗。萨摩耶、贵宾、金毛、哈士奇、腊肠，统统不喜欢。

——到处拉屎，又不清理干净，搞得小区臭烘烘。我们农村养条狗，生前看得家，死后吃得肉。

小江说话声音不高，含混不清。他的话既不愤慨也不忧郁。他只是淡淡地说话。他总是淡淡地说话。有时眯着眼睛微笑。他没有时间忧郁。每一次，在忧郁快要来到时，他就开始饮酒。他是最渴望黎明的人。因为，黎明一到，他就可以睡觉了。在黎明的锅碗瓢盆中，看着女儿去上学，他开始一天的睡眠。

黎明是女儿一天的初始，黎明是他一天的终结。

天马上就要亮了。

我再次决定睡觉。女人仍在均匀地打鼾。在鼾声中，她像极了一株攀缘的凌霄花，藤蔓弯弯曲曲，枝叶繁华茂盛，万绿丛中一朵花两朵花三朵花，在冰雪黎明中行将开放。她翻滚着乱动，比雪花还要纷繁杂沓。如果在水里，现在，她是一条贪婪地吐着泡泡的鱼。她的身体，在冬天的早晨变幻莫测。

——哦，你做一个口袋，把我藏起来吧？把我藏起来。我要藏起来。

女人闭着眼睛，喃喃呓语。

9

睡前，我顶着强劲的酒意写了些乱七八糟的字。被风吹落到了茶几的下面，有几滴油溅落在纸上。

致新年

每一年的最后一天，我都不愿意睡觉。怀念流逝。不假设明天。愿睁眼有梦，梦见躲在我娘的子宫深处饥渴汲取。

每一年的第一天，我也不愿意轻易醒来。眷恋那个温暖之所。生命之所。爱之居所。从失眠到昏睡，从夜里到天光，从黑到白，从那里到了这里。还要去哪里？

每一年的春天，我开始无休无止地思考。思考明年的春天我应该思考的内容。

你知道西门庆为什么要送御史大人一对牙箸吗？牙箸就是象牙筷子。送筷子寓意是“快快生子”。

【注】

① 引自永井荷风作品《虫声》。

② 引自曼德尔施塔姆《晚上我在院子里洗脸》。

③ 引自《理解人性》，阿德勒著，中国城市出版社 2012 年 10 月版。

④ 引自桑塔格《疾病的隐喻》。

⑤ 引自《思想录》，帕斯卡尔著，译林出版社 2010 年 9 月版。

⑥ 根据汨罗市长乐镇民间传统山歌整理。

⑦ 引自乔治·奥威尔《一九八四》。

十四　死亡样本：婴儿

凡永恒伟大的爱，都要绝望一次，消失一次，一度死，才会重获爱，重新知道生命的价值。

——木心

描述一个婴儿之死，有时需要以下工具：一盒药、一把剃须刀、一把鸭嘴钳；

描述一个婴儿之死，一般还需一碗老母鸡汤。

鸡一直在参与人们的死。在，最后的时刻，以及，最初的时刻。

一年的第一天不发表预言，并不意味着一年的第二天不发生悲剧。

回龙镇有句老话说，走多了夜路，总有一天会碰到鬼。

女人蹲下去时，感到了一股暖流。暖流是一条细小的河，生命的襁褓，鱼儿的春天。这一股暖流不是。她闻到了血腥的气味。低下头，她看见了蹲便器像猩红的港湾。那么多血。

那些血多得让我后悔。不听老人言，吃亏在眼前。老人们说，过年过节千万要讨个好彩头，千万不能说不吉利的话，死啊死的尤其说不得。我竟然在大年初一的夜晚唱“儿死后，你要把我埋在那打谷场”。

医生说，幸好及时，孩子目前安在，典型的先兆流产症状，立即静养。

医生说，先兆流产有太多的原因，已知的原因很多，未知的原因更多。

每一个医生都是哲学家，他们的话语永远在可能和不可能、偶然和必然、或许和也许之间兜兜转转。

——孩子保住了？

——目前还有生命迹象。也许保得住，也许以后还是保不住。

竟然像赫尔德的“或然性”。如果从一个真前提，可能但不必然推论出一个真的结论，这可以称为或然。

医生们给她口服一种叫作黄体酮的药物，用针管插进她的血管打点滴，每一天上午让她喝一包真空包装的中成药。所有医院的妇产科对于“先兆流产”的问题都摆出了一副听天由命的态度。

我盯着静脉输液器茂菲氏滴管囊腔那颗滴滴答答的小药珠发呆。先兆是不是包含了一个先知？

——在三个月之内，孩子保住了，存活下来了，就说明这个孩子有能力、有资格存活下来。现在要做的就是静养，补充必需的营养，观望，等待。医学上能使用的手段我们都已经用上了。

——请问，你们主任什么时候正式上班？

——现在是春节期间，大家都在休息。主任来了也是这些办法。

春节期间，每一家医院当值医生都是些年轻人。

——生存问题——这个暧昧的、多苦的、须臾的、梦幻般的问题，一认真研究，恐怕所有的工作都得搁浅了。叔本华说。

我们开始奔波在这个城市所有的医院之间，寻求挽救这个生命的良方。那个吸附着一条幼小生命的子宫总是缓缓地出血。

在医院和医院之间奔忙，如同从一个死亡区间奔向另一个死亡区间。每一间医院都住着一个先知。

镇上的亲戚们迅速组成了一个庞大的慰问团，浩浩荡荡开进病房送温暖。他们说话的声音有些大。他们追随着病人的脚步到每一所医院开展恳切而又隆重热烈的亲友慰问活动。他们用巨大的电饭煲装着煮好的红色米饭送进病房。如果允许的话，他们很乐意把整个厨房搬进医院。大家围着病床一起就餐。乡下腊鱼腊肉的鲜香弥久而沁人心脾。他们娴熟地使用每一家医院的微波炉、卫生间和洗手液。多年来，随着为那个截瘫病人寻医问药，他们掌控了这个城市每一间医院的每一个细节。

我不是太懂得同情。我不习惯使用同情。他们钟爱同情。一听说有人病了便会组个大团浩浩荡荡地去探望。我躲在角落里继续盯着静脉输液器茂菲氏滴管囊腔那颗滴滴答答的小药珠发呆。我有时听见先知的说话声音：仁慈的主啊！人们关心的不是病人。人们并不关心邻居们的病情，他们只是沉浸在得知邻居生病后的那种自我满足。他们热衷于奔波在探视各种病人的旅途之中。回来后热烈地讨论病情。如果是不久于人世之人，讨论的时间会持续很长一段时间。持续到参加一场热闹非凡的葬礼方才善罢甘休，不了了之。

——你知道吗？无私者的虚荣是无边无际的。码头工人哲学家霍弗说。

大多数时候，先兆流产的女人躺在关怀之中，子宫静静流血。

小李子忠诚地尽一切时间陪伴。

——小李子，你他 × 的是个邪恶的人。我喝了酒经常会一刻不停地辱骂他。

——你走过的区域，草都会枯萎。

——你假装真诚，可是你总是带来厄运。

小李子坐在病房绛红色的 PVC 沙发上，只能无辜地假装诚恳。小李子手足无措。他紧张的时候像个犯了错的孩子。他曾经在无数个深夜陪我喝酒。直到喝出了心脏病，还是顽强地喜欢喝酒。

——只要那玩意儿不早搏，就还活得下去，就还得喝下去。小李子说。

他手捧着一把医院门口小卖部买的鲜花，在等了半个小时仍然挤不进电梯后，带着早搏的心脏“咯噔咯噔”爬到了十八楼。他进来时我正痴痴地望着对面住院大楼一百层的病房发呆。我发呆的时候，如同一朵遮天蔽日的乌云，遮挡住了所有想要射进病房的亮光。

对面外科大楼每一间病房都有等待死亡的魂灵。抗生素在努力地拯救这个世界。有些疾病需要脱光衣裳，四脚朝天，任凭针头插进血管。有些疾病需要将一些形形色色的管子插入咽喉、鼻孔、尿道，或者在本来没有洞洞的地方打一个孔插进导管。许多人神情紧张地盯着病床前的心脏监护器凝神闭气。在心脏监护器之前，人只有一个渴望，渴望那美丽的、跳跃着的、起伏着的、有节律的、弯弯曲曲的、一起一落的、代表着生命跃动的、那根活着的“曲线”就这么永恒地弯曲弯曲弯曲、跳跃跳跃跳跃、波折波折波折。

青云直上？一马平川？镜平如水？这不是生命！这是一命归西。

我站在窗前看了至少一个小时了。每一间病房都是一段人生。我看见每一间病房都住着一个先知。

小李子买的是太阳花。黄色的、紫色的。黄色是阳光，紫色是欲望。真搞不懂他为什么要买一些紫色的花装扮一间病房。金黄色的太阳花一进入病房就开始瑟瑟发抖。

——你站到窗前来，小李子。如果你一直搞不懂什么是“死”，现在，你看，你睁大眼睛仔细看，那对面，每一间病房里装着的统统都是“死”。

我没有直视他。轻轻地说话。轻到只是两个男人之间的耳语。面对轻如鸿毛的生命，凝重是一种自作多情。小李子也瑟瑟发抖。

我们三人都渴望留住这个生命。那已经不仅仅是一颗受精卵了。通过仪器，可以听到类似于蜜蜂般的嗡嗡声。带着翅膀在子宫深处飞翔的那种嗡嗡声。

对面病床上的女人臃肿得只剩下一堆肉。她已经是第一百次怀孕了。她主动怀孕了一百次，但被动地流了一百次产。习惯性流产。这一次，她发誓，她老公也发誓无论如何也不能流产了。他们做了一个试管婴儿。受精卵着床后至少一个月之内，她必须乖乖地躺着，一动不动。她丈夫正艰难地抱起她臃肿得像一个小山包一样的臀部，插入一个尿壶，帮她排泄。那个丈夫满头大汗。那个女人背上长满了痤疮。

——看你还敢不敢乱搞女人。走，到过道上抽根烟去。我恶狠狠地对小李子说。

——哥，流产原来还有这么多品种？小李子递给我一根中华烟。

那些细微的鲜血若有若无，随性而起地从大年初二流过了元宵节。那个春节便流成了一段红色的纪念。一些鲜红的时光在喜庆的日子里慢慢煎熬。

女人额头上的青春痘在喜庆的鲜红时光中渐渐神奇般消失，重新焕发出了光彩。时常，一些狐媚的纹理蜿蜒到了那个光亮的额头之上。中国女人的额头有史以来一般不被用来表达亲情和友情而使用。

我总是忘不了那些漫山遍野的青春痘。

——应该是药物效果，痘痘终于没了。

——你说的是药？什么药？我突然想起她一段时间以来一直在服用一种黄色透明胶囊。

——是啊，一个医生朋友给我开的治痘痘的药。

——赶紧把它找出来，我看看说明书。

接下来，一切的疑团似乎都可以找到答案了。

她一直在口服的治痘内服药叫作“异维A酸胶囊”。这种药物的说明书上这样写道：

【适应症】适用于重度痤疮，尤其适用于结节囊肿型痤疮，亦可用于毛发红糠疹等疾病。

【特殊人群用药】……妊娠与哺乳期注意事项：育龄期妇女及其配偶服药期间及服药前、停药后3个月内应严格避孕，接受治疗2周前做妊娠试验，以后每月1次，确保无妊娠。

【不良反应】……5.妊娠服药可导致自发性流产及胎儿发育畸形。

【药理作用】……2.毒理学：试验表明有严重致畸作用。

——你的那个医生朋友难道没有交代你使用这种药品要坚决杜绝怀孕？

——他又不是妇产科医生，他只负责皮肤问题。

没毛病！上帝的归上帝，恺撒的归恺撒。妇产科管生崽，皮肤科消灭青春痘。医生总是像哲学家一般谨言慎行。

——我们在临床上并没有碰到过你这种情况。但是，既然药物说明书上已经明确标注了动物实验结果此药有严重致畸作用。我们不建议你继续保胎治疗。拿掉或者不拿掉，你们家属自己决定。这是年后来上班的主任大夫的终极意见。

——如何拿掉一个孩子，其实很有讲究。

——在条件允许的情况下，如果可以使用药流，一定不要使用手术人工流产。那样无论如何都会损伤女性柔弱的子宫。主任答应使用药物流产。

——这样，三个月后，你们又可以继续你们的“造人计划”了。

——之所以，人工流产泛滥，仅仅因为快捷、简便、收费高。医生继续解释。

放眼望去，四处都是陷阱。

只是胡适有点气人。他青年得子，一脸的不高兴。写了首白话诗《我的儿子》。

我实在不要儿子，儿子自己来了。
“无后主义”的招牌，于今挂不起来了！
譬如树上开花，花落偶然结果，那果便是你，那树便是我。
树本无心结子，我也无恩于你……[①]

聂鲁达才是伟大的诗人。
女人之躯，洁白的山丘，洁白的双腿，
你那委身于我的姿势就如同大地，
我这粗野的农夫之体在挖掘着你，
努力让儿子从大地深处欢声坠地……[②]

聂鲁达死的那一年，我出生。

活到我这个岁数时，卡夫卡被肺结核或者梅毒夺去了生命。

——方生方死，方死方生。方可方不可，方不可方可……庄子说。

——生活中，四处是诗。我试图安慰她。

一大早，护士便送来了一盒口服药，嘱咐女人当即服下。

她终于学会了在使用一种药物之前，仔细阅读说明书。她读得十分仔细。

来，我们一起来学会在使用一种陌生药物之前仔细阅读一份说明书。

米非司酮胶囊说明书——请仔细阅读说明书并在医师指导下使用

【通用名称】米非司酮胶囊

【商品名称】诺虑婷

【英文名称】Mifepristone Capsules[药典]。

【成分】本品主要成分为米非司酮。其化学名为11-β[4-（N，N-二甲氨基）-1-苯基]-17β-羟基-17α-（1-丙炔基）-雌甾-4，9-二烯-3-酮。其结构式为：

分子式：C29H35NO2

分子量：429.61

（你看得懂吗？高分子化学会使一切人文学科知识分子瞬间神经错乱。看不懂，你可以不看啊。有一种阅读叫作“跳读”啊。）

【性状】本品为胶囊剂，内容物为微黄色粉末。

（就是说这种药是片的、胶囊的、丸状的、粉末状的、白色的，还是黄色的……）

【适应症】与前列腺素药物序贯合并使用，可用于终止停经49天内的妊娠。

（终止妊娠——终止胎儿生命，堕胎、流产的医学说法。）

（记住了，以下才是一份药物说明书之中与患者直接相关的核心内容。）

【用法用量】

（讲白了就是饭前吃的药别饭后吃，吃一粒的药别吃两粒，真的会死人的，等等。）

推荐的用法及用量：空腹或进食2小时后，口服米非司酮胶囊一次25～50mg，一日2次，连服2～3天，每次服药后禁食2小时，总量150mg，第3～4天清晨口服米索前列醇600μg（200μg/片×3片），或于阴道后穹窿放置卡前列甲酯栓1枚（1mg），或口服其他同类前列腺素药物，卧床休息1～2小时，门诊观察6小时，注意用药后出血情况，有无妊娠产物排出和副反应。

…………

米非司酮终止早孕缩短出血时间的四项措施：

一、严格掌握药流适应症，不能单以停经天数计算孕周。因为妇女排卵时间有提前错后，受孕时间也会有前后的差别，单以停经天数计算孕周会有偏差。所以应将停经天数、妇科检查与B超三者结合计算孕周，使孕囊控制在≤49天内。

二、孕囊排出后可及时给予宫缩剂、口服生化汤等活血化瘀药物以促进宫腔内绒毛及蜕膜组织的排出。

三、必须强调服药前的咨询与服药后的定期随访、适时干预。出血时间超过两周者一定要及时到医院就诊。

四、药流当月避免性生活，以防感染及再孕。

【不良反应】（就当卖药的吓唬你吧，反正可以卖的药只要按照要求吃，最多治不好病。）

终止早孕治疗过程的设计是诱导蜕膜坏死，必要的阴道出血和子宫收缩痉挛致使流产。几乎所有接受米非司酮与米索前列醇治疗的妇女均有不良反应，发生率约为90%。

1.子宫出血和下腹痛（包括子宫痉挛）是用本品治疗可预见的结果，部分妇女出血量超过最大月经量。

2.部分早孕妇女服药后，有轻度恶心、呕吐、头晕、头痛、疲劳、腹泻，肛门坠胀感。

3.个别妇女可出现皮疹。

4.使用前列腺素后可有腹痛，部分对象可发生呕吐腹泻。少数有潮红和发麻现象。

5.其他不良反应有：背痛、发热、阴道炎、寒战、消化不良、失眠、腿痛、焦虑、白带和盆骨痛。

6.实验室检查可有血色素、血球压积和血红细胞下降，极少数可有血清ALT、AST、ALP及γ-GT增高。

【禁忌】（万事还是信点禁忌好。老祖宗一直这么说。）

1.对本品中任何成分过敏者。

2.心、肝、肾疾病患者及肾上腺皮质功能不全者。

3.有使用前列腺素类药物禁忌症者：如青光眼、哮喘及对前列腺素类药物过敏等。

4.带宫内节育器妊娠和怀疑宫外孕者。

……

说明书是一种伟大的文体。比诗歌具象，比小说实用，比散文简洁，比新闻真实。

正如说明书所描述的，她开始恶心、呕吐、头晕、头痛、疲劳、腹泻，肛门有坠胀感。

——就是想上厕所，憋得慌。

——憋得再慌也给我憋回去。医生说。

大家一起等待。等待一个婴儿之死。从上午八点等到了下午四点。

文学史上有那么多死亡的传奇。婴儿之死是墨水一般不主动渗透的角落。莫言之笔去过那个角落。一本叫作《蛙》之书。诺贝尔文学奖莫若叫作诺贝尔政治文学奖。捷克斯洛伐克消逝后，欧洲人淡忘了这个国家，一并将米兰·昆德拉淡忘。米兰·昆德拉恐怕是再也无缘诺贝尔了。无缘多好！本来可以就此远离政治。他做不到。他沉迷于一个消亡了的国家和时代。他得不到诺贝尔。

我之所以想起昆德拉，是因为下午四点走进病房的那个护士像极了昆德拉老师笔下的特蕾莎。

——她就像是个被人放在涂了树脂的篮子里的孩子，顺着河水漂来，好让他在床榻之岸收留她。③

她手里托着白色的瓷托盘。一双手套。一把上好了刀片的一次性剃刀。一些纱布或者别的不太让人产生记忆的医用工具。她要换班了。她得赶在换班前处理处理这个床上的女病人。如果药物迟迟不能发挥功效，她遵医嘱必须得赶在下班前干脆使用刮宫术。一个三级甲等医院的病床没有时间等待一次药物流产带来的经济损失。所以，她带来了一把剃刀。

——四床，叫什么名字？

——四床，把裤子脱掉。

——四床，我现在为你做术前准备。

刮宫术的术前准备就是为患者“备皮”（剃除阴毛）。然后，将鸭嘴钳伸入子宫，只需那么轻轻一旋，重重一刮。

——不是说好了药物流产？

——我不知道。他们让我来做术前准备。

——你怎么可以不知道？

——你很喜欢剃毛这个工作？

——你剃过毛吗？

护士白色的脸突然间像极了猴子的屁股，而不是特蕾莎。医生赶忙进来说是误会。

——你们怎么可以这么没有耐心？

等待“生”，需要耐心；等待“死”，也需要耐心。人们往往对待“死”的时候，缺失更多的耐心。

那个缺乏耐心的护士委屈地走了出去。她很美。大腿、手指、眼神，都很美。黑色的发丝散发着诱人的幽香。她的乳沟是一条欢蹦乱跳的母亲河。

又过了一个小时，等待结束。一切 OK。

——哇，像一只小老鼠。陪伴着进入处置室的她的一个亲戚做出了象形的比拟。如果不是因为这个时代，必将诞生更多伟大的文学家。修辞已被最广泛地采用并深入渗透至生活的幽微之处了呢。

那种肛门坠胀感消失了。女人眼中含着的泪光在白色的世界闪闪烁烁一闪一烁。我是一个空洞。或然性变成了必然性。

“早春是海马的求偶季节，雌雄海马总是形影不离……”电视里传出来这样的声音。

天使，小天使。可爱的、洁白的、柔弱的、粉嫩的、闪亮的、晶莹的、剔透的、方生的、方死的、方可的、方不可的、来了的、往了的、来来往往的、痴迷的、无辜的……小天使，在窗棂上方，在泪光深处，在罗马柱的莨菪花丛之中，扑棱棱地飞翔，到了寒冷之中。

我在日记中写道。

那个护士回来了，送了些药片。她的乳沟是一条通往地狱的幽冥之河。那把剃刀被遗忘在床头柜上。孤零零地反光。再过些时候，它可以用来剔除疯长了整个冬天的腋毛。

小护士漂亮极了。而女人，总是经久不息地痛恨夏天的腋毛。

聂鲁达还有一首诗写道：

在嘴唇和声音之间，某样东西正在死去。
它有鸟的翅膀，它属于苦恼和遗忘。
就如同网网不住水。
我的娃娃，只残留几滴在颤抖。[④]

【注】

① 引自《胡适全集》，安徽教育出版社2003年9月版。
② 引自聂鲁达《二十首情诗和一首绝望的歌》。
③ 引自昆德拉《不能承受的生命之轻》。
④ 引自聂鲁达《二十首情诗和一首绝望的歌》。

十五　非虚构写作：《誓词》或以下据真实故事改编

他把她或是写成小说或是咏为诗歌，此后，便离开了她。

——莫罗阿

我们决定结婚。命途乖舛，只要坚硬，孩子总会再有的。然后就到民政局领取了一张红色的结婚证。工本费九块钱。照相费三十块钱。宣誓免费。民政局的女人让我们举起右手，站在一个木制的演讲台前，信誓旦旦。结婚誓词使用了排比、对仗的修辞手法，还使用了惊叹号，听起来有进行曲的味道。不经过排练，两个人要将 141 个汉字念得听起来整齐划一相当困难。我们的誓言听起来杂沓稀松，在微笑中大功告成。

结婚誓词

我们自愿结为夫妻。从今天开始，我们将共同肩负起婚姻赋予我们的责任和义务：上孝父母，下教子女，互敬互爱，互信互勉，互谅互让，相濡以沫，钟爱一生。今后，无论顺境还是逆境，无论富有还是贫穷，无论健康还是疾病，无论青春还是年迈，我们都彼此珍惜，忠贞不渝，同享家庭温暖，共历人生风雨。我们要坚守今天的誓言，我们一定能够坚守今天的誓言。

这是一堆不太适合记忆和背诵的词句。中国古诗更朗朗上口。

对于誓言、发誓、宣誓一类的行为，我是个外行，处长倒是个专家。他陪同我们去领结婚证。宣誓甫一完毕，他立即严肃地批评了我们对待宣誓如此高尚的仪式竟然嬉皮笑脸的不严肃行为。到这个城市后，回龙镇土生土长的了了处长对每一个他的上司赌咒发誓、宣誓效忠。

——宣誓效忠是无须成本的贿赂。他总结说。

昨天晚上，我曾经那么忐忑。一想到马上要结婚，世界上没有不忐忑不安之心。女人捧着一个藤条编织的小药箱翻找止疼药，我漫无目的地在书架前徘徊。恰恰翻到了叔本华。叔本华让我更加忐忑。

如果有人准备结婚，最好不要阅读叔本华关于婚姻的理论，以免反悔。叔本华说：

——一个高度适合我们的孩子的人几乎从来不适合我们自己，不过我们当时由于被生命意志遮蔽视听，并不能认识到这一点。

——互相投合与激情同时并存的爱情是极为罕见的幸运。追求个人幸福和追求健康的子女是两种截然相反的规划，而爱情却恶毒地使我们多年来相信二者是统一的。

——一个坠入情网的男人能够清楚地看到并且痛切地感受到他的新娘身上难以容忍的缺点和性格，足以使他终生受难，却不足以把他吓退……因为他追求的终极目标不是自身的利益，而是还没有出生的第三人的利益，尽管他在幻觉中以为是在追求自身的利益。[①]

反正叔本华终生未娶。他为一夫多妻唱赞歌。他带着一条名字叫作“世界意志”的鬈毛狗每天吃威尼斯香肠和西班牙火腿。

女人不撒娇的时候偶尔也放屁。很臭很臭的那种臭屁。气息坚毅而又弥久。

——可能是肠胃基因遗传。我妈也经常这样，比我的更臭。

像叔本华说的那样，一个异常臭的屁显然不足以扼杀一段婚姻。我抓过她把她重重地按压在无边无际的写字台中央，我俯瞰。你不是人间四月天！你如果不卖力气地用劲，你最终得不到任何一丝温柔。她的样子看起来很享受。你越用劲她便越温柔。这是她们要求被温柔相待的真相。那是一种用足了气力的温柔。介乎“痛”和“痒”之间，你柔情万种。

感觉到痛，不是快感；感觉到痒，不是快感；感觉到既痛又痒，是快感。

快感走了之后，我们都有了食欲。

——江队，去坡上帮我烤一条鲫鱼、一个茄子，外加两手牛蹄筋上来。我打电话给小江。

江队长总在深夜帮我买烧烤。我总是顺便送他一瓶二锅头。一来二往，来来往往。

烧烤陪我入睡，二锅头陪小江过夜。

深夜的小江跨着电单车在烧烤摊旁一边喝白酒一边等待，牛蹄筋、烤鲫鱼、红炭火，都属于红花坡的人间烟火。小江是人间的一只夜蝙蝠，是烟火中的一只小飞蛾。

吃饱了喝足了该睡觉了。

药流当月避免性生活，以防感染及再孕。谨遵医嘱。

你的唇、你的舌、你的津液、你白色的牙齿漫天飞舞。时光落在时光之中。

我跟诗人横说，你为我写首诗吧。他一口气写了三首。诗写得很好。诗很好。除了耗费更多的纸张，除了总是耗费太多的纸张，诗没有任何缺点。任何人无权将一首诗排版成不是一首诗的形状。

灿烂之一

这不是
想依靠的感觉。
这是
想依靠自己的
感觉。就是。
在更靠近自己
胸口的。
那里。
稍稍地
停了一会。停住。
这是早上的感觉。你刚刚醒来。

另一个
正对着你
灿烂地微笑。

灿烂之二

今天是个
适合与另一个个体
待在一起的天气
彼此
都非常冷静
相处也
应当
和睦
好像在心底
都做好了
担待的准备
你温柔地轻叩牙齿
她也把指甲
修饰好了
还没有进行
可都准备好了进行
雨没有下
大地却已被滋润。

灿烂之三

你在洗一棵生菜
一棵生菜的脆和嫩绿
带有看不到的声音

你带有
沿着耳轮廓
弯曲的
声响
现在是
那种时期
你还没有进行破坏
剥菜心
你
只是喜欢
安静的池塘
一圈圈
波及深处的
涟漪
仿佛两个亲人的爱情。

木匠开始建造一座小花园。他从回龙镇赶到城市，还不曾苏醒。酒醉，肉醉，人醉，春节的团聚最醉人。从农村回到城市的所有人都需要花费很长一段时间慢慢苏醒。从梦中醒来需要长时间的思考。

春节过后，天总是下雨。淅淅沥沥，噼噼啪啪，断断续续，各式各样的雨。长时间的雨下得心生厌倦，而且冰凉冰凉。天凉凉的，你是不是很快就有了想躲进被窝里的欲望?

下雨的时候，木匠躲在玻璃房子里面噼里啪啦准备搭建葡萄架和木栅栏的防腐木。一根根把木料锯好。一个现代木匠，只要听见气泵轰鸣声，拿起射钉枪就可以立即从梦中醒来。

——什么是花园子？一开始木匠一头雾水。

——一间玻璃房子，一个葡萄架子，一排木栅栏子，一些栽花种菜的砖头围子。

——懂了。木匠说。

——小李子他们这些设计师就是喜欢把简单问题搞得很复杂，经常说得我摸风不到。你这么讲我就晓得你要把花园建成什么样子了。

——到时我再摆几把椅子凳子、水缸子、花盆子、回龙镇过去喂猪用的麻石猪潲槽子，就是一个花园了。

——农村人不要了的旧东西到了城里都成了宝贝。

——这就是潮流。喜新厌旧是一种潮流。喜旧厌新也是一种潮流。只要是得不到的、很难得的、自己不曾拥有的，他们就追求。只要是自己占有的、得到了的、眼前的、当下的，他们就厌倦。

——那也有例外哩。钱和权就从来没有人厌倦过哩。

——这也是一种潮流。有钱人和有权人嘴巴里面总是说他们最不喜欢的就是钱和权。

——回龙镇一句老话讲得好，要得人心足，除非黄土筑。（意思是人到死都不知足）。我反正是八十岁公公打藜蒿，一天不死要柴烧。勤劳节俭样样有，好吃懒做件件无。我反正手艺人一个。

——是的哩，木匠。家有黄金千万两，死后不带半文钱。家有房屋千万间，睡觉只需三尺宽。

有一茬没一茬的闲聊最好打发时光。一辈子都可以迅速打发干净。

女人对这一切不感兴趣。除了偶尔对木匠本人感兴趣。

——木匠，你流那么多汗，怎么没有汗臭味？她手里端一杯麦德龙买的 ILLY 速溶美式咖啡。

——你不可以歧视汗液有异味的农民工哩。我喝着一杯加了炒黄豆的采花毛尖。

——可是，我一闻到那种味道就会呕吐。

木匠不作声，拿着射钉枪站在人字梯上安装葡萄架的一根巨大横梁。

——木匠，你怎么那么白？

——你这是嫉妒。农民工怎么就不可以白？

——可是，他真的白得稀奇哩。我一晒太阳就变黑，讨嫌。

白，是全体女性的崇高理想和终生要为之付出为之奋斗的事业。易中天易老师一次讲到“漂亮”这个词语的意义，什么是漂亮？你知道吗？“漂”在古文里就是“白”的意思。漂就是白，白就是漂。

女人那天刚刚从乡下回来。她那个黄头发的母亲正在酝酿在那个小镇上大干一番事业。买田买地盖别墅盖工厂，都是赚大钱的买卖。她们一起酝酿一场轰轰烈烈的大买卖。

——嗨，还好么？

她每次一回来都这么打招呼，像个洋人，令人对她的留洋经历记忆尤深。

我们回龙镇人打招呼从不用“嗨”这个字，我们见人打招呼隔起好远就喊——喂！

她从乡下抱回了一条狗。巧克力色的小型贵宾犬。这种狗是那时的潮流。江山代有才“狗”出，各领风骚数几年。这个城市，一段时间总有一种狗突然身价倍增，惹人钟爱。目前是贵宾犬最红。街上很多穿着打扮不一样的女人都抱着同样的贵宾犬。她们都说她们是它们的妈妈。幸好，人类的爱正在如火如荼地通过狗传递香火。而，猫，被作为时尚女士必养之爱宠，还要等待很多年。

这条狗一点都不怕人，一进到花园里就开始四处撒尿。姿势是蹲着的。它还太小，没有学会像成年狗类那样抬着腿亭亭玉立地撒尿。时间，最终会改变一条狗撒尿的姿势。

——镇上一个领导家的小孩心血来潮要养狗，现在玩腻了，嫌它吵，马上要读中学了没时间照料，顺手送给了我妈妈，说是我家地方大。你知道这次要买的几十亩地最终要他签字拍板，礼尚往来这么久，这下倒好，一条狗全还回来了。

——这相当于给你送回了另一个妈。

——你怎么知道她是小姑娘？

——你忘了狗从来不用穿内裤，这难道还看不出？

——名字倒是蛮有意思，叫“美国佬”。我妈说那个领导的目标是送他女儿到美国定居，美国梦要从娃娃抓起，从细节抓起。所以取了这么个名字。

——许多腐败分子狗屎领导穷其一生的梦想就是当中国人的官，生一个美国籍的崽，做一个美国人他爹。

刚从小镇上来到城里的“美国佬”有一股村野霸气。脚上沾满了黄泥巴，眼神充满了迷惑。它四处撒欢，到处尿尿，在人字梯下打滚，偶尔乱叫。不久，它开始抱着我的小腿含情脉脉。它凌乱的卷毛几乎遮住了它三分之二的眼睛，有些像满街的齐刘海完全不顾及视力胡乱修剪。

——你最好尽快教会它作为一条城市人家的狗的基本准则：不要到处尿尿。否则，我会剪掉它的齐刘海。

——人家还是个孩子嘛。女人和狗都开始撒娇，她们彼此伸出舌头接吻。接完吻之后开始做饭。

要教育一条幼犬不在屋子里面撒尿是一件费脑筋的事。除非，干脆爱上狗尿。这种接近怪癖的行为很难培养。书房每一个角落都尿流成河。日子充满了黄色的液体和腥膻的气味。她们总是当众接吻。一条狗和一个女人。

艺术家曾告诉过我，狗都是双性恋。狗可以爱雌狗，也可以爱雄狗。狗的爱自由自在，无所顾忌。

他研究艺术史后得出一个类似的理论。女人在青春期以前只爱女人。每一个女人都曾经不自觉地成为过双性恋。所以，女人从不介意和女人牵手、勾肩、搭背、同床、共寝。男性普遍性地没有这个自然生理现象。

不管怎样，我的世界现在爱意泛滥。一个男人，一个女人，一条母狗，很多的狗尿。

——有些人爱狗，其实是因为憎恨人。比如叔本华。我说。

我给她讲了一个老故事。

叔本华有一个时期常常在“英国饭店”吃午餐。每次饭前他都在饭桌上放上一枚金币，可是吃完后他又把金币揣回自己兜里。这一举动最终激怒了饭店服务员，服务员质问他这是为什么。叔本华向服务员解释说，这是他自己悄悄下的赌注，只要每天在餐馆里就餐的英国军官什么时候不谈论马、女人和狗了，他就会把这枚金币投进济贫箱中去。

——他养的是男孩还是女孩？

——没有历史文献明确指出叔本华养的是公狗还是母狗。我一直有个疑问是，一条母狗在月经期，我们该如何处理它的分泌物？现在有专门针对母狗的这类型产品吗？

——这个你放心，早就有了。叔本华是个什么人？

——叔本华是个什么人？

我很喜欢接下来的长时间沉默。很长很长时间的沉默。沉默有时是另一种对话。那只长了齐刘海的小母狗，偶尔，时不时神经质地叫几声。

我怎么会和一个女人总是谈论叔本华？

木匠迅速建好了花园子。

巨大的葡萄架，网格状的木栅栏，白色的花坛，蜿蜒的青砖小路。细雨从冬飘进了春天的时光。风吹出的节奏随着满园草木一起飘摇。

马上清明时节，马上细雨纷纷了。种一些瓜果蔬菜，四季豆、黄瓜、青辣椒、丝瓜、苦瓜。栽一些鲜花木草，带刺的蔷薇花、攀缘的凌霄花、旺盛的紫藤花。

不像阿多尼斯的孤独，他那里“是一座花园，其中只有一棵树”；这里是，绿叶繁茂，可以聆听世界潇潇。

在花园里，“美国佬”被允许随意拉屎撒尿。这里是它自由自在的天堂。

“美国佬”在茄子和辣椒树下撒欢，女人不知疲倦地每天在城市和小镇之间奔忙。

奔忙，奔跑，奔波，是一些受到尊敬的词语。它们阐释了一种“有理想、有抱负”的积极人生。尽管，与“有文化、有道德”扯不上关系。

向每日积极奔忙的女人致敬。

“美国佬”吃饱喝足了每日漫无目的地奔跑。

向每日积极奔跑的小母狗致敬。

——我是否应该重新燃起理想之火，为了生活，看起来每天都在四处奔波？我坐在花园里面做沉思状。

现在的状况是，我有了一个女人、一条狗、一座花园。

还有一个高位截瘫的她人父、一个疾病缠身的她人母、一万头猪，和加工一万头猪的工厂。

从此，我们要共同面对褥疮、抑郁症、脑卒中、癫痫、子宫多囊、宫颈癌、颈椎病、香港脚、过敏性鼻炎、灰指甲、一万头猪、一百个生猪加工厂的乡下亲戚，和一个家。

这些疾病，一些指向随时可能到来的死亡，高位截瘫病人长期卧床、大小便失禁导致的褥疮和皮肤肌肉腐烂，抑郁症导致的高发自杀行为，脑卒中潜伏的随时心血管破裂，宫颈癌的全身转移，高危颈椎病导致的脑部缺氧缺血带来的不堪设想的种种后果。

——不管怎样，有了钱就好办了。无论如何，一切都需要钱。

相当愉快，我们达成共识。

生活，在深切期望看得见的未来，和，目前还看不见的未来之中继续奔跑。

——人们不能没有希望地活着，这是我无条件捍卫的唯一理念。尽管这个希望早已变得如此渺小。伽达默尔说。

——我希望有许许多多的钱，多到可以买下一个海岛那么多……女人说着她的理想。

——又是“面朝大海，春暖花开”罢？你知不知道海边的房子风水不好呢？

她的话听起来像是一个远大的理想。理想的内容包含一个女人希望用她细小的乳房养活一个爸、一个妈、一个丈夫、一条狗，他们住在一个浪花飞溅的海岛之上，他们没日没夜地听风，看雨，游泳，晒太阳，喂猪，然后，死。他们朗诵着海子的诗，参照着海子——仅仅作为诗人而非自杀者——对于人生的理想（或者是设想），像绝大多数人那样平静地但却是富有而奢侈地死。

死，是一个严肃的问题，最好不要仿效海子！顾城？也不行！他们死得太疼了。

远大理想是哲学的、宗教的、非理性的、虚无的，与远大前程没有必然性关系。

——自古以来，如何最终“好好地死”，始终是哲学家们最关心的问题。而这一切回到现实就是，我们应该如何“好好地活”。

——不管怎么样，目标总是赚钱。

——你应该好好抓住处长这个关系。今年要么多赚点钱，或者，哪怕是想办法弄个官当当也不是没有可能。说这话的时候，女人躺在浴缸中。这确认了浴缸千真万确是滋养灵感诞生人类恢宏遐思的伟大之所。

她有时伸展，有时蜷曲，有时蠕动。一些湿漉漉的发丝耷拉在白色浴缸的边缘，一些水珠滴滴答答。她的狗趴在浴室的玻璃推拉门旁边。狗伸长舌头，眼神痴迷，喘着粗气，在浴霸的黄光下精神焕发。

浴室雾气氤氲，是个适合幻象滋生的好地方。

——你喜欢鸳鸯吗？在水中，一只公的，一只母的……

——我喜欢鸳鸯。在水里，一只公的，一只母的……

——我们养一只水母吧？

——“水母，”老人说，“你这个婊子！”

……这些闪着虹彩的大气泡很美。海明威这样写。[②]

噗通！跳进水里的声音是这样子的。

噗通噗通噗通！在水里，水遇见水发出的声音是这样子的。

狗叫的声音在这里不被描述。狗尖声细气地吠咬了几声。随即被厉声喝断。狗的眼里，人类的世界不可理解。所以，人要理解狗对人的不理解。

——子非鱼安知鱼之乐。

——喝点红酒吧?

——喝点红酒。

未来总是不至于那么糟糕。

人们，如果是在浴缸之中，常常姿势婆娑，像一朵朵浮萍。

木匠在一个直径五十厘米的花盆中种下了一株扁豆。每天傍晚从工地上回来后对着扁豆长久地凝视，希望眼神可以加快它的生长速度。眼神无法帮助植物生长。扁豆苗按照自己的节奏一边根植泥土向下用劲，一边叶展枝延向上挺立。木匠在扁豆的根部狠狠地放了一大把白颜色的颗粒状的复合肥。城市的植物，我们帮它们生长。

有一天，女人的那些镇上亲戚们来到花园。他们叽叽喳喳，吓跑了在泥土中打滚的小鸟。那只小鸟是一只信天翁。绝大多数人对于鸟儿们的名字是个白痴。没有人的时候，大个头的斑鸠总喜欢在松软的泥地里打滚，小个头的燕雀站立枝头独自啁啾。

这一群小镇人惊扰了鸟儿们的好时光。

绿色是动物的方向。哪里有绿色，哪里就有动物。无须召唤，蜜蜂、蚯蚓、麻雀、信天翁、斑鸠、信鸽就把花园当作了自己的家。动物那么坚强，总是可以随遇而安。一点都不矫情。

他们认识白菜萝卜，他们不认识凌霄花。

他们鄙视花盆子种扁豆的小气，他们坐在书房里喝茶。

一个亲戚漫步徘徊在一排排的书籍丛林若有所思。

一万本书有一万个名字。一万个书名加在一起可以组合成一本几万个字的书。

他停在一整套二十九卷本《新格罗夫音乐与音乐家辞典》[③]前面，脸上终于露出了笑容，叹了一口大家都明显听得见的气。这套书刚刚在中国首次出版，印数五百，英文原版，尚未开封，包着塑封。

——我终于知道了有些读书人是怎样读书的了。

他用常年打理猪圈的大手撕烂了其中一本书的塑封。

一万只猪，十万只猪，一百万只猪加在一起，是一万个、十万个、一百万个同样的字——猪。

他继续装作鄙视，加快了步速，瞅了瞅其余的书架，继续叹气。

他有一个自称文艺青年的女儿，和一个准备娶她女儿为妻的女婿。

女婿说他喜欢书。谢天谢地你来啦。可喜可贺。终于有人瞧得起书。

他们分分合合，合合分分。各自在外找了几个伴侣之后，最终决定还是回到从前。日子嘛，和谁过不是过呢。他们久别胜新婚。他们旁若无人坐在书房的角落一边说喜欢书一边卿卿我我。

亲卿爱卿，是以卿卿。我不卿卿，谁当卿卿？

他高，且极瘦。她矮，且极胖。

他戴眼镜。她不戴眼镜。天上飞机最高，地上眼镜最骚。（回龙镇土话）

他像一根冗长的枯枝挑起一堆臃肿的衣物寻求干燥。她粗壮的短腿由于结构的凝重，使得正在抚摸她膝盖、小腿和脚背的他的手背隆起粗壮的血管。他总是当众声嘶力竭地抚摸这堆臃肿和烦琐的物质。她是他的肉。他是她的枝条。他把她的脚举到眼前望眼欲穿，听得见血液在枯枝中奔流不息的声音，血管如虬龙伏地蜿蜒爬上肉的高坡。她的裤袜脚尖破了一个小洞，小小的小洞。

他们在房间的角落油腻地堆积，搓揉，抚摸。一个肥硕的结构正在被一个稀薄瘦长的结构体贪婪地一寸一寸解构。他严重不对称的脸上漂浮着被笑容摆布的无数颗牙齿。她堕胎无数。

一间有了书籍的屋子，躯体也有了灵魂？

西塞罗的原话是：没有书籍的屋子，就像没有灵魂的躯体。

这不像是简单的二元悖反。

从肉体到灵魂只有一步之遥。

他未来的岳父和岳母作为客体近距离赏析这种行为作品。鄙视书，崇敬抚摸。应该是感到了心满意足。

女人家那一万只猪的财产中，他们占有两千头的股份。为了两千头猪，他卖力抚摸、亲吻、微笑，“摸”有所值。

我得想办法把被撕毁的塑封重新打上包装。有时候，我并不告诉别人并非所有的书都是用来阅读。

不久之后，情况开始变得十分微妙。

比复杂要简单，比简单要复杂，叫作微妙。

黄头发母亲假想中的现状原本是：

一个卧床二十多年的病人由于脑卒中而凄迷地离世，一个突如其来的婴儿喜从天降，完成一场必然的生死交替。一个新生命的降生代替一个枯萎之人的死去，简直真的就是菩萨显灵。

假想一个身患绝症之人的死亡是一种必然，并非不道德。他们便时常假想这个男人的死亡。

生活不会按照人们设想的样子呈现。甚至还会颠覆，有时毁灭。

菩萨保佑了那个男人坚强地活着。一切又回到了旧日的旧时光。他们漫长地熬过的漫长的岁月，看不到尽头的旧日时光。菩萨没有保佑那个婴儿来到人间。

男人坚毅地每天时不时地用左手击打右手，啪，啪啪，渴望唤醒剩余的四分之一身体。加油，兄弟，好样的。

她几十个亲戚想保护那几十年来积攒下来的一万头猪的心情比保护女人、老人和病人的心情要急迫得多。他们不喜欢我。明确地一旦有时机就要背着面地宣称自己的不喜欢。有个女人提出了一条很好的并且极其具有建设性的建议：

上环！去上个节育环吧，这是最安全的避孕措施。万一又怀上了麻烦就大了。

他们喜欢她，但更喜欢一万头猪。他们认为哪个男人进入这个家庭，都不是好事，都会抢他们的猪。小镇农民很多人更爱自己的土地、泥巴上面生长的作物和栅栏里面的猪。除非你有比一万头还要多的猪。

我也不喜欢他们，包括不喜欢猪。

——你喜欢什么？黄头发曾经问我。

——我不喜欢猪和老鼠。我回答说。

我本想回答："我喜欢女人和不说话。"但我没有这样说。我曾经在一张求职申请表"爱好"一栏的空格里，写下了两个词：闭嘴和迈腿。

无论如何，幸好我根本就不喜欢猪。我发誓我从来就不曾喜欢过猪。否则，她们会以为我觊觎她们家的猪。

她问我的时候，她正在泡脚。脚盆里满是白生生的小葱头。她知道无数个泡脚的秘方用以对付无数种疾病。她钟爱泡脚。她们一家人都钟爱泡脚。感冒时用葱头泡，劳累时用生姜泡，懒惰时去超市买一包包现成的中药粉末泡。

紫苏、艾叶、生姜、花椒、盐、醋、红花、当归……这些都是泡脚的好材料。

泡脚，作为一条家训必须世代相传。

一个被疾病缠绕的家庭注定要一辈子研究与疾病抗争。生活的主题由生活本身交给你。电视教给人们的主题只是一些零乱的词语——幸福、感恩、快乐、青春等等。

接下来，她突然开始哭。山洪暴发，人间灾难。

她脚浸在热水中，思维浸在回忆中，眼睛流泪。脚和眼睛都好红。

——呃，你知道的，这是一场二十多年的无性婚姻……呜呜呜呜。

——哎，那时我那么年轻，总有人打着我的坏主意……呜呜呜呜。

——嗨，我这个孩子也是个烈性子。有人骂她的父亲是个瘫子，她拿把菜刀追了几里路。

——嗯，要说死，从出事起我们两口子不知已经死过多少次……

——哦，现在总算稳定，也就盼着女儿过个好日子，我们给她找了那么多人她都不要，偏偏就是看上了你。呜呜呜呜，呜呜呜呜。

——哎哟，反正我和她爸如今已是半截身子进了土……呜呜呜呜呜呜。

无休无止的哭泣。突如其来的哭泣。悲天悯人的哭泣。

这时有个亲戚走了进来。她红着眼睛凝视他，威严中他差点瑟瑟发抖。她果断地终止了突如其来的哭。

——关于那块地皮，还是那个无赖从中作梗。他汇报。

——无非是想弄几个钱。给了吗?

——给了几万，嫌少。一天到晚派小流氓到工地上找茬。

——你和他说道理啊?这还要我教你?

——说了。他不肯让步。还要十万。

——世界上如果嘴巴和钞票都解决不了的问题，那就只有一个办法了，你知道是什么吗?

——不知道，姨娘。

——拳头。她说。什么是“真理”?“争”出来的道理就叫作“真理”。

——我懂了，他娘的脚，他以为我们是好欺负的，娘屋里没有几个人我敢在这镇上混?他退身而出。

——哎哟，你们看看，你们看看，我每天要操好多的心哟。我啊，就希望女儿赶紧回来帮我打个下手哩。我什么都没有了，我只有一个女儿哟。她突然又哭起来了。

她女儿那个时候在她的母亲面前温顺、恭让、微笑、不说话。她帮她倒了洗脚水，爱怜地抚摸她的黄头发，喂她吞下安眠药，帮她盖好被子，催促她睡觉。随后也催我睡觉。大家都睡觉是解决一切问题的终极办法。

睡眠之中藏着一个极乐世界。

那是一间相当于地下室的小卧室。穿过一道逼仄的木楼梯，右拐，接着又是逼仄的木楼梯，途经杂物间，右拐再右拐，床，出现了。我们睡觉。

那是一张古老的床，绛红色的旧油漆斑斑驳驳，四根圆柱围绕床沿举起床顶。柱子比人类的肩膀结实，它可以支撑起岁月、时光、记忆、旧日的低吟浅语以及此时此刻的欲念情怀。空间感。空空荡荡的小空间，在肉与灵的叶隙之间倾撒现在的容纳。彼此的影子落在彼此的影子上，重叠。

一生中总要睡一些陌生的床。其实就是考古那样，潜入阴影，向从前踱步。蝙蝠不经意掠过头顶，恰如其分唤醒过去令人现在进入思考。

那些曾经如我一般在这张床上同枕共眠的人们，我们于同样的温暖之所相聚于不同的时间。过去、此时以及来日。

女人在床边摆好了酒。镇上最好的红酒，三十八块一瓶的经典国产老牌王朝干红。花花绿绿的被窝张开怀抱热烈欢迎。我们干杯。干了一杯又一杯。我们大家一起干杯，以共枕一床之名干杯。像是在人群之中。在人群中，我们干杯。在人群中，我们假装不是自己。大多数人，假装自己不是个人渣。我这样干了三十多年，一点都不觉得羞耻。

后来，我还是离开了人群。女人也离开了人群，回到水里，重新作为一条鱼。孩子般，蠕虫般，婴儿般，山泉般，知了般。撒娇，蜷曲，吸吮，流淌，鸣叫。

——子非我，安知我不知鱼之乐。

我们继续干杯。干了一杯一杯又一杯。

杯子，被干的次数多了，也会有高潮吧？

高潮，是个低俗的词语，人们使用“马赛克”将它盖住遮羞。还有什么被允许？音乐，绝大多数时候被允许。

她不是个让人有太多想念的女孩
她太熟悉那种柔软光滑的触觉了
像一只蜥蜴趴在窗玻璃上……
我正在下沉快拉住我
我快被日常的琐碎淹没
我正在下沉快拉住我……
幸福是一杆温暖的枪
当我拥你入怀
感觉如同手指扣动扳机
我知道没人可以伤害我
因为幸福是一杆温暖的枪……
幸福是一杆温暖的枪，是的，它就是，枪！[④]

我们让音乐响起来。我们开枪吧？

我的女人，我已彻底了解她。

白天，一个父母的女儿。晚上，一只无辜的、四处寻找一只把自己藏起来的口袋的老鼠。白天和晚上，一个都不喜欢自己的女人。四岁开始，她就没有了自己。她喜欢钱、妈妈、一个海岛、能为她挣钱的猪，藏在口袋里做爱、饮酒，和，一副永不疲倦的男性之躯。

她不允许我不说话。她时常一个人流泪。她渴望生病，得到照顾。她幻想自杀，全世界的救护车同时响起，在濒死的堤岸将她最后一秒挽救而回。

她钟情于猪油。只要给她一盘猪油，她就可以将世界上所有的蔬菜烧出最馋人的味道。插入一条人生忠告：炒蔬菜，起锅前，定要记得放一瓢猪油。我在她用猪油炒出的菜肴喂养下茁壮成长，大腹便便，脑满肠肥。

她不允许我不说话，是一件令人头疼的事情。一谈论到猪，她总是滔滔不绝，我装出积极回应的样子。不超过一个月我蓄积的所有关于猪的知识已干涸见底，我无言以对，她于是开始不喜欢我的沉默。

——我不同意你说的每一个字，但我誓死捍卫你说话的权利。

伏尔泰的这句话被一个娱乐节目主持人在电视节目上重复一遍之后终于开始真正传播成了名人名言。这句话的成名之路等待了足足两百多年。你学会等待了吗？

我誓死捍卫我不说话的权利。

——我就是喜欢等待，漫无目的地等待，等待随便哪种未来。⑤

——我哪里做得不好，或者你对我有什么意见，请你说出来。你不要不说话。

——我真的只是喜欢不说话。你很棒。风情万种，千千阙歌，百般撩人，十全十美。我说。感谢酒精让我胡言乱语。

有时候，我喜欢一个人到镇子上四处闲逛。开春之后，温州发廊的铝合金推拉门彻底打开了，白天也果断地点亮着粉红色的灯，照耀着小镇，让柏油的马路、麻石的狮子、钢筋的铁塔、泥泞的农田感受到温情和趣味。那个穿着黄色麂皮长筒靴的女人对我敬业地笑，露出整齐洁白的牙齿。我回应她满口被烟渍和槟榔渣淬染黑的参差不齐的烂牙。我们彼此那么真诚。我感受到了她胸口传递给我的鼓鼓囊囊的温暖。我轻盈地飘然而过。经过镇政府那对庞大的石狮子时，我昂起了头。无论怎么抬头，我的头都高不过它的屁股。我决定不允许自己自卑。我伸出手，摸它们冰冷的肌肤和动物们本该敏感的部位。它们无动于衷。我嘲笑它们木讷，我感到心满意足。

超市那个老头显然认出了我，问我这次是要买烟还是买槟榔。

——有春买没？我想买春。我说。

——椿？早就过了季节了哩。

他以为我是要买香椿。我张开嘴乱笑，可能还有点淫邪，他误以为我是豁达或者天真无邪的那种人，陪我一起笑。他把笑彻底用净之后，立即露出超市老板的特有精明和八卦跟我说话。

——她们家差点和对门那户人家结了亲家，你晓得不哩？那几年火热得很哩，就差搭座天桥连成一户了哩。

我不说话。我就是喜欢不说话。这个女人就是不喜欢我不说话。

有一天，我发现我种的扁豆出了状况，叶片枯萎，藤蔓无力，垂头丧气，干涸焦黄像个老太婆。我紧张地叫来了木匠。我不愿意看见一切活物在我眼前死去，可能是我小时候看了太多的猪一点点在我面前死去的原因。猪死得太多了，死得我起了心理上的逆反对抗。我反对死刑。木匠围着花盆转了三支烟的宝贵时光。他不抽烟，我接二连三地抽。

——应该是，我不应该放那么多复合肥。这城里也真是怪，连菜秧子都比农村的娇贵。我老婆在家种菜，复合肥一把把往地里撒，也没见过这种情况哩。

这是结论。我对他有些绝望。也许不应该指望一个木匠懂得农桑稼穑之事。他是一个纯粹的木匠。他从地上找到一根小树枝将扁豆根部的复合肥扒拉了出来。白色的小颗粒散发出刺鼻的化学气息。想象成千上万十万百万千万亿万亿万万分子、质子、中子、电子、微粒子以2的N次方的密集程度组成麻雀那般一群群的气息团雾迎面扑向你的鼻孔。就是那种密集的难闻的气息。

但愿扁豆之死可以减慢速度。他笑嘻嘻地说对不起。一个木匠该不该懂得扁豆的种植？可以深究，也可以忽略。反正都快被肥死了。

那一段时间，女人依然在城市和小镇之间，我——她的法律允许丈夫和小镇一万头猪之间奔忙。我时常抱着“美国佬”饮酒，坐在花园的辣椒和丝瓜之间。我承认我殴打过“美国佬”，主要是打它的屁屁。它怎么可以一到花园就那么放肆地撒尿拉屎。我相当鄙视这种毫无节制的行为。所以，我打它的屁屁。它哀怜的样子令人心酸。我借酒浇愁。

我总是那样一边喝酒，一边等待女人在漆黑之中回到身旁。我左手是酒，右手是孤独，在孤独和红酒之中，我选择旁观。

有一天，女人回来后，显得疲惫不堪。她还是按惯例洗一个隆重的澡。她总能带回一些猪身上的味道。洗完澡后，她陪我喝酒。我丢给“美国佬”一根肉骨头，这样大家各自便找到了归宿。

——我们离婚吧。她说。

——这有些突然。

——现在只有一条出路，那就是离婚。

——你是说出路？离婚难道不是在找死路吗？

——不，他们都不喜欢你。我所有的亲戚，我的母亲、我的父亲，他们都不喜欢你。而我，不能不喜欢他们。

——这我知道。那么你呢？

——我可以继续喜欢你。但我不能违背他们的意愿。

——这一辈子，你试过不同意吗？比如明明知道是一个错误的时候？

——不，我不能试，大家太难了。我知道如果那样的后果。

——什么后果？

——自杀。她会去死。她说了，她会去死。

怎么又是死？死，出镜率真高！我心里想。我刚刚还沉浸在一棵扁豆苗之死的遗憾之中。

——就没有别的办法了？

——其实，何必太在意那张纸？我根本不在乎。不就是一张纸么？明天去办手续吧。他们需要的是我和你立即离婚。

她习惯性地靠拢我，取暖。我推开她，站起来喝了一大杯酒。“美国佬”当时啃骨头的样子贪婪而又无耻，我飞起一脚，踢在了门框上。

——那么就是说明天离婚，然后就像什么都没发生过一样？演出继续？

——我会搬走。或者，你会允许我偶尔来看看你。

——就没有一个人有反对意见？

——老人家也许有不同意见，但老人家太老了，没人会听老人的话，老人家也不喜欢说话。

第二天上午，我们迅速办好了离婚证书。离婚比结婚经济多了，一切免费。我们草拟了一个协议，说明没有财产上的任何纠葛。这一点最重要，必须要说明，民政局最头疼的就是财产纠葛。

我想起一场发生在公元前一世纪时期古罗马的一场离婚。只要一方通过一个自由人送给对方一个声明，上面写道：

> “Tnas res tibi！”意思是，“把你的东西带走吧！”
>
> 从此他们就算是分道扬镳了。无论是女人还是男人都有权利以任何不足挂齿的理由随时离弃对方。曾经有一个名叫桑普罗尼亚斯·索弗斯的人因为妻子没有事先告诉他而外出参加娱乐活动，便与她以这种形式离婚。女人提出离婚的理由也可以离奇八卦，比如脚臭、腰带没有系好等等。⑥

办理手续的简短过程，我们十分恩爱，十指紧扣，四目相对，含情脉脉。民政局的办事员差点以为我们是去领取结婚证，脸上充满了狐疑和猜测。我谨遵克尔凯郭尔的教诲，尽量显得绅士和无所谓：

——要诗意地存在于姑娘们的内心是一门艺术，要诗意地走出她，则是一部杰作。

忧伤是不道德的，要赶紧重拾好心情。我告诫自己。

这是她唯一的一次试图丢弃金钱和一个男人厮混。再也不会了。我感恩她的伟大和几个月以来的无私奉献。

——我和我老婆唯一一次同时获得高潮是在法官签署离婚文件时。

（只有疯狂的伍迪·艾伦才说得出这样的话。他的疯真是别具一格。比尼采的疯幽默多了。）

我们拿着暗红色烫金的离婚证飞奔着驾车回到了家里。“美国佬”一如既往地雀跃欢迎。我们赶在正午来到前上床睡觉。她表现好极了，她让我感觉到了她日臻完美，登峰造极。我拖着疲惫的腰椎无所畏惧迎接她的挑战。她一次次深情地表达柔情。

她给我做了一顿丰盛的午餐。我喜欢的猪油香。

她给她黄头发的母亲发了信息报告：妈妈，我离了。

她黄头发的母亲迅速回了信息，只有两个字：好的。

她哭了。从昨晚到那时，她第一次哭了。哭得连“美国佬”都看懂了她的伤心。那么明显。

——习惯了笼子的小鸟，以为会飞是一种病。

我用身体安慰她，我把她放在沙发上背对着我，背对着全世界。我与她无声交流。好像有点惺惺相惜。我怎么总是不喜欢说话？但我很用劲。一直以来，我都很用劲，对待她和生活。

她把“美国佬”留下来陪我。接下来，我要习惯一个人和一条狗的日子了。毕竟，再也没有回到从前彻底单身的旧日时光。这值得庆幸。

【注】

① 引自“作家参考丛书”系列《生存空虚说》，叔本华著，作家出版社，1987年4月版。

② 引自海明威《老人与海》。

③《新格罗夫音乐与音乐家辞典》，湖南文艺出版社独家引进出版。

④ 引自约翰·列侬歌曲《幸福是把温暖的枪》。

⑤ 狄更斯语。

⑥ 引自《私人生活史Ⅰ：古代人的私生活——从古罗马到拜占庭》，北方文艺出版社2007年8月版。

十六　我的说明书

你伸出手，轻轻地，找准我的黏合处，打开我。

工具包括：刀片、剪刀、菜刀、任何钥匙的尖端，或者，你的眼神。你凝视！包含善意的温情之眼。温暖我，在我的最底部炙烤我，令我融化，我会自己打开。你仔细捧起我，不急，察看我的周遭，总会有一处破碎之处。

你打开我。你不要说话。我将以最赤诚之我坦陈与你。

我的QQ签名：

戒你如烟。擦肩而过。追风筝的人。一共我使用过十三个签名。其中，我抄袭过一条最广泛流传在 QQ 签名界的热语使用时间最长——

男人无所谓正派，正派是因为受到的诱惑不够；女人无所谓忠诚，忠诚是因为背叛的筹码太低。

微信签名：

爱情不是我生活的全部，打工才是。

微博签名：

一生太长，我只需三寸。

（事实上，如果自己乐意，网络有无穷无尽的这种签名资源确保时时刻刻可以抄来更新。比如：①事已至此，先喝点吧。②我过得很不好，你可以放心了。③我这条闲鱼，也不是太想翻身。④不是朋友多了路好走，而是路好走了朋友多。⑤喜欢一个人太累了，所以我喜欢了十个。⑥一想到明天还有很多事要做，我就能睡到后天。⑦愿得一人心，免得老相亲。⑧我太难了，上辈子可能是条蜀道。⑨北极熊对企鹅说：企鹅啊，你为什么不来找我玩呀？？企鹅说：我太南了。）

手机尾数：

××××（可念为任意四个字的词语。湖南卫视每年元宵晚会都是这么干的。比如：阿弥陀佛。）

血型：

AB 型（别误会为某女性用品品牌）

星座：

处女座（尽管误会。这个星座天性具备被误会性质。）

农历生日：

辛巳年 丁酉月 壬戌日 辛丑时。天干地支一共八个古文字。

无论星座如何盛行，也无论塔罗牌怎样深度蛊惑年轻妇女同志奢望知晓自己命运的不安之心，小镇人绝大多数仍然坚持过农历生日的老传统。

明爸爸说，伢子哎，你这个人虽然运交华盖，但是一生孤独。五行天生缺木，金气过旺，无根漂浮。你这一世人哩注定是六亲不靠，要靠自己努力奋斗哩。我老了，一世人在农村作田放牛，你以后的日子我搭不上手，你只要走出回龙镇走出这条麻石街一定会有个好格局啰。靠不住哩，冇得人靠得住，你要靠自己展劲哩。

政治倾向：

坚定的爱国主义者和坚定的反对不爱国主义者。坚定的反资本主义者。

爱情宣言：

请别在求欢的细节上浪费时间。

人生格言：

用善意的灵魂和爱人的心过危险的生活。

使用指南：

①请忽视我的鼻子和屁股。都很小。这并不代表我整体上都小。比如心性。

②当我含情脉脉看着你的时候，你千万别误会我对你想入非非。我肯定在想着和你毫无关系的事情。

③我讨厌穿西装不戴领带却扣紧第一粒纽扣；翻书时用手指沾口水；蒸鱼放蒸鱼豉油；剃光头且留小胡子的室内设计师；《弟子规》；男性穿着短筒化纤玻璃丝袜；说话；同性之间勾肩搭背；打麻将放弃自摸去接炮；衬衣系在裤腰带里面……

④我喜欢你喜欢我。

⑤请卸掉面具、隐形眼镜、假睫毛、假指甲盖、假美瞳、假体，以及假笑。（卸不掉的不必了）。

副作用：

一旦占有，你可能再也无法忘怀。

使用禁忌：

无话找话或强迫说话。

注意事项：

使用前请仔细阅读此说明书。

…………

最后，一个再次的忠告：

务请养成阅读说明书的好习惯！

十七　一种色彩

对资产阶级的憎恨是智慧的开端！

——福楼拜

一想到这一辈子再也不用直面一万头之多的猪，情绪便没有了沮丧的理由。

女人搬到了另外一个小区。我可以透过我的窗户看见她那个小区。她用黑色的特大号加强垃圾袋装满了十二个袋子将自己的衣物堆满了车厢。那天，她穿着一袭曳地长裙。白色，百褶，令人想起蝴蝶。我亲眼目击她的白色小轿车远行。来帮她接行李的镇上亲戚说，好合好散，再见亦是朋友。我惊叹这个猪司令的文艺腔调。

时代真是进步了。从此，我可以遥望过去。俯瞰。站在高处。小天下之小。笑众生之笑。窗外之风时常涌入，我的心安居斗室再无力穿透玻璃和不锈钢。

如若不在意外面的尘嚣，墙上的照片也可以是整个世界。

何况，眼神迷离之处，我们总有远方。

我决定改变现状。我天天勤如工蜂，准时来到我的黑胡桃色办公桌旁。我爱怜地盯着办公桌对面其中一个女人枯竭的容颜。她有一颗挽留青春的心。接近适合回忆的年龄，心灵在做垂死挣扎。

我想关心她。

从字面上看，“关”心的反义词是“开”心。

务必像对待少女一般抚慰正在历经更年期之苦的妇女，她们如此需要安慰。我对安慰很陌生，没得到过也不习惯对人使用。我喜欢无语凝噎。

我跟处长说我离婚了。他说恭喜贺喜，普天同庆。我的印象中，他社交时使用频率最高的词语就是“恭喜”。似乎这个城市每天都需要炸响鞭炮，敲起锣鼓唱起歌，手拉风箱呼呼响，我们大步走在前进的康庄大道上。

比如，回龙镇的四爹爹死，他也说恭喜恭喜。

四爹爹死的那一天，我哭丧着脸。他狠狠地批评了我。

——老人八十岁过世是喜事。结婚、生崽、过节、做寿是喜事，红喜事。老人寿终正寝也是喜事，白喜事。升天了，要去天上当神仙了，可喜可贺哩。要笑。他举着一根晒衣服的长竹篙子对我说。

竹篙上一圈接着一圈紧紧缠绕着浏阳产的红鞭炮。我比他矮，我举着唯一一个由生产队公家置办的纸花圈跟在他后面，昂首挺胸，接受全回龙镇的检阅。花圈举久了手有点酸胀，完全挤不出时间擦拭由于兴奋或是紧张行将坠落的清鼻涕。不举有不举的好处哩。

我们站在送葬队伍的最前面，鞭炮噼里啪啦炸得回龙镇冬眠的泥鳅都醒过来了。

我还是有些感伤，也流了泪。毕竟他已经冰凉地躺在了白石灰上，杉木棺材中。

他身上盖着大红绸缎的寿被。寿被上绣满了我看不懂的纹饰，可能是凤凰、麒麟一类的怪兽，或者是獠牙的守护神、道教里的神仙兄弟。我喜欢那样的颜色，猜想另一个世界可能充满了生气和热情。

四爹爹死的时候八十好几了。一个人躺在床上发高烧。以前每次发烧，队上的赤脚医生总是只要给他吃几粒“安乃近”（当时盛行的一种退烧药），捂上被子全身发一通汗好好睡上一觉，第二天他就会古灵精怪地坐在屋檐下面打山歌。他的嘴唇完全塌陷像个深渊。十多年前牙齿已经掉光了。他的额头像一块被烤焦了的石头烫手。这一回，安乃近终于无法再挽留住他。再也听不到四爹爹打山歌了。我但愿听见他的山歌有些回响。回响是天空中最值得期待的音乐。

总算还好，他死得很安详。比起有些伟大的哲学家之死简直就是幸福。那个说“人不能两次踏入同一条河流”的赫拉克利特据说死在牛粪之中。为了治疗水肿病，他让人用牛粪将自己包裹捂住，期盼这样能把坏死的体液排出体外。可是，不幸发生了。他死了，留下来三个不同的死亡版本。

第一个版本，牛粪太湿，哲学家窒息而死；

第二个版本，牛粪太干，爱奥尼亚的骄阳烤死了他；

第三个版本，牛粪不干也不湿，恰到好处，但是，一群疯狗循着牛粪的臭气将他当作了一顿美味的野餐。

送葬队伍到了街口，停棺谢众。备香烛贡品，道士唱祭奠文授。礼毕，手抓大米祭告天地，举瓷碗铿锵掷地，口中高声唱喏：

八大金刚齐出力，一起抬到紫荆山。
嘿——哟——

丧夫们一下子猛地展起了浑身的劲，大家齐崭崭一声怒号，棺材上了肩，四爹爹踏上了新征程。前方目标奈何桥。

“它终于来了！这高贵之物！”

小说家亨利·詹姆斯临终前恍惚听到了一个声音这样说。[①]

我习惯了无人慰藉。我唯一能做的是调节情绪。

请勿简称为“调情”！这样不可以的。

调情是什么？昆德拉说，调情是没有保证的性交承诺。

我只是在与生活的相处过程中碰到了一些暂时无法调剂的情绪和状况。

我总是在与生活的相处过程中碰到一些暂时无法调剂的情绪和状况。

耶和华说，不要为明天忧虑，因为明天自有明天的忧虑，今天的忧虑今天当就够了。

这需要襟怀。是理想主义。是无畏的无所谓主义。

我有时可以，有时不可以。

一些女人也认同我有时可以，有时不可以。

上帝的话总是那么有道理。让人不得不信服。可惜没人可以做得到。所以尼采说，真正的基督徒唯有耶稣一个人。

大慈大悲救苦救难的南无观世音菩萨啊，我到底该怎么办呢？

——吃鸡吧！

处长慈爱地夹了一只鸡大腿放在我的碗中。这是一碗慰藉。我狼吞虎咽。

那是一个中午。还是在那一棵巨大的香樟树下，他百忙之中抽空请我吃饭，他试图给刚刚离婚的我一些安慰。

——你要振作起来。处长临走的时候说。

我当时被一只蚊子咬了一口左脚大拇指和二拇指之间的缝隙深处，奇特的痒疼感直接传导至全身的所有神经末梢终端，感觉除了被蚊子咬的地方不痒之外，全身都在用劲发痒。我疯狂地挠挠。猫和狗不理解我的夸张。它们早就习惯了无目的地挠挠。人还不习惯。仍需努力进化。人正是太有目的性。人和动物的典型性区别有一点很明确，动物从来不会很明确地挠痒。“美国佬”时常舔舐它自己的乳房。它有六粒精致而又微弱的小乳房，精密地团结在它隐隐约约的阴茎周围。那种排列紧密、秩序、理性，寓意着某种无法阐释的动物体表结构逻辑。对称美。它疯狂地拉伸血红的长舌头。它痒。但它可能只是被一只蚊子咬了耳朵。狗挠痒的方式比人类富有想象力。在痒这个问题上，狗是穿越大师。我时不时被狗弄得遐思不已。我被酒精烧灼的脸渴望冷风微拂。了了发动的奥迪车喷我满脸以尾气。我敏感地察觉到了后视镜中他的怪异表情。

他总是时而怜我，时而厌我，时而躲我，时而亲我，时而责我，时而安我。

时而时而时而时而时而时而……反复无常是有病。呵呵。我想。

但，他是我在这个城市目前唯一的慰藉。

饭店的老板笑呵呵地看电视。看中央电视台。看九套的《动物世界》。

——袋鼠不断被拉扯的乳头已有五厘米长了。但是，幼崽还没有到断奶的时候……

——你们，也找个袋子把我藏起来吧？！

或许，我应该首先弄清楚“我不是一个什么人？”。

——重要的不是“是什么”，重要的是“不是什么”。否定的秘密在于：事情不是这样，但我们能够说出它如何地不是这样。维特根斯坦说。[②]

——你也可以是一个老板！木匠说。

他刚刚又装修好了一套新房，拖着气泵、工具箱、射钉枪等一大堆破破烂烂到红花坡来找我喝酒。他头发乱得像一只麻雀窝。那可能是智慧起飞的丛林？

我没有想到在我迷惘的人生之旅中，竟然是回龙镇的木匠师傅一句话给我指明了生活的方向。

——老板？我也可以“是”老板？我陷入了怀疑。

这甚至是一个事关“肯定”和“否定”的律反问题，他甚至就轻易为我下了定义。

——你不知道，现在已经没有几个人不是老板了哩。你怕什么？我现在搞装修，人家也叫我老板。城里人装修个房子不晓得几多蒙鼓吊筋，总有人要做个什么红酒格子，又烦琐又不适用，而且极其耗工时。我跟他们说，好红酒要放在专用柜子里面恒温恒湿，差红酒你摆在外面岂不是自己丢人现眼？偏偏没人信。气得我只有一个办法，把气泵一丢，老子不做了！他们才会乖乖开烟开槟榔，老板前老板后围着喊哩。

我曾经给木匠灌输过不少红酒的常识，也一起喝了不少处长送给我的勃艮第、波尔多、新世界的大庄酒。

——你去注册个公司，再去找处长帮忙，他在电视台当领导，哪个单位不认识几个老板？一年随便给你介绍几个业务，我帮你做事，你就只管在家里点票子，不是老板是什么？老板？！

——你不晓得，我和他一栋楼上下，一年四季都难得碰见一回哩。到现在连个正经工作都不肯给我搞哩，哪里还帮什么忙？

——你要去找他哩。油多不坏菜，礼多人不怪哩。何况，装修赚钱得很哩。我们木匠累死累活赚点手工钱，项目经理却是合同一签直接提走百分之三十的现金，还一天到晚三百斤的野猪一样一张寡嘴，追着我们念材料不能用得太好了。

我看得出来他不开心。我感谢他在我迷茫中为我指点前路。我请他喝酒。我决定下一步就为了自己当老板而奋斗。我陪着他一边喝酒一边歌颂木匠这个伟大的职业。我说木匠应该是世界上最聪明的手艺人。我说木匠开创了现代西方文明。

——你知道耶稣吧？木匠。

——知道。

——他妈妈就是在一个木匠家的马厩里生下了他。

——他爸爸是一个木匠吗？

——也有外国人这么说哩。

——不是说，皇帝老子和好多厉害角色都是他娘梦见龙啊梦见蛇啊之类的动物直接怀孕然后生下来的吗？

——是的哩，伟大的人是无所谓有没有父亲的。

是的，为什么偏偏一定要出生在木匠家里呢？倒也确实是一个问题。

谈完耶稣之后，木匠和我谈了他的不开心。

那天中午还不到十二点，正在读高二的女儿打来电话时，他正拿着射钉枪对着墙壁安装一个快要完工了的电视柜。他的背上已经被汗水湿透了，偶尔会掉落几滴到地上。他的皮肤异常白净。

接近正午的城市没有鸟语，也没有阳光中的鸣蝉，季节越来越不明确，气候忽冷忽热忽晴忽雨。

——学校要交一千块钱了，爸爸。

——不是刚刚交了八百块吗？

女儿打电话来总是要钱。这次还有一个新问题。

——老师要我和你商量高考到底报文科还是理科。

这是当时所有中学生总要面临的一次抉择，好像是要抉择未来到底是当一个物理学家、数学家、硅谷的IT师还是一个艺术家、政治家、文学家那般重要。

——老师说，像我这种文理双科都不突出的中等偏下程度学生还有一个最好的选择，不但基本可以确保有书读，以后说不定还可以出人头地的。

女儿显得极其兴奋，科技发达到快要可能通过话筒听到心跳声音的时代了。

——哪里有这么好的事？我们祖宗十八代都是农民的命哩。

——老师说，我声音条件不错，可以去学语言传播和播音主持。就是毕业了以后可以到电视台当节目主持人那种。考分要求低，万一考不起，老师说他有关系可以走水路。老师要我和家里商量赶紧决定，如果定了就要赶紧报名交钱进普通话学习班培训。老师是省电视台来的哩。

什么语言传播与播音主持学？不就是播音员吗？搞得那么复杂。他心里想。

出人头地？明星？他接着想。

这难道真的有可能？他陷进了无休无止的幻想。

——镇上文书有个崽听说在电视台当了官，这个事情你莫急，我想办法找到他问一问。

放下电话，他眼前迅速呈现出了女儿的样子。木匠从容貌方面仔仔细细想了想女儿。这种仔细是人生头一回。相当可惜，女儿一点都没有遗传到他皮肤方面的任何基因粒子，和他老婆一样黝黑。一起承接的被人烦闷的基因还有他老婆祖传的单眼皮。那么，老师为什么要她去当主持人呢？难道女儿真的有什么优点在他的眼皮子底下潜伏了十几年他竟然一点都没有发现？还是现在电视台多到真的到处要招人了？那可是个好单位！要是真的当了播音员，以后出了名，那还下得了地，那不是我祖坟开了坼这辈子要发达走狗屎运了？

他胡乱地想着，气泵每隔几分钟就发出巨大的充气轰鸣声。第一次他感觉到这个他赖以生存和养家糊口的机器十分嘈杂和惹人生厌，把他不平静的心搅扰得更加纷乱。他抓起射钉枪狠狠地往地上一扔，干脆关上了电源。墙上他正在开始安装的电视柜刚刚用膨胀螺丝稳定好，需要用射钉枪把细节和边框一点点钉牢，此时，他什么都不想干了。城里人的家千篇一律，客厅正面总是钉个柜子，挂个电视，像乡下供奉“天地君亲师”牌位一样将电视机这堆破铜烂铁当个祖宗一样神圣地供奉，从没见过哪个人家不同。砰，砰砰！他又捡起气泵枪对着电视墙就是三枪。电源刚刚关掉，气压却还足得很哩。钉子射出后，他心里舒服多了。

他应该是被“出人头地”四个字短暂地占据了灵魂，差点出窍。天使不常见，魔鬼时时侵略人心。

——来舔我的屁股吧！马丁·路德对魔鬼说。[③]

——泥工师傅，把桶子里剩下的那点水泥灰用完我们下楼去吃蒸菜去。今天早点散工，一路吃瓶邵阳大曲。

他对着正在卫生间贴墙砖的泥工喊了喊。

他的声音穿透过手机正在播放的音乐在装饰一新的房间弥漫。他的手机用一根花花绿绿的塑料软绳牢牢地系在腰间。

一边干活一边听音乐是农民工的时尚潮流。有一段时间他喜欢那种“抱一抱那个抱一抱……”的亲昵和跃动，最近，他翻来覆去一键循环播放“如果有一天，我老无所依，请把我留在，在那时光里……”

——这支歌子有时候听得人有种酸酸的味道哩。木匠说。

我猜想他可能是要说忧伤。

——美丽又能怎样！请你忧伤。哭泣，为你的脸增添魅力。波德莱尔说。[④]

接下来，我确立了当个老板的目标。这是一个崇高的理想。我决定披荆斩棘，大刀阔斧，噼里啪啦三下五除二去一。

我非常清楚我唯一务必立即执行的行为就是“改变现状”。我有点无从下手。我漫无目的。我到这个城市已经将近二十年了。这意味着我已经漫无目的地将近二十年了。这需要惊人的耐力和强悍的隐忍精神。

从漫无目的的虚无到实现当一个老板的具象有点恍如隔世梦中惊醒的战栗。我时常感觉瑟瑟发抖，不知是激动还是紧张。

一切都不确切。有人说，正是由于生命的“不确切”，追求和奋斗才会有原动力。我们都在为了一些不确切的东西而消弭时光。

处长和我不一样。一坐到办公室，他就是一个目标确切的人，一个有理想的人，从而历经二十年成了一个有作为的人。他可能在子宫里面就已经深谙确切之道。

我准备和他谈谈如何实现当一个老板的理想时，他也在思考“改变现状”的问题。

他正处级一晃八年了。他强烈要求进步。他现在的追求是再上一个台阶。进步，上台阶，属于政治语言。说白了就是封官鬻爵。八年时间，日本帝国主义都被打回了太平洋。八年时间，王莽已经先于唐太祖建立并且经营了一个朝代。尽管春节期间他已经做了他能做的一切工作，但，他仍需等待。问题是，等待的完全也可能是一场无言的结局。

他神情近乎痴呆。他一个人坐在办公室，紧闭房门整整一个上午。办公室空旷、巨大，可以找到幽冥的回声。心跳也可以扩声成一种呐喊。他的视觉确切在桌前的金属旗杆身上。他和旗杆一同冷漠、沉静、不言不语。空气中有凝重的僵死味道。万物静默如谜。在静默这个气质上，他已经接近伟大的政治家。我看到的政治家留下的画像都静默得令人喘息。或许丘吉尔的雪茄就是政治。雪茄默默地燃烧。旗杆默默地不说话。旗杆上的旗帜也不扮演飘荡的样子。旗帜的颜色正是回龙镇漫山遍野的杜鹃花那般。

——为何而生?

——我来到这个世界，是为了看看阳光。巴尔蒙特说。

——何时死去?

——酒店关门我就走。丘吉尔说。

——重为轻根，静为躁君。老子说。

窗外飘来一缕阳光，照在旗帜上。

——嘘，别出声。

他那么深邃，那么忧郁。

他内心存储得最多的便是激情和斗志。在前进的路上，他攀岩跋涉，历经了从普通员工到正处级干部的每一次风雨。这次当然也难。只有更难，没有最难。与天奋斗，与地奋斗，与人奋斗，奋斗奋斗奋斗，其乐无穷无穷无穷。

现在，他正在思考的问题是从视觉上对整个电视频道来一次翻天覆地的变化和革命性创新，从而彻底颠覆电视界抱残守缺永远使用“红、绿、蓝”三原色作为宣传色的落后观念。

为什么不就是简简单单选择一种色彩?

作为70后沐浴新时代开放发展成长起来并立足城市过上幸福生活的一代乡镇人，他曾经就颜色问题进行过一些洞烛幽微的研究。

一个叫爱娃·海勒的德国女人关于颜色的一些理论值得关注。名叫爱娃的德国女人和叫斯基的俄国男人一样多。

以下内容引用自她著作的《色彩的性格》一书（中央编译出版社出版2011年1月第1版第2次印刷）。

例如，爱娃说，被人们赋予警示意义和信号意义的红色是不可替代的颜色，任何变动都会引起混乱，混乱在紧急情况下则意味着危害。

这个色彩专家批判了历史上红色由于经验和宗教的原罪，被错误地引导。恰恰相反，红色是贵族的，权杖的，代表着崇高精神的，是属于战神马尔斯和太阳王路易十四的。这可以从亚森特里戈为路易十四创作的肖像中得到最好的佐证，这幅著名的油画有一个细节被人们忽视了很多年：太阳王足底的鞋跟就是鲜红色的，那是贵族的专享。

至于1792年的雅各宾党旗，1834年里昂缫丝工人手中的起义大旗，直到1917年伟大的俄国革命，红色一直在照亮着世界。

她趁机还色厉内荏地批判了当代艺术把红色加以藐视这种无知的行为。

由此，处长得出一个结论：革命性的时代创新精神永远最需要最鲜艳的大红色给予我们鼓舞。基于此，他建议战略研发部门开始着手将频道的全套企业形象识别系统（CIS 系统）做一次大胆而彻底的革新，采用红色作为本频道的企业识别主题色，至于辅助色彩使用哪一种，他特别注明将用另行的专题报告予以提交。为此，他专门对上级做出了一份详尽的书面报告，报告最后，他写道：

只有进步的观念才能把“明天”放大。最能唤醒人们行动激情的，就是宣传一个近在咫尺的希望，创新可以满足一切。永久性的畸零人只有完全摆脱自我时才会觉得找到救赎，习惯于安定只会导致在重叠的集体性生活中埋葬自我。

改革创新，导入新形象，兹事体大，望诸位领导高度重视，审时度势，与时俱变，特申请经费人民币五百万元整。

——经过不少于三次上会研究讨论过后，竟然还是有个别抱残守旧的顽固分子说我扯淡。处长后来有些生气地告诉我。

说这话的时候，恰好有一个拿到了美国身份后又回到电视台以外国人身份工作的女编导满脸堆笑地推开了他的办公室大门。她点头哈腰地将一个印着巨大的金色“H”字样的手提袋轻轻放在办公桌旁边满嘴说着感谢老板关照的话，随后就倒退着轻盈地离开了。

——一个不爱我们自己祖国的人，怎么可能爱现在她那个国家？他气愤地大声和我说。

——一切朝“钱”看哩。现在，我们日子好过了哩。所以回来了哩。我和他一样十分鄙视那一批有奶便是娘的香蕉人。

——我们国家现在有一大批这种寄生虫一样的人。所以，我越发坚持我一定要将我们自己的颜色变成我们的宣传色，竟然说我扯淡。鼠目寸光！他说。

——社会目前只赋予了名人随意扯淡的权利。我安慰他。

——一个人出名到某一个程度，就有权利胡说八道，四处扯淡。⑤

——我也很奇怪一大批我们的电视主持人、影视明星怎么就可以对世界上所有问题都有话可说，微言大义，引经据典，言之凿凿的样子。

——这不奇怪。有个理论说，当今世界，人们普遍相信身为民主社会之公民，有责任对所有的事情都发表意见，这就导致了大家纷纷扯淡。⑥

——有个著名的女人说，《论语》的真谛是告诉我们怎样过上我们心灵所需要的快乐生活。

——这相当于扯了一个著名的淡。

——这么看来，我越发没有理由不坚持继续扯他们认为的淡。处长坚定地说。

对资产阶级的憎恨是智慧的开端！

他站起来，在白板上写下这句话。他有随时写白板的习惯。

他盯着旗帜坐在办公室发呆的那个上午是一个春天的上午。城市的树木开始抽芽，路边的野花开始暗放。

春天是来了。我却还在凋萎。总不见盛开。我幻想我凋萎的样子像花一样动人。

他在报告中最后那几句血脉偾张的豪言壮语其实是我帮他从书中查找资料而来。身为处长的他极其讲究对上级报告的理论水平，特意交代我查找资料。这活我经常干，已经轻车熟路，驾轻就熟。我只是信手从一本名为《码头工人哲学家的沉思录》⑦的书中拼凑剪接甚至对作者的原意做了些扭曲。管他呢。布勒东他们20世纪就干起了雨衣和缝纫机对话的活计，一个要钱的报告杜撰点算不了什么，何况，那些老爷们哪里有时间看书。

这本书的作者埃里克·霍弗的另一个观点认为，纳粹分子充分利用了“那些渴望冒险、厌于空虚生活、不再能在爱情生活中找到乐趣的上流贵妇”获得了不少资助。一些生活无聊的商人妇也对法国大革命发挥过同样的作用：“她们饱受空虚无聊折磨，闷声无所宣泄。在蠢动不安中，她们为改变现状鼓掌叫好。”⑦

“在蠢动不安中，人们为改变现状鼓掌叫好。”我特别对他强调了这句话的重要性。

“在蠢动不安中，人们为改变现状鼓掌叫好。”处长心领神会地将这句话专门编辑成短信息发给了机构各位主要领导，顺便诚恳地敦促识别系统更新的项目可以得到允应并及时上马。

研究表明，世界上所有的牛都是色盲。

处长要我帮他的报告查找一些理论资料时，神情玄奥地对我说，如果这个项目搞成了，到时你来抓个鸟。这相当于他对我的承诺。时隔几年之后，他终于第一次允诺给我一份具体的工作了。

“抓个鸟”的原始意思是，四个人打麻将，参观者随手摸一张麻将牌，根据数字绑定一位打牌者，与他一起共同承担输赢。处长让我“抓个鸟”，相当于让我到时参与这个项目。我到这个城市十来年终于有机会参与一项实质性的工作了，我简直不是蠢动不安，我简直已经欣喜若狂。我觉得世界上所有的鸟都是好鸟。我对鸟充满了感激和崇敬。

好鸟一声平安！

而，回龙镇作为一种记忆，总有一抹挥之不去的惹人情思缱绻的色彩。

保香杀猪，了了吃油渣子我咽口水的时候，畅畅却被她娘严格地控制在家不准出门。

猪在打谷场惨叫，撕心裂肺。叫得畅畅的心乱糟糟的。

——一个妹里细子，看些血糊糊的东西像什么样子？她娘一边严厉指责她表现出来对观看杀猪的蠢蠢欲动，一边语重心长地教育她。

她娘那时正端出一个木脚盆准备开始帮女儿洗小澡。有些女权无需力争，与生俱来，比如洗小澡，这是女性的特权。她娘用一块拆掉绑索后的棉纱口罩布改成的小毛巾仔仔细细地浣洗着她。夏娃之躯在被毒蛇引诱之前灼灼其华。畅畅就是一泓清澈的水，她在她娘的怀里缓缓流淌。她被涤荡在水中央。她被妈妈左胳膊夹着横搁在大腿上两脚朝天，脑袋倒垂，扎成马尾的头发随着口罩布的擦洗左右摇曳。

水声零零落落，十分清脆，涤荡着她和她的芳华。

——妈妈，我想喝猪血汤哩。

——你乖，莫乱跑，我等会叫三宝叔子打一碗送来。

——提开水来，架场刨毛啰。此时的三宝正在打谷场吆喝喧天。他手下的猪已经是一条死猪。不久之后，即将成为案板上的一堆肉。

回龙镇恢复了静谧。除了走在回家路上的畅畅父亲偶尔发出几声叹息。他刚参加完《全县粮食系统关于宣传执行计划生育政策的动员大会》。

——你是国家干部，粮管站主任，要带头执行计划生育政策，否则会影响以后干部提拔。局长会后专门拍了拍他的肩膀。

他走在回龙镇垂柳荫翳的机耕路上，冷风弄人，卡其绿长裤子口袋里装了一大把计生办免费发放的避孕套。

他插在裤口袋里的手紧紧地颤抖，汗水淋漓。这只捏惯了五谷杂粮的手掌现在捏住的是一个时代的使命。

——作为主任你要带头执行啊。上级说。

——主任回来了啊，带碗猪血给畅伢子她们两姊妹吃哩。三宝挥舞着明晃晃的杀猪刀正把倒吊在楼梯上的猪肉一分为二劈成两半，老远看见主任就打吆喝。习惯了猪的尖叫声，他总以为别人听不见他说话，总是扯起喉咙用最大的声音和别人说话。他杀猪的时候，不说话。

杀猪刀晃得主任头昏眼眩，砍骨头的声音像一把榔头咚咚咚地砸在他的心坎上。他伸手接过装在搪瓷盆子里一大盆猪血，闷声不响地回了家。

——把这些东西收起来！他一进门放下猪血随后把那包快被他捏得水淋淋的橡胶东西甩在了床板上。

那也是一把刀。他想。一把粉碎和扼杀他想生个儿子梦想的刀。

他抱起了正在做作业的女儿。这是他唯一的作品。最后的作品。白皙、乖巧、水灵、精致。他重重地抱了抱她。

他们一家喝猪血汤。

第二天一早，他亲自带头在粮管站门口的围墙上用白色石灰水刷上了好多条坚决的标语：

——我去上个节育环吧，你的前途要紧。主任他老婆说。

…………

——这是什么东西呀？畅畅问我们。

她从口袋里摸出了一把从妈妈大衣柜里偷偷翻出来的小小塑料包。

那天，阳光清亮，温暖地从桂花树的叶片中穿透散落，斑斑驳驳地照耀在池塘边的大坪上。

——哎呀，这是气球哩，这种气球好哩。了了哥从小就很确切。

他兴奋，有学问的样子，撕开包装袋，用手将它捋开成长条形，嘴巴对准橡胶圈，吹气，腮帮子涨得像猪尿泡。

——我从来没见过这么大的气球哩。还是透明的气球哩。好香哩。畅畅欢喜得蹦蹦跳跳。

那一刻，有阳光，花香可闻。气球比四爹爹种的冬瓜还要长。

那一刻，这些比长冬瓜还要长的气球在金黄的桂花下散落，点缀，飘飞。少年男子巧手击打，少年女子足尖雀跃。黄的花黄着，白的球白着。

这是一种救赎吧？一群少年人对一个小物件的救赎吧？在风中，在金黄世界中，那些将要阻止生命结合的橡胶小物件成了一些快乐的源泉，奔涌在孩童的世界。

是伟大的少年男子和伟大的少年女子吧？！

是一些里尔克般的诗意和嘲讽般的冷淡的赞美或者批判吧？

是那种“半是耻辱，半是难以言喻的希望”的味道吧？！

倘若知晓谜底，恋人或可在夜风里

娓娓絮语。因为万物似乎瞒着我们。
看呀，树在，我们栖居的房屋还在。
我们只是路过万物，像一阵风吹过。
万物对我们缄默，仿佛有一种默契，
也许视我们半是耻辱，半是难以言喻的希望。⑧

是一些少年人的梦吧？！

——你知道吗，我永远不能忘记那一天的畅畅。了了后来告诉我。

那一天的畅畅何尝不是我们所有人脑海中一个永恒的梦。

畅畅那天穿着一条绿色灯芯绒的裤子。瘦长。笔挺。瘦长得、笔挺得在审美词语世界里从此将所有美丽的腿形定义成两个必备的、永远无法回避的必然要素：细和长。她欢腾时，她的腿在空中跳舞。绿色的灯芯绒每一根竖条纹将那些美一根根向着远方无限延伸。你看，很远的远方。

有时，她牵着了了的手跳。我羡慕极了。那时还没有“羡慕嫉妒恨”这个冗长得散发快感的网络词语。那种掺杂着怨怼和愤懑的羡慕就像憎恨了了竟然可以那么大口大口吃一堆香喷喷的青辣椒炒油渣一样。

他们竟然牵着手！我有一种想冲上去用树杈将那十根指头打碎的冲动。我愤怒地加大了吹气球的力度。冬瓜越来越大，大得比冬瓜还大；冬瓜越来越长，长得比冬瓜还长；冬瓜越来越薄，薄得比蝉翼还薄。他们欢乐和亲昵的身影在薄如蝉翼中清晰可见。

——用劲！用劲！！你用劲吹啊，把它吹成个弯冬瓜啰。你把它吹得炸起飞啰。了了呼喊着，像个指挥官对我发号施令。

——想破灭它你就用劲吹它。这可能是他告诉我的又一个人生大道理。

畅畅的绿色灯芯绒还在晃荡着跃动，我吹啊吹啊用劲地吹。我吹得直到听到“啪”的一声，气球炸成了无数的碎片片……我的嘴巴被瞬间的破碎震得麻木不仁。他们在我的麻木中欢声笑语。

有一些泪水迅速占据了我的眼眶，世界变得有一些模糊。模糊是毁灭一切不堪入目不忍入目的有效办法。有点眼不见为净的意思。也相当于对痛苦的淡忘。钱德勒说过类似的话，说什么每一次告别就是死去一点点。都是一种毁灭。

我是谁？反正我屋里祖宗十八代都是种田下地的农民。回龙镇有一些人认识我，说来和我本人毫无关系。关系是因为我们家的隔壁邻居正是当地无人不知无人不识鼎鼎大名的杀猪屠夫三宝。去三宝家必须经过我们家那堵用黄泥巴和上稻草秆做成砖头垒成的墙壁。

——三宝叔子哎，有人找你杀猪哩。我总是扯着嗓子对着巷子深处大声一喊，从不太理会问三宝屋里住在哪里的问路人。这是一种用肢体动作替代具体语言的间接回答，不直接理会任何有求于你的人。我那时还意识不到我从孩提时候起竟然就掌握了一种高深、玄妙和实用的技巧。这种未来一个时代里被广泛运用在一切为人服务行业里的技能：用努努嘴巴子，挤挤弄出一个眼神来回答一切问题，懒得说话，懒得笑，也懒得不笑。会咬人的狗不叫，可能是狗对世界间接的凶猛？

慵懒、漠视、冷淡是一种技能。可惜，我没有机会施展我的这些才能。我一直当着我的业务员。一个优秀的业务员恰恰必须具备的素养是：勤奋、激情、微笑。所以，我注定了失败，注定了一文不名。

我当时还不知道我对那时的了了哥简直就是一种嫉恨，当然更加不知道那种嫉恨的后面隐藏着一种即将在青春期到来之后会转化成为的一种叫作冲动的东西。我工作以后认识的一个神经内科的女博士喜欢将它称为脑沟回部位产生的酶。（我对医学狗屁不通，大概记得女博士曾这么描述，如有科学错误，一切只因无知。）

可以肯定的一点是，那时的畅畅，那样的一个畅畅，太美了。美成了永恒的记忆和怀旧。

从那一天起，我只是单纯地知道，我喜欢世界上一切的灯芯绒；我喜欢闻她身上可能是被某种说不出的东西洗过的头发的香气——后来，我知道了那是一种叫作蜂花洗发膏的黄色液体；我喜欢看她缠绕马尾发的那一圈精致的红头绳……

我确认我喜欢红色，我确认我也喜欢绿色——红是那一抹随着明晃晃的长刀拖甩将回龙镇晚霞映红的鲜艳大红；绿色是舒畅那条在绿油油桂花树下欢呼雀跃的绿灯芯绒裤子的绿。

——“在某种意义上，对象是不可描述的。我要说的是，颜色无法描述。……谁把颜色叫作一种对象，他也就得说，这样一种对象出现在符号体系里。柏拉图也说过，对象不能被解释，而只能被命名。”维特根斯坦说。⑨

我只能在时间的流逝中静静等候慢慢幻化，从一种无知的情感中衍生一种行为。有一天，终会有一个字或者一个词语闯进你的生活。

【注】

① 以上关于哲学家死亡的故事以及引用皆出自《哲学家死亡录》一书，商务印书馆 2015 年 3 月版。

② 引自《维特根斯坦读本》，新世界出版社 2010 年 1 月版。

③ 引自《情爱自然史》，作家出版社“作家参考丛书”，1988 年 12 月版。谈及魔鬼——他曾建议人们向魔鬼脸上掷粪，放屁，甚至像他自己曾做过的那样对魔鬼说：“来舔我的屁股吧。”

④ 引自波德莱尔《恶之花》。

⑤⑥ 引自《论扯淡》，译林出版社 2008 年 1 版。

⑦ 引自《码头工人哲学家的沉思录》，广西师范大学出版社 2008 年 4 月版。

⑧ 引自里尔克《杜伊诺哀歌》。

⑨ 引自《维特根斯坦读本》，新世界出版社 2010 年 1 月版。

十八　另一种色彩

我们来到世上，是为了追逐太阳的光芒。

——巴尔蒙特

我被从天而降的机会刺激得神情恍惚。现在我只需等待。

只要立即注册一个公司，立即就可以当上老板。本公司的发展方向是装饰装修艺术设计出版传媒广告代理等等等等一切只要允许写进公司营业范围与文化有关的项目。

我觉得这种业务范围的确立适合一个有着成为作家理想的年轻人既满足挖掘人生第一桶金的现实理想，也满足在创造财富的过程中实现自己的艺术梦想。毕竟，装饰装修设计出版广告几十年前就被沃霍尔明确定义进入了当代艺术的范畴。何况，那些搞装修搞设计的设计师早就穿着打扮成了艺术家样式，和发型设计师好有一比。

工商局注册窗口的小姑娘指甲五颜六色，荧光闪闪。闪得我的心一扑一愣。一些办事部门真是善解人意，总把最美丽的女人安置在与人民群众打成一片的最前沿。我对她微笑，我羞涩得害怕露出我的黑牙齿。被烟酒槟榔茶污损的黑牙齿击毁了许多男性的自信。她朝我努嘴。她朝左边努努嘴，我便跑到左边的窗口。她朝右边努努嘴，我便跑向右边的窗口。她肉感的红唇指引我在左边窗口和右边窗口之间快乐地奔忙。我体会到了马不停蹄的生理学快慰。我忽然觉得她可能本该就是用第二性形式存在的另外一个我。她努嘴的样子就像几十年前我坐在门槛上朝问路人将嘴努向屠夫三宝家如出一辙。我们都有着不说话的美德。

——你们家以前的邻居是一个屠夫吗？我问她。

——你才是只猪！她误读了我的真诚。生了气。第一次说话。

她生气的样子也美。下颚左边第三颗臼齿蔚为壮观。

——我喜欢猪。我真诚地说话。

她不再说话。姑娘，美丽就够了。好姑娘都不说话。我想摸摸她。我和她之间隔着一道冰冷的玻璃窗。为了当老板，我有一个好心情。我朝着她的嘴唇吞咽口水。我人生第一次感觉到了喉结是一个有温度的器官。

我给我的公司取名叫“七色”。我希望未来是一个七色琉璃光世界。

世界上有两边：这边和那边。

世界上有两样东西值得拥有：权和钱。

——这名字取得好。做味搞！有种彩虹挂在天空之中的那种味。刀哥说。

然后，我就在坡上大宴宾客。

有个红花坡的老板每次和我说起世界上最美的美味就是吃一只“牛脚”。他咕咚咕咚吞咽口水。

——牛脚，我一定要吃一次牛脚。

我在红花坡的无数个日子最终都会和人们谈论起吃和睡。那个老板的梦想就是吃一次牛脚。他迫于他老婆的威慑从不敢当众谈论女人……

我那天特意点了一大盆红烧牛脚。我一般第一次请女性吃饭必定会点上一大盆猪脚。红烧的、清炖的、卤水的，只要是猪脚，无论工艺。我爱看所有娇羞的嘴唇面对一只猪蹄髈时候的贪婪和张狂。现在，我却端着酒杯看我的邻居们啃一大堆牛脚。

我称之为“牛脚”的食物在菜单上的标准称谓是“牛蹄”。我喜欢这种拟人化的修辞深入人心的进步。恋足癖为何不被称为恋脚癖？

超市老板双手抓起一只牛脚，啃啊撕啊咬啊扯啊忙得搞不赢。他的喉结上上下下翻飞起伏，波涛汹涌的大阵势。我快乐极了。我深切地体会到一只牛脚的霸气。相形之下，猪脚很渺很小很渺小。

——公司注册好了，老板。你来吃饭不？我希望处长亲自莅临我的坡上宴请。为此，我特意提前预订了一份新鲜牛冲。我交代饭店老板到中药铺买了些海马、鹿茸、淫羊藿还有玛卡等药材。它们被认定具有提升阳气的功效。

我仔细观察了那天的那份牛冲。肥硕，绵长，全身散发出太阳的光芒。

——牛冲三斤，马冲四十八两。那家伙。回龙镇人的土话说。

——牛肉配白酒，神仙日子哪里有？俊哥说。

大家都恭喜我开了公司。每个人的牙缝深处都沾满了牛蹄筋，一并有葱花的香。处长不屑于与我们这种混迹街头巷尾之人为伍。我知道他曾短时间为牛鞭所动，但他是一个理性而又克制的人。牛鞭没有打动他的心，他属于另外一个光鲜的世界，坚决不入鲍鱼之肆。

——理性何等强大，理性就有何等狡猾了。黑格尔说。

——让一下，让一下，小心烫啊，小心烫着了啊。服务员迈着神圣的步伐手捧一大盆药膳牛鞭汤向我们走来。她昂首挺胸，步伐矫健。她异常娇小，肤色皎洁，身上四处深藏着浓缩了的村野洁净味道。她弯腰放下大如洗脸盆的汤碗时，一根半长的头发丝轻盈舞动落入肉香深处。我微笑着痴迷于她。我一点都不责怪那半根黑发丝。我轻轻地将它捞起迁徙到烟灰缸。

——妹子，其实你留长发的样子会更美。

她的腰杨柳依依。

她冲着我笑。清清丽丽地笑。我们大家对着牛鞭汤笑，一起龇牙咧嘴。喝着喝着，我们雄壮了起来，器宇轩昂，巍峨峭立。

——老板，俗话说得好：赚钱不费力，费力不赚钱。三年不开张，开张管三年。兄弟我祝你财源滚滚。刀哥给了我祝福。

绝大多数时候，什么都没有发生。

我依依不舍地用充满某种不可言说的神情向服务员告别。我们离别酒池，我们奔往夜晚艳丽的丛林。大家都想唱个歌。电视教会了所有人唱歌。一种使用词语的曲调。也被称为音乐。

——快乐，因为什么都没发生，不快乐，因为什么都没发生。[①]

这种玩弄字词的古老句式除了给人一种节奏感，还有便是空洞和虚无。事实是，一切正在发生。我们渴望发生一切。

我耗去了那么多的时光坐在街边。我当然渴望发生一些什么。

我兴奋地窥伺，怀揣着强烈的好奇，不可动摇地确认下一秒就将爆发奇特的故事。我渴望，或许，有个年轻女人找我问路。她温情闪动，满身狐媚，我将她指向了我家的门口，她故作扭捏，但不犹豫，问我：进门要脱鞋吗？

——网上有一种不脱掉睡觉的鞋卖。我说。

她脱了鞋。她竟然穿了一双绿色的中性搭扣人造革凉鞋。她的脚散发出刺鼻的 PVC 气味。

我厌倦地回到现实。如果没有一个好嗅觉，怎会有一个好触觉？

一大排女人站在我们的面前。她们在一个西装革履的青年人引领下一起朝每一个客人鞠躬，整齐划一地高呼：晚上好，欢迎光临。她们弯腰的时候，旗袍的开衩被一大群丰硕的肥臀拽向了高空。一大堆颀长的白色大腿层层叠叠、秩序井然。严苛的管理是古代文明走向现代文明的制度进步。但不适合此情此景此时此地。浪漫主义需要美丽的大腿轻舞飞扬，错落有致，一张一弛。

——换一批。

——晚上好，欢迎光临。

这一次是一个年轻女子领队。

——开心最重要。女人跟我说。

她说话的口吻像极了我大学一年级的指导员，充满了素朴的生活哲学观和典雅的道德人生观。

我必须要做出选择。人生就是一场抉择。正确或者错误，都必须给出答案。

——可怕的是：既不能和女人一起过生活，又不能过没有女人的生活。拜伦说。

她穿着一双晶莹剔透的亮银色高跟鞋，在红灯绿酒、斑斓剥脱的空间里兀自闪光，独立款曲，惊鸿一瞥。

——我喜欢你的鞋子。我说。

——送给你。

——和你一起送给我吧？

——好。下了班回去换给你。

慨当以慷的滋味。

慷慨悲歌之士，总在燕南赵北之间……

一种久违了一千五百多年的爽快。

伪装的矜持和别有用心的娇羞四处盛行，这种清澈的爽朗令人感动。

凌晨一点整，我站在红花坡的路灯下等她。风钻进我空空荡荡的裤管，心里充满了银色的期冀。她像一架秋千挂在我的第七颈椎上荡漾，左手的食指勾着那双银色的高跟鞋。我们用彼此散发着酒气的微笑互致问候。她是一种轻盈，我是一种矗立。我们撞击。声音响亮。

陈眼镜端着铁锅翻炒那一天中第 N 份蛋炒饭。锅铲撞击着铁锅。一样响亮。一点点盐，一点点味精，一点点鸡精，一点点葱花，一点点胡椒粉。

——要麻油不？老板？

——一点点。

——剁辣椒呢？要不要？

——一点点。

我们一点点地走在回家的路上。

我喜欢她脸上的冷淡。面对时间深处渐渐幽冥的黄色路灯，她一点点陪着我拐弯。我们拐过了七个弯。小区大门距离我的床铺是七个弯道的距离。

——抱抱。她站在门边说。

那一刻我突然意识到她的音质充满了雄性的重量，掷地有声，可以将垂死的夜晚砸碎。这种金属感般的厚重恰到好处地在刚刚过去的 KTV 包厢中被刺耳和嘈杂中和得绵软阴柔。轻和重如同阴和阳刹那间翻云覆雨、颠鸾倒凤。

——抱抱。她站在床边。第二次说。重重地。

——嘘！别说话。

——我想抱抱。

现在，我们开始抱抱。她身上散发出永远挥之不去的某种清晰的狗的味素。她说她养了一条白色的萨摩耶。她刚刚回家给了狗狗一些拥抱、一根鸡肉味口咬胶，一次舌吻便到了红花坡。她开始给我一些她时常给狗的温柔。

——我不喜欢那个。她说。

——我喜欢抱抱。她说。

我没有什么不喜欢，也没有什么喜欢。除了偶然。一个银色的夜晚。一双凄凄风雨中的高跟鞋。一个年轻得发亮的少女。我应该痴狂。我唯有用全部的灵魂恭守这偶然的时光。不是举起皮鞭，而是俯身顿首向时间的过往追寻。路漫漫兮夜慢慢慢……

我们来朗诵聂鲁达的诗歌吧。

啊，乳房之杯！啊，迷离的双眼！
啊，你缓慢而悲哀的声音！
我的女人的身体，我将固守你的美。
我的渴望，我无尽的苦恼，
我游移不定的路！
流动着永恒渴望，
继之以疲惫，继之以无穷苦痛的黑暗的河床……
我粗犷的农人的身体挖掘着你……②

我们紧致相拥，抱，抱了一通宵，直到第二天正午才相继醒来。没有阳光的午后，有一些温度互相传递。我看见她的脸，慵懒倦怠，沉睡了千年的样子。体贴入微的冷淡。她的所有冷淡都惹人怜爱。也静默。雄性般地静默，是不易察觉的另种柔，是惹人怜且爱。

银色的高跟鞋静默地矗立在床头，胜利地将时光从昨夜踩踏至天明。我渴望被踩踏，在冷淡的温柔中，在洁白的拥抱中，在尖锐的叩问中，在白色和白色衬映的一点两点三点粉红中，被踩踏成一块烧红的热铁。

她像一朵见了阳光也懒得盛开的杜鹃花，任凭我从此开始设想日后的鲜红。

愿明夜繁花满地。

可是，我很快就意识到她只是飞溅入某个夜晚的一些碎片。零零落落的，只是在黑色中突如其来。又总是在太阳快要升起的时候匆匆离去。最长的一次，我历经了四天。不问来路，也不问去处。整体，这个词语一点都不可爱。如果有人还只是想在爱情的世界中寻找到一个整体的对方，可能比等到犹太人的弥赛亚还需更多的光年。

通俗的表达是“全部”。要求拥有一个人的全部早就是可耻的贪婪。

——我们遇见，是为了欣赏各自的零碎吧？

——爱，总是只有一些微暗的光。

——所以才显得那么耀眼。

——你想过你喜欢我什么吗？除了你说的零碎。

说完这句话，她举起右手指向灰色的天空，用劲岔开每一根指头，贪婪地抚摸远处。那样子令人骚动。剪影的效果。指甲油是今年最流行的酒红色。她把它说成巧克力色。女人的通病就是总以为甜蜜是爱情的正文。我选择不纠正。但我坚持不喜欢指甲油。要喜欢的内容太丰富，我必须学会放弃一些东西。

——我喜欢你从一开始就给了我漫长的等待。每一次等待都是一点点死亡。我喜欢你的垮塌。我喜欢你的吝啬。吝啬地不轻易给我一句问候。

——你想过你不喜欢我什么吗？

——我从没想过。或者，你就抽打我吧。用你颓废的双手将我激活。在肋骨和肋骨的缝隙之中将你的黑暗转移给我。

——你是讽刺我黑吗？

——我已经被误读了很多年，但我不希望你这样。我的意思是我不喜欢暗红，那些如同凝滞了的血一样的幽暗。

——我们来到世上，是为了追逐太阳的光芒。我不厌其烦地引用巴尔蒙特这句话。

——你已经垮塌得无需使用这种颓废的暗红装扮自己了。

她好像挺了挺她微弱的乳房，对着我漫长地笑。我就是被这种深幽的笑套牢的。我喜欢。还喜欢她细小的胸脯以及由此往上延伸的两抹削肩。细小和微弱被忽视了一部历史那么悠久，而我就是喜欢细小和微弱的人。我相当确认。我后来当众为她写了一首破诗。名字叫《漫长的笑》。其实我的内心写下了另外一首叫作《漫长的等待》的诗。

——或者，你就抽打我吧？我对她说，但是你要洗干净指甲油。

她美得很奢侈。准确地说是很贵。

她静悄悄地离开了。

【注】

① 陈冠中语。

② 引自聂鲁达《二十首情诗和一首绝望的歌》。

十九　死亡样本：保安小江

在这里人们不需要眼泪，只需要假装。

——*The Age of Innocence*《纯真年代》

小区的业主QQ群总有人八卦。现在的新闻是：有个保安喝酒醉死了。我的第一反应是小江。第二反应是飞奔到物业办公室立即核实死者何人。第三反应是我的第一反应得到的印证相当准确。一切情况都不明朗，反正他死了。很明朗，这是个真新闻。

已经是夜里十点多了，我当时正在犹豫要不要与俊哥一起去洗个脚拔个火罐。我们调转身头一起去找那个喜欢爱怜他臀部的老男人。老男人坐在小区保安亭，身边围了几个人。气氛有些热烈。人们谈论突如其来的死亡时总是显得群情激奋。

——送到医院已经硬了。脑溢血。

天气炎热，加之老男人的口臭，味道很复杂。

我决定送他一程。老男人拒绝了带我去殡仪馆的请求。

——我白天已经去了一次的。你们自己去吧。他兄弟给他设了灵堂的。

我喊着刀哥和俊哥一起在殡仪馆巨大的广场上寻觅了很久，找到了小江的灵堂。他的兄弟把我拦在悼念厅门口描述他死的细节。我不是太感兴趣。他的死可能与酒有关，可能与本身疾病有关，也可能既与酒有关同时也与身体疾病有关。反正，与他供职的物业公司无关。因为，他那天恰恰轮休。他死在自己家的床铺上面。

我第一次见到了他的老婆。远远地站在一棵大樟树下面，黑暗中身形影影绰绰。我走进灵堂，点燃了三支香，低头静立在灵位前方偏左一点的地方。有点万事皆空的感觉。门外有些嬉闹的声音和一些骂骂咧咧的声音。他默不作声躺在“音容宛在”四个大字的后面。这四个大字后面躺过无数人。在被送进焚化炉之前，那是他们一致共有的名片。他女儿扑通一声跪在我的脚前，我手忙脚乱地将她搀扶起来。还是个孩子。像一朵含苞待放的百合花。皮肤晶莹剔透，双腿修长耸立。我绕到后面站在冰棺侧面仔细端详着小江的脸。小姑娘陪在我身边，不知所措。我把手搭在她肩上。她瑟瑟发抖的弱小身子依偎着。

他应该是化了人生第一次浓妆。安详。微笑。嘴角随意地瞥向左侧。露出每次喝醉了酒之后同样的憨笑。他化了妆之后挺帅。男人有时还是也需要用一用化妆品。人们一致同意浅施粉黛是对他人的一种负责。他穿着一套老式寿衣——就是网上玩 cosplay 那些少年人四处热捧的汉服式样的袍子。藏青色。头上戴了一顶帽子。或许是一块头巾将头部全部裹住，我不确定。我不喜欢。唯一不喜欢那块头巾。那样子看起来一点都不青春。换成彩色或者苏格兰方格或者花团锦簇民族风会更时尚。审美情趣需要漫长地浸淫。

天气十分炎热。他此时躺在一具透明的冰冻棺材里。冷冻压缩机发出嘶嘶的制冷声音。我感觉到汗水沿着背脊往下缓慢淋漓。他那里凉快多了。那里躺过无数人，在被推进焚化炉前夜，那是他在人间暂留的最后驿站。是亡人的家。我觉得他那里温度和湿度更适合居住。一些指数更人性化。体感温度、感冒指数、穿衣指数等等。

——“在这里人们不需要眼泪，只需要假装。”

我突然想起了一部老电影的台词。*The Age of Innocence*，《纯真年代》，又名《心外幽情》，是一部 1993 年的老电影。那是 20 世纪末“镀金时代”的美国。浮华且奢靡。

这样，我就放心了。我得离开了。告别只是一个仪式。在葬礼上逗留时间太长总是会被人们误解成你是一个幸灾乐祸的人。

——走吧，别回头。跟着我的俊哥在后面提醒我。

——谢谢兄弟们。小江的哥哥说。以后有事摇我铃子，今晚我们就在这里好好陪他最后热闹一晚。

我们的传统是在葬礼的时候热闹热闹。在一个死人最后一个逗留在人间的晚上，放肆热闹。一般的手段是唱歌、鸣炮、奏乐，然后打牌、搓麻将、斗牛、跑胡子、跟三。我们都认为死人害怕寂寞，需要我们陪伴。反正就是最后一夜。陪伴就陪伴吧。偶尔热闹一个通宵，大不了第二天睡一觉。

我在门口的签礼台随了一千块钱礼金。俊哥随了礼。刀哥也随了礼。我们大家聚集一堂这是第一次，也是最后一次。

回到小区门口，那个老男人身边依然围绕着一圈人，热烈地讨论和叹息人生无常，说走就走。都是一个小区的居民，幸好他们自己都还存在。那天正好是开码的日子。一三五开香港码，二四六开台湾码。天天都有所期盼，日子充满了希望。

那一期的码报上说：红阳一轮在天边，寒梅三九百花开。鸡前鸡后狗中彩，祥云飞来放光彩。有人说“红阳”是暗示要出“羊”，有人说“百花开，放光彩”是飞龙升天要出“龙”。十二生肖都有人猜，期期如此。

——鸡前鸡后狗中彩，申猴酉鸡、戌狗亥猪，前三期出的都是鸡和狗，现在该轮到猪了。很多人听小江说过这样的话。

十点半，当期特码在大家热烈翘首以盼之中横空出世。猪，42。

——不得了不得了不得了。我听小江说过这期要买两百块钱的猪，不晓得他写了单没？两百块特码翻四十倍八千块钱进账。我要赶紧给他兄弟打个电话，要他查下这个事情看看。老男人说。他看上去比得知小江的死讯那一刻还要激动万分。

一个新的热点出现。他的死迅速退居其次。那一晚街边又出现了新一轮的谈论高潮。气氛更加热烈。各种可能。各种猜测。各种办法。各种叹息。有点万马齐喑的气氛，也有点百鸟争鸣的鼓舞。他兄弟迅速回到小区一个个询问接单写单的庄家。他查了很久。一直在查。

你知道的，人死了总是要带走一些秘密的。

他做了一件极其有意义的事情。他留给了亲人们无穷的想象。一段时间内的一些谈资。

那个晚上，我又有了大醉一场的理由。

世界上最没有理由的一个理由就是，你想喝酒的时候总是有一个恰到好处的理由等待你选择它。俊哥是酒的忠实粉丝。刀哥回到了麻将桌上。

——命来铁成金，命去金如铁。今天见到了棺材，升官发财有钱进，手气肯定红。他说。

临近七月半中元节，天上一轮明月照苍生。我们坐在路边“友妹子龙虾馆”剥小龙虾，撕火焙鱼，吃水煮牛蛙。老板娘是湘潭人。小腿很白大腿更白全身通通都白。她嚼槟榔的样子风情万种，唇齿含笑。我吃了一口她从牛仔短裤屁股后面的口袋掏出来的湘潭究脑壳槟榔，一身汗水淋漓。她夸张地嬉笑我夸张的反应。我们大家看上去很开心。

——你就是友妹子？我说。

——我是“友妹子”的妹子（女儿）。她说。

一个满脸笑容的男人给我递上一根“芙蓉王”。

——吃烟，老板。我认得你，老顾客了。我是友妹子。他说。

——兄弟，我带你去阳明山坐坐吧。俊哥说。

——那是死人呆的地方。

——那是另外一个世界。安静。干净。他说，我总是一个人去那里坐一坐。

我第一次听他说起这个爱好。他后来又邀约了我很多次。每一次，他都是刚刚对我发出去阳明山墓地坐一坐的邀约后又立即否决了他自己的念头。

——算了。那种地方不是你这种人去的地方。我能感觉他心存鄙夷。

——我可以看见很多很多人，可以听见很多很多声音，我觉得我和他们在一起可以放肆倾诉。我说什么他们都愿意听。

这个人一旦开始旁若无人地唠叨就是真的醉了。

其实，何尝只有他钟爱墓地？

里尔克早就四处宣称他对墓地之爱了。他尤其爱在墓地里流连，细细揣摩碑铭上的画面、文字。

——在博洛尼亚，在罗马，处处，我作为死者的学生，站着，面对他们无限的知识，我得到了教育。[①]

墓地，还是里尔克老师爱情开始的地方。

坟墓之间是我感受到
永志不忘的甜蜜初吻的地方。

这是他 1895 年 1—2 月间写给他曾经的未婚妻瓦勒丽 - 封 - 大卫 - 龙菲尔德的情书里的诗句。[②]

【注】

① 引自《布里格手记》，里尔克著，华东师范大学出版社 2015 年 8 月版。

② 引自《里尔克诗全集》序言，商务印书馆 2016 年版。

二十　疼痛笔记本（摘录）

只是从无穷的好心情的高度你才能观察到你脚下的人类的永久的愚蠢，从而发笑。

——米兰·昆德拉

一年冬天，我去无印良品买了一个方格笔记本。我准备开始与突如其来的身体疼痛，其中主要是腰痛展开一场你死我活的斗争。出于习惯，我给这个笔记本取了个名字——

《斗病自咀记》。

在扉页上，我题记了一句名言：

只有自己可以帮自己。

《笔记》：百分之八十以上的人类这一辈子都会遭受腰痛之苦

我听到“咔嚓”一声闷响，我的腰就开始了剧烈的疼痛。

——你听到了吗？咔嚓一声。我的骨头。

那是一些清脆的声音。

无疑是姿势的方向、身体的频率、本体动作的错误使用等一切运动系统在完成急不可耐的目标性生理运动以及运动带来的神经和心理愉悦过程导致。

我停止了一切动作，小心翼翼地翻身下来，强忍着剧烈的撕心裂肺的疼痛。换一个姿势，四脚朝天。天花板金光闪闪。一盏仿古典式吊灯透过现代工艺羊皮纸放射耀眼的黄光。我们一起被明黄的色泽覆盖得生机勃勃。

平躺，是最适合思考的体位——科学研究表明。

平静地平躺，不要迷恋高处，从上面下来吧！你不要总是迷恋覆盖，你不要总是扮演遮挡之物，让别人成为你自己的阴影。你下来。

我认为那一刻是一个人生的历史大事件。

顷刻之间，我的生活主题发生了翻天覆地的变化。我开始整日整夜无休无止地腰疼、背痛、颈椎痛、肩膀疼。

——你听到了吗？“咔嚓”，那一声。我的骨头。

我清晰地感觉那一声“咔嚓”之声后，我崩塌了。成为一堆废墟。我滋生了一些幻觉。这是一个病人的幻觉。是准确的。

颐尔康一个洗脚的小姑娘和颜悦色地对我说，我帮你捏捏吧，捏捏就会好的。

——实在没有任何办法。实在疼痛，就找一张硬木板平躺下来。一天、两天、三天，总会缓解的。另一个更权威的按摩师说。

从那一刻起，我需要思考一个问题：腰疼是一种怎样的疾病？

至少，它没有肺结核和艾滋病和癌症那么幸运。幸运到被桑塔格这样细腻和深究事物核心的哲学家不幸沾染。肺结核是浪漫主义的。面色潮红，楚楚动人，惹人怜惜，情思缱绻。

——不难发现，美之事物若要臻于完美的极致，一种适宜的忧郁情调总是不可或缺。爱伦·坡说。

我的腰疼是悲壮的。浪漫主义的。是一种浪漫主义的悲壮的痛。

《笔记》：今天，去看了医生……

我在一家省级三甲大医院的门口花两百块钱买了一个三天后的专家号。这是我对自己身体最为慷慨的一次开销。三天后，我艰难地扶着墙壁在医院过道黑压压的人群中守候了两个小时后，终于见到了一个老年脊柱外科专家。他和我一样有着一排烟民标记的不整齐的黑牙齿。他问了我哪里疼。一分钟后，他给我开出了三张检查单：X 光片、CT 扫描外加 MRI 核磁共振。

——下一个。他说。他留着一个大背头。戴着老花眼镜。愉快地结束了对我的问诊。

第二个礼拜，我又从另外一个黄牛手里买了这个专家的预约号，见到了我的救星。我给他开烟抽。和天下。一整包丢在桌上散落的病历本中间。他把我的一大堆检查结果影像资料一张张卡在观片灯箱上。

——你需要住院手术。他说。

他对着我的许多黑白影像照片四处指指点点。

——你看看这里，压迫血管了。这里错位了。这里，像是断了。

——必须手术吗？就没有别的办法吗？

他不回答我。他明显地做了一个迅疾短时但精准地得出结论的思考过程。

——你还是给他开一个住院证明吧。预交十万。他对着助手说。

——下一个。他对着门口喊。

我想和他多说说话。他真的很忙。我决定去别处碰碰运气。

——嘿，年轻人，记得去买一套颈围和腰围戴上。如果你还想看到明天早晨的太阳的话。出门前，老教授给了一个温暖的忠告。我认为这个忠告是特殊的关心。年轻人最需要的就是忠告和建议。他一般不轻易说出口。我心满意足地离开。

《笔记》：一段书摘

> ……四十二岁那年，我忍着令人窒息的背痛去找医生，但那并没有引起他的重视。
>
> “就是您这岁数正常的疼痛。”他对我说。
>
> ——马尔克斯《苦妓回忆录》

如果你是一个在绝望之中最终还是会想到读一本书缓解恐慌之情的人，你总是时不时会找到一句话、一个小故事突然契合那个如此渴望安慰的自己。马尔克斯或多或少给了我一些鼓舞，比如，也许可以试试把无奈当成无所谓。

《笔记》：新问题来了

疼痛变得越来越复杂。现在的情况是除了腰痛、背痛、胸痛、肋骨痛，大小便也开始痛起来了。

《笔记》：今天，我又去看了医生……

这一次，我吸取教训，再也不找黄牛党买号看病了。我通过私人关系找了一个熟人。

——病人不能过分要求医生在诊断过程中表达关爱，这有违客观公正等多种科学精神。这个教授不错，你放心，尽管有什么问什么。处长说。

自我介绍过后教授立即一脸久违的和蔼与笑容。他整体看上去像一个巨大的锥状的人体器官，瘦长瘦长。旁边坐了个年轻女助手，看胸牌已经攻破博士级别了，相当丰满。

教授笑，女博士立即也追随着展现笑容。气氛温暖，我腹腔充血。

——尿痛吗？尿急吗？尿频吗？一晚上要尿几次？他连续问了几个常规的问题，慈祥热情。

——如果没有典型的症状，你可以试试忽略它。医生说。但是要记住三点，多运动，不要久坐，挤压是前列腺的杀手；不要饮用高度烈性酒，白酒的刺激后果就是前列腺长时间的膨胀，从而导致肥大和失去弹性；当然，还有最重要的一点，要有规律的性生活。你，结婚了吧？

——我单身。

说这话时，我瞟了一眼女博士，她耳垂的背后有一颗小小的黑痣，在那一片粉嫩洁白的肌肤深处偷偷地夺目、耀眼，耳垂上有浅浅的绒毛。那一定是光穿行的地方。

——不过我有点糊涂了，教授。到底是挤压在破坏还是膨胀在破坏我们的前列腺？关键是这两个动作的作用力和运动轨迹正好完全相反啊？教授。

——一边是挤压，一边是膨胀，两个都是杀手。或者说，既不能挤压，也不能膨胀。

——那么，您说的有规律的那个生活，到底应该是有规律地过那个生活还是有规律地不过那个生活？如果是有规律地过生活，那么从医学的角度可以准确地量化为几天一次，或者，还是允许一天最多几次？

——至少不可以一次几天！谁都不可以。教授说。

我总是产生一些突兀而不切实际的欲念。我希望教授给我开出一张处方，上面标明：患者某某，经诊断确认为前列腺炎，需每隔三天（或者四天，随便）过生活一次。请遵医嘱。

——科学不提供这样的数据。他说。

这是一句毁灭理想的话。如果科学都办不到，人类向何处去？

我想到了我曾看过的无数电视剧、电视纪录片、电视新闻、电视广告。我暂时放弃一切对科学的残存梦幻。我想，也许，中国古老的道士在武功山隐修时可能研究过这个问题？可惜他们没有留下准确数据。

——自希波克拉底发明现代医学的体液学说以来，从来没有过一次几天的案例记录。他说。

——怕莫只有四郎，知道答案了。我说。

教授一脸茫然。

——他是在说《甄嬛传》里面的雍正。女博士说。

——可是，他五十多岁就被壮阳的金丹害死了。我说。

——我更喜欢《雍正王朝》，《康熙大帝》也不错。你们年轻人喜欢《甄嬛传》。纯粹就是部扯淡的剧。

我彻底被“挤压”还是“膨胀”弄糊涂了。女博士欲言又止，欲笑不笑。

——博士，你别忍着啊，笑出来啊，挤压是个杀手。

——膨胀也是杀手。博士说。

我们都笑了。教授亲切地将我送出诊室。

——记住我交代的三点，然后，试试忽略它。教授最后叮嘱了一遍。

忽略它！我得到了一个好处方。

《笔记》：那么，到底要不要相信医生呢？

——“相信医生自是愚不可及，然而不相信医生，那就比愚蠢更愚蠢。”普鲁斯特说。

这个人常年遭受各种疾病困扰。随便罗列几项，如下所示：

【**哮喘**】从十岁开始折磨终生。

【**消化不良**】便秘、尿疼伴以腹泻，肠道紊乱至极。

【**皮肤过敏**】不能使用任何护肤品。沐浴一次要使用十二条浴巾慢慢吸干水分。对，是“吸”，绝对不能“擦”。

【**害怕老鼠**】他说，他害怕老鼠胜过炸弹。

【**胃寒**】即使夏天如要出门也要穿上四件针织衫外加一件外套。

【**对高度敏感**】海拔的任何变化都会导致身体不适。

【**咳嗽**】声振屋瓦。雷鸣不断。犬吠不止。

【**恋床**】一生大部分时间在床上度过。那是书桌也是办公桌。

【**噪声恐惧**】以及【**其他**】包括弱视、牙疼、进食困难、肘关节疼、眩晕症……

他的父亲是医生。他的弟弟是医生，精通女性生殖器的外科手术，并以前列腺切除术享誉法兰西。

为了治愈他的哮喘，有个当时著名的医生花了两个小时将他鼻孔中一块隆起的赘肉烧灼除掉了。

——你现在可以放心到乡下去了，花粉过敏、发热之类再也不会有了。医生说。

可是，当他走出手术室看到紫丁香的那一刻他就当即哮喘发作，差点要了他的性命。幸好，他挺了过来，否则世间便无文艺青年津津乐道的马蒂尔德小蛋糕了。

…………

以上都是德波顿在《拥抱似水年华》[①]中对普鲁斯特的描述、引用。

当然，在这一章节的最后，他清晰地表明了他要说的意思是：

教益在于，我们须认清幸福生活的秘诀是从各种以密码形式出现的痛苦中获取智慧。一切都是了悟的契机。

就是要忍受痛苦，打落牙齿和血吞，苦中作乐，以苦为乐。

我的问题是我感觉我真的需要一个医生。

普鲁斯特本人关于求医的妙招是：

本人也屡为疾病所苦的医生方是好医生。

普鲁斯特是哮喘患者。陀思妥耶夫斯基是癫痫患者。桑塔格得了癌症之后研究了肺结核和癌症和艾滋病。波德莱尔肯定死于梅毒。卡夫卡有人说也是。叔本华也有人说是。

现在我是一个腰椎病患者。反正就是无端的腰疼、背痛、全身关节痛。痛不欲生的痛。疼起来的时候，我思考过什么叫作快乐以及什么才是幸福这些庞大的哲学问题。

与德波顿的结论有所不同。我的结论是：

对于一个腰疼病人而言，可以自如地蹲下来大便是快乐的、幸福的。

《笔记》：住院治疗

——去康复科做做理疗吧！你这种症状不值得大惊小怪。终于有个专家医生断然否定了我的腰椎需要手术的判断。

我一个人静静地躺在医院的过道上。加床第三号。三甲医院永远人满为患。

我渴望任何一个人给我一句安慰。安慰，目前已经变成了一件奢侈的事情。大家都精打细算地使用。不久之后，微信朋友圈点赞也成了奢侈品，一般绝不轻易使用。

——人类是不是正在丧失问候他人的本能？

——我们这代人不怕人说玩世不恭，只怕此间气氛沉重。一个文艺青年告诉我。

有个女医生总是穿着一条黑得发亮的黑皮裤从我的床边经过。她的袜子很短。恰到好处随性地露出脚踝。我有种想摸摸她脚踝的冲动。那样的脚踝适合一个金光闪闪的踝链。萦绕着。依偎着。交织着。不是每一个脚踝都有佩戴踝链的资格，就像并不是每一种鱼都有资格被生吃。我刚刚做完电磁脉冲并药物渗透治疗。我被脉冲得全身发麻。她偶尔问了我一句我怎么样。我对着她摇头。也微笑。她给了我温暖的关爱。

医院排除了我颈椎、腰椎疾病以外导致疼痛的所有可能，包括前列腺炎。为了慎重起见，他们甚至对胃癌肝癌淋巴癌口腔癌等各种癌，胰腺炎心肌炎强直性脊柱炎甲乙丙丁戊肝炎等各种炎症都一一作了排除。护士确认了我没有药物过敏史、家族遗传病史、既往性传染病史，医生给我做了三天各种各样的检查。

医院的过道有时很安静，像回龙镇的夜晚可以听见水珠的滴答声。有时很喧嚣，他们会推着突然脑卒中的病人飞奔向手术室。我一会看见天使一会感觉魔鬼正与我擦肩而过。

网络空间自称为“擦肩而过”的网名高峰期超过了三千万。

——今天需要给你打一些点滴了。黑皮裤的女医生说。

我一直在思考医院的过道适合哪种颜色来装扮。黑色、白色决绝和凄凉得让人压抑。红色？热烈和喧嚣得令人晕眩。我没有答案。

一种叫作甘露醇的药物。不到半小时之后就让我胃内火烧火燎。

他们还给我使用了包括声、光、电、磁、热各种物理治疗手段。他们都是天使。他们都想赶走我身上那个疼痛的魔鬼。

——来，要不给你试一试最新的冲击波治疗仪吧。

小护士拿出一支金属钢笔一样的治疗枪仔仔细细地在我背上所有经络行走之处点对点地治疗。是一种金属质感的哒哒哒哒声音。是一种看不见但通过声音就能够感觉穿透力的声音。很清脆的声音。是时光隧道里与黑暗强劲摩擦瞬间绽放火花的漫天晶莹。护士的手很温暖，轻轻滑过我背部的皮肤，把她专注的眼神搁置在我的身体。子弹射向肌肉组织，我幻想着它们将疼痛一个粒子一个粒子地毁灭。

——下次不要把做电针用的纱布弄丢啊。再弄丢就自己想办法。护士顺便教育了我几句。

我看不见她的脸。声音传递过来的表情我猜测是娇嗔。她总是慈眉善目的。

我会乖乖地，听她的话。我心里反复地发誓。

《笔记》：一些治疗腰痛的方法

我实验了很多治疗腰疼的办法。一开始的时候，都自称很神奇很有效。

一种风靡国际的自我治疗手段：麦肯基疗法。[②]

我在网络书店推荐的几万本治疗脊柱毛病的书籍中找到这本书。

——畅销全球超过550万册的自助医疗经典。七步告别颈椎腰椎烦恼。

封面文字素朴然极具冲击力。口气斩钉截铁。当然就是一个叫麦肯基的外国人研究的自我治疗方法。

这个人首先告诉我一个事实，全球超过百分之八十的成年人有过腰疼经历。某些行业甚至超过百分之九十，比如我正在从事的文案行业。一下子，我为自己的柔弱和矫情害起了羞。大家都在疼，我也就觉得不怎么疼了。真是神奇。我摸了一下腰，那一刻毫无感觉，完好如初。

接下来，他在序言中举了一个叫作史密斯先生的例子。你看了那么多的医疗广告，你当然猜到了他会怎么说。既然疼痛这么不厌其烦附着我的腰大肌，我决定不厌其烦地引用：

——感觉怎么样，史密斯先生？我小心翼翼地问。

——从来没这么好过。他兴奋地说，腿已经不疼了。

第二天，史密斯先生又来了。我们又重复了一遍这一“疗法”。在保持那个姿势 5 分钟后，史密斯先生剩下的所有症状都消失了。

…………

也许在看完这本书之后，你就能完全康复了。

看到这里，我差点就觉得外国人的耶稣基督真的就是救世主。

当然，最终，最令我感动也是最为青春励志的话是：

本书的主旨就是——照料你的背部是你自己的责任。……说到底，只有自己可以帮助自己。

决绝地让人绝望。意思是，学会对世界绝望，腰疼也许就会治愈。

——我从不绝望，所以也就无所谓希望。木心说。

同样的意思。希望潜藏在绝望之中。我开始学着绝望。我希望可以从此有驱赶走疼痛的希望。

——我们必须接受失望，因为它是有限的；但千万不可失去希望，因为它是无穷的。马丁·路德·金说。

一种植物：金银花根。和。一种动物：乌梢蛇。

老中医给我开的处方中总是有这两味药。一种植物和一种动物。大致还出现过杜仲、川芎、川乌、蚕虫、全蝎子和蜈蚣一类。

——为什么不试试中医？到最后，绝症患者濒临死亡和绝望的时候总会听到这句话。

19 世纪西医药被大炮打进来之前中国人也生病。

——为什么不一开始就试试中医呢？

也许关键是不确切。我估计。不能确切知道到底是哪里生了病。但是，关键是，生命本身就是一个巨大的不确切。

——象悬于天，形生于地，且泛应在于物。《易经》说。

同声相鸣，同气相求。同类相通，象形相融。虫草生似虫，人参生似人形，向日葵生似太阳，马蹄生似月亮；地蛋生似睾丸和阴茎，朝天罐生似子宫。人们视物如病，视病取物；从而顺其自然，以彼此之间相形相似的东西来治病。

中医学是一个伟大的修辞学体系？是“象征主义”？是“象形主义”？是不折不扣的“隐喻体反讽诗”？

——你肺部里的感染不过是一个象征。卡夫卡说。

他 1917 年 9 月被诊断了结核病后在日记里写了很多这样的话。

——为什么是金银花树根而不是它的树枝可以治疗腰椎？

——因为腰居中，属于“中焦”，但病灶在于肾，肾虚则腰坠，肾五行属土，根部扎根泥土，吸取大地精华，治病要治根本，腰病虚症在腰，实症在于肾啊。老中医说。

——姐是老中医，专治吹牛皮。听过《老中医》这首歌没？

——雾一早就散开了，蜂鸟停在忍冬花上。我在花园里干活。米沃什说。

米沃什说的忍冬花就是金银花的又名。因一蒂二花，两条花蕊探在外，成双成对状如雄雌相伴，又似鸳鸯对舞，故另有鸳鸯藤之称。

——金银花藤密密地纠绕着的凉亭里，在那儿，繁茂的藤萝受着太阳的煦养，成长以后，却不许日光进来。③

——为什么是蛇？

——蛇有160多块脊椎骨。最多的蛇脊椎骨可以多达400多块。

人类的脊柱包括七块颈椎十二块胸椎五块腰椎外加一块因人而异笼统定性为一块的尾椎。加起来二十五块。

——蛇当然应该是最好的治疗脊柱的动物药。

这已经是明明白白的比喻了。

我喝了很多金银花根炮制的药酒，吃了很多乌梢蛇熬制的药汤。

一种静脉滴注药物：甘露醇。

将它缓缓地滴注进入静脉血管以达到消除水肿的功效。西医一定会干的一件事情。问题在于，无论你有一个如何强大健康的胃，注射半小时后它都会痉挛烧灼甚至引发部分人的呕吐。

一种全新的生活方式：早睡早起。少吃多动。

管住嘴，迈开腿，多喝水——长命百岁三大法宝。从此病瘳福臻，百毒不侵。

一种大补增益的食物：龟肉炖羊肉。

所有的中医以及所有的菜谱都会管你有病没病都强力推荐的滋阴壮阳补肾益气强身健体的万能食疗十全大补滋养汤。

一个我的遐想

根据中医象形理论，以及吃哪补哪的概念，可不可以每天吃很多很多的各种各样的腰花？爆炒腰花。凉拌腰花。清蒸腰花。羊腰花炒猪腰花。牛腰花拌鸡腰花。管它世间闲杂事，只要时时有腰花。

一种态度

与所有疾病和平相处。

《笔记》：突然意识到回龙镇的贵大嫂女儿应该腰疼了一辈子

天还没有亮。我就被一阵阵巨浪滔天的啼哭声、吵闹声、锅碗瓢盆摔打声吵醒。公鸡喔喔喔地叫。我翻了一个身，将脑袋彻底钻进被窝。明爸爸也被吵醒了。他坐了起来把咔叽蓝布厚棉袄披在肩膀上吧嗒吧嗒抽纸烟。他用废报纸卷烟丝抽喇叭筒几十年了。他每天的第一回快感肯定是从早晨醒来坐在床边卷第一根喇叭筒开始。被窝里面是一个气息复杂的世界。也温暖也亲情也暗无天日的黑。明爸爸除了卷喇叭筒抽纸烟，还会在第一缕太阳光照进糊着旧报纸的木窗户格子时无法自控地放屁。一个接一个的。那是肠道蠕动的结论。他总是将屁放得清澈嘹亮。我赶紧将被窝掀开一丝小小的缝隙。我透着气。窗外，一丝丝的小小天空，色泽淡蓝淡蓝，隐隐约约。

贵大嫂又开始了每天早晨的谩骂。摔钢精锅。骂——“你这个老猪。”“你这个狼猪捅的。”“你这个老不死的。”“你这个断子绝孙的。”

老猪是她的老倌子。狼猪捅的是她的独生女儿。断子绝孙的是她的上门女婿。他们一家总共四口人。她招了这个倒插门女婿三年了，她女儿的肚子还是毫无动静。她只有谩骂。她谩骂的时候，她的女儿于是就哭。一会嘤嘤啼哭，一会号啕大哭。

贵大嫂是我的邻居。我历经几十年还是记得她的谩骂。她是个病人。她有一只眼睛总是红通通地迎风流泪。她和所有的人说话总是一边拿着一块土蓝色的格子小手帕擦眼睛一边用同一块手帕擦嘴巴。

那一段时间，我每天躺在被子里等待回龙镇的太阳被贵大嫂骂出来。

——吵死啊。吵。天天是这样鬼吵子吵。

我听见三宝骂骂咧咧地走了过去。他走过的时候总有屠刀磕碰屠刀的叮叮响声。他肯定是提拎着装满了大大小小杀猪刀的竹篮子准备上街卖肉去了。他一阵风似的走过后，贵大嫂家的猪开始尖叫。回龙镇所有的猪只要三宝所到之处必定闻风丧胆。贵大嫂是个养猪能手。她养的猪个个是生崽的能手。最多的时候她们家的母猪一口气生了十二个猪崽子。

——我老子天天要死要活喂了你们两个断子绝孙的畜生。她可能是想到了猪。骂得更加厉害了。

我听到钢精锅被脚重重地踹了一顿的声音。贵大嫂家里总共有两口锅。一口大铁锅专门用来熬猪潲，一口大钢精锅煮饭用。她从来不摔煮潲水的铁锅子，她们家煮饭的钢精锅不知道一年到头要请补锅师傅上门补几回洞接几回“兜”。（回龙镇人把锅底叫作锅“兜”，第四声。）

三宝的脚步声渐渐远去了。我听见了次第传来的叫鸡打鸣声和土狗吠咬声。三宝所到之处，除了猪被吓得叫，还有就是狗欢喜得叫。

回龙镇的狗都喜欢三宝。三宝杀完猪，每次都会拎一点猪下水在手上一摇一摆一步一甩地走回家。有时是一副猪肠子，有时是一根猪舌头，有时是一副猪心肺……凭借狗儿们那一只只天生超凡脱俗的“狗鼻子”，它们老远老远就晓得三宝要来了哩。

回龙镇腊月二十四“打扬尘”“祭灶神”都要摆上一坨煮熟的五花肉，即算是天上的神仙也是要闻到人间的猪肉香，才可以知道俗世凡间搞了些什么名堂，才能够得晓烟火人间的味道。何况是狗哩。狗岂能不喜欢这些。狗从而喜欢屠夫三宝。

然而，他一点都不喜欢狗，无论狗如何实心实意地钟爱他。那个年代的狗，终日处于饥饿状态哩。三宝杀了一辈子的猪，他骨头缝隙里都浸润着猪的气息。猪油猪肉猪肝猪心猪肺猪排骨猪筒骨猪大肠猪小肠猪头猪尾……一件件皆是香得不得了的好东西，三宝身上的猪油香，是回龙镇狗子们的一个梦哩。

我蹲在门槛上漱口的时候，贵大嫂已经煮好了一大锅猪潲。天光了。她不骂了。她对我大声笑。她总夸奖我长得秀气像个小女孩。她有时从裤袋里面摸出一粒水果糖。我叫她贵爸爸。她笑得便愈发开心了。她的脸笑得和她那只坏眼睛红成了一片朝霞，总是要艳丽一整天。

贵大嫂的女儿也是个病人。小时候得了一场大病后腰就直不起来了。眼看着年纪一天天大，背也越来越驼了，到了十四五岁干脆就驼成了一个真“驼子”。

——你莫当面喊她驼子哩，人到八十八，莫笑别人跛脚瞎。人心都是肉长的，都不容易哩。明爸爸千叮咛万嘱咐我。

贵大嫂是真的不容易。求爹爹拜奶奶托尽了镇上的各路媒婆子，终于给她女儿从智峰山大山里对上了一门倒插门上门亲。人家是个四十多岁的老单身，大毛病倒是没有，除了有一点点腿脚不利索。

她结婚那天，我和了了趁机又过了一把放鞭炮的瘾。鞭炮缠绕在长长的晒衣竹篙上。缠成了麻花辫的样子一圈圈一层层。那种缠绕会让人产生依恋和安全感。其实也性感。因为紧密得交织成了规整的图样，像外国人那根权杖被绿色的长蛇缠绕那样，都是好看的图腾。我们抬着竹篙子走在迎亲队伍的最前面，眯缝着眼，侧转着头，一只手捂着耳朵。她手里用绿色网丝袋拎着两个搪瓷脸盆。一个用来婚后洗脸，一个洗屁股。脸盆上都印着大红的红双喜，还有红色的梅花，以及喜鹊。她个子真的很矮。她不怕鞭炮。我们将竹篙举过了头顶，鞭炮炸不到她。她尽力地昂首挺她那个根本无望被挺起来的胸。她表情乐滋滋的。

我幻想着她和他。

她高高耸起的驼背，以及驼背的背面那一对深深塌陷的乳房。她老公竭尽气力让她尽快怀上崽。他们刚刚虔敬地跪拜过回龙镇阁楼上的神仙黄爹爹。他和他的妻子一起跪着，膜拜着一个肯定是可以祈盼的未来。黄爹爹是一个有求必应的爹爹哩。现在，他们一起努力跪拜一个可能或者不可能到来的婴儿。

她必须怀孕！她于是怀孕。她的孩子，她的婴儿在她深渊一般的胸脯里探究。钻研。寻找。一副乳房。

——咩咩。哞哞。婴儿咿咿呀呀。

——嗯妈。嗯妈。嗯妈。贵大嫂的女儿慈爱地教她的孩子唤“妈妈”。

回龙镇没有“妈妈”。回龙镇只有“嗯妈”。回龙镇人将“妈妈”唤作“嗯妈”。

小婴儿寻找乳房的路途遥远哩。

贵大嫂的女儿心里酸酸的。婴儿呼唤妈妈的乳房都像是小羊羔、小牛犊。

她的背驼成了那样子，接近九十度的样子，她怎么可能不腰疼？她的腰肯定疼得比我厉害多了哩。她可能是一个强直性脊柱炎患者。

《笔记》：盲人是上天派来对付疼痛的吗？

不妨试试把自己的疼痛交给一个盲人。除了钻研易经八卦风水命理算命测字抽彩头算八字看手相，更多的盲人依靠自己的双手推拿按摩。

——我们来谈谈“太阳”吧。盲人唐医生说。

第一次见到他，第一次接受他的推拿治疗后，他说了第一句话。

这是一个叫作文昌阁的老城区。从街口步行至盲人按摩室一共需要拐四个弯，右，左，右，左，每个拐弯之间的距离都约为三百米。

有没有发现南方的每一个城市总有一个地方叫作文昌阁？

街口，风迎面吹来炭烤羊肉串的烟火味。哈萨克小伙子在每一个夜幕降临的日子开始勤劳。

——四串。我举起手比画着。

摩的司机在一旁悠闲等客。不一会儿，他等到了一个寒风中长发飘逸的女子。谈好了价格，十块钱，起步，走人。女人的脸白皙干净得会让插在裤口袋的手产生冲动。她侧身坐在后座，双腿交织，长筒靴的银色尖高跟闪闪反光。她将手搭在摩的司机的肩上。开摩的真是个好职业。

——要辣么？

——要辣。我时常保持着对羊肉的深深眷恋。我站在街边的墙角将每一串羊肉中那一块肥膘肉吐出来。晚上七点半的城市乱乱的。人、车、空气，和我的心情，都乱。

一只身穿黄色防风背心的白色串串狗与我擦肩而过。一家名为“幸孕”的家庭旧式旅舍为千里迢迢来到城市人工受孕的外来夫妻提供专业庇护。第二个拐角处的福建馄饨店老板对我展示了他不轻易使用的笑。

——小碗馄饨，加个卤蛋，墨鱼排骨汤，老板。现在，那么一点点短暂的时间里，我把自己交给他。我属于他，他的一个饥肠辘辘的顾客。对面按摩小店华灯初上，女人戴了一副蓝框无镜片眼镜寻找人群中即将和她相视一笑的某双渴望之眼。她双腿微微抖动。一个推着木板车卖水煮花生米的老头摇着铃铛经过。他的黑皮帽早就不常见了。

怎么那么多的按摩小店？每拐一个弯都会有新的按摩小店。第二家杠上按摩。第三家泰式按摩。第四家。第五家。一共有八家。最后一家，王医生按摩。他的蓝色指示牌将“膝关节”写成了“漆关节”。

就是这里。就是这条苍老的叫作文昌阁的城市老街，未来我将每周两次躬身其中。

一条大白狗堵在唐医生按摩店门口五米远的位置对着每一个接近它的行人癫狂地吠咬。

——你莫怕它。它不咬人。它叫欢欢。你要叫它的名字，它就不会叫了。

——欢欢。欢欢。欢欢。

从此之后，每一个来到文昌阁的日子，我一定要记住主动和这只叫欢欢的狗打招呼，呼唤它的名字：欢欢。

——太阳有什么好讨论的？

——我就是想听听你对太阳的看法。

——你怎么看呢?

——我可以看见太阳。我二十八岁瞎了眼睛之后，我经常看见太阳落下去。

他一脸憔悴地坍塌在木沙发的角落里一根接一根地抽软白沙。

天冷了，街上又有一个老人死了。就在这间叫作福乐按摩室的窗户隔壁，道士们在唱敬神敬鬼的文绶。一叩首，再叩首，三叩首……伏惟尚飨……我们紧紧地挨着坐在硬邦邦的沙发上仍需要声嘶力竭地说话。我们抽烟，一支接一支地抽烟。后来，死了人的灵堂里面模仿我们声嘶力竭唱流行歌。我们更加声嘶力竭了。

有一段时间，雨也落得声嘶力竭。

我想起了昨天一整夜的轰鸣雷声。一下一下都打进了我的血管。有些这个城市的房地产开发商将桩基打进土地那样的卖力。我们听打桩机打井的声音彻夜经久不息的日子可能已经十多年了。声音是咚咚咚咚的。

德莱赛的《金融家》，高尔基的《福马高尔捷耶夫》。在嘈杂之声中，他和我谈到了两本影响了他的长篇小说。我都没有看过。我也不打算看。即算是德莱赛的《嘉莉妹妹》和《珍妮姑娘》我也从来没打算看过。

——王医生是个什么医生?我问他。

——那个王医生眼睛没全瞎，看得见东西的。以前看我生意比他好，偷偷在我门口放过狗屎咧。

我想起一句外国人的话:

在瞎子的地盘上，有一只眼睛的就是老大了。

乔伊斯一辈子在与眼疾做斗争。

——眼睛带来的一切是微不足道的。我有一千个世界要创造，我只失去了其中一个。他说。④

——你想过自杀吗?我问唐医生。

《笔记》：需要一个中药罐子了

下午四点整，我到花园小憩。至少有五根黄瓜可以采摘了。我抚弄了一会它们满身机灵的小白刺。痒感分明。气血舒酥。藤蔓缠绕。枝叶铺张。蜜蜂嗡嗡嗡。

黄瓜在成熟到某一个固定的直径时，它可能也就生长成了一种象征。长、短、粗、细。恰如其分。那种令人百感交集的形状。

——为什么总是要拍“黄瓜”？

世界上被拍得最多的除了“马屁”应该就是黄瓜吧？

在中医药学上，黄瓜没有资格入药，但被广泛推荐为一种优质食材，主要表现在清热降火、消肿利尿的辅助治疗方面。

它们还被广泛应用于北方文化的食品代言。一盘花生米、一碟水饺，再拍个黄瓜吧？！

我那时想我可能还是需要一个陶土的中药罐子了。我想到具体的事情时，天空飞卷阵阵黑云。

穿裤子准备出门时，我瞟见了丢在床边地上的三只袜子。三种不同的颜色。估算着大概已经一个礼拜了。我早就丧失了弯腰低头捡起地板上一切物品的热情。我没有捡它们。我有时跨过它们，有时绕过它们，有时，不小心，踩过它们……

是一些柔软的触感。自脚底攀缘。

我有一种温柔的凄凉感。设想某一个女人陪着我去买一个中药罐子。回家生火，熬药，治病。

——我思忖着，女人是一种柔软、缠绕的现实。伍迪·艾伦说。

他难得温情一把。

我遭遇了一场突如其来的大雨。暴雨。天空一片癫狂。我静静地站在车库门口观望。雨太大，无法生发冲进雨水里奔跑的情怀。害怕雨将腋窝连同足底一起淋湿。那样便无法挽回了。

俊哥应允我驾车一起去寻找我要的中药罐。

——雨，就雨吧。你等我。

我们在街边一个杂货铺里发现了罐子。雨刮器用最快的速度做钟摆运动。它们也抵挡不了这些突如其来的雨水。茫茫然，空间像骗子艺术家喝醉了酒搂着痴迷女人泼下的墨。没有谁真的读懂过雨的内容。

——你别下车，我去买。他说。

我看不清他的身形。他很快就会湿透的。我觉得凡·高和尼采对于太阳的狂热也许和我一样源自一种无法抵挡的疼痛。一个中药罐子。一个情境。他们的情感比巴尔蒙特要细腻。

——我一生从来没有像在体弱多病、痛苦不堪时期那样幸福过。你只要读一读《曙光》或《漫游者及其影子》，就会明白什么叫——回归到我自己：自我康复的最高形式！尼采说。[5]

我不是尼采。我和尼采不同。我无法从疾病中解脱出来。我愿意在疼痛中与一切绝交。我失去了耐性和原本的友好。我粗暴。我至少习惯了反感自我。尼采是一个反面。在镜子的水银涂层后面。肉眼不可见。

雨刮器动得太快，也该疲惫了。

我翻看手机云山雾罩、天南海北的狗血文章。

——我丁丁的名字叫黄金脆皮鸡。你的呢？有人问。

——我正在忘却我是一个有丁丁的人。管什么名字呢？

一些有丁丁的人加上一些没有丁丁的人构成了一个世界的一些绝大多数。

——存在，也是一种柔软、缠绕的现实，有时会完全把你缠绕进去。伍迪·艾伦又说。

——想一想疾病吧！去平息患者对疾病的想象，这样，他就至少不必因对疾病胡思乱想而遭受比疾病本身更多的痛苦。我认为，这种痛苦很是厉害！它大得很哪！尼采又说。

——一个破陶土罐子二十块，放到过去可以买一脸盆肉。俊哥说。

他从密集的雨滴中飞奔进入车厢。雨，残忍时，没有缝隙。

——你像一只落汤鸡，俊哥。

我从来没有见过一只真正被雨淋湿了的鸡。它们只需要抖动羽毛，便不可能打湿身体。在“落汤鸡”的问题上，鸡是被误解了。

那一年。在一个大地方执行任务时，很多石头、很多棍棒、很多拳头，纷纷飞飞，将俊哥的头砸得很烂。腰，也很烂。整体上，很烂。

——我就是一条烂命。他说。

他额头的正上方有一道疤痕。凹陷的，蠕虫般。在每一次酒精刺激过后，那只巨型的虫儿慵懒地爬行和扭动。可以看见充血后显现的大红的色彩。我总是凝视他，却总是记不住他的容貌。他的脸需要从历史的废墟中用比例尺线描、用洛阳铲从地表层进入考古。

他的后脑勺散落着五个浅坑，潜伏在参差不齐的短发中。一个坑和另一个坑在空间位置上没有规律。有同时性。有永久性。有疼。对应着天体宇宙的微粒子中子质子原子。

——未必我的后脑壳真的有五个洞？五个？

——是的。五个。金木水火土。东南西北中。

他说他真的从来不知道自己的后脑勺上还有五个伤口。我相信他。我自己也从来看不见我的身后。我后悔告诉他这个会引起他波动的事实。魔镜照出来的都是妖怪。他伸出双手抱紧头部。十根粗壮的指头细腻地摸索了很久。他大部分指甲里面都堆积了一些黑色的尘垢。

我用手机拍了一张照片给他看。他对着照片企图抚摸每一个疤痕。他喝了很多酒。也许，是抚慰。

他的腰部在那一次任务中一起遭受了一次重创。他从不坐飞机。他即算是一丝不挂，安检门也会立即发出“嘀嘀嘀”的报警声。在他的许多个椎体和椎体之间，有一些钢钉。人类早就找到了对付金属的科学手段。只是，仍然，没有办法抗衡如同金属般坚硬的灵魂。他们幻想着有答案。幻想，目前一般不被认为是邪恶。

——我以为我的腰会疼。

他躺在医院的床上三个月之后，才苏醒过来。一切疼痛感消失了。

我无法理解。

——是麻。麻木。他说。

——我从此之后不知道什么是痛。

——和我说说那次任务具体的细节吧？

——不可以说。他说。

——为什么不可以？

——我忘了。真的忘了。不记得了。我的脑壳有问题了。

我递给他一根中华香烟。我们一起吞云吐雾，车内车外一片混沌。烟雾狡诈地缭绕。雨滴敲打玻璃的声音像一把爱情的枪，射向胸膛，适合永远遗忘。

——疾病赋予我权利去完全改变我所有的习惯；疾病允许我忘却，要求我忘却；疾病把需要静卧、强迫休闲、强迫期待和容忍赠送给我……尼采说。

——你真的一点都不记得了吗？我问他。

作为这个疼痛笔记本的附录：

《一场名为“请苏珊·桑塔格治腰病”虚拟对谈》：

理论依据：其著作《疾病的隐喻》⑥

治疗方式：虚拟对谈

处方内容：以摘录和引用为主

说明：宋体字为作者语；楷体字为桑塔格本人话语的引用；彩色黑体字为《疾病的隐喻》一书中桑氏引用的语言；【 】黑框内文为注解。

【腰疼是一种怎样的疾病？从隐喻的角度来看，腰疼到底是一种灵魂病还是一种身体病？我决定和苏珊·桑塔格谈谈。就是如今文艺界人士热衷的“对谈”。他们面对公众。我闭门造车，纸上谈兵。我注意到从来没有谁关注这种对谈方式内容的对错，于是，决心一试。狗胆包天。

她的书《疾病的隐喻》，致力于研究肺结核、癌症和艾滋病作为疾病的隐喻意义。】

——你显然忽视了腰疼作为一种广泛性疾病的研究价值。

——从隐喻的角度说，疾病有两种，一种是灵魂病，一种是身体病。

——死亡和疾病常常是美丽的，如……痨病产生的热晕。梭罗说。

——我不想和你讨论肺结核的魅力，对小说而言，它早就集中美化在林黛玉身上被歌颂成顶级明星了。要不说说诗歌与疾病？

——对诗歌来说，癌症是一个罕见的至今仍令人感到不体面的题材，要美化这种疾病似乎不可想象。

——那么，对诗歌来说，腰疼存在美化的空间么？我一直想请诗人写一首歌颂腰部疼痛的诗。他们甚至曾歌颂过许多的建筑架管。自从腰不间断地疼痛以来，我的内心充满了悲伤。

——悲伤使人有趣。优雅和敏感的标志是悲伤。只有生性敏感的人才能感受到这种悲伤。

——我甚至深陷忧郁，意志消沉。

——根据“希波克拉底的四体液说”，结核病是艺术家的病。忧郁人物是卓然而立的人物，他敏感，有创造力，形单影只。她说。

——你只要放弃，你只要消沉，你就会萎缩。但是，威尔海姆·赖希说。

——我的源于一个动作的一声“咔嚓”声的腰病也许只是一个笑料。一件令人羞愧的事故。

——世界永远都是新的，如果你的神经够大条的话。维克托·塞尔日说。

——要对该疾病作更深刻的评判，既是道德评判，又是心理评判。她说。

——我，在上面，“咔嚓”一声之后，我就开始腰疼。我重复。

——在《伊利亚特》和《奥德赛》中，疾病是以上天的惩罚、鬼魂附体以及天灾的面目出现的。对古希腊人来说，疾病要么是无缘无故的，要么就是受了报应。

——不只是希腊人讲报应，中国人的善和恶之间全靠“报应”沟通。

——随着赋予疾病更多道德含义的基督教时代的来临……把疾病视为惩罚的观点衍生出疾病是一种特别适当而又公正的惩罚的观点。

——报应之后，是惩罚。我喜欢你这种不谈论科学的说话方式。我已经寻求了一切目前所有最新的科学手段，但是仍然腰疼。偶尔，痛得更厉害。

——对于疾病的这一种惩罚性观念：并不是说疾病是一种惩罚，而是疾病被当作了邪恶的标志，某种将被惩罚的东西的标志。

——疾病会受到意志的挑战。要从疾病中康复，就得依靠意志。叔本华说。从此不再耽于淫乐，积极处世，热情丰富，不自暴自弃，谨小慎微，不鲁莽冲动，也不残酷无情，只不过与世疏离罢了。我不要再受到诱惑了，姑娘。从此让世界只是充盈满疏离感和孤独感。

——结核病雅致、敏感、忧伤、柔弱、暧昧，灾祸也优雅；癌症病冷酷、无情、损人不利己，彻头彻尾的灾祸，野蛮。

——腰疼只是疼痛、疼痛、疼痛、疼痛。

——疾病是一种象征，一种内部发生的事态的外观，是那个它上演的一场戏剧。格罗德克说。

——格罗德克的意思是疾病只是身体的一种自我表达。

——我肺部里的感染不过是一个象征。卡夫卡说。

——最终，你的所有解释回到了“修辞”。象征是一种修辞。

——因而，当康德把癌症当作修辞手段使用时，癌症就似乎变成了情感过度的一个隐喻。

——对纯粹实践理性来说，激情无异于癌症，而且通常无可救药……[这是康德在《人类学》（一七九八）中的话。]

——在我看来，康德只是借用疾病阐述观点，这是疾病被应用在哲学领域的案例之一，我要说的疾病本身，和怎样治疗疾病的问题。同样是修辞，中国古人使用修辞手法，比如象征，来治疗疾病。你为何不研究中医？

【她诚然有意无意地还是忽略了中医。无论如何，她对疾病隐喻意义的阐述确确实实没有涉足中医理论。这是一个残缺。她谈论了一些“梅毒人格类型”的话题，提到了易卜生的《群魔》《浮士德》，想回到道德评判主题。】

——我们就不要谈论梅毒了吧。在文明古国度里有诸多比梅毒更值得深究和谈论的问题。

——……

——或者，就像所有卫星电视台说的那样我们只是谈论“快乐”？

——一种理论是“情绪导致疾病”。盖伦（公元2世纪人）认为“忧郁的妇女”比“乐观的妇女”更容易患乳腺癌。一位英国医生劝告患者最重要的是不要陷入任何悲伤。这类斯多葛式的新处方就是“自我发泄”，比如“尖叫疗法”，比如“倾诉疗法”。她说。

——自从利福平和异烟肼被发明用于治疗结核病之后，事实就是无论病人情绪高昂还是低落，它都可以被治愈。

——这种理论被应用于结核病，到20世纪仍然相当流行，直到最终找到了治疗方法才告寿终正寝。可能，这种理论像当初它被应用到结核病上一样站不住脚。她说。

——最终都是心理毛病？与身体无关？

——在整个现代历史中，有关疾病的思考都倾向于不断扩大心理疾病的范畴。有两种假说。一种认为，每一种对社会常规的偏离都可被看作一种疾病。那么犯罪就是一种病。那么罪犯应该得到拯救。第二种假说，每一种疾病都可以从心理上予以看待。是他们自己的原因不经意导致了疾病。第一种消除内疚，第二种恢复内疚。

【反正，得病都是活该的。这是我们的共识。】

——疾病源自失衡！秩序是政治哲学最早关切的话题……我们谈论

疾病隐喻的内容，至少有人把国家的失序比作疾病，是行得通的。她习惯性地试图谈论政治与疾病。

——我们不可以谈论政治。但我同意你说的治疗的目标是恢复正常的均衡。我说。

【我拒绝和她谈论疾病在政治上的隐喻案例。我们于是不再谈论疾病在政治上的隐喻。】

——但，涉及生命医学和科学，终归是要谈论两性的。

——毫无疑问，弗洛伊德在性方面没有太多的满足。赖希研究后认为癌症导致了弗洛伊德的冷淡。

——说起这个话题，我认为腰疼至少是一种容易引发联想的适合戏谑的疾病。那是一个经常被引入各色段子的区域。像某些地理区域的多边地带。潜藏着诸多的冲突。沿着这个部位向下，便变得敏感，滋生口水、幻觉，和，横亘历史的谈资。尽管你说“不管结核病如何令人望而生畏，它总是能唤起同情”，但是，腰疼不可能“唤起同情”，它只会受到异性的鄙视。

——必须让人类的某些体液有发泄的机会。就其自然本性来说，人的思想与身体全都屈从于骚动……，沙夫茨伯里勋爵 1708 年说。

——对一个腰疼病人而言，实现这个目标可能需要采取技术性手段，比如两性主动性地更换在对方眼里的位置。

换一副严肃的面孔，使用科学领域的语汇来确切描述这个区域的一切疾病，其实，也无济于事。人们早就习惯了鲁迅式的胳膊联想思维惯性。无济于事。

幸好与艾滋相形之下，它还存在着被拯救名誉的空间。最多不雅，还不至于不洁净，甚至肮脏。谁会在意灵魂的洁净程度呢？最多是一种疲软的状态。最多是一种柔弱。最多是一些雄性力量的渐渐远逝。已经习惯了宝贵时光的任意流逝就再也不会在意这种淡淡的消逝的。习惯了，就好了。习惯了流逝，也就习惯了衰老。

——也有人实验隐修、远离城市、冥想这些非技术性手段。但是它幽闭、阉割、弃绝生活。是人类的灾祸。桑塔格说。

【这是一些缥缈、玄幻、宗教色彩的话题。一场对谈一旦涉及这个空灵的范畴，就相当于人们网络聊天时使用“呵呵”表达无语，以及句号。

还有继续的必要吗？

——只有自己可以帮自己。麦肯基说的话看来最至理。

这是一句充满了励志精神的结语。麦肯基没有说自己具体怎么帮自己。大家都不关注内容。

我们糊里糊涂结束了一场对谈。我把麦肯基的话写在笔记本上。大写。红色。加粗的马克笔。标注惊叹号。下划线。我盯着中年桑塔格的照片出神，无论在生命中哪一个年龄阶段，她都呈现出某种特殊的诱人。】

向苏珊·桑塔格致敬。并推荐疾病中绝望之人阅读她的著作《疾病的隐喻》！

我的笔记本上还有许多只取了标题但由于疼痛最终无法完成的章节，比如：

《实在疼，就贴张膏药！》

《或者，去拜个菩萨吧？》

…………

【注】

①《拥抱似水年华》：阿兰·德波顿文集，上海译文出版社 2009 年 4 月版。

② 摘编自《麦肯基疗法》。

③ 引自莎士比亚戏剧《无事生非》。

④ 引自索莱尔斯《情色之花》。

⑤ 本章节引用尼采句全出自《瞧，这个人——尼采自传》，花城出版社 2014 年 8 月版。

⑥《疾病的隐喻》，上海译文出版社 2014 年 4 月版。

二十一　第一人称：写信给你

通向神圣的第一步不是去爱一个女人，而是爱一个英俊的少年。

——柏拉图

亲爱的回龙镇兄弟：

书信很古老了。老得快要像明爸爸那样走了。我最终决定选择这种濒临灭绝的书写给你写一封信。

已经许多年的时间没能好好与你面对面聊一聊了。除了写信，我还能干什么？

应该是从无休无止的疼痛开始折磨我起，我习惯了在百无聊赖的间隙给你断断续续地写信。一封从没打算寄给你的长信。或许会一辈子写下去。或许只是把你当作一个键盘对面的倾听者、见证者，一个虚拟之人，一个无。谁让我从回龙镇来到这个城市二十多年竟然找不到一个真正可以面对面倾听我细碎而漫长的唠叨之人呢？人人都忙于那金黄的高贵之物，哪能把时间浪费在他们最反感的“无效社交时间”之中？谁让我们这两个从回龙镇来到城市的小镇青年目前尽管每一个白天都在同一幢大楼各自营生，一年到头却几乎难得碰上三次面？是的，你当上处长之后，我们已经许多年没能好好坐下来促膝谈心超过五分钟了。

You are somebody. I am nobody.（什么意思？请自行百度。）

生活如此决绝和奇妙。时间，让一切变得陌生？一晃到城市二十多年了。时间不正是浪费在了时间之中吗？

在我看来，我们只是两个看惯了三宝杀猪的孩子。从回龙镇到这个城市，从土砖屋到水泥房，从蹲在晒谷坪吃饭到坐在旋转餐桌旁宴请，从一个极端到另一个极端。不属于现在，但绞尽脑汁想拥有未来；不属于过去，但时常怀念从前。不属于未来，终将任人宰割。

我们离开回龙镇的那一天起，我们即已被放逐，成了一个流亡的人。

恰到好处的流亡，并活得看起来风生水起是一个非常有些含金量的技术活。你一直比我在行。你有太多的比我在行。我将在未来合适的时候将这些适合掌控城市的人类优秀品质一一总结并罗列。也许可以传以永世。

城市一直在变。回龙镇一直在变。我内心那个渴望一直不变。但是，渴望的结果变成了无望。我只差在落日时分再等待半个小时。我逃跑了。

现在是下午近五点时分，下起了雨。雨的声音动静很大，打得外面的世界滴答作响。腰一直在疼，我强忍着塞了个靠枕坐着写字。今天是盲医按摩治疗日，距离出门还有一个小时时间。夏天了，天难得一直凉凉的。

你还记得我们在回龙镇的那些夏天吗？

时间

有人民公社的那个年代

人物

一群乡镇的少年人

场景

乡政府威严的大院正中央，是一块巨大的水泥篮球场。两端的篮球架在少年人的眼中是两块需要仰视的丰碑。少年人一一抬起头来，视线末梢正好是球筐的边沿那一圈绿色尼龙网格绳。它在轻轻摆动哩。它那菱形的格子可以让天空钻进眼里来哩。那时的天那么蓝。瓦蓝瓦蓝的蓝。自然还有云。白色的云。淡淡的云。一丝一丝的云。或者，一堆一堆的云。蓝天算什么东西呢？蓝天只是白云的背景呀。蓝天只是作为一种陪衬。

“嗨，都听好了，现在我们滚铁环比赛，听我的命令，一起排好队，绕着球场十个圈。预备——起——”

少年们滚铁环，在蓝天下在球场边在七月的黄昏中。我们滚铁环。有资格在乡政府恢宏的水泥篮球场上滚铁环可是镇上孩子们做梦都想得到的天赐良机哩，哪里像生产队的晒谷场那种泥巴夯实的黄泥巴地，土了吧唧，灰尘漫天。你听呀，水泥地上的铁环可以滚出清脆的声音，一串串的清脆，一滴滴的叩击，一声声的韵律哩！好听吧？了了排在队伍的第一个，弓着背弯着腰，他的铁环好大啊。

“了了哥的铁环比我们的大一倍多，我们哪里跑得过他哩？”三宝的崽猴癞子擤了一把快要拖到水泥地上的清鼻涕，偷偷地向我抱怨。

“快莫作声！再乱喊乱叫，他下次不带你进来耍了哩。”

那天，了了穿了一件他娘给他买的新海军衫，蓝蓝白白的横条纹像海浪拍打着岸边的石头子，帅帅的，白白的。少年们都羡慕极了哩。

“这些吃国家粮的狗崽子，幸福哩。”猴癞子咽着口水流着鼻涕偷偷说。

几圈跑下来，少年们个个都是一身大汗。汗水在湿热的水泥地蒸腾下愈发袅袅婷婷，了了满头的汗珠被热浪蒸腾得云雾缭绕般氤氲，像极了一个雾霭闪闪的光环，萦绕着他少年的头颅。少年的黑发在那个雾气缭绕的光晕中光鲜、清亮、独特，或者圣洁。

> 在把神灵画在金色背景上的时代，圣母玛利亚的头发总是被画成红色。金色就像是一些天然的光晕将圣母萦绕。当不再使用金色背景的时代来临，她的头发变成了金色，红头发开始被妖魔化被视为女巫等同而加以焚毁。那已经是公元1500年左右了。[①]

进进出出乡政府滚铁环很多很多次以后，守门卫的冯老倌再也不对着我们这些镇上周边的农村细伢子骂骂咧咧翻着白眼喊我们死起滚远点了。

“崽伢子来了啊，快进去吧，了了妹子在屋里等你哩。”那个时候的老倌子笑起来也蛮好看的哩。他笑起来黑黄黑黄的老牙齿有点像粘在搪瓷把缸上的老茶垢。我们风筝般飘了进去，自由地，轻盈地，从守卫着乡政府大门的两只巨大的麻石狮子之间。那是一种可以在庄严和神圣中自由进进出出，自在飘飘荡荡的快乐哩。你知道吗？有一次，冯老倌喝了几两烧谷酒，竟然和颜悦色地领着我们这些农村细伢子围着石狮子转了一圈一圈又一圈打圈圈哩。

“讲把你们听哩，细崽子们啊，石狮子讲究得很哩。男左女右，左边的是公狮子右边的是母狮子哩。”他一边说一边把我们带到狮子的屁股后面摸着两个倒吊着的两颗大石坨坨说，“来看看吧，这只就是公狮子，好大两个卵蛋蛋哩。”

你知道怎么区分石狮子的公与母吗？

兄弟：

我越来越觉得也许还是回龙镇时，你的身上就具备了一个我此生都不可能具备的优秀品质。或者说，是一种与生俱来的能力——等待力。这是我自己创造的词语。也就是一种一切强大动物基因自带的某种包括了忍耐、守候、判断、时机把握，然后一举制敌的处事成事的能力。

我最近也许是受疾病和疼痛困扰斗室所致，总是不由自主地深深陷入对旧时的琐忆之中不能自拔。

相信你如我一样永远会记得初中三年级那个夏天的午后，那个漂浮着白色的女人。你肯定记忆犹新。

——她到底长什么样子？我一直追问你，你怎么一直不正面回答我？

时间

初三备考县城中学的一个中午

地点

回龙镇中学后山水库堤畔上

事件

一具年轻的女尸突然漂浮水面，引发了轰动。

场景

我们一起蹲在回龙镇中学后山的水库边，时间已经静静地至少过去两个小时了。那具白色的女尸仍然漂浮在水中央。草丛中有许多肥硕的蚂蚁。它们属于安静的物种，比蜻蜓雅致，比蝴蝶内敛，比麻雀勤劳。远处蝉虫鸣叫，喧嚣吵闹。那具尸体静如处子。她脸朝下，四肢伸展，在水面上释放白色的闪光。没有人怀疑那不是一具女尸。那种白色的光唯有女性裸露的背脊可以散射致人心乱。那时，我还不懂得那里其实还掩藏着另外一种极致的美：一种女性的背部的曲线美。她短发。蓬松荡漾出花样的形状。岸边有一些人躲在树荫下遥远地凝望，是充满了渴望的眼神。不同的渴望内容。空气湿热，全部是渴望和等待。

县城公安局的白色面包车和绿色吉普车停在堤岸上。警察很多。

他一动不动地盯着她。盯成了一种静默和专注。我眼神四处游离。时间过得相当缓慢。那些警车里的人迟迟没有采取措施。他们也许在等待什么。人们有时俯视女尸，有时仰望汽车。视线混乱，如同那时的格局。小镇周边的炎夏午后罕见如此热闹。人人都是布洛克。（或者，我应该表达为：人人都是狄仁杰。）

是的，在一起等待。等待美丽的白色上岸。等待一个故事的主人公。不知道她从哪里来到回龙镇用如此震惊的姿势俯视一个被人忽视的世界。她将故事写进水的深渊。读者是水草和鱼。等待人类猜测、推理、探索。未来可能还用得上显微镜、手铐、一些悔恨和人民法院。

——他们等会就要把她拖到岸边，翻过身来。你说。

学校的上课钟响了之后，下课钟不久接着响了。下课钟响了后，上课钟准时地接着再响。这是一种可以听得见的秩序。一个老汉子用一把铁锤击打一块长条形的生铁片制造学校上课下课的钟声。敲钟的老汉总是左手拿着铁锤。右手闲置得更多的人据说更加智慧。卡西姆多左手拿刀右手拿叉，严格遵循西方的准则。我有些讨厌那种敲打声。水库边却仍然混乱。只是讨论声越来越少。太阳当头，人容易疲倦。

夏天，适合做一条鱼，在水里，凉爽极了。

钟声有时扰乱人心。圣索菲亚大教堂和蓝色清真寺的钟声除外。但，我们还在等待。

——我想等她翻过来看看她的样子。

很多人都这么想。警察开始搬弄一条小船。他们的脚上一些人穿上了军工厂生产的黑色长筒套靴。黑色在水面上也发光。

我们俯视尸体。尸体俯视水底。水底之底不可知。唯有鱼儿看得见她的脸。鱼眼睛看见的世界都是弧形的，放大的，广角的。所以，变形，弯曲。这是霍金著名的金鱼理论。

黄昏时分，晚霞的残红映照在她优美的曲线上。光线弯弯曲曲，是四维的度。

——我一定要见见她。他说。你不肯回学校。我们甚至从来没见过一个完整的女人。

我提前离开了水库。他一个人继续等待。等待那个美丽的女人翻过身来。

远远地我就看见了那个凶神恶煞的语文老师站在教室门口。他总是用回龙镇口音的普通话朗诵朱自清的《背影》。他还喜欢放学后把杨丽萍单独留下来带到寝室里面辅导辅导。杨丽萍是学习委员。她喜欢在下雨天卷起裤腿奔跑。她的小腿像一尾鱼的肚皮，白的，嫩的，无法不令人心生欢喜的。她的比目鱼肌散发出青草气息，像是一对有理由肆无忌惮招摇过市的小乳房。

语文老师那天让我一个人面对着教室黑板站到了天黑。他从水库径直回了家。我想我也许会和杨丽萍一样爱上奔跑。我是为了制造逃离。以逃离为目标的奔跑令人轻松。比快乐更快乐。好像是他可以从一个世界奔跑进入另外一个世界。他可以从水面奔跑进入水下。他可以从雄性奔跑进入雌性。

我也很想知道尸体翻过身来的样子，他却一直不肯告诉我。

——不是只有一个世界的。每次我问你都这样回答。

我做过一些梦。梦里的人都是背影。我趴在回龙镇花鼓戏的木台子后面看戏。演屈原的那个演员其实是一个年轻人。从正面看他被装上了黑色长髯。演鱼婆子的演员腰粗臀肥，尖声尖气。我有时觉得我有一颗不安的心。

上帝已死。谁都知道的尼采。哲学已死。霍金的名言。

——爸比，我们是不是只能知道一半的事情？我只能看到前面，看不到后面，这样不就有一半的事情看不到了吗？简洋洋问他爸爸。

这是杨德昌的电影，片名叫《一一》。

——没有一朵云，没有一棵树是不美丽的，所以人也应该是这样子。很美的一句台词。

——她到底长得什么样？我时常追问你。你从不回答我。

那是一个我从回龙镇随身携带闯荡世界的“为什么”。一个谜团。一个忠诚地对我不离不弃的谜团。一个随时光生长的问号。它也许应该也在与我一起变老。

你只告诉我提前离开后没几分钟他们就把她打捞了上来，四脚朝天地摆在长满了油油绿草的岸边。

——你不愿意多花几分钟等待，你就永远不会知道结果。你略带鄙夷和轻蔑的眼神看着我淡淡地说。

后来我知道了，行百里半九十，这句话的意思。我估计你永远也不会告诉我她的样子了。但是我还是会坚持不懈地追问。

我时常懊恼自己的丧失耐心。也不懂得等待。由于不懂得等待，我永远失去了见识那具女尸面孔的机会。现在，我却依然在一座与我毫无瓜葛的城市漫无目的地等待。等待漫无目的的目的。唯有那张不曾谋面的女身之面是我经常可以确定的等待的内容。

可是，我正在城市。

真的，我就在城市。

我一直不知道我等待的内容。

等待什么？最好不是等待丧失殆尽！

从那时起，在你的眼中，我就只是一个为了失去而存在的人？

从那时起，在我的眼中，你就是一个有明确等待内容的人。

尊敬的处长：

从此之后我应该这么称呼你了。发自内心地为你正式荣升部门一把手正处级正处长而感到高兴。回龙镇所有的锣鼓为你敲起来。回龙镇所有的鞭子为你炸起来。这是你善于等待，善于在等待的过程中捕捉机会和努力的结果。今天，是你等待的一个内容。我深信自今天开始，你立即开始了等待着另一个新的内容。

——先生，宣布您当选总统的那一刻，您首先想到的是什么？

——下一次如何当选，先生。

刚刚看的一部好莱坞大片《巅峰时刻》这么说。

——还记得以前我要你记住的四个字吗？在卫生间门口碰到您，您把我悄悄拽到一个僻静的角落。

——当然。心照不宣。

——三缄其口。再给你四个字。从此开始绝对闭口不提我们的私人关系。你郑重其事地告诫我。

我的回龙镇兄弟，那一刻，我的情绪低落到了极致。我刚刚正准备回到红花坡吹个牛皮继续展望未来美好生活哩。现在，我得好好思考思考“三缄其口”的真正含义了。请容许我慢慢来。

您去年不是还对我说，“读万卷书，不如行万里路；行万里路，不如贵人相助”吗？

时间

春节前

地点

一间高档包房

事件

了了处长宴请

场景

处长终于学会了穿西装前先把袖口的商标扯掉。他穿着一件藏青色的阿玛尼休闲西装站在包厢门口迎接客人。一个很重要的宴请。欧式风格的包间。巨大的水晶枝形吊灯晶莹明丽，悬挂在天花板正中央。

酒水自带，备三十年茅台四瓶，正牌拉菲750毫升一件共六支，路易十三两瓶。

——老板好像现在只喝白兰地，红酒漱口。茅台，不喝的话记得放在老板车上让司机带回家。拿菜单来，我最后敲定一下。服务员，报单。

冷碟八件。

——有什么新鲜洋意子没有啊？今天请的老板可是天上飞的地上爬的缝里钻的样样精通的大老板啊。

——刚到的新鲜空运巴西冰草，如何？

——行。其余你配，凉菜要素，要时令，腌的、糟的一概不要。

热菜十二式。含阿拉斯加帝王蟹、日本神户雪花牛、澳大利亚大鲜鲍。

——上什么鱼？处长问。

——左口、老虎斑、东星斑、石斑，您看呢？

——老虎斑千万要不得！老板属羊，忌讳的就是这个虎。

——有一条三斤半重的野生黄花鱼，老板。

——好好好。三斤半重，那有蛮大，老板夫人最喜欢野黄鱼。上。

位份菜最彰显宴请分量。

——位份菜？我想想看。鲍翅燕啊，老一套，吃烂了，含磷高，不健康啊，妹子。你要学会健康理念。现在真正的老板都是命最要紧哩，你以为还是过去一样饿牢里放出来的饥死鬼哦。

——要不玛卡炖土鸭？黑松露炖土鸡？壮阳补肾哩。

——什么壮阳补肾？老板什么没吃过？要不这样，就玛卡炖土鸭，每份汤再外加八根虫草。老板夫人另外给她专门做一份血燕吧。

——啊？这个好像没有这个做法啊。

——什么叫没有这个做法？今天就这么做。你饭店还开不开？赶紧找厨师长去安排。

——好好好，处长大人。您莫发脾气，我马上安排。

经理单膝跪在处长腿旁边撒了一个软绵绵的娇，又伸出右手搂住他的脖子将脸贴到他的脖子上蹭了两蹭，再对着他的脸颊亲了一个啪啪响。这才起了身。

她的裙子很短，领口很低，胸脯很大，很长，牙齿很白。她貌美如花，是个彻头彻尾的美人精。

老板迟到半个小时。处长赶紧安排入席。他坐主人位。老板坐左手主宾位。老板夫人依次。其余随从、陪同等人七八个十来个吧？谁会记得他们呢？

一开席，处长“剪彩”，欢迎欢迎热烈欢迎，端起酒杯一饮而尽。老板先喝个汤，吃点东西，垫垫底吧。在老板的带领下，大家紧跟老板的速度稀里哗啦喝汤，夹起玛卡放在嘴巴里面舔、舐、吸、嘣。接下来，跟着老板夹起虫草丢进嘴巴，咀、嚼、吞、咽。老板碗里八根，其余人每人四根。处长特意交代，老板是特殊人物。老板擦了擦嘴，点起一根非卖品专家品吸版没有品牌的香烟。吸。

大家起立排队依次敬老板酒。

——老板随意，我干。

大家都这么说。

——我随意，但是，我不随便啊。夫人啊，是不是？老板说。

夫人穿得花枝招展的浅颦淡笑，不说一句完整的话，除了一些副词或语气助词。夫人戴着很贵的文胸，挺着很高的胸脯。夫人习惯了被当作高贵的尊夫人。下巴翘得比一般人高很多。我从脊柱外科学的角度认为，那样不利于颈椎的自然生理曲度。

老板是个很幽默的人。老板一边喝酒一边讲段子。

——读那么多书干什么？读万卷书，不如行万里路；行万里路，不如贵人相助；贵人相助，不如跟着我的脚步！

菜剩下很多。你把它打包回去给保安吃。处长说。

他死了。我说。

我们都会死的，尽量不要太突然吧。处长说。

回到坡上，我在9577便利店买了两小瓶邵阳大曲酒在物业办公室的门口。点燃了三支香烟。我坐了很久。带回来的几大包菜还是热的。我有时认为亡人可能真的可以享受生者的献祭。

了了哥：

或许我确实必须总结自己失败的原因了。

离婚那天，我唯一给你打了一个电话。你恭喜了我。我带着你的祝福一个人在花园坐了很久。

我并不喜欢一座四季应景鲜花盛开的园子。我不在花园的时候，鸟儿们便纵情歌唱，小鸟轻盈站立枝头，大鸟甚至在泥堆里打上几个滚。我的狗整日整日守候花园，对所有的鸟滋生浓厚的兴趣。它是一条痴迷于飞翔的狗。

飞翔，是悲观主义者的遁世，是乐观主义者的狂妄，是浪漫主义者的放荡，是理想主义者的口水，是一条狗的不是。狗渴望与有翅膀的物种和平共处。我和它和平共处。它从小就热衷于我剩下的骨头。我用鸡蛋黄拌上狗粮。它使用一种感激涕零的眼神凝视我。吃饱以后，它舔我的脚掌心。它怎么知道我热衷于那种极限的痒感？

我幸福。那时。

我目前的状况依然寡淡。我依然上班下班翘班。我依然穿过红花坡所有的蜿蜒、曲折、喧嚣与这个市井的街道一起生活。

我一直在这个机构供职，直到直接在您的手下延续从前。尽管我被发落到机构所有的部门，但是我本质上没有改变。他们需要我离开机构去机构以外寻找赚钱的路数。但是，他们从来不给我一个乞讨的钵子，也不给我一件褴褛的僧衣。

要不要我学会“开光”？为一尊泥塑的佛像。陶瓷的、青铜的、伪劣的石头冒充成玉石的。或者，为一个庆典。为一座豪宅。为一个人。开光！

地点

江边夜宵摊

时间

任何一个不下雨的夜晚

场景

——算八字，抽彩头啦。

那个留着山羊胡子的中年男人穿着一件白里透黑的对襟单排扣绸布短衫。我坐在街边吃夜宵多少个年头，他就这么叫着穿梭了多少个年头。

——算得准吗？

——信则有不信则无。一命二运三风水。算得准不准？这么跟你说，哥哥。算不准我 × 你屋里祖宗。

——我 × 你屋里祖宗十八代咧。

山羊胡子在拳头攻击他之前落荒而逃。他奔跑着。雄壮的背影。奔向不熄灭的骗局。

处长：

我一直不明白，他们为什么一直不让我干一些复杂一点的工作？比如，仔细核对每一张需要报销的发票，哪一张是正规真发票，哪一张是在火车站农村女贩子手里买的假发票。我从一开始就对所有纸制品有着辨别真伪的天赋。比如，穿上帅气的黑色“特勤”制服站在门口远远地观望，一旦处级以上的干部接近黄色警戒线五米开外之处提前开启门禁系统。比如，偶尔给当天县级电视台报送上来的短消息取个标题。

后来，我明白了，我太喜欢遐想，就是胡思乱想；也太喜欢思考，总是思考怎么不工作也可以当很大很大的领导。我粗俗的思维方式决定了我即使将所有脑细胞神经元全部用至死亡也成为不了让—雅克·卢梭。巴士底狱已经被攻克。法国大革命吵吵闹闹人们很疲惫。思考是需要安静环境的技术活。城市马路，汽车熙熙，人流攘攘，不适合思考。

——现在，请安静。现在开始，请习惯我不在你们中间。聂鲁达说。

我想和你说说话。

——我一直做着最简单最简单的工作。他们害怕我想太多。

——你总是想太多，真的可以吓坏很多人。你总是说。

——或者说，你们一直在培养人们学会停止思维。

——你对电视有太多的偏见。我们的工作是用事实讲话。

——用一个事实覆盖另外一个事实？

——事实永远不会告知以真相。即使是最简单的事实也会误导人。[②]

在我看来，我们只是两个看惯了三宝杀猪的孩子。从回龙镇到这个城市，从土砖屋到水泥房，从蹲在晒谷坪吃饭到坐在旋转餐桌旁宴请，从一个极端到另一个极端。不属于现在，但绞尽脑汁想拥有未来；不属于过去，但时常怀念从前。不属于未来，终将任人宰割。

我们离开回龙镇的那一天起，我们即已被放逐，成了一个流亡的人。

恰到好处的流亡，并活得看起来风生水起是一个有些含金量的技术活。处长您一直比我在行。您懂得等待。还有守候、观望，借助鸡、猫头鹰。

城市一直在变。回龙镇一直在变。我内心那个渴望一直不变。但是，渴望的结果变成了无望。我只差在落日时分再等待半个小时。我逃跑了。

这是我写给您第一封信的话。我重复一遍。发给了一个正犹豫着要不要在六月初就开空调睡觉的女人。她说她看不懂。

——那些喜欢以思乡情绪和渴望心情回首过去的人们把这称之为爽快的坦白或健康的现实主义。以赛亚·伯林说。

时间

下班后

地点

处长办公室

场景 （处长把自己一个人锁在办公室整整一个下午了……）

处长又把自己一个人关在办公室里。至少拒接了十多个电话。对外谎称在参加一个重要的会议。会议，属于上行星座，介于天蝎和摩羯之间。古怪、多疑、迷人、变幻莫测，被使用和谈论得最多。

——我在开会。在开会。开会。会中。会。

领会到了其中可能掩藏着的“拒绝”吗？

圣人统统喜欢开会。孔子喜欢，七十二门徒三千学子听他言子曰子曰子曰。乔达摩·悉达多喜欢。玛利亚的儿子喜欢。他们统统喜欢滔滔不绝。《论语》是中国最伟大的会议纪要。《圣经》是基督徒的会议纪要。

我坐在他对面。空气凝滞成粥状黏稠。他不看我。他坐成一个千年老树桩的样子。盘根错节。他是一棵塔克拉玛干沙漠中央砍伐遗留的胡杨木。生长一千年，死亡一千年，腐烂一千年。无声无息。他把沉默当作一种工具。他喜欢使用沉默这种手段来开始和任何一个下属之间的谈话。那简直就是一场漫长的前戏，令人撕心裂肺地渴望接下来的动静，互相进入。我抽了数量巨大的香烟。我幻想他曾经还是一棵苍遒大树的样子。风从他的发端迎面吹来，树叶婆娑，沙沙作响。

他身后的书架上摆放着一些书。有些拆了封，有的没有。光线照射在塑料书衣身上的那些手法，像轻柔的抚摸。切·格瓦拉的《摩托日记》摆放在显眼的位置。这个人目前更多地被文身界当作图形刺绣在身体隐秘或者显眼的部位。有一张大野洋子和列侬的黑白照明信片被我从地上捡了起来。猫王一脸疲惫地亲吻他的东洋女人。看不见舌头，但可以估摸出他在用劲用劲用劲。《英国工人阶级的状况》，作者：弗里德里希·恩格斯。与《共产党宣言》紧紧相依相偎。

——即使到今天，《英国工人阶级的状况》一书都值得阅读。它记录工业革命对市井生活的影响。读来既可怕又令人感伤。当人们只把彼此视为有用之物，会发生什么样的事？③

——卡尔·马克思是哪个国家的人？

——英国。我脱口而出。

——错，德国。Karl Marx was born in Germany。《高中英语》第一册第一课。

——一公斤等于多少牛顿？

——九点八。

——错。是一牛顿等于九点八公斤。

——“孤帆远影碧空尽”的下一句是什么？

——一枝红杏出墙来。

——这就是你永远不能干一些复杂工作的原因。

——要么，您帮帮我让我也弄个一官半职吧？

——哎哟喂，当官多累啊！你现在这样闲云野鹤，我做梦都想和你一样哩。

——是啊，有钱人从来不希望别人有钱。

了了哥：

我突然饶有兴趣地决定总结一下你曾经说过的令我记忆犹新的道

理。甚至就是“格言”。你告诉我的格言总结如下，现在回想起来，你告诉了我很多人生至理名言，迄今在指引我。

格言一：要让一只猪真正闭嘴，必须让它死。（只有死猪才不叫。）

格言二：毁灭一只气球，你得不停吹它。（你不停地吹，气球总会炸。）

格言三：宣誓效忠是无需成本的贿赂。

格言四：腰实在痛，就贴点膏药吧。

格言五：有时候，憋得再慌也得憋回去。

格言六：老鼠是可以憋死的。（憋到最后，就憋死了。）

【操作指南】如何最解恨地杀死一只老鼠

（依据对了了的回忆整理记录）

工具：一把铁锤、一颗铁钉、一双厚手套、一粒粗盐、几粒生黄豆。

操作流程：

1. 选择一块水泥地坪，用铁锤将那一颗事先准备好的铁钉钉入老鼠的任意一只后腿。确保铁钉牢靠密实地被深深钉进水泥地坪至少三公分以下部位，以确保凭老鼠一己之力此生无法摆脱并逃离。

2. 掰开老鼠的嘴巴，迅速将粗盐粒丢进它的嘴巴里，双手捏紧嘴巴三十秒以上后松开，确认这个天性贪吃之货已将盐粒吞进肚内。

3. 将准备好的生黄豆塞进老鼠的肛门。最好，塞进两粒以上的豆子。确保，老鼠无法通过肛门括约肌的运动将体内黄豆排出体外。请注意，务必使用生黄豆！为什么是生黄豆？因为生黄豆会随着吸收体内的水分膨胀变大，而熟黄豆不可能有此效果。

4. 随后，旁观。旁观一只老鼠被“憋”而死。

安全事项：

务必事先准备好一双加厚的手套，操作全程戴手套进行。谨防被老鼠咬伤。

——你怎么也不晓得过来搭一把手哩？你说。

——我怕老鼠。我看到老鼠就一身起鸡皮疙瘩。我近乎哀求地看着你。

——你来不来？不来一起耍，以后我不准你进公社大门了，你信不信？

——老鼠有什么可怕的？老子鬼都不怕。

——我怕脏。我说。

老鼠最终死了。死亡时间不详，需要一个法医官从病理解剖学角度分析才可以知晓。我没有耐心等到它死后才离去。

——夫伢子哎，回来"肿颈"哟。我娘老远地扯着喉咙喊我回家吃饭。我娘生气的时候会将"吃饭"称为"肿颈"。但我一直以来喜欢"肿颈"这个可以看得见动作的词语。

那些看得见的词语后来都到哪里去了？

我一边吃饭，一边偶尔回想起那一只绝望的老鼠。它后来绝望而死。

老鼠的理想被一颗铁钉、一粒黄豆和一粒粗盐毁灭。

——很多道理都相通。你讨厌老鼠，你就毁灭它，让它彻底绝望。对于对手也一样。除了要团结一些人，你还需要彻底摧垮一些人。我记住了你说的话。

——当然，老鼠是有理想的。它们渴望猫的脖子挂上铃铛。康德说。

不知不觉，我们已经在这个城市相处了许多许多年。

那些时光。已过期。

亲爱的回龙镇兄弟，我的了了哥哥：

你还记得这一切吗？那一天，你的样子很凶，恶狠狠的。

就像今天，你恶狠狠地对我说，你再这么吊儿郎当，你信不信我开除你？

那一瞬间，我从你的眼神中看到了决绝、坚毅、不顾一切。或者还有，毁灭。简直就是赤裸裸的威胁。然后，我迅速地想了想你是什么时候开始彻底厌恶我的？我的回龙镇兄弟？我一点都不喜欢现在这个恶狠狠的你。我决定把你定格成回龙镇粮管站水塔旁牵着畅畅手的你。

地点

回龙镇粮管站水塔旁

人物

了了、畅畅和我

场景

下午五六点时的粮管站按惯例开始用水泵从地底下的水井中往十来米高的水泥水塔抽水储存。我们家祖宗十八代都是用竹筒从酱油色的瓦缸中舀水喝，了了和畅畅这些公家人喝水的方式早就是拧开龙头水自流。竹筒舀水需要整个手臂的运动完成，上臂带动小臂，小臂带动手掌，手掌紧扣水勺的长柄，长柄于是可以获取到水。他们不一样，他们只需要食指和大拇指的配合即可。如果你愿意，脚拇指也可以拧开龙头。水满了，开始哗啦呼啦从十米高的塔顶往塔底的小池塘倾泻，食堂的老伙夫赶紧跑到配电间将黑色的电闸拉下来。水还在继续倾泻，声音噼里啪啦，麻雀偶尔会从塔顶随着水流一起俯冲。水塔底下的池子里爬满了一些农民交公粮时专门送来的乌龟和水鱼。天气炎热时，它们会浮上水面，水鱼伸出它们的王八头，乌龟伸出它们的头呼吸新鲜空气，或许也看看天空中的麻雀，都各自心怀鬼胎的，谁知道呢？巨大的水塔像一只巨大的蘑菇耸立，其实有时恰恰也像池塘中那些伸长了脑袋的乌龟们的头，只是一个在水里，一个在空中。

回龙镇人识得几个字的大都会念“路漫漫其修远兮，吾将上下而求索”，了了不一样，他还会背“灵连蜷兮既留，烂昭昭兮未央……思夫君兮太息，极劳心兮忡忡”。他那个在公社当文书的爸爸加入了一个叫作骚坛诗社的组织，时常跑到县城找几本《屈子研究》之类的书回到乡镇摇头晃脑地读。他翻书的样子很独特。先伸出左手的食指放到舌尖沾一口口水，然后重重地在书本的页面底眉处使劲一搓一揉，书页立时沙沙响了起来，悦耳动听的声音。野蔬村酿，微雨飘舟，小杯细雨，正是那人那时的一种清雅之境。

是那样的滋味吗？“犹含美馔于两颊，而不忍下咽，我之于书，味之而已。”

他沉浸其中的那人那个时代两千多年了。在雅斯贝尔斯的存在哲学中，那个时代被定义为轴心时代。老雅认为人类在公元前800年至前200年之间，有一个共同的觉醒期。大致在这个时期，人类先后产生了觉醒。那是专门针对巫时代的觉醒，除了集体意识，人们有了个人意识。这时候，西方有了亚里士多德、柏拉图，犹太人有了先知，印度的乔达摩·悉达多开始在菩提树下冥想，中国的诸子百家四处游说，屈夫子某一天遗恨汨罗江……

天黑了，他放下书，思考了很久“个人意识”这个奇怪的词语。

亲爱的兄弟：

是到了真的要决裂的一刻了吗？

正在经历着什么呢？是一场决裂吧。

与至亲友情的决裂？听起来像是一场伟大的道德沦丧运动。运动，这个词语的表达是准确的。至少是一场自我澄清和自我寻找的运动。

对于这个时代这个世界的诸多人士而言，他们早就经历了这样的一场运动。或许就为这场运动取名叫作——《去他的友情运动》。

在跋涉仕途的云彩中，需要去他的友情；

在舔舐孔方兄的黄色皮肤中，同样需要。

我最终也许只能选择决裂。但我的决裂是选择与你苦苦追寻的名利场决裂。如此一来，我就必须看起来与这个时代的大多数人的气息格格不入。这样就有了决裂的样子了。

林中有两条路。我选择人迹罕至的那一条。

你知道吗？从你办公室出来后，从上周礼拜三的深夜开始，我只是一味地饮酒。饮酒。饮酒。哪怕是仔细耽读伟大的蒙田的伟大之作，也不悔改。他的伟大的《论饮酒》这样写道：

> 我觉得酗酒应该是一种严重与粗暴的罪恶。酗酒时，人没有理智；有的罪恶中有一种我难以描述的豪情；有的罪恶中掺杂机智、灵敏、勇敢、谨慎、巧妙和雅致，而酗酒则完全是肉体的、粗俗的。今日世界上最粗俗的国家，也就是最崇尚酒的国家……（他是指当时的德国）④

现在已经是零点过后，我新开了一瓶金眼泪波特酒。应该是多年前产于葡萄牙某个酒庄的某种款式。是酸的甜的交缠搅扰的一种样式的酒。金眼泪，名字具象得俗气地描绘了酒的色彩，金；然而，又抽象得未来主义者一般诅咒可能昏乱的醉鬼一般的饮酒者的后来，眼泪。醉鬼的后来，都有些昏昏的。有一些鬼也乱乱的。

可以使用一百个以上的汉语字记录一款甜酒。我是热爱这个“金眼泪”的名字的。

葡萄牙。这个国家我所知道的伟大的人物包括巴尔托洛梅乌·迪亚士、瓦斯科·达·伽马和费迪南德·麦哲伦，三个伟大的航海家。强盗本质的大家。三个伟大的葡萄牙人。迪亚士 1487 年到 1488 年绕过好望角进入印度洋。十年之后达·伽马沿着同样的路线真的到了印度卡拉卡特。而麦哲伦的航行才真正意义深远。他向西（也就是与前两位相反的方向）航行绕过南美大陆进入太平洋。这才是真正的环球之旅。那已经是 16 世纪了。他们 1519 年出发。尽管他死在了中途。但他是伟大的。

航行。壮举！史诗性的远涉。有些人真的真伟大。

而人类更多的渺小。我听到过的最多的描绘和比拟人生的说法，大意是人生就是一次长跑，或者，就是一场马拉松。反正就是最长不超过五十公里。渺小的行程。自以为很精彩的比拟。我也曾使用。

我更喜欢托尔斯泰的话：

我们这个世界不过是长在小小的行星上的一小块霉斑而已。⑤

最终，我意识到我是渺小的。

而你，我的兄弟，你是深沉之物。

还记得我们到达这个城市看的第一部电影《沉默的羔羊》吗？

——鹞鸽喜欢高高地飞到天上，然后炫耀着翻着筋斗俯冲下来。

——鹞鸽分为肤浅和深沉两种，但是当两只深沉的鹞鸽结合后，它们后代往往会俯冲撞地而死。史达琳探员是一只深沉的鹞鸽，我只希望她父母中有一个是只肤浅的鹞鸽。

你看过它的续集吗？在剧中，汉尼拔这么对 FBI 的史达琳探员说。

那种鹞鸽俗称“翻飞鸽”，一种类似鸽的鸟，会飞到高高的天上，向后一个一个翻筋斗，然后往地上落，炫耀自己。这种鸽有两种，大翻飞和小翻飞。你不能让两个大翻飞配对，否则它们的后代就会一直翻飞到地上摔死。

汉尼拔只是希望史达琳不要因为曾经的功绩而前途尽毁。

现在，我在这里。离开那里之后，一直在。

我想离开这里，我不知道去哪里。

为了来到这里，我曾竭尽全力信誓旦旦。为了离开这里，我一直假装对这里绝对忠诚。

多少年过去了。我们再也没有在一起好好谈过心。

还记得千禧年到来后我们最后一次去回龙镇吗？

那天下午，我们俩驱车回到镇上。

时间

2000 年初期的某天

地点

汨罗江边

事件

了了和夫子时隔多年又来到了回龙镇

> …………
>
> 美丽的河岸，是你们养育了我，
> 你们能治愈爱的创伤？啊！你们，
> 童年的树林，当我回来时，
> 能否再给我昔日的宁静？⑥

江风习习拂面，远山青黛水波潺潺。汨罗江苍老疲倦地卖力流淌。回龙镇著名的古迹建筑回龙门被残忍地包裹上了水泥的外衣，在江风中瑟瑟发抖。那些过去用麻石板堆砌成的摆渡码头已经变成了一座巨大的垃圾堆，在风中，在江心挖沙淘金的机器轰鸣声中散发臭气，和苍蝇、老鼠、臭虫、塑料袋、发臭的卫生巾以及野狗僵持着苟延残喘。那块省政府竖立的文物保护纪念碑还在。可是它羞涩！羞涩地躲藏在一块发烂的彩条布下面。也苍老了。随同它眼前这条蜿蜒的河流老了。不是岁月的刻画，而是金属器具的鞭打、刀斧无情地砍杀，以及数不清的嘲讽般的划痕。如果是岁月的风霜，那是一种傲娇，那是一种历史勃起的峭立和伟岸。我们异口同声讶异和愤懑于那些年镇上的破坏。一块巨大的喷绘广告布从古亭的瓦楞深处垂直而下，占满了整整一面墙，面对着江边往来的汽车、卡车、电单车、摩托车搔首弄姿，询问每一位过往的行人需不需要买几间三室两厅或者二室二厅或者别墅。喷绘布迎风猎猎，彩条布静静遮羞。听不见木擂槌敲打着麻石板洗涤衣裳的清脆回荡了，听不见浣洗衣物的大嫂们扯着嗓子打山歌的妙音缭绕了，听不见拖拉机突突突突划过天空的脚步节拍了，这条年复一年流淌着的河流，刹那间便老了。

我们坐在岸边的一块红薯地里喝酒，抽烟。河流满身疮痍静静地流淌。

——不能再这样毁坏了。我们都有些酸楚。我们都怀念旧时的波光粼粼。眼前这条快要死了一样的长河用它残存的波光反射一些旧日的时光。

——我那个教授朋友怎么说？你问起了我的身体。

——他说我可以忽略它。

——那不就是说没事？

——可是，他说既不能太挤压，也不能太膨胀。如果一会挤压，一会膨胀，迟早有一天我会变得相当严重。

——要有“度”。

——日子过得太乱了，要改。我希望过一种正常的生活。我说。

——有两种东西，我们越是经常反复加以思索，它就越是给人心灌输时时翻新、有增无减的赞叹和敬畏，那就是：头顶的星空和内心的道德法则。康德说。

——我一点都不羡慕你，我真的一点都不羡慕你。你一点都不理解为什么这两个词语可以让我如此颓废和痛苦。我并不是在意身体的小小炎症，这是个抗生素的时代，任何炎症都可以被消灭。抗生素、激素、维生素，外加葡萄糖可以拯救这个世界，但是“三素一糖”拯救不了我的焦虑。我想到的是，自从进入这个城市，我就是“挤压”的，他们可以将一个中文系的毕业生挤压到写会议纪要的机会都不轻易施舍。他们只让我帮他们出去赚钱，如果赚不到钱签不到合同，他们一分钱生活费都不给我。可是，你一开始就是“膨胀”的，你迅速地当了副科长，后来是科长，再后来是副处长，再后来是处长。

——你还是学不会藏起你的牢骚。牢骚太多愁断肠，风物长宜放眼量。

——我们一起从农村十年寒窗、苦读诗书、黄卷青灯，好不容易在这个城市立足，那种状元打马衣锦还乡的朴素理想在这个国家从来就没有消失过，也不可能消失。这种理想是推动这个国家文明前进的一种永恒的动力。而不是你说的康德、叔本华那些贵族家庭出身，一辈子无忧无愁最终得道的思考家。

——其实，我知道，我是被这个城市的日子挤压得太紧张了。这些所有的混乱，其实不过是要表达我的厌倦。或许，他们有人认为，即算是这种挤压都是一种恩赐。有些人就应该在这种他们认为的恩赐中扮演牛马猪狗一样的人生，静静地老，静静地病，静静地不说话，静静地退休，静静地死。最后，恩赐一个签署了单位名称的花圈，上面文明地写上“一路走好”。为什么是“一路走好”？“大人千古，伏惟尚飨”去哪儿了？

——你又哭！你怎么总是哭？哭起来那么楚楚可怜。记住，过去都死了。

你叹了口气。我们歪歪斜斜离开了江边，但愿，也就离开了死。

【注】

① 引自《色彩的性格》。

②③ 引自《正常就好，何必快乐——珍妮特·温特森回忆录》，木马文化出版2013年8月初版。温特森语。

④ 引自《蒙田随笔全集》，译林出版社1996年12月版。

⑤ 引自列夫·托尔斯泰《安娜·卡列尼娜》。

⑥ 引自荷尔德林《浪游者》之《故乡》，上海文艺出版社2014年8月版。

二十二　一份未完成的《反电视宣言》

如果没有一个宣言，就无法设想未来。

——扎克·柯耶斯《马拉松宣言》

大声地朗诵

欢情呵欢情！你真是人间乐事！
不过为了你，人死后必遭恶报。
每一年春天我都下一次决心：
要改过自新，趁岁初为时尚早；
但不知如何，这誓言总难守住，
虽然我依旧自信，我终必做到。
呵呀，我真是太惭愧，太悔恨，
我决定明年严冬做一个新人。

——《唐璜》第一章第九节

在等待那个小婴儿来到人世的日子里，总想着为他 / 她做点什么。于是着手写一封信，取名为《一个电视人的反电视宣言暨写给胎中待产孩子的第一封信》。结果，很显然，随着他 / 她的夭亡，这个宣言，或者说，这个计划一起夭折了。现在回过头看，夭亡本身是一种活法、一种生，短暂了一点而已，惊鸿一瞥。

写作策划提纲

一封信。一个文本。一个宣言体的文本。

一个计划。一个注定无法推广的计划。一个最终胎死腹中的计划。

一件作品：《电视人的反电视宣言》

主题：彻离电视；

手段：一切；

行为：宁可在四壁皆书的陋室里孤苦而死，也不在电视的唠叨声中苟且偷活；

方式：非暴力；

态度：强硬的，必要时恶劣的；

目的：让世界上所有的电视机最终退化为一个镜框，除了装裱字画或者悬挂自拍照，永世与电无关。

口号：自从有了电视这个鬼东西，我们从此只能在时间的碎片中思考和爱！

正文

我亲爱的孩子：

甚至还没想好给即将出生的你取一个怎样的名字，为父便急匆匆开始了写给你人生的第一封信。名字只是一个被我们这个时代越来越多的人迷信化的符号，只要有个代号即可，你不要在意！我们要在意的是当你睁开眼睛的那一刻起，你就会面对一个你一辈子的敌人，它外表千奇百怪，内容声光电色，从形式到内容都貌似亲近娱人，它将是你一辈子走到哪里都躲避不开的艳色幽灵，它的名字叫——电视。我要赶在你出生之前大声宣布因为你的即将到来而做出的重大决定——你父亲反对电视！此时，在世界，在中国，在城市，在这里。你听我浅浅道来。

我反电视，因为我厌倦了娱乐。

他们竟然擅自在我们这个伟大的国家之前浅薄并且是简单地加上诸如幸福、快乐、感恩、心动、超级等简单到愚蠢的词语。这个国家不是词语的国家，是人民的国家。他们这么做在为父看来也许是一种发自潜意识的对这个时代的反讽，因为他们深深知道一个真理——我们四处强烈表达的恰恰是我们所缺失的。不，我们这个国家恰恰不缺少快乐，不缺少感恩，幸福就在当下。而作为一个人，总是要面对各种不快乐，遭受各种挫败，与我们生命一起到来的除了幸福肯定还有时常会光顾我们生活与心灵的负面情绪。这一切，我们都要坦然面对。

我反电视，因为我厌倦了电视上的泪水。

你别相信任何著名主持人在画面上流下的眼泪，那是幕后劳作的电视人们熬夜绞尽脑汁拼凑出来的赞美诗和致泪剂，它只能对丧失思维、懒得思维的老人和小孩起作用。他们哭因为他们必须听领导的话，为了坚守住他们已经获得的名望和地位按照导演的需要恰到好处地哭。他/她们已经演练成了一个泪点低到零摄氏度以下的强人，他/她们甚至于还可以时时刻刻为自己感动而哭。这样的哭，你别相信。你莫若去读一本王尔德写的侦探小说。哦，对了，以后你会知道王尔德也写侦探小说。当然，我们到时一定会一起恭读他的伟大童话《快乐王子》。你听见昨晚睡前我朗诵给你听的《夜莺与玫瑰》了吗？孩子。

当然，记住，唯一一点我可不希望你成为他那样选择爱情的取向。我发誓，凭我几十年的经验，和异性在一起真的是一件舒服销魂引人入胜的美妙事情。①

我反电视，因为我厌倦太多没有真的声音和画面。

在我们这个年代，真正的奢侈品不是为父给你从澳洲邮购的牛奶，不是为了躲避重金属亲手为你栽种的蔬菜，不是那些宁愿坐在宝马车哭也不要骑着单车笑的女人们追捧的爱马仕。真实，真情，真理，哦，我们得不到的真是你此生要追求的真正的奢侈品之一。只有记住了这一点，在未来的日子里，你才有可能获得我们人类永远追寻的真理。如果实在得不到，吾儿，若果最终宁愿屈尊变成一个下贱的人，那么记住一点这个城市正在流行的思维方式——真理有时就是争出来的道理。云云。

我反电视，因为我厌倦了他们挂在嘴边最多的两个词语——收视和收益。

长大后，你会学到各种历史教科书经常谈到的一个词语——霸权主义。你要记住，霸权主义存在于人类文明进阶的每一个时期。可是，可怜的孩子，霸权不仅仅是武力的、经济的、政治的和外交的，霸权最可怕的是文化的、电视的！你将要生活的这个世界已经确切无疑地成了一个“视觉霸权时代”！眼球转动之处，处处皆为霸权。

为了争当文明城市而给那些残垣破壁涂抹上的恶俗的色彩，那些入夜即散发出闷骚的高楼大厦闪烁霓虹，那些强行插入门缝、挡风玻璃的小广告，那些不知所云这种小报那种小报，那些电子屏上抽风似的一张张画面，那些充盈了自媒体（手机、微信、短视频、私人转发……）各种信息渠道的谣言，当然，你最逃脱不了的就是电视！它已然从少数家庭的奢侈品变成了每一个家庭客厅的老大哥，然后进入厕所、浴室、卧室、花园，火车站、飞机场、商店、饭馆、按摩房……一切一切人们可以到达的空间。除非你闭上眼睛，你无法逃脱。那么，孩子，你便学会时常闭上眼睛，用心思考吧。

没有了电视，我们便有了思考。

我们有时也需要在熙熙攘攘的人世中歌颂一只猪、一只鸡、一根黄瓜和一把空心菜。在农村。在乡野。在祖国广袤无垠的壮阔河山之中，四处潜藏着需要我们用尽一生的时间和词语去致以崇高敬意和歌颂的人们与事物。

那些长得要命的古装戏、宫廷剧正在消耗人们的生命，占据心灵的空间。孩子，你定要记住这些是不可回收的废物。

吉姆·贾木许[②]这样说，他宁可去拍一部讲述一个人和爱犬散步的电影，也不会去拍摄中国古代皇帝的故事。

告诉你一个关于你母亲迄今我唯一不能容忍的但却不得不接受的恶习，每一个晚上我们睡觉，她都要将电视打开，让那些嘈杂的噪声充盈爱房，我们的呢喃情语于是被芜杂湮没。我们的爱也被湮没。她一辈子都不会理解我每次的心情的。这是我认识她以后每一个夜晚的至痛。这是夜晚的痛。夜晚都不能够宁静，夜晚还有作为夜晚的基本属性和特质吗？我知道这不是你母亲一个人的毛病，这个世界有太多人都习惯了这种让电视对自己情爱的占据、分享和偷窥。

这个世界的人大多喜欢扯淡，你要习惯。

总有些主持人以为自己天天和名人打交道，于是自己就成了名人了。于是，他们就开始对所有的问题——知道的、不知道的——都说三道四。可悲的是，你即将来到的这个国家恰恰是一个拥有最大比例和最大基数的农村人口国家。这些纯朴和可爱的农民现在恰恰又无邪地将信任加诸到了这些主持人的身上。于是，他们的胡说八道顷刻间便成了真理在农村扎下了根。

谈到电视的未来问题，今天，你到时候必定要认识的了了伯伯对采访他的记者大胆预言说：

——这是一个崭新的时代。电视行业迎来了人类史无前例的美妙好时机。只要人类不灭绝、文明不被摧毁、外星人不降临地球，只要这个世界还有家，那么，已经成功占领千家万户客厅、卧室墙上的那台电视机，就必将是唯一永恒最有力量掌控人们生活以至灵魂的一部机器。

他简直就是在扯淡。

他和我一样都是土生土长的回龙镇乡下人。他在发展和推广电视，为了电视每年创收迈进新台阶不遗余力，从而也是一个公认的成绩斐然的人。但是，据我所知，包括他在内的广电系统的专业人士在教育自家孩子时的一条必不可少的原则必定是“坚决控制观看电视的时间”。只是，他们从来绝口不对外提起这些。

一段清晰的历史是，以几个内地省份广电为龙头的地方电视业自九十年代中期开始打着“全民娱乐”的旗号疯狂地强调人生的意义在于“快乐、感恩、青春、幸福”，将生活的本源人为地粉饰成皆大欢喜的假象，心知肚明却绝口不提“苦痛、伤悲、挫折、苍老”这些与生俱来的必然。他们已经可怕地将一块小小的电视屏幕成功地打造成了广大低收入、家庭基础教育缺失的中小城市小孩，尤其是大几亿农民家庭留守儿童的灵魂伴侣、唯一的知识摄入窗口和顶礼膜拜的电子教科书。

是的，对于这种现象，你要保持清醒的头脑。正如法兰克福说过，当一个人有责任或有机会，针对某些话题去发表超过了他对该话题的了解时，他就开始扯淡。

你不要相信某些电视名人的长篇大论。也不要去看某某说这个书、某某讲那个事等这样的节目。现代人已经懒惰到本来可以花上三天即可阅读完一本经典书籍，却定要每天守候在电视机前十天半个月一个月甚至年复一年地听那些专家扯淡。难道真如张爱玲所说那样，一个人出名到某一个程度，就有权利胡说八道？

也许，把一本经典著作像编辑电视连续剧一样拖得漫长和富有感情地讲述实在是这个时代的电视人的一次伟大发明。年纪大了，高潮时间越来越短，便需要用漫长的前戏来展示自己的丰富经验。

电视正在让人类停止思考。

电视存在的地方，人类不说话。

我是想到了这样两句话，从而坚定了要写这个《宣言》以及这封信的信念。从事了电视工作那么多年后，我开始固执地坚决不看电视，甚至我的心里有了一个计划，一个针对电视的计划，我准备实施这个计划，但计划的内容还不清晰，所以，我那一段时间有些焦虑，四处闲逛，每到一个地方第一件事就是“关掉电视”。如果电视可以像极刑犯那样被押解到刑场，我那时最想的便是拥有一把枪。

事实却是，这个时候我认识了你的母亲。我们在整夜整夜的电视声音之中快乐地制造了你。深夜的广告总是那么漫长，有个男播音员一直在声嘶力竭地推销一种男性用品。那时，你还只是一颗受精卵，谢天谢地你听不见。

无心插柳柳成荫，这又一次证明了我们都是偶然之物。

无论如何，无论电视如何，这里要插一句题外话：你母亲用她瘦长稀薄的躯体孕育着你，她还将用微小的乳房悉心将你哺育，这很不容易，这是母性的神光，这是人性的温柔之泉。从此，你要敬畏全体女性，更要终生保持对女性的热爱和柔情。作为男性的你。作为女性的你。作为一个人的你。

其实我深深地知道：最终反电视是无用的，最终我们便反对自己。目前为止，我为这个文本零零星星地准备了几个散乱的观点。都是别人的观点。我早就被改造成了一个使用别人的观点签署自己名字的写作者。

电视的繁荣首先在于它的被允许繁荣。

电视的盛行最不能令人容忍的是广泛的抄袭模仿之风。

> 唯一被好莱坞信仰的学说就是剽窃主义。好奇是治愈厌倦的良药，可却没什么能治得了好奇，他们就是通过钞票将本质上的剽窃变成合法，看起来如同创新。这就是当代电视的伎俩。

一位著名的反电视主义者多萝西做过精准的评判。

我曾经设想过如何执行自己的计划。用一种身体的极限体验来考验人体对电视的终极接受容忍能力。比如：

一种极限：不如来一次这样的体验，一次无休无止地对着电视机的一天——手按着遥控器在几十几百套中外电视节目中度过漫长的一天。

另一种极限：九十天强迫自己不换台——当代艺术家眼中的某某卫视。这甚至可以做成一个真人秀。

我曾和某些艺术家讨论这个行为这个选题。他们都说太累。他们的理论依据是：当代艺术是当代的，当代是快速的，当代艺术的前提是你不能占据人们太多时间。

讲个故事吧？干巴巴地讲了这么多。你肯定厌烦了。

> 有一个年轻妻子，她丈夫每晚连续看电视中的拳击节目，什么

也不顾。她一气之下回了娘家。她一进门，只见她父亲一个人坐在电视机前，也在看拳击节目。她问：“妈妈呢？”她父亲头也没回，说：“回你外婆家去了。”

这就是普遍的、存在的、还将持续的事实！

电视可以点燃生活的热情，电视可以战胜孤独，电视令人习惯并无所谓一个人独自偷欢。

你们看电视，无休无止地看电视。我们看电视，无休无止地看电视。他们看电视，无休无止地看电视。

实不相瞒，我自己就有相当长一段时间一旦回到家中就沉湎于电视之中，无法自拔。我甚至写了很多看电视有关的心得日记。我找了三篇作为这个同样“胎死腹中”的《反电视宣言》的附录。像是要纪念青春。那时，你还不是一颗受精卵。

就不要莫名其妙引用艾略特的无聊之语了吧！

艾略特说，电视是一种让几百万人同时听一个笑话，但依然孤独的一种娱乐媒体。

这难道不是一篇《宣言》？这将是怎样的一篇《宣言》？

如果没有一个宣言，我们就无法设想未来。③

作为19世纪以降迄今影响并引领未来的最广大人类的《共产党宣言》；

作为20世纪初基于对技术担忧引领艺术前卫运动发端的《未来主义宣言》；

作为21世纪试图重启《宣言》这种形式并野心勃勃企图掀起广泛支持（换成现在的话，即点赞）的艺术界的“《马拉松宣言》事件”；

作为一个人，一个本身存在即作为一次《宣言》的个体：卡尔·马克思、马利内特、沃霍尔、杜尚……

作为一个幻想、假设和白日做梦的对于电视（仅仅是技术的电视而非艺术的电视）的《反电视宣言》？

作为一个远离政治的艺术宣言！作为一个关注人性的爱的宣言！

但是，我从一开始就深深地陷入了关于“艺术宣言”的迷失之中：

“21 世纪的‘艺术宣言’与其说是雄心勃勃的，不如说是内敛的；与其说是尖叫的，不如说是寡言少语；与其说是集体的，毋宁说是个人的。”④

加缪的一篇文章《适度与无度》这样说：

> 说到底，不存在其盲目行进中不使其自身的衡量尺度显现出来的物质力量，所以，想要推翻技术是无用的。纺车的时代已经过去，梦想手工业式的文明是徒劳的。机器只有在现时对它的使用方式中才是坏的。应该接受它的恩惠，即使人们拒绝它的破坏性。

梅·萨藤也说过类似的话。很多人都意识到了这一点。

又到了早晨。冬天的早晨。此时，有一丝冬日的阳光异常显见而且顽强地透过遮光布直射到了淡紫色的被窝上。我有点痒。一到了冬天很多人都痒。

——该剪鼻毛了。都张牙舞爪了。

——昨晚几点上床的？

——现在可以把电视关了吧？我该睡一会儿了。吵了一个通宵哩。

——你知道没有声音我无法入睡哩。

鸽子开始鸣叫。斑鸠开始鸣叫。阳光从缝隙中射进来。把今天射进来，落在被窝上。我开始睡觉。你还好吗？我的孩子？

一想到你，亲爱的孩子，我立即从被各种理论搅扰的迷思局面中回到了坚定的反对态度之中。我怎么可能容忍一个即将诞生的生命被一个屏幕控制他的时间和空间？我怎么可能容忍一个圣洁的灵魂被屏幕之中充斥了他人的芜杂思想去填满？独立的灵魂，思辨的精神离开我们太久了。电视，正是最罪魁祸首。

我们总是那么视若不见地忽视那么多的忠告。我们业余已被电视疯狂占据，我们无暇思考……或许，唯一需要的是：

寻找一把可以杀死电视的枪

一把虚拟之枪

每天别在腰带上。

想到这里，我觉得很累。甚至不想说话。不想再写一个文字。

…………

> 那么现在呢？我关掉了电视。电视接连几小时不断地向我灌输愚蠢的广告、噪声、狂热、爆炸、谋杀、自杀等等。尸体被交验而后很快被遗忘，火、废墟、喊叫、眼泪。今天早上，我独自凝神观赏那枝红玫瑰，这是否更为明智？
>
> 是的。

我从一本索莱尔斯描写植物之作中摘录下来了以上这样一段话，送给你。

一个事实是：

以上《宣言》写到此处，因为随后一天中的一个早晨的婴儿之死，我万念俱灰，中断了这次私人化的写作。现在公布出来，目的恰恰是去除私人化。

而另一个事实是：

仅仅时隔几年，一个电视被技术奴役、排挤的多媒体时代已经来临。那些断言人类不灭亡这块屏幕将永远占据家庭文明中心的观点被证明过于轻率。

我们不知道娱乐明天会以何种新面孔悄临你我。

当时，记下了一句黑塞的话，现在看来，像是要针对青年人与如何看待电视问题重点在宣言中表达。忘记了。就让它忘记吧。摘录如下，也许仍有它的意义：

青年人是什么？一个梦想。爱是什么？梦的内容。

作为一个未完成“宣言”的附录

【日记一】《分裂的形态》（日记第六卷）

8月21日凌晨1点45分

穷极无聊之时，无论是又臭又长的台湾电视连续剧，还是PPS胡乱点开的各类电影，竟然都可以找到引人入胜或催人泪下的动情点。播放到了两百多集的《再续意难忘》终于把男主演死了。七八个人眼睁睁看着腹部中了枪的王老板硬是来了一段长达十来分钟的依依惜别诉衷肠。总算还是死了的。

后来又看了电影《猜谜杀手》。一个极端分裂的嗜杀者。一句核心台词反复出现多次，也是分裂杀人者处于分裂状态下写进他创作的神学学科论文的话：

至善！至恶！或者是在两者之中选择的灵魂。

【日记二】《读纪德〈背德者〉看〈快乐女声〉》

6月20日凌晨

…………

强迫自己使用前人教诫的粗略阅读法，忍气吞声读完《背德者》一文。压抑之余迅即开启难得光顾的电视机，锁定更加难得光顾的《快乐女声》海选直播。屏幕上尽是全身金色闪烁银色熠熠的热裤女孩。她们唱着节奏欢快的现代乐曲。我沉浸在跑调也是一种欢愉的满足之中。这一切貌似是一种挑衅历史的当下逆反与背离。这是最近最火的节目。收视节节攀升，人们笑逐颜开。

而就在此前，我还窒息于纪德对肺痨患者米歇尔漫长、充满恐慌的治病之旅，那么的不快乐。

【日记三】《绵羊音之夜》（日记第六卷）

2009年9月4日晚。礼拜五。

今夜《快乐女声》总决赛之夜。绵羊音出现时我颤抖着。无药可救。我喜欢上了这个颤抖着的小声音。

> 大大的床啊，黄黄的灯啊，还需要一个他。我叫你不停地擦啊擦啊，擦去你的眼泪你的怕……
>
> 我还是个孩子给我个拥抱好不好？给我个kiss好不好？给我个电话好不好……⑤

你听过曾轶可吗？你怎么可以不听一听曾轶可？她的音乐都是故事哩。

【注】

① 这种说法可能会引起少数人的反对。这仅仅限于父子或者父女之间关于爱的类型的讨论，不掺杂任何倾向性意见。

② 美国导演。

③④ 摘录自“蜜蜂文库”之《什么是当代艺术？》，金城出版社2012年11月版。

⑤ 两首曾轶可歌曲的歌词。

二十三 被忽视的文体和被忽视的「我」（《今日食谱》和《垃圾清单》）

这正是帕斯卡尔所说的，只有在对未来幸福幻想的时候，我们才会真正快乐。

——电影《好人戈尔的一生》

诸多文体已经被忽视太久。日记、书信、说明书、清单、菜谱、病历、检讨书……

如同你。如同我。我们总是不由自主地被裹挟在被忽视之中。

然后，我们懂得了忽视。

比如习惯它。当被忽视成为一种习惯，像和肿瘤癌症一样与它和谐相处。

比如对抗它。用一种忽视对抗另一种忽视。你可以这样认为：如果你曾经总是遭受，此时正在遭受“被忽视”，原因只有一个，他们害怕你。他们只能用忽视你来掩饰他们内心自我的心虚。有点满足感了吧？

或者，藐视它，用电视教诲的人生观快乐地想象它：

如果只是被忽视，你当庆幸还不曾被忽略；如果只是被忽视，也当庆幸你并不在罹受漠视。如此一来，常年的被忽视，原来如此值得庆幸。

如同佛说，“诸法空性”。

人最要去除的是——我执。说白了就是，你一开口说话，先把“我”字去掉。别总是我这、我那、我要、我想、我以为之类。

跟我一起念几句经。《成唯识论》第一卷第五页：

> 如是所说一切我执，自心外蕴，或有或无；自心内蕴，一切皆有。是故我执，皆缘无常五取蕴相，妄执为我。然诸蕴相，从缘生故；是如幻有。

再念几句《金刚经》。

一切有为法，如梦幻泡影，如露亦如电，应作如是观。

说的都是破除我执，你总要强调一个“我”字为哪般？一部《金刚经》讲的就是“破我”“破我执”。

佛家讲破我执，梁漱溟参透了儒家和佛家的本质区别：

一把刀砍了我的身体，我痛，孔子也会痛，佛不会痛。

这么想来，身在此城，历时靡久，众生百态，身在丛中过，他人皆在忽视你，全世界都在忽视你，岂不是他们都在帮你，都在度你，都在成就你？

我有一点，无论如何被忽视，每天总是要吃点什么。

《今日食谱》

秘制白菜

农家土养高龄老母鸡（三年以上）一全只，冷水入锅隔水清蒸三小时，仅佐姜片三，食盐恰好。出锅后大胆弃肉扬骨留汤。

新鲜城郊土老板自产大白菜一棵，狠狠剥去菜衣至少五层以上，留内胆不多于四层切小段猪油爆炒三分钟，加入鸡汤。

文火煨五至八分钟，大量撒香葱末香菜末出锅。

此时，白菜有鸡味；鸡汤有菜香。

你中有我，我中有你；

我进入了你，你进入了我。

很爽的感觉！

第N种制法的鸡蛋炒饭

韭黄、腊八豆和土鸡蛋三种都是黄色的食材，放在一起结合。邂逅，对谈，遇见，纠缠，暂时不要假设结果。

日本的铁锅。开火烧这口日本的铁锅。别总是带着仇恨对待日本，它此时只是一口锅。如果你不懂得“锅气”这个专业术语，你还不懂得材料的矫情，一切食材最开始的时候都需要温暖，而不是冷冰冰的人世。都需要互相取暖的。

高温，猛火，宽油。看起来阳光明媚。下大雪的日子也要想象太阳。腊八豆入锅。这是有人送给我的自家土产。那就是说锅里盛满了温情。腊八豆同志，我要油炸您了。您要相信我，不管您情愿不情愿所有的苦厄都是历练。这话你老板和你说过没？

豆子炸起来金黄的色泽。过敏性鼻炎闻了会得抑郁症的气息。别加任何调料。

你自己就是味道。你望着饭，你守候着它，慢慢地，它们就会充满了你自己的味道。

鸡蛋倒进去。鸡蛋液总在性感和接近于晦淫之间任由摆布。它们也是黄色。我一把它倒下去，它就流得四面八方。你要不要流回到故乡？瞧你那个软塌塌的样儿。

再坚持一会。耐心，失去很久了。捡起来。顺便把掉在地上的韭黄渣子捡起来。在丢进垃圾桶之前这些渣子已经是垃圾。它们不知道而已。

我可不愿意活在一个盖着盖子的浩瀚的垃圾桶之中。

除非你不是垃圾。他们总是意识不到他们成为垃圾很久了。

韭黄入锅。别动。都别动。就这样挺好。一点点盐，一点点味精，一点点生抽，一点点水，一点点期盼和一点点想念。

我就是喜欢吃味精。我就是不喜欢吃生抽。我就是要都加一点掺和进去。我除了不掺和你们。

颠起锅。翻啊，翻啊，翻啊翻。

一种韭黄，一种腊八豆，一种土鸡蛋，一共三种黄色的食物。三生万物。万物有灵？那你倒是说说看你怎么老是说自己不灵了呢？

我是不是想多了。我突然想。我要吃饭了。我开始乖乖地吃饭去了。

一鸡两吃之蒸土鸡半只

一半只土鸡：
酱油一点，料酒一点，盐一点，
帮它做个按摩。
上火入蒸锅，
三小时后，
鸡变成了鸡肉。
再也不是动物了。
同样的办法对人，
不可以。
主要是结果更不可以。

一鸡两吃之烤土鸡半只

你好呀，鸡！
我特别喜欢你通了电之后被烧烤的样子
你旋转着
像支毛笔那样写出锋利的锋
你暗藏着我暗藏在你体内的红枣
你发出甜甜的红
我爱过甜甜
历史上一切的爱都很简单
比如当一个形容词变成了名词
你就变得值得期盼了。
只是总有一些遗憾
因为我不太喜欢有毛的鸡
如果恰恰我使用烤箱的时候我看见一只鸡的图片
我就会充满了想打 119 的冲动。

然后，躺下去。或者，坐起来。一天中接下来的身体姿势悬而未决。

思想的姿势从来不受约束！四处走一走吧。思想便咕咚咕咚。

我的建议是：纯粹的幻想。不切实际的幻想。越空洞越好。越不切实际越容易获得满足感。诺贝尔文学奖对燕尾服的偏执也不切实际。优衣库米黄色风衣楚楚动人。路易十四的红色高跟鞋风度翩翩。

> 这就是拉康哲学的要点：幻想必须超越现实，因为在某一刻，幻想实现的那一刻，你就无法再幻想它了。为了使幻想继续存在，欲望的客体必须永远无法实现。你要的不是欲望本身，而是，对欲望的幻想。欲望支持疯狂的幻想！这正是帕斯卡尔所说的，只有在对未来幸福幻想的时候，我们才会真正快乐。这是台词。好人戈尔说的话。

一天如此漫长。

没有人轻唤你的名字。没有人抚弄你的脸。

如果你是一个酒鬼，我建议你去泡个澡。在流水四溢的浴缸中。带一只酒瓶，将它狠狠地压入水底，淹死它。杀死一只酒瓶，你会觉得你杀死了满世界的酒。你仔细瞭望水底，你的笑落进去，弹起来，一层层涟漪般晕开。一圈圈一圈圈散开。你的笑潮湿潮湿并潮湿。

《今日垃圾清单》

凌晨两点，你陪我一起清理整整一个礼拜的垃圾吧？好好发声！别嘴里含了袜子似的。垃圾可多了。一串长长的《清单》。

一堆酒瓶。浴缸太小，我只能象征性地杀死其中一只。剩余的丢掉。

烟头无数。废电池无数。一罐中药药渣。厨房垃圾无数：剩饭、剩菜、鱼鳞、骨头、前天的剁辣椒蒸排骨一份……卫生间脏手纸一袋。你掉落的毛发一堆，依据垃圾分类标准无论长短，统称毛发。狗掉落的毛发一堆。三个月未浇水死透了的君子兰一盆。等等等等。

一共是四大袋子。请严格按照垃圾分类标准重新装袋。物业公司贴在楼道每家每户门上的红色 A4 打印宣传单特别提醒每位业主干垃圾和湿垃圾的区别：

干垃圾

干垃圾即其他垃圾，指除可回收物、有害垃圾、湿垃圾以外的其他生活废弃物。干垃圾包括废弃的纸张、塑料、玻璃、金属、织物等，还包括报废车辆、家电家具、装修废弃物等大型垃圾。

…………

成分复杂的制品（伞、笔、眼镜、打火机）也属于干垃圾。

湿垃圾

湿垃圾又称厨余垃圾，（**这个逗号是不是应该改为顿号？！**）有机垃圾，即易腐垃圾，指食材废料、剩饭剩菜、过期食品、瓜皮果核、花卉绿植、中药药渣等易腐的生活废弃物。有机垃圾有两大来源：园林垃圾和厨余垃圾。

…………

这么说来，一瓶过期的老干妈水豆豉，应该将水豆豉先倒出来倒进湿垃圾袋内，然后将空玻璃瓶扔进干垃圾袋。

问题是，玻璃、金属、织物都属于干垃圾，废弃的空酒瓶、纯不锈钢废弃制品以及废旧衣物你还需要懂得将它们划分进入可回收物一类之中。学海无涯苦作舟。明天，明天，明天的明天，再慢慢学习可回收垃圾和有害垃圾的准确分类。总有一天你会完全掌握垃圾如何分类。总有一天每个小区的垃圾桶大得足够你可以将你的垃圾全部扔进去而不用随地乱扔了。

一个微博上关注的人：他白天在《城市晚报》当主编，晚上在酒吧泡妞，深夜在微博上阴阳怪气说我们国家的坏话。丢掉丢掉丢掉他。

我想扔掉我自己。目前还不到时候。疼痛是魔鬼，我扔不掉。

我可能是最大的垃圾，但目前还不适宜处理、扔掉、粉碎、填埋、焚烧，或者变成有机肥再次利用。

雀斑算不算垃圾？我爱上过一个长满了雀斑的女人。我扔不掉她的雀斑。我后来只能将她一起遗忘。

你穿过的袜子掉在床旁三个月了。我犹豫着要不要弯腰捡起来。丢垃圾时间捡起来的一切事物都属于垃圾范畴。我捡起袜子，捡起三个月前的那些时日，捡起你，塞进第二个手提式马甲袋。绿色。

时间太晚了。有些垃圾不适合此时处理。先列入清单。

> 1. 城里人总要在客厅的正中央挂上的电视机。
>
> 2. 从不喝红酒的人家里都要做的红酒格子。
>
> 3. 从不使用最后成了鱼池的浴缸。
>
> 4. 只在搬新房大宴宾客那几天打开随后为了省电再也舍不得打开的天花射灯。
>
> 5. 吊了顶的天花。

一些废话，干脆就着今晚的冲动一起塞进垃圾桶。废话一次性塞不完，想起什么就丢些什么吧！

“得之我幸，失之我命，要来的不拒绝，要走的不挽留。珍惜所有的不期而遇，看淡所有的不辞而别。”丢掉丢掉！——你怎么总要在意得失？你怎么还是不知道有些人必须拒绝，有些人必须挽留，有些不期而遇是厄运，有些不辞而别是缘尽？

天天向上？丢掉丢掉。——世界上那个做到了天天都向了上的人还没出现。我们天天学习如何？

“陪伴是最长情的告白？”丢掉丢掉！——我们为了社会主义伟大事业驰骋疆场奋战于各行各业的各条伟大战线上，我们哪里有时间时时刻刻陪伴您花前月下？！

不急慢慢来，垃圾箱的容量可以自行设定。如果设置为一个GB容量，则:

1GB=1000000000000B。即相当于1万亿字符，理论上可以保存这么多个半角字符，一个汉字按两个字符计算。剔除光盘质量问题、文字空隙、段落空隙等因素，再打个八折，实际可以储存汉字 4000 亿个。一本常规的长篇小说为 20 万字，这相当于 200 万本书。你慢慢想。你只管想。你的废话可以确保全部扔进垃圾桶。别担心垃圾桶装不下。

到底要不要把自己也丢掉？

垃圾分类从我做起。

过往，那些不堪回首的过往，可以丢掉。

二十四　又一个死亡样本：不在现场

他只是要让你们觉得你们有罪。

——博尔赫斯

谁又乐意总是谈论死亡？毕竟，死亡，那么无趣。人们不都是正在谈论有趣的灵魂？

何况，我竟然还要谈论一场迟迟不肯到来，实情却又是随时随刻将要发生的死亡事件。或者，一场与人世间漫长的告亡。

他，那个父亲，此时此刻躺在重症病房，身上插满了各种管道。他在一个杜鹃鸟快要醒来欢快鸣叫的黎明时分，用一块锋利的刀片切断了自己的脉搏。左手还是右手？不得而知。我不愿意询问这些细枝末节。女人那么沉痛地向我哭诉这么一件沉痛的事情，我的悲凉加上她的泪水往往只是某种混合而成的撕心裂肺般的静默。可以听见脉搏的细微。你要仔细聆听！是脉搏的声音。

医生每隔几小时便会签发一张《病危通知书》。自从有了ICU，很多人被从死亡边界拉扯回来。另一个事实是，自从有了ICU，一些无法避免的死亡被人为地拖得漫长了一些，但，以抢救无效失败告终，以无法避免的死亡告终。他属于第二种情形。无法避免。一般来说，也会有对生命救亡持不同意见的医生奉劝家属不必再做这种劳命伤财的无用之功。

镇上的亲戚们大多在这种涉及人伦道德问题时显露出哲学家一般的豁达和通情理。花那么多钱最多也就三天五天七天，没什么必要的啦。

——不行，坚决要救他。否则，余生我无法原谅自己的。女人说。

一段确知的死亡。不可避免的。即将发生的。心存期盼慢一点再慢一点尽可能慢一点到来的死亡事件。流泪。啼哭。其实从此开始，你哭累了就开始设想死亡之后的一些具象的场景。

我所知道的大约就是这些。

我最后一次见到他，是小婴儿即将被米非司酮结束人生之旅的前几日，他说：女人小产一次，也是生产一次，很辛苦，要吃鸡汤的。

——唉。哭累了，女人叹了很多气。

——唉……

对待叹气最好的回复是叹一口更长的气。

那是一间精神病院。几个月前他被送进了那里。因为，他被确认应该是疯了。医学上诊断为精神躁狂症。我想，他自己不这么认为。除了他自己不这么认为。他仅仅只是简单地认为自己终于找到了此生的真爱。他固执地认为他爱上了那个照顾了他三个月的女护工。他很确认。面对所有人的反对，他开始变得狂躁。

——真是疯了！

仅凭这一点，无需任何医生的诊断，镇上所有亲戚都可以判断这个人肯定是疯了。而且，疯得无药可救。

他喋喋不休地诅咒过去，诅咒现在，直到他躺在城市精神病院的豪华单间。

我是听说。如是我闻。

我并不确切知道他待在那间豪华单间病房里面多长时间后做出了离开的决定。现在，他应该是被很多很多根管道萦绕着。鼻饲管、气管、导尿管、静脉滴注管……还记得来到人间时身上是只有一根管道的。那唯一的连接着妈妈身体的血脉之管。现在要走了，却多了那么多根管道。都很柔软啊。乳胶的，充满迷恋和挽留。不过只是想就此一死，现在，过去了七天，却仍然被他们强烈挽留。

幸好还有爱。我希望他能这么自我安慰地自我安慰。

死亡，真是一件艰难的事情。拖得太久，很容易疲惫。早知这样，还不如活着算了。

我不在现场。几天后，我得知他离开的消息，也不在现场。

我从网络得知了以下一些人类史上著名的精神范畴疾病患者：（以下资料来源于网络）

福楼拜患羊痫风。

果戈理患有一种未能确诊的精神病。果戈理的《狂人日记》可能是他自身症状的写照。

莫泊桑和海涅患有由梅毒引起的麻痹狂症，两人都进了疯人院。莫泊桑贪淫好色，发病时口出狂言，说他奸污了全世界的女人，说他要让上帝染上天花一命呜呼，还胡说他肚子里塞满了钻石。

普希金酗酒、嫖娼，和女奴生孩子，又把孩子抛弃。他对委身他的傻丫头安娜倍加赞美。

狄更斯讴歌家庭温暖，夫妻忠诚，可生活中却从不关心自己的六儿三女。他同他的亲妹妹姘居，并同大妹妹结婚。

叶赛宁因酗酒经常求助于精神病医生，跟邓肯结婚后精神好转，创作上却无所作为。俩人关系破裂后他的精神又崩溃了，佳作却不断问世。

陀思妥耶夫斯基患羊痫风，狂赌，把所有的东西都输掉了。

戴维·赫尔夫戈特是澳大利亚著名钢琴家，因压力过大而精神崩溃。

美国诺贝尔经济学奖获得者约翰·纳什患有精神病，影片《美丽心灵》讲述的就是他的传奇人生。

美国著名小说家姗尔达·菲茨杰拉德、作家庞德都患有精神病。庞德在精神病院达十二年之久，在精神病院里继续着他的创作。他75岁时竟然恋上了一个23岁的女子，事未成后，他觉得空虚无比，不再写作，也不说话，终日呆坐，直到死亡。

海明威在生活中也变态得很厉害，女作家斯泰因曾说了他一句不中听的话，他气得七窍生烟，扬言要踢她一脚。有位评论家说了他一句，他竟不惜由古巴飞到纽约，要教训那人。他对斗牛极其狂热，有人说他怀有“死亡的欲望”，说他借此来满足他的虐待和被虐待。最后，海明威自杀身亡了。

美国获得诺贝尔文学奖的戏剧家奥尼尔也是个精神失常者。最后他根本分不清台上台下的角色有什么差别，而完全融入剧本之中。

凡·高精神不正常，切掉自己的耳朵。

…………

自此，我曾经试图关注一些有关死亡（尤其是自杀）的事件或者表述。

安妮在父亲弗洛伊德（这里指的是画家弗洛伊德，那位打赤膊给伊丽莎白女王画肖像的弗洛伊德）的葬礼上，朗诵了一首关于他房子里一张照片的诗，诗名叫《世界上最美丽的屁股》：

你吻了我。
我开车离去。
剩下的只有你对照片的所述……[1]

马洛伊·山多尔 1989 年 2 月 21 日，在圣地亚哥家中用一颗子弹结束了自己的生命，他以自由地选择死亡这个高傲的姿态成为不朽。他在《伪装成独白的爱情》中这么说过：

……但是，我要作为死者经历我的人生：我的羞耻（这个羞耻就是在这里维生，就是我在这里度过的生命之耻）不允许做另外的判决。[2]

我曾经反复阅读的伟大的里尔克的《布里格手记》谈论死亡令人震撼：

今天谁还会精心准备一场死亡呢？没有人。

有场自己的死亡，这愿望日益罕见。[③]

有一种死叫作“自觉的死”。

莱辛的剧作《爱米丽亚》描述了一个女人之死。尽管爱米丽亚是被她的父亲用刀子捅进了乳房深处的心脏。但是，她是自觉自愿地死。剧本中，并没有描述刀子插进心脏后，美丽的女儿流血还是没流血。[④]

——他只是要让你们觉得你们有罪。

博尔赫斯谈起自杀时如此说。[⑤]

如果是一个东正教教徒，自杀将绝对不被允许。

佛说：“汝等愚痴！自手杀人、教人自杀，有何等异？！”并制定戒律：“若教人杀，若教自杀，誉死赞死……如是种种因缘，彼因是死，是比丘尼得波罗夷不共住。”

有一天我在海登莱希的短篇小说中读到这句对白：

——我妈那么爱干净，一辈子都不屈不挠地与肮脏战斗，现在还是败给了泥土。

我迅速丧失了对死亡话题的兴趣。

【注】

① 引自《去你的，生活》。

② 引自《伪装成独白的爱情》，马洛伊·山多尔著，译林出版社 2015 年 10 月版。

③ 引自《布里格手记》。

④ 摘编自《莱辛剧作七种》之《爱米丽亚》，华夏出版社 2007 年 7 月版。

⑤ 引自《博尔赫斯谈话录》，西川译，广西师范大学出版社 2014 年 10 月版。

二十五　第三人称：他（她）们

像我们这样相信物理的人都知道，过去、现在和未来之间的分别只不过是持久而顽固的幻觉。

——爱因斯坦

现在，我在这里。离开那里之后，一直在。这里，是单数，唯一；那里，是复数，诸多。整体上说，我一点也不喜欢这里。或者说，我一点也不喜欢整体上的这里。

笛卡尔的身心二元论给了我们这样的知识观：

在那里，有一个固定的客体世界；在这里，有一颗心灵。

我想离开这里，我不知道去哪里。

为了来到这里，我曾竭尽全力信誓旦旦。为了离开这里，我一直假装对这里绝对忠诚。

想从某处逃离，只有一种方法——从自身出离；

想从自身出离，只有一种方法——爱上某人。①

从剪断脐带那一刻开始，一场出离业已开启。

大多数时候，我独自一人。等待，另外一个人。从单数变成复数，从一递增至二，从孤独进入愉悦，从贫穷进入富贵，从草根变成显达。我们，看电视，饮酒，寻找色彩斑斓的食物。终极最好是狂欢。往往以落空结束。

要怎样准确在这个时空之中标明自己的坐标？物理学家说，要如此表达：

车站南路与红花坡路交会处，十二楼，晚上十一点二十分。

是的，我们在时间中。一维空间的线，二维空间的面，三维空间的立体，外加四维空间的时间点，才是准确的定位。

一只毛毛虫，只能在直线上前后蠕动，这种直线（或曲线）是一维空间。

一只阿米巴扁平虫，可以在球面上前后左右移动，这种平面或曲面叫作二维空间。

一只斑鸠在天空中上下前后左右飞翔，这种空间叫作三维空间。

然而，时间也是一个维度。世界是四维的，合称时空。不仅仅是空间，时间也会发生弯曲。一种看不见的弯曲。伸出手，也摸不着。

这个话题需要牛顿手握红苹果主持，高斯和他的学生黎曼手持各自验算出来的数学方程式，爱因斯坦宣读他的广义相对论并狭义相对论，霍金坐着他的轮椅谈谈黑洞。他们会告诉你时间不但是弯曲的，而且可以倒流。如果将这个会议开成一个科学家扩大会议，杨振宁有资格参与旁听。尽管多年以来，人们更关注他那个比他年轻五六十岁的小娇妻。

很高兴，夏天终于过去了。很高兴，一个夏天过后是另外一个夏天。炎热接着炎热。腰疼接着腰疼。这是这个城市的秩序。这是我的秩序。这是一个怎样的城市？这是怎样的一个我。谜团中的时空，人，现在，和，总是不知着落的晚餐。或许，最值得期待的除了不得而知的未来还有重逢。我这里指的是与过去的旧日时光重逢。没有一个病人孤独地躺在床上，不渴望温暖的指尖滑过脸颊。还有，柔情的眼神裹紧发冷的躯体。

奶嘴派对迟早会在这个城市流行。一个城市艺术家刚刚断言。

——现在，我在世上成了一个孤零零的人，再也没有兄弟、朋友、亲邻，也断了社会交往。卢梭说。

——说到底，悲观是目前的世界观。

我出门到红花坡炒蛋炒饭吃，报刊亭摊上的最新一期《新周刊》这一期谈论悲哀。这个杂志总是摆出一副救世主的样子认为掌控了知识分子的灵魂。

——说到底，悲观是一种远见。鼠目寸光的人，不可能悲观。木心说。

我充满了饥饿感。既不悲观也不乐观。可以确认的是那一年的夏天漫长得令城市里所有的狗都感到了迷茫和无望。连续六十多天的高温，灭绝了我此前对一切夏日里长腿猎猎和沟壑层层的欲望。黏稠的空气是一把手枪，杀气腾腾。

如果可以，请流行一丝不挂。

如果这个夏天实在太热。

事实上，大多数人，一个人独处的时候，也不敢一丝不挂。害怕面对了无牵挂的自身。这是人类的一个通病。我们一直在回避。逃避自我。

这是一个狂热的城市。女人们在夏天里平均身高至少增长了五厘米，借助一种夸张的坡跟鞋。天空仍然遥远。我其实没有太多期待。一句问候，一盆春天的君子兰、秋天的勿忘我、冬天的风信子，一丝长发拂面撩起的心痒，或者，就是一盆红烧肉，足够。

狂热，是指疯狂的炎热。

处长

这一辈子，我都在为了成为他而茫然并抓狂。在写下这句话之后的大概十天之后，我读到了马尔克斯的封笔之作《苦妓回忆录》的最新中文译本。在第五章的第一句中，他这样写道：

> 在读《三月十五日》时，我偶然发现了一句据作者说是尤里乌斯·凯撒所讲的阴险的话——一个人最终一定会变成他人心目中的那个他。

这有点偶然，但也似乎有着某种联系，我很愉快地结束了当天的写作。我开始和处长谈心。

处长其实是不存在的。处长是我。我就是处长。我们是分别对应白天和黑夜、自我与非我、有和无、是与非、罪与罚、明和无明、无明和无无明、实和虚、苦和乐等一切的二元悖反。现在你懂了吗？

衣架掉在床边三天了，我没有把它捡起来，处长也不捡。

处长还是我的兄弟吗？处长早已不是我的兄弟了吧？

我成了他的敌人。你懂得一个人的出处，你就是他的敌人。所以提防。

我成了他的乞丐。你辉煌到一定程度，你就需要四处宣扬你的慈悲。所以施舍。

我成了他的瘟疫。你常年养尊处优，你会觉得世界需要消毒。所以隔离。

我成了他的镜面。你一直成功，你会时常想念那些你认为失败的人，比对出自己的自信。所以，偶尔需要面对那些失败之人，寻找信心。

这让我想起那日在办公室与刚刚晋升正处长的他的一场简短对话。他春风得意缓步无声进入我的办公室。破例抽一根我闲散扔在桌上的软白沙。我为他找了一个盖碗的碗垫做烟灰缸。他抓起了桌上那个打不着火的打火机。我为他点着了烟。

——要做事，要研究新媒体。只有确定了未来就是要做事这个目标，我发现我的内心就踏实了。他抽着烟说。他将黄颜色的polo衫领口最上端的风紧扣也锁扣得严严实实。他可能要表达一些“严谨、精致、细腻、精干”等美好的品德。

——新媒体的表达是准确的，比自媒体的提法更准确。人类无法阻挡技术革命。我顺口回复他。现在回想起来，应该是恰恰阅读到了萨藤的一句话在我的印象中刻痕深邃。

——不要反抗摧毁我们的东西，我们甚至没有时间去反抗。萨藤说。②

我自然同时想到了克尔凯郭尔的忠告。他不知道，我短时间内思维活动了那样遥远的距离。抽完烟，处长便踱着缓缓的步伐离开了。我继续抽烟。继续一个人的思考。等待午餐到来，那是一天中最值得期待的美好时刻。

时间一点点滴落在这个酷暑炎热的夏季午后。我面对时间中的处长，感觉不到时间，我回忆起多年前我们曾有过的另一场对话。我们就像是在时间之中谈论着时间。

——你有什么？

二十年前，他问我。我盘算了很久。是啊，我有什么？

——青春！

这是我唯一确切拥有的东西。

二十年后，处长问了我同样一个问题。

——你有什么？

我陷入了漫长的思索。

——我不知道。我回答他。

——但，我知道我没有什么！

他应对出一种饶有兴趣的样子。他用空洞的眼神望了我一眼。

——什么？他说。

——青春。我说。

这可能就是二十年来我漫无目的生活和无休无止思考的结论。

生活是一个文本。本文由各种文体交织杂糅。有些冗长的特性，但却不简单是一篇升学论文。论文的残酷在于，在故事的发轫立即强求答卷者将结论用黑体字码在醒目的位置。

生活的结论不可知。严苛。缓慢。而那种悠长，像教堂的钟声，像老年人的高潮，需要细致入微的耐心。当……当……当……

我做的这一切只是为了被误解。

你所深深眷恋的正是你想逃离的。只是不自知。

城市最终会被逃离；小镇的终极功能，不过也是被出离。

在未弄清楚自己从哪里来之前，回到故乡是个骗术。

童话之美，在于一切都可以开口说话。成人写作的最高境界，却在于一切都欲言又止。

或许，我应该耐心讲述一个完整的故事？不。我对满足人们的好奇心一点也不好奇。

——美消逝了，而且一去不复返。柯勒律治说。

他是在抱怨青春吗？他怎么每次都可以发现时间的异样之美？

青春应该是怎样的？青春既不消逝也不消失。兰波使用的是虚度的青春。台湾作家张曼娟有一篇散文名叫《青春并不消逝，只是迁徙》。这是文艺味道的内心颓废。表象的积极和内心的颓废正在受到一元性思潮的追捧。这正是当代艺术家疯狂有别于正常人的伎俩，他们谈论“浪”，使用“疏离”这个词语，大多数潜伏在繁华闹市，特立独行、自负、热闹地自称孤独。说孤独里面掩藏了无尽繁华。他们用眼睛和耳朵吸取知识。说是在读无字之书。

青春到底是怎样子？

莫迪亚诺觉得挥霍更准确。

青春，是弯曲的。

处长其实是存在的。处长是我。我就是处长。我们是分别对应白天和黑夜、自我与非我、有和无、是与非、罪与罚、明和无明、无明和无无明、实和虚、苦和乐等一切的二元悖反。现在你懂了吗？

接下来，我决定：一个人。想，一些人。

我冷静下来思考一些问题。可是，我找不到准确的词语。如果没有词语帮助，一切思考最终看起来都只是一场睡眠。深度的入眠，或者是一场假寐。

自渎。

第一个蹦出来的词语。不是百度的解释，不是陀思妥耶夫斯基的自我蔑视，也不是劳伦斯带着朋友老婆四处浪游时的偶尔精神下坠感，是一种回忆状态。我似乎看见了很多人。一帧帧的人。自动播放。速度每秒一幅。

笛卡尔

等待中药降温的时间，因为无手机可玩耍，捧起了未读完的《笛卡尔的骨头》阅读了近一小时。补读书笔记如下：

关于信仰：信仰假定是无错误的，那就是它的危险所在。

关于确定性：杜威将笛卡尔以来的现代精神定性为沉迷于无望的“对确定性的追求”——无望是因为现实世界中并不存在确定性。从笛卡尔的身心二元论中，我们确立了这样的知识观：在那里，有一个固定的客体世界；在这里，有一颗心灵。

关于圣物：比如舍利子，比如裹尸布，比如笛卡尔的骨头，意味着在物质和永恒之间架起一座桥梁。

以上整理自《笛卡尔的骨头》第六章和第七章。

如果一点五只母鸡在一点五天的时间内下了一点五个蛋，那么五只母鸡在六天时间内会下多少个蛋？少年笛卡尔冥思苦想得出的答案到底是什么？

笛卡尔躲在一间炉火明旺的屋子里，与世隔绝。晚年的他孤僻、易怒且过度敏感。有人说，现代哲学甚至是整个现代世界都始于笛卡尔的一个问题。当然不是“一点五只母鸡”的问题。这个问题就是：

什么是我们可以确然相信为真的？答案是——思考。他精警地表述为：

Cogito ergo sum。我思故我在。

艺术家

艺术家正在另外一个城市闲逛。他有时写作。

这个城市真没意思，阴雨连绵，房间外面都是成年人和汽车的声音。它们在一起形成了一阵阵嗡嗡的回响。

有时候有种回响特别甜蜜，有时候就特别枯燥，但是，无论枯燥的还是甜蜜的，都有可能是荡气回肠的。到处都是带着灰尘的深绿色，柏油淋着雨的颜色，灰色潮湿的差劲楼房。有些新的就安装着蓝绿色差劲的玻璃，冒着空洞的烟雾。

不过有时候不好的心情会逼迫人写文章来度过一段时间，它让你打开窗户写，听外面不好听的声音，来抽离自己的大脑观察如此一种情境。铁栏杆窗门，外面三米不到的邻居窗户，在湖南，这种黄灯光仔细看也让人温暖。

人长大了听不得妇女在楼道大声交谈，还有男人的恶狠狠的很难听的蠢蠢的叫，我一次次在期盼来的人是来找我，虽然这些人那么遥远那么粗糙。……[3]

自从有了微信之后人人都是写作者。人人都是抄袭者。人人都觉得自己可以写一部恢宏的书。

普鲁斯特、乔伊斯、塞利纳、热内、博尔赫斯都没有获得过诺贝尔奖。萨特拒绝了。这还不够么？

——大炮毁灭了封建社会，墨水正在毁灭现代社会。拿破仑说。

他本人钟爱抓住一切时间坐在马腿旁边，背靠大树给约瑟芬皇后一封一封又一封地写情书。

有一封情书，他这样写道：……无论如何，让我们在离却尘世前，能说："我们在相当长的岁月里，曾是那样的幸福！"一百万个热吻，给你，也给小狗福蒂内，尽管它很凶。

我很久都不再写作。有时，当一个抄袭者，转发几篇心灵鸡汤。也帮朋友转发转发招聘信息。如果总是不转发别人的信息，也不给他人的信息点赞，你会在网络世界也被孤立得如同孤魂野鬼，无人问津。都是些礼尚往来的优良传统。点赞也是。

俊哥

——我们去墓地坐一坐吧？这一次我主动对俊哥发出了这样的邀请。

他从不拒绝我的任何要求。

我在坟茔的丛林中找到了那个夏天残存的凉风。丝丝拂面，浸润肌肤，安静地照料我们两个闯入者。俊哥喝了酒又想滔滔不绝谈论他的生意经。我果断地制止了他。

——你再这样喝酒会喝死的！我总是这样劝解他。他依然钟爱酒精。他目前没有死。人终归都要死。我希望他不是因为酒瓶子而死。

天空中有一轮明黄的下弦月。有野狗偶尔途经。不是所有的狗都乱叫。我们，狗，互不惊扰。

我对墓碑上的文字饶有兴趣。我希望可以找到几句有意思的墓志铭。我落空了。这个城市的墓志铭格式统一为：某某某之墓。

内容寡淡。比之武则天陵墓的那块无字碑简直就是长篇大论废话连篇。

立碑人的数量至少两人以上，多的达到两位数。任何一座墓园，你见到的活人名字永远比死人的名字多得多。活人总是比躺在棺材里的人多得多。

现在看来，终极的狂欢也许只在墓碑上。复数的。二或者二以上的。愉悦的。

俊哥对着一块石头小便。对于一个前列腺炎患者而言，那是一场漫长艰辛而又痛楚的摧残。终于，我感觉到他奋力地抖动他的身体，快要结束了。那是一场漫长艰辛而又痛楚的抖动。

人类使用抽水马桶的历史毕竟只有短短的七十来年。即使是在金碧辉煌的凡尔赛宫，路易十四和他一个个情人翻云覆雨过后，也只能坐在戴假发的侍从提来的原木便桶上唏唏嘘嘘。

马王堆汉墓记载中国古人治疗痔疮帮助病人排泄距今两千多年。

人类排泄的历史始于有人类之时。年份不可考。

语言是一种词语的排泄。

我有时不想说话，没有人可以治愈我。

——你给我闭嘴。

我感觉到了很多的风。它们来自不可定位的方向。如果地下也是一种方向，那里正在渗透出黑色的气流。冥王哈德斯均匀的呼吸正在摧毁这个幽冥的黝黑夜晚。我以男性之躯趔趄于这个阴性的混沌之中。

我一辈子都是个墓地迷，而且我知道贝克特也喜爱墓地。（我们可以回想一下，《初恋》的开头就是一段墓地描写，那片墓地碰巧在汉堡。）……

以上出自《世界文学》1999 年第 6 期第 201 页的齐奥朗散文六篇。这位金句大师先生最让我心动的作品目前只是以这种部分散译的方式曾经出现。已经中文出版的三部作品主要是他的宗教观点。多么期盼他的书信和笔记早日冲破那些隐性的阻隔思想之手闯进来。我的藏书有《贝克特全集》。齐奥朗提到的《初恋》就在第一卷《短篇和诗歌集》之中。关于墓地，有这么一些描写：

我对墓园一点也不反感，我挺乐意去那里散步……尸体的气味……传到我的鼻端，我并不觉得难闻。也许有点过于甜腻，有点让人感觉晕头晕脑的，但是比起活人的味道，比腋窝、脚趾、屁眼儿、蜡一般黄的包皮以及剪开口的药栓剂的味道，它不知要好闻多少倍。④

偶然得知在《十二头陀经》里，佛赞叹的十二头陀行里有一条就是“冢间住”。住在坟墓里修行直到二十世纪八十年代盛行气功之时仍然被神秘化。莲花生大师曾在尸陀林修炼，而古萨里派也是靠着在大坟地里修断法。

俊哥一度萌生了送自己儿子去学习殡葬管理专业的念头。那一段时间，我们时常讨论如何实施这个计划。

木匠

木匠很久没有出现了。

关键时刻如果不出现一个木匠，人类历史将无法延续。莎士比亚的昆斯、作为木匠之子的于连・索莱尔，那不过是一些微不足道的小人物。他们把狡诈的嘲讽藏在木匠的铁钉里。用蘸水笔和鹅毛笔一下一下敲打。但作为木匠的腓特烈大帝本身是个大人物。明熹宗朱由校也是。

——说到底，文学就是木匠活。两者都需要艰辛的劳动。写作几乎和做一张桌子一样难。它们都需要将现实作为材料加工。而现实就像木头一样坚硬。你找不到人来代替你完成。马尔克斯说。

我认识的这个木匠不认识我以上所说的著名木匠，鲁班除外。现代木匠已经不朝着他们的祖师爷烧香跪拜了。现代有电了。

我深陷疼痛之时曾经热切渴望木匠来探视我。他永远只会在我快对希望失去希望的时候自己推开房门。他来。他走。他都无视我的存在。那天下午，我刚刚洗完澡。我赤条条地、水淋淋地、湿漉漉地站在客厅正中央。我低着头自我思忖。

我养成了每天尽量洗很多澡的习惯。这不是简单的洁癖。这是比简单的洁癖更复杂的癖好。我深信我洗干净了自己，世界便更干净了一些。至少，我感觉上是这样的。

一天中，唯一的短暂的潮湿的洁净的另外一个我。很快就会消失。很快就会被血液流动、肾上腺激素分泌、皮质油脂分泌、肺泡张合和心房心室的交替开闭将这些短暂的圣洁盖满污垢。

我猛然发现木匠就站在我的身前。他巨大地矗立。坦然地面对湿漉漉的、赤条条的我。一点都不羞涩。

——你为什么不敲门？

我有些羞涩。自从我发现我对女人感兴趣以后，我发誓再也没有让任何一个男人看见过我的身体。我看不出他有或者没有羞涩。我低下头。我承认，是的，我很微小。我发誓，我再也不和他谈论“进门要敲门”这个微不足道的道理了。我发誓再不和他谈论的微不足道的道理还包括：

做错了事说“对不起”；
别人对你好说一声“谢谢”；
约好的事情万一自己有变化通知对方；
不当着别人的面抠鼻屎；
打喷嚏捂住嘴；
不盯着女人的胸脯直勾勾地看……

有一段短暂时间，我有些生气。我生气的时候会发出粗重的喘息，和我感到生理极致快乐时表现一样。在我的喘息声中，木匠将一堆凌乱的工具随手丢弃在门旁的地毯上。我的喘息甚至扬起了附着在那些工具上的锯木屑。一个气泵、两把手锯、一个装乳胶的塑料提桶、军绿色的帆布工具袋，一个垂头丧气的现代木匠。门口看上去拥挤不堪。

后来，我们开始说话。我们谈论猫头鹰。我迅速跑进卧室穿上衣服之后的后来。

——回龙镇的山上有没有猫头鹰？

——家里有老鼠吗？

——据说古代的中医有一味药“猫头鹰蒸天麻”治疗偏头疼有奇效？

——农村生态越来越好，何止猫头鹰？猴面鹰都多了起来！

——想办法弄几只上来？

——环保你懂不懂？违法你懂不懂？这就是你们城里人？

我和他一起喝一瓶当作料酒用的邵阳大曲。他一口我一口。我一口他一口。他答应专门去一趟回龙镇。他有个朋友专门在家打鸟、捕鱼、抓青蛙泥鳅鳝鱼，和所有留守在家的别人的老婆没日没夜地打麻将。

——我有些苦恼，想与你谈谈。他有些尴尬的样子。

——最近碰到了些麻烦。他说。

春节回家过年，一个回龙镇的女人在和他打麻将时，爱上了在麻将桌下挑逗他。使用脱了鞋子的脚。脚背或者是脚尖，也或者是忙里偷闲用不摸麻将的左手。有一个晚上，木匠骑着摩托车送她回家的路上，那个女人表现出了奋不顾身的精神。女人的丈夫是他最好的朋友。

——我们在一起了。木匠喝了一口酒说。

——在一起。在一起。在一起。

这时，电视里江苏卫视《非诚勿扰》一个勇敢的女嘉宾为一个男人留灯。现场发出观众的欢呼声。

——在一起。在一起。在一起。观众狂热起来现场完全失控。

——我们说好不影响各自的家庭的，她现在反悔了。

我注意到，他用红色螺纹状塑料软绳别在腰间的步步高音乐手机一直在震动。有时，他主动拒绝接听。有时，置若罔闻。电话一直在震动。现代木匠，早就对震动习以为常。电锯、射钉枪、手磨机、电锤，都是通过震动来工作。时间，也在震动。

那个女人现状是表现出一种为了要永远在一起而不惜一切代价的样子。甚至主动跑到了他家里和他老婆对话。

他害怕了。

她丈夫愿意原谅她。他老婆却无论如何不肯原谅她，也不肯原谅木匠。这也是一种震动，继而搅拌成纷繁复杂。木匠的老婆很长一段时间却不肯原谅自己的丈夫。为什么宽容的男性更多地存在于乡村？宽容看来是一个与地域、学问、收入没有关系的品德。在同样的问题上，这时首播的《非诚勿扰》的 24 个女性绝大多数都深恶痛绝，或者，破口大骂、义无反顾。24 个女人代表不了全体妇女世界。这档节目的狡诈在于，他们让人误认为世界上一共只有 24 个类型的女人。你一旦相信他们，你便别无选择。

——苦恼哩。木匠说。

面对别人的苦恼，你唯一能做的便是当一个垃圾桶。

木匠的女儿

2011 年，回龙镇木匠师傅花钱给女儿买了职业专科读会计。我在第一学期快结束时与他们父女谈心。保证两点：第一，一旦她拿到会计证我确保负责给她找到工作；第二，只要她愿意继续深造，凭自己的能力考取本科以及更高级别的学校，一切费用我全部承担。当晚酒后，我写下了这两页谈话录作为凭据交给了他们。时间恍惚，转眼快十年了！

字据并2011年1月11日凌晨谈话笔录

参与人：木匠、我和木匠女儿

主题：关于未来

内容：

一、学习问题。首先要学的是常识，其次才是知识。

二、思想问题。做一个有责任感的人。对自己负责任的人才能对别人也负责任。爱自己才有能力爱别人。

三、生活以及生存问题。其实是指方法论问题。看问题要从不同的角度，用矛盾论的方法综合分析和看待。不要钻死胡同，也是一个技巧问题。

三年后，女孩很可惜没能通过全国会计资格考试，直接投身务工大军，不久，收获了爱情和婚姻。

刀哥

刀哥因为收购了一块偷来的江诗丹顿手表被关进了看守所。四十多天后，法院马上要对他开庭公开审判。我准备去旁听。我在铁路边的一个小旅馆住了一通宵，一边喝啤酒一边思念兄弟。火车魔鬼般踩踏我的灵魂，我只有利用酒精安神。早晨，米粉店的老板娘以为我得了红眼病，医学上叫急性结膜炎。我摸出了了在韩国旅游时买来送给我的O牌墨镜。法警命令我摘下来。我摘下来深情地看了他一眼。他又命令我戴上。我摸出被牛仔裤口袋挤压得皱皱巴巴的和天下，抽出一根递给他。抽烟，干部。他落荒而逃。

法官说，现在“架场”。就是开始的意思。他不说普通话，说最土最土的城市方言。也叫作塑料普通话。

——被告人，今天本庭采用《新刑法》简易审判程序对你进行审理。现在开始你回答问题只许说“是”或者“不是”。你可以申诉，你有权申诉。

但是，如果你提出异议或者提出申诉，今天的审判将立即结束退庭改日再审。你申诉吗？

——不，不，不，我不申诉。反正只有几个月我的刑期就到岸了。

等待刀哥的间隙我在刑事审判庭旁听了一场致人轻伤的伤害案件审理。被告人也说最土最土的城市方言。他被当庭判处有期徒刑六个月。

刀哥犯了“故意隐瞒掩藏非法所得罪”，判处有期徒刑一年缓期一年执行，并处罚款壹万元整。缴纳罚款后当庭释放。

——老兄啊，庙里那不是人住的地方。他们管看守所叫庙，关的都是和尚。做人莫犯法，犯法不如鸡和鸭啊。

刀哥常说的那句老话，命来铁如金，命去金如铁。加图也有言：

——运来高朋满座，时乖孤苦伶仃。

杨丽萍

嫁给了一个美国人。她在东莞一家成衣加工厂当三线锁边员的时候被爱情发现。她现在是三个孩子的妈妈。迈阿密海边的风时常吹乱她的头发。她是一个喜欢穿着鹅黄色连衣裙的白色女子。

一个女人

我每天坐202路公共汽车去大学学习英文。太阳那么火爆，把我全身都晒得硬邦邦了。留个电话吧。我对一个穿着短裙的女学生说，我是导演，我可以带你上电视。神经。她骂我。流氓。另一个也骂我。还有一个女孩疯了样的奔跑。只有一个没跑，她皎洁。她带我去她租的屋子里。地板上铺满了塑料布。我和她坐在塑料布上。我告诉她我的名字。其实名字真的不重要，但总不能互称“喂喂”吧。她腿上长满了黑毛，毛茸茸的手感直接温暖人心。她穿着卡通机器猫的内裤，可爱极了。我问候机器猫，将机器猫抱在怀里唱歌。塑料地很滑，几乎无法提供脚板任何支撑力。物理的基本原理发挥效果，我们都滚翻到了地上。

达尔文和卢梭

经常遭受失眠之苦的达尔文在黑暗中盯着一株植物发呆。已经十个小时四十五分钟了……他患有严重的失眠症。一种叫作金丝雀虉草的植物已经在完全黑暗的屋子里生长了几天。距离它十二英尺五的地方，燃烧着一盏发出唯暗之光的煤气灯。达尔文将一块玻璃板挂在植物上面，每隔几分钟他就在玻璃上标记出植株茎尖的位置。他甚至“无法看清楚幼苗，也无法看清楚用笔在玻璃板上画的线”。

他使用这种孤独的方法观察过300多种植物的运动。他的结论是：

——几乎所有的植物都向光弯曲。“向光性”。

——所有植物都在做重复性的螺旋状摇摆运动。“回旋转头运动”。⑤

1765年，比纨绔子弟达尔文大了将近97岁的日内瓦钟表匠的儿子卢梭，扔掉了一切书本和纸张，用牧草与鲜花装扮着自己的房间。圣皮埃尔岛的毕耶奈湖，一个哲学家消失，一个植物狂人近乎痴呆。

“……每一次观察植物器官结构和产果期植物性器官的活动所体会到的陶醉与狂喜，没有任何事情能够与之媲美……”

由于与失眠症终生无缘，卢梭失去了在植物学领域建树的机会。他很早就开始恶毒地自我剖析，以至于攻击世界和全世界的制度。他散步。他把他的散步变成遐思。迄今，人类还在思考他的那些遐思。

他并不是一个放纵的人。

娘

我娘八十岁那一天天气很好。主要是雨下得刚刚好，铺天盖地湿漉漉的凉爽。

整个酒席期间我娘显得都很开心。开心的意思是指用一根缝麻布袋的针插进岁月与往昔之中，很多痛苦的回忆流出来。眼泪流出来，幸福感流出来，一切一切的苦厄流出来。有些流进了未来，有些流回了往昔。

你看着我们敬酒的样子是不是会觉得那些过往怎么突然就变得这么热闹和喧嚣呢？娘。

你举起筷子夹起了一些甜的东西。你儿子说，娘，我敬你酒哩。你赶紧放下了筷子……忙不迭的样子像一只受宠若惊的飞鸟。

到城里这么多年，我总是经常出现一些关于我娘的幻觉。我时常可以在夜深人静时看见我娘跪在回龙镇的粮仓地上用十几厘米长的铝针缝麻布袋。我娘有时托畅畅父亲的福在粮管站打零工赚点外快贴补家用。粮管站有数不清的麻布袋子。袋子里面装了数不清的米。根本数不清一只麻布袋可以装多少粒米。很多只老鼠耐心地钻在铁磅秤的下面，等天黑。它们出来偷米。老鼠对数字一点都不敏感。它们吃大米姿态优雅。不囫囵吞咽。一粒。一粒。一粒。

我在幻觉中数着数字。一。一。一。一。

我偷偷地为我娘写过一首诗。

局部

想使用第一人称过日子
想我娘
想她举着十厘米长的铝针把我缝进麻布袋
那已经是过去了……
十几个粮管站的里格们（堂客们）吃瓜子
我觉得安全
麻布袋有好多细格子
我就有好多满足。
老师要我穿绿灯芯绒裤子到台上跳舞
我唱天上星星亮晶晶最亮的一颗是北斗星……

这个时候，很晚了。我听见了春雷，随后是雨声。我搬个小花凳坐在玻璃门旁边抽了一支烟。城里没有大升仓我老家老屋的木门槛了。

小时候喜欢下雨天坐在木门槛上，看着大雨一丝丝从我的眼前流下来，流过去，藕断丝连的式样。我从不伸手，感觉下雨的时候很素利。

素利这个词是我自创的，根据发音，应该是干净利索的意思。下雨的时候，我娘总是不在家。我娘总是跪在粮管站仓库的水泥地上缝麻布袋。缝完麻布袋将袋子卷起来，卷成一捆捆的圆筒筒。偶尔，难得的一个下雨天，她会头顶披着蓝卡其布小西装领口的上衣在风里雨里向门槛这边飞跑。我坐在门槛上诧异极了。唯一的感觉是，我一点都不喜欢她刚刚剪的包菜脑壳，她留着一对大麻花辫的样子才楚楚动人，可以将粮管站全体男人的眼神甩出一阵风嘞！

此时，很晚了。雨落了下去。雨，途经门口和坐在门口抽烟的我，落了下去。

我们，各自漫无目的。

突然想起几小时前有个人喝酒的样子：先伸出舌尖，把酒倒进去，卷起舌头，像极了某种动物或者人的某种偏向性爱好时的迷离状态。这样舔，我猜想他有他自己的舒服吧？

畅畅

局部（承上）

…………

老师要我穿绿灯芯绒裤子到台上跳舞
我唱天上星星亮晶晶最亮的一颗是北斗星
畅畅坐在台下
她爸爸是粮管站的主任
我那时觉得她是世界上最美的妹里细子
裤子是头天晚上我娘去她家借的
我就是那时候意识到
我的身体
有一个
局部

那是第三人称
那是她的
那时开始
我就失去了我自己
直到刚刚
我想我娘的时候
我开始怀念
第一人称
但我并不想畅畅。

“天上星星亮晶晶，我唱山歌数星星。千颗星万颗星，最亮的一颗是北斗星。”这是我学唱的第一首歌。我穿着畅畅的绿灯芯绒裤子、白色的确良衬衣、雪白的飞跃牌乳胶帆布鞋，手里举着用竹签做龙骨、花花绿绿的彩纸装裱的道具小星星在舞台上蹦蹦跳跳。那时，我感觉到了被众人目光注视的喜悦。被人关注，被他们指指点点，讨论我是谁家的孩子，这种滋味令我昂首挺胸，甚为自豪。全回龙镇唯一的一条绿色灯芯绒裤子此时此刻穿在我的身上，以及畅畅的气味也穿在我的身上。那天的空气别样的动人。一想起畅畅，我的心跳急剧加速。这种异常一直延续到了小学毕业。进入初中一年级，班上的郑小小在跃入我的眼帘那一秒立即取代了灯芯绒之迷恋。

李亚萍

其实我只是思念李亚萍。李亚萍是白色的。我对白色穷其一生孜孜不倦的追求全部源自白色的李亚萍。她捧着一个搪瓷大脸盆，对着我像雪花那般的笑。

明爸爸

明爸爸走的那一天，我打了个赤膊。

经常有魂不在身边的时候，小时候明爸爸帮我喊回来。现在，还是经常有魂不在身边的时候，再也没有人帮我喊它回来了。在城里生活，我要学会自己喊魂，喊它们回来。

一个人的魂魄走得太远了，或者，离我出走的时间太长了，一定要及时喊回来。

——崽啊，你这是魂走失了回不来了哩。

小时候一发烧咳嗽，明爸爸摸着我的额头就这么判断说。

——莫急莫急，等我晚上出去帮你把魂喊回来，再在床铺脚下倾一碗饭，睡一觉就会活蹦乱跳了哩。明爸爸说。

我那时是一个魂跑丢了的孩子。我从没见过他是怎么帮我把魂喊回家的。我隐隐约约记得每一次他和我娘都会提着一个竹篮子，里面装着一个他自己用彩纸竹篾编扎的小纸人、一些香火、两对蜡烛、一些纸钱，出去转一圈回来将一个饭碗倒扣在我的床铺底下。于是，他摸着我滚烫的额头安慰我：

——崽啊，睡一觉，赶快睡觉，等会魂就会回来找你了哩。

此时此刻，他躺在黝黑的樟木棺材里面。那是一个睡觉翻不得身的地方。也许，那个世界是不需要翻身的呢？我知道他在看着我。我也看得见他的脸、眼睛和皱纹。一副满脸堆笑的样子。

我娘着急拖着我回城里。我就来不及守在明爸爸的身边把他送过奈何桥了。我以前和他一起不知道送了多少人过奈何桥。他吹喇叭。我打西洋鼓。

叮——哐——哧。叮——哐——哧。叮哐——哧哐——哐哧。

这个节奏全回龙镇的人都熟悉。

我脱下汗衫。城里人当年流行的梦特娇洋货。我帮他慢慢把棺材盖上的灰尘仔细擦干净。我又坐在他身旁吹了一会喇叭。

他这一走，我怕是再也看不见了。尽管我知道，他的魂魄会时常来陪我。我还是有点依依不舍。

这是下午五点多钟。阳光照耀灵堂。阳光照耀灵堂正中央黝黑的棺材。照耀摇曳的蜡烛和静止在供桌之上的献供白米饭水煮肉，偶尔也照耀我悲伤的脸。

——老鬼啊，喊走就走了哩。伢子呀，海爸爸也搞不了好久了哩。阳光照耀海爸爸悲伤的脸。有时落进皱纹的深深沟壑深处。阳光普遍照耀我们大家。

年轻人，为什么你总是吹喇叭？
年轻人，你不如进棺材躺下。
在没戴头巾的妇女夜间的埋怨中
我学到了离别的知识。

写作《人·岁月·生活》三卷本的爱伦堡曾引用曼德尔施塔姆的诗。⑥

日记·老奶奶

星期二，阴天，9 点 15 分

不久后窗外传来了哀乐声，轻盈得不惹人注意。坐在窗台上习惯性抽烟，一股浓烟从隔壁升腾而起。哀乐声阵阵，像是设置了灵堂，像是小区有个老人亡了。不确认是男老人或是女老人，但是，有一个老人应该是亡了。一个写作者正好写道：一部人生大戏最后不应该弄得一惊一乍。他仅仅站在死人的角度风言风语。还是弄出点动静来好，比如春天，哪有不时不时雷惊电闪？

我那一瞬间坚定了洗澡的念头，仔细审视波光内里的肌肤，庆幸自己的鲜活。伸出手挠痒，体味肌肤与肌肤碰触的湿润感。清水并不能完整地映射出那个我。窗外烟雾缭绕着，那里也没有我。飞鸟只是偶尔憩息枝头。它们划过天空的姿势很性感。

看！你可以用鸟的视角来看人类。

这是一句被我加了下划线的语句。

还有一句：

特定程度的疏离感几乎是必要的，这样才能对世界上发生的事情进行批判性思考。⑦

星期三，阴天，9 点 30 后

上午九点过后，诗人横就迫不及待地晒午餐吃食图，我做了个无厘头的评论：

> 我感觉要把肉盖在香干上，让猪肉味浸润豆腐，起锅后翻扣过来。一开始就是那种寻找肉的渴望，是指那种手忙脚乱地从一堆素菜中寻找荤腥的快感，甚至可以预见某种强迫动作后的极致高潮。豆豉，如果只剩下两粒，就别吃了，盯着看，幻想着是葡萄一样。

窗外昨天老了人的家里，今天便迅速恢复了平静，像一切不曾发生过。昨天下午偶尔瞟见了老爷子，他佝偻着全部剩下来不多的身体站在门口送客，眼神迷离。这样，我基本可以确认应该是他的女老伴走了。

今天依然刮着强劲的南风，只是没有了昨日的烟火气息。一切只要是不在现在，我们都可以认为皆不曾发生。气温升高，鸟，慵懒得疏于鸣叫。

小老板

想起那些我曾经历经过的小老板，后来，我就笑。小老板当然离了婚。他以前的老婆尽管一点都不丑，可是也一点都不漂亮。所以，只能离婚。

我不知道，他身陷囹圄之后，他老婆会不会和他离婚。

《新婚姻法》规定的离婚程序越来越简单，如果确实感情破裂，第一次开庭即可以判决离婚生效。

甄嬛和果郡王

电视机一直开着，我调大了声音。我的思维立即停止。我的大脑沟回立即被填充上稻草般的垃圾，任由电视摆布。换了很多台，最终决定还是看《甄嬛传》。不记得已经是第几遍看这个剧了。电视台一遍一遍地播，我就一遍一遍地看。最多的一次，我连续三个月每天从中午十二点开始到下午六点不断不断地看。我发自内心感谢这个电视剧让我打发了那么多无聊的时光。恰恰又看到了第十三集《甄嬛戏水，果郡王调情》。这是我擅作主张添加的标题。

（外景。园林。池塘边。借故出来透气的甄嬛来到了后花园的池塘边。锦鲤畅然悠游。她一时兴起露出玉足，伸入池中，清水涤荡。这时，果郡王把酒吟诗上，腰间别着一把叫做长相思的竖笛。）

甄嬛：啊，你是谁啊？你躲开！

果郡王：自己都成落汤鸡了，还顾别人？

流朱：谁啊？大胆无礼。

果郡王：李后主曾有言，缥色玉柔擎，来称赞佳人的皮肤白皙，所言果然不虚。可是我看不如用——缥色玉纤纤——更见玉足的雪白纤细之妙。

甄嬛：（对流朱）去帮我把鞋穿上，王爷请自重。流朱，见过果郡王。

果郡王：你没见过我，怎知道我是果郡王？

甄嬛：宫中除了果郡王，试问谁会一管长笛不离身？谁能饮得西域进贡的玫瑰醉？又有谁敢在宫中如此不拘？

果郡王：我身上的酒味有那么重吗？失仪了，你是皇兄的新宠。

流朱：这是莞贵人。

甄嬛：嫔妾有所冒犯，请王爷勿要见怪。你家王爷喝醉了，扶他去醒醒酒吧。皇上还在等嫔妾，先告辞。

果郡王：你叫什么名字啊？

甄嬛：贱名恐污了王爷尊耳。王爷喝醉了，请回去歇息吧。（转而对流朱）今日之事一个人都不许说起，否则我死无葬身之地。

美国内华达大学的研究员对13284名毕业生进行了九年的跟踪记录，调查发现，与每天看电视时间控制在一小时及以下的受试者相比，每天看电视至少3小时的受试者早亡风险增加两倍。

欧洲的祖母埃莱亚诺

这个女人先后嫁给法王路易七世和英王亨利二世。一生共生育五子三女。其中，两个儿子做了英国国王，三个女儿当了其他欧洲国家的王后。她因此被称为“欧洲的祖母”。

这一切发生在12世纪以来的中世纪。她教会了男人如何文明地尊重女人。当时任何一名进入巴黎的外省骑士都可以得到一份花都贵妇名册，详细记载着她们的一切私人信息供人自主选择。

迄今为止，欧洲人仍然没有把她的故事搬上电视荧屏。

小李子

致小李子

今日谷雨。闭关读书第二日。

多年来断断续续读了些钟叔河老先生编订的《走向世界丛书》，昨日咬牙切齿耗巨资购得新版全套，今日神速发到，爱不释手，只恨时日苦短，不能一目千行，就顾不得什么“苦雨”“淫雨”之类了。想张岱所言“唯读书一事，止需一人，可以尽日，可以穷年，环堵之中而观览四海，千载之下而觌面古人，天下之乐，无过于此”。更顾不得近日反复沉浸其中的托尔斯泰对于生命的苦恼和忏悔了。他说得好，我是一只困顿于井底的青蛙。

此时，快递哥送来了远自九寨沟的明前嫩芽，一红一绿，如同去岁。时光流淌，那个飘零长江岸边的青年人，总是这样寄来些春天的情谊，总是无声无息无名无姓无所无谓，总是令我久久地跳出书堆，仰望遥远。天空，被我凝视得湿漉漉的。后来，我看了看今春播种的蔬菜。

我想，对于豆苗儿而言，给它一根竹竿。攀缘，便是它们这个季节的一切了。我们都应该是这样的！你也是的，小李子。可以吗？

另外，今年的茶叶罐我喜欢极了。因为它们的样子充满了隐喻的味道，本身就是一种修辞。圆圆的润润的光光的鼓鼓囊囊的，我想男人们都会喜欢。我代表全体喜欢女性的男人向这个设计师致以崇高的敬意。

同事

晨。

很多人在这个时间努力，坐在马桶上的时候。那将耗去他们一整天里绝大部分百分比的力量。我也是。年龄越大越卖力。它们到底随着水流终于要奔向何方？毕竟是污垢的本质。我深深地担忧。

我前两天刚刚得到通知，我需要腾出目前的办公室，交给更加需要这张胡桃木办公桌的同事使用。我必须在两天内搬到另外一间更大的办公室。我匆匆忙忙赶到时，办公室弥漫着膨胀的疲惫。一个女人向我详细描述在日本抢购到的马桶圈的物理构造、使用体验、产品设计。我当即立志发下宏愿将拥有一个日本原装进口马桶圈作为诸多人生目标之一。

这个人前一段刚刚去了一趟斯里兰卡。

自从去了一趟斯里兰卡之后，她被所有酒店盥洗室马桶旁边那个拖着长长的软水管的小龙头深深吸引。她感动那个精致的龙头。她开始喜欢印度人。斯里兰卡人对世界上所有的人都太友善，她获得不到刺激感。她狂热地爱上了印度人。

狂热，不是指疯狂的炎热。

我来晚了一点点。

热情的同事早就主动帮我把一切的物事丢到了新的办公室。一个巨大的黑色塑料袋。一张爬满了陈年污垢的白色桌子。一个穿绿色羽绒服的妇女勤劳地奔忙。那间被腾挪一空的屋子即将坐进一位新来的主任。

红木的雕花办公桌代表一种潮流。也时尚。

他们把我所有的办公用品装在一个巨大的垃圾袋里。亮眼的黑色。应该花了一些时间。我昨天便预约了一个老中医把脉问诊开药方，所以我抱歉地错过了搬家的时间。我有一条三年来无时无刻不在疼痛的腰椎。我花费在木纹色地板上的垃圾袋里面翻找文件柜的钥匙的时间很漫长。沉在池塘淤泥中的往往是最昂贵的鱼类，如果脚鱼也算。我充满了感激之情。那个被喊来搬家的农民工是个手脚麻利的外地人，他应该获得了指导他干活的领导的表扬，下次得当面谢谢他一声。新的办公桌我相当喜欢，有些年份了。人们早就进入了钟爱一切有年份物品的收藏时代。时间可以将一切垃圾窖藏成古董。白色是那种带深黄色泽的包浆色。我用一条绿色的新抹布试图将四分之一桌面大小的油垢擦干尽。这是我今天干的第一件无知的徒劳之举。这样的事情我一辈子都在干。我去求助办公室的几个主任，他们都是化学方面的专家。冬日难得的艳阳把他们照耀得有点不耐烦。他们说要使用某种特殊的溶液。他们说她们以后会弄干净。我心满意足地转身。华丽丽地疼痛的腰肢。大家都在忙碌碌地为即将新来的主任准备一张红木雕花办公桌。我竟然去添乱子。我相当自责。可是，他们没有时间听我的忏悔。我决定悄悄离开那里。他们都那么繁忙。

走出这个电视台需要掌纹才能打开的矮门时，阳光还是那么无聊地照耀。

我记得早上，那个为我把了近半年脉的老中医亲切地称我为他的病人。我不知道我是谁。但他这个称谓是我目前最为准确的一个角色。我为我的办公室拍了一些照片。我想把它们存储进我的记忆。秘不外宣。

我需要继续努力去弄清楚我到底是谁！我懒得告诉了了。或者，他怎么可能不知道这一切?

一间这样的屋子。我坐了三年。现在就这样搬离。如果不是永别，至少是一种向死而生的靠近！纪念下吧。

我希望被卷起来放进蓝色背包在无光线射进来的促狭中听声音我是狼。

我希望被搁浅在腹部吞进数也数不清的齿缝中间你如果笑我便趁机呼吸。

我希望早晨是黄色正午是灰色黄昏是黑色回到故乡的那些日子我仔细趴在地上擦拭。

门关起来我们都受伤了。

疯子

不妨喝喝茶。中国茶。中国白茶。白牡丹便很好。

坐在茶桌旁饮茶。不妨一边饮茶一边读书。此时是《瞧，这个人》。

——魔鬼只是上帝在每个第七天懒惰时的产物。尼采说。

这是他疯之前还是疯之后说的话？

我看到这本书有一幅照片。1882 年，莎乐美、尼采和保尔瑞的一张合影。莎乐美高举皮鞭装作鞭打她的两个崇拜者。这么说来，尼采在《查拉图斯特拉如是说》里说过的那句名言“如果要去女人那里，记得带上你的皮鞭”已经被误会得太久了。他是渴望被自己的女人抽打，恰恰不是抽打女人的意思。

莎乐美人中很短，下巴很长，幽邃的大眼睛可能更适合哲学家，而不是一个性欲狂人。总之，我喜欢她的样子，专注地与她相视，会有张开怀抱的情愫。

《爱丽丝漫游奇境》也很好，经久不衰。海豚出版社据伦敦麦克米伦公司 1865 年第一版复制，由约翰·泰尼尔绘制插图的中文纪念版。大红的封面，绿色的腰封，金色的书脊。世界上最激越动人的颜色组合。

——我可不想跟那些疯子一道。爱丽丝说。

——啊，那可由不得你。猫咪说道。

——我们这里全都是疯子。

【注】

① 引自米亚科托《母狮的忏悔》。

② 引自《过去的痛》，梅·萨藤著，广西师范大学出版社 2016 年 6 月版。

③ 该文字由北漂艺术家麓山公提供，已征得他的同意使用。有编改。

④ 引自《贝克特作品选集》第一集《短篇和诗歌集》，湖南文艺出版社 2013 年 1 月版。

⑤ 摘编自《植物知道生命的答案》，丹尼尔·查莫维茨著，长江文艺出版社 2014 年 1 月版。

⑥ 引自《人·岁月·生活》三卷本（上）。

⑦ 引自《单读》第 19 期书衣。

二十六 第三人称：它们
（以鸡和猪为主的非人类谢幕）

我要将你们「一只半母鸡」之类的问题统统扔掉。或在午间的被窝里打磨一枚镜片……

——贝克特

牡蛎

——我想吃生蚝。

——壮阳？

——也壮胆。

我们回到红花坡站在路边的烧烤摊旁点了一打炭烤生蚝。温暖的黄色路灯，鲜红的炉中炭火，细腻馨香的雪白蒜泥，将一排排硬壳嫩肉的生蚝围绕成了阳世间夜里的繁华春天。仔细注视，每一只生蚝在烟熏火燎中都潮涌着春天的冲动。一些暗藏生机的力量从它多汁的白肉肌理中拥挤着起伏。它们在秋天为春天代言。它们四季如春。

它们也叫牡蛎。

——它独特，自给自足，无法完全为人所知。既有无穷的魅力，又平淡无奇，简直绝妙无比。所以说，牡蛎可不就像上帝一样吗？勒南说。

那时是在一次19世纪的西方文人聚餐中，人们正讨论着上帝是否可知。这个法国哲学家立即想到了牡蛎这种形状奇特的动物。参加者还有龚古尔兄弟、艺术史家丹纳、批评家圣伯夫等大牌。

——谁都知道海里的软体动物是春药，卡萨诺瓦在取悦女人前生吃贻贝，当然他也相信热巧克力的调情作用。

这里的卡萨诺瓦是18世纪意大利著名的冒险家、作家，享誉欧洲的大情圣，著有《我的一生》。而关于软体动物的催情作用，在《八十年代》这本学者对谈录里面，阿城专门说起过动物的壮阳作用和植物的调情致幻作用。

——像牡蛎一样，神秘、自给自足，而且孤独。狄更斯说过类似的话。

——其实就是海里面的“蚌壳”，简称海蚌壳。俊哥说。

他举着一瓶三两三小瓶白酒吧唧着嘴，屁股坐在马路旁的麻石路沿上。他说起蚌壳这个东西的时候，卖烧烤的老板脸上露出了捉摸不定的笑容。

回龙镇每年春节的故事会总会有几个装扮得花枝招展的蚌壳精在游行队伍的最前头翼翼翩跹，一开一合。蚌壳精清一色豆蔻女子，那一脸的青脂黛粉，那一袭的罗裙纱裾，男子们哪个不情思切切，恨不能当即钻进那硬壳软躯之中？

——谁见过公的蚌壳精？

——烤好了，老板。

我们坐在街边吃生蚝。吃牡蛎。吃蚌壳。

狗

欢欢死了。那条叫欢欢的狗据说是被毒死了。再也不用害怕黑暗中突然窜出一条恶狗追着你的屁股狂奔乱吠了。

欢欢。欢欢……欢欢！

他的主人很快又领养了另外一条狗。

我曾经讨好过一条名字叫做欢欢的狗。出于安全起见，我不得不讨好一条狗。

蝴蝶

博尔赫斯研究过为什么庄子研究人生的意义时偏偏只是选择蝴蝶。他说，只有蝴蝶一生经历过从爬行到破茧化蝶飞翔的过程。它们从一种痛到一种快乐。它们才最有资格谈论人生。我还没有尝试过破茧化蝶的成就感。

我更贴切地可以被认为真的只是一只小小鸟。我容易疲倦。

小龙虾

1850年，热拉尔·德·奈瓦尔之所以每天用一条蓝色的带子牵着它在卢森堡公园四处溜达，源于他与关于何种动物可以养为宠物的社会观念彻底决裂。

——为什么牵着龙虾散步就比牵着狗或其他任何动物散步都要荒唐可笑呢？他质问道。

——我喜欢龙虾。它们是一些安静、严肃的动物。它们知道海洋的秘密，但它们不会到处乱吠，也不会像狗一样咬你的生产单细胞物质的私处。

——歌德讨厌狗，他是对的。[①]

马阿福是猫

我幻想着。

她突然出现。像一只猫蜷伏在我的双腿中间。一只疲倦了的母猫。这个女人只有两种可能，猫或者鸟。任何鸟。飞走是这个女人这种鸟的最终。不可能是风筝。局部是凹陷的这个雌性事实决定了她不可能是风筝。没有什么可以握在手掌，没有什么可以抓住这个女人。人们只能坚持不懈地奔跑。有猫的时候，我坐下来。鸟高飞的时候，我趁机奔跑。

这就是男人和女人？这就是我和她？

这就是“抖干净”和“擦干净”的区分？

朋友邹先生养了一条名字叫“马阿福”的猫。以下是他2019年5月19日的一条朋友圈。当时，我理发完驾车前往红花坡。车行至劳动路和车站南路交会处。晚高峰的红灯异常漫长。我读到了这位爱猫人士的执着：

> 又一张自制用药记录被记完了。
>
> 今年是我给大儿子马阿福当爸爸的第六个年头，从2013年5月到现在每一天活着都是对马阿福的额外奖励，他本应该在六年前像一只小老鼠一样独自死在小区里任何一个地方。

马阿福是家里最乖的猫，我总会想起2013—2014这两年间阿福在家顽皮上蹿下跳的伶俐身影。他因先天缺陷被母猫遗弃，一只眼睛看不见以及患有经常反复发作不可根治的严重口炎而需要终生服药。两天一粒大药丸叫环孢素，一天一粒小药丸叫丰兹益，不是特别的贵，也不太便宜。

时间就在每天大大小小的对钩中慢慢又飞快地过，从半个巴掌大开始收养马阿福实际上是我们干预自然选择的行为并一直在为此付出经济和精力等多重代价。

加油吧马阿福！管你是瞎还是烂嘴，我尽力让你跟普通家猫一样走完一生。

（注：他使用第三人称“他”，他没有使用“它”。）

鸡

省城几年前上演过《中央公园西路》一剧。令人难以忘怀的是，观众们从台词中找到了许多曹禺或者老舍的影子。如果导演是本地人，或许还可以听到一些花鼓戏的十字调旋律。回家的路上，且风且雨，一个女人挽着我的胳膊狂热地奔跑进地下通道躲雨。我们一起吃了一个哈根达斯蛋筒冰激凌。

伍迪·艾伦我读得最多的是《扯平》。第一篇，《梅特林的洗衣单》。

梅特林回家时已经筋疲力尽，写下了《一只鸡的思想》，并把原稿献给了瓦格纳夫妇。这夫妇用书来垫厨房餐桌的桌腿，梅特林就心绪阴沉，转穿黑袜子了。他的家佣求他还穿蓝袜子，至少换成褐色的，但梅特林对她大骂：泼妇！你为什么不说花格袜子呢？

我当时阅读过后在书眉有个记录：

一只鸡的理想是在未被刀宰火烹之前高贵地染上鸡瘟而死。疯牛病也可以。在鸡群中独享神圣的土葬礼。尽管人类愚蠢到以为那是不屑一顾的。很多人神情鄙夷。但，这是鸡世界的一种高贵死亡方式。

我愈发忠爱对鸡的描述。伍迪·艾伦说的尼采、莎乐美、梅特林以及瓦格纳，我都没有提起。因为，他要说的不过是三角恋、音乐狂热等等一些。这里的人们对吃土鸡更感兴趣。我决定顺从我的读者。等待他们多读书，慢慢成长。

这个本子还有一句话引起了我当时的关注：

——我叔叔从来没给什么事吓住过。他曾见过他的象棋老师遭土耳其人强奸，如果不是时间太久，他甚至会觉得整个事件很有趣。

——你知道请你去玩的人为什么不多吗？天哪，你太变态了。

可能当时我穷极无聊。

土耳其人总是被污名化，事实上有一些道理，他们从帕提亚王国时期就开始烧杀掳掠。反正昨天又炸死几十个人。我不喜欢这种以国家和地域囊括、类分的做法。至少土耳其和火鸡之间肯定没有联系。

回龙镇有一种非公非母、肥硕无比的鸡。我们把它称作“线鸡”（音同）。大约是公鸡阉割后专事长肉的一种鸡。偶读张岱《陶庵梦忆》卷四之《秦淮河房》，本是描记明时秦淮河畔风貌情色小文。有句云：“舟中鏾钹星铙，宴歌弦管，腾腾如沸。”查“鏾”字，读音 xian 第四声，动词，意思是将雄鸡的睾丸阉割。如此，回龙镇的“线鸡”便水落石出、名正言顺有了字正腔圆的学名了——鏾鸡。

梅尔维尔写过一个短篇小说《鸡啼喔喔！》。他是个喜爱使用惊叹号的作家，总是写出“极具感叹色彩的作品”。很不幸，迄今为止我连试着打开《白鲸》的念头都不曾有过。

海明威在《太阳照常升起》中发问：

——知不知道鸡是上帝在哪一天创造的？

——痛苦使母鸡和创造者咯咯啼鸣。尼采这样写。[②]

鸡，最大的魅力在于——它们从来不会过时。得出这个结论的时候，恰逢我的灵魂不在现场，风吹着空洞的我。我无端地自我忏悔，想写一份给自己的检讨书。拿起笔，纸上铺满了病句……

问题是，笛卡尔那道关于鸡的数学题——如果一点五只母鸡在一点五天的时间内下了一点五个蛋，那么五只母鸡在六天时间内会下多少个蛋？答案到底是什么呢？

贝克特在《腥象》中做了模棱两可云遮雾罩的回答：

> 我要将你们“一只半母鸡”之类的问题统统扔掉。或在午间的被窝里打磨一枚镜片……

猪

据统计：

1. 中国人最早驯化了猪；2.1 万年前，全球只在亚非几个特定的地方有绵羊、牛、山羊、野猪和鸡，总数几百万只；3. 目前全球有约 10 亿只绵羊、10 亿只猪、超过 10 亿只牛、超过 250 亿只鸡；4. 家鸡是有史以来最普遍的鸟类。[③]

麻雀

回龙镇粮管站的麻雀从来不单飞，偶尔还是会迷失，站在我的窗前瑟瑟发抖。我有时把它放在我的四棱布卡其色短裤上取暖，它热了就让它飞。我知道它要去大米厂的米仓库。我想告诉它，那里更危险，食堂的毛师傅早就躲在玻璃窗户下，拿着竹扫把，拿着灰面袋，等着吃鸟肉。麻雀不听话，它只是唧唧唧，我一着急竟然也只知道喳喳喳，我们一起唧唧喳喳了许多年。

老鼠

在十二生肖中，老鼠排行老大。对于这种排序有很多解释。

赫胥黎《美丽新世界》里"老鼠和人"这个小节中，讨论的是最新的基因改造工程。由于举例是"老鼠"，我最害怕却最有兴致关注的动物，我仔细进行了阅读。

> 田鼠是一种小型、粗壮的啮齿类动物，很像老鼠，而且大多数品种的习性都是杂交。然而，却有一种品种有忠贞的一夫一妻关系。遗传基因学家声称已经找到了这种形成田鼠一夫一妻制的基因。只要加上这个基因，田鼠便从此不再偷吃而变得顾家。它们的个体能力甚至社会结构都将发生改变。
>
> 人类，是不是需要如法炮制？

科学研究表明，"老鼠的基因组有大约25亿个核碱基，智人约有29亿个，也就是说智人只比老鼠复杂了14%"。"如果基因工程可以创造天才老鼠，为什么不创造天才的人呢？如果基因工程可以让两只田鼠长相厮守，何不让人类也天生彼此忠贞不贰？"④

杜鹃

据说，布谷鸟，在法语中（San Cuccu）还有一层意思，指"头上长角"，即中国人所谓"戴了绿帽子"。戴了绿帽子的尼洽老爷，尝到了欢愉的卢克蕾加和卡利马科，获得了意外之财的李克潦和修士，大家最终皆大欢喜。比莎士比亚的《皆大欢喜》还要欢喜。

为什么是杜鹃？"关关雎鸠，在河之洲。"说的就是杜鹃鸟，一种孤独之鸟。有几个人真正见过杜鹃？杜鹃已经被人误解了几千年了。隐姓埋名啊。

生子它巢，饲雏百鸟。自己不营巢，产卵于麻雀、黄莺之巢。寄生虫的方式看来可以作为一种真理无孔不入、无所不在、无坚不摧。郭沫若说，杜鹃实在是一种霸道的鸟，并不美，在中国真有点欺世盗名。

杜鹃就是布谷鸟。

蛇

春夏两季漫游于回龙镇街头巷尾，偶尔会遇见居民门前摆置一提蜂窝煤炉。炉火之上往往一口钢精锅热气腾腾，香飘十里，那肯定是主人在熬蛇汤。

以前，回龙镇人偶然捕捉到了蛇，一般用来美食一餐。剥皮放血去内脏之后剁成一寸左右的小段，置入钢精锅内，加凉井水盖紧锅盖细火慢煨。回龙镇人都说蛇汤是药，喝了不长沙痱子不生疔疮甚至夏天的蚊子都会自此敬而远之。所以，虽没有主动捕蛇的民俗，但碰上了主动爬进了房前屋后的蛇也不会主动弃之不顾，走过路过，来了好事千万莫要错过讲究的就是这个道理。

只是祖辈传下的另外一个道理也是一定要讲究的：炖蛇汤一要在看得见天的堂屋外边，二是从头到尾锅盖子定要记得盖起来。为什么？比人还要贪吃的动物多的是，例如蜈蚣。躲在房梁上的蜈蚣只要一闻到蛇汤香气定会口水四溢，那些哈喇子一旦滴进了汤锅内，是会要人命的。

——七步之内，七窍流血立即会去见阎王哩！大家都这么说。

这是回龙镇的蛇。

——人身之四大，如四毒蛇居于一箧，此四大蛇之性各异，地、水二蛇之性多沉下，风、火二蛇之性轻举，四蛇若相互乖违，则众病生。《金光明最胜王经》卷一记载。

这是佛经中的蛇。将构成人类身心的四大元素——地、水、风、火，比喻成蛇。

《大智度论》卷二十二也有相似记载，身中之四大彼此相害，犹如人持毒蛇之箧。

万物有灵。

这爬行者，这匍匐者，这不语者，这缠绕者，这冷冰者，这智慧者……

太阳山有个土菜馆老板收购了一条野生大黄蛇。

——整整六斤重的一条野生蛇咧，老板，你要不要？

——要。要。我要。

——口味？红烧？椒盐？还是清炖？

我和我的僧友学衍法师商量后决定买下来放生。放“生者”一条“生路”。

飘峰山湘峰寺。

灵山宝刹，法缘殊胜。烛火通明，梵音缭绕。大蛇蜷伏佛前，静安垂首。法师依佛教放生仪轨严格为蛇皈依，诵经。

汝等对三宝前忏悔已竟，罪业必定消除，身心自然清净。尽形寿皈依佛。尽形寿皈依法。尽形寿皈依僧。（如是三番皈依，三叩首）

法师声如黄钟音比大吕，佛音妙胜，直抵天籁。

唯愿汝等，既放以后，永不遭遇恶魔吞啖，网捕相加，获尽天年，命终之后，承三宝力，随缘往生西方净土，持戒修行，见佛闻法，授菩萨记，转化众生，更愿放生弟子僧俗等：

菩提行愿，念念增明，救护众生，常如已想，得生安养。

愿以此功德，庄严佛净土，上报四重恩，下济三途苦，若有见闻者，悉发菩提心，尽此一报身，同生极乐国。

南无阿弥陀佛！南无观世音菩萨！南无大势至菩萨！南无清净大海众菩萨！

礼毕，僧俗俩人将蛇笼移至竹林丰草之处。袋口一开，大蛇倏忽急遽夺路而窜，刹那间不见了影踪。

这是第几个刹那？

你这爬行者，你这匍匐者，你这不语者，你这缠绕者，你这冷冰者，你这智慧者……

万物有灵。万物不都是被赠予了名号和声音了么？

万物在生，万物在长。万物走了，万物还来。万物死了，万物复生。万物破碎了，万物又重装。

一切言语都是徒劳！遗忘和离开是最佳的智慧。[⑤]

放生者一条生路吧！

【注】

① 引自阿兰德波顿《身份的焦虑》一书。

②⑤ 引自《查拉图斯特拉如是说》，尼采著，漓江出版社 2007 年 2 月版。

③④ 引自赫拉利《人类简史》。

（全文完）

2014 年 6 月至 2018 年 1 月于长沙红花坡

2018 年 1 月至 2020 年 7 月全稿完于青竹湖畔

2021 年 5 月全稿校完于马栏山 T2 区 0206 室

2022 年 7 月定稿于太阳山不也馆